МЭГ КЭБОТ

Дневники принцессы

издательство
Астрель
МОСКВА
2005

УДК 821.111-312.9
ББК 84(4Вел)-44
К98

Печатается с разрешения автора
и его литературного агента The Marsh Agency

Meg Cabot
The Princess Diaries
перевод с английского Е.К. Денякиной

Princess in the Spotlight
перевод с английского О.А. Лозовской, О.В. Шеляховской

Иллюстрации Ю.Н. Николаевой

К98   Кэбот, М.
   Дневники принцессы / Мэг Кэбот; пер. с англ., — М.: АСТ: Астрель, 2005. — 461, [3] с.: ил.
   ISBN 5-17-032023-X (ООО «Издательство АСТ»)
   ISBN 5-271-12159-3 (ООО «Издательство Астрель»)

   Книга написана в форме дневника современной американской школьницы.
   Миа считает себя невезучей, однако оказывается, что жизнь приготовила ей невероятный сюрприз. Неожиданно выяснилось, что отец Миа — принц маленького европейского государства Дженовия, а Миа предстоит унаследовать его трон. Возможно, кого-то это известие обрадовало бы, но только не Миа.

УДК 821.111-312.9
ББК 84(4Вел)-44

Подписано в печать 14.06.2005. Формат 60×90 $^1/_{16}$
Усл. печ. л. 29,0. Тираж 7 000 экз. Заказ № 4513

ISBN 5-17-032023-X (ООО «Издательство АСТ»)
ISBN 5-271-12159-3 (ООО «Издательство Астрель»)

© Meg Cabot, 2001
© ООО «Издательство АСТ», 2005

Дневники принцессы

«Что бы ни ждало меня впереди, — сказала она, —
Одного уже не изменишь.
Если я и в лохмотьях принцесса,
Значит, я принцесса в душе.
Будь я одета в золотую парчу,
Мне было бы легко быть принцессой,
Но быть ею, когда никто об этом не подозревает, —
Вот это настоящая победа».

Фрэнсис Ходсон Барнетт,
«Маленькая принцесса»

23 сентября, вторник

Иногда мне начинает казаться, что я только и делаю, что вру. Мама думает, что я скрываю свои чувства. Я ей твержу:

— Нет, мама, ничего я не скрываю. Я правда думаю, что это замечательно. Если ты счастлива, то и я счастлива.

А она говорит:

— По-моему, ты со мной неискренна.

Потом она протягивает мне этот блокнот и говорит, что хочет, чтобы я записывала в него свои мысли, раз уж, говорит, мне не хочется делиться ими с ней.

Она хочет, чтобы я записывала свои чувства? Что ж, ладно, я запишу. Вот, пожалуйста:

Не могу поверить, что она так со мной поступает!

Все и без того считают меня ненормальной чудачкой. Другой такой некультяпистой особы, наверное, во всей школе не сыщешь. Давайте смотреть правде в глаза: я высоченного роста, плоскогрудая, как доска, и вдобавок первокурсница. Что еще может быть хуже? Если ребята в школе узнают еще и про это, мне конец, просто конец.

Господи, если ты существуешь, пожалуйста, сделай так, чтобы они об этом не узнали.

На Манхэттене живет примерно четыре миллиона человек, то есть, выходит, примерно ДВА МИЛЛИОНА мужчин. Так почему же из двух миллионов мужчин моей маме понадобилось встречаться именно с мистером Джанини?! Неужели нельзя было выбрать кого-нибудь, кого я не знаю?

Познакомилась бы в супермаркете или еще где-нибудь с каким-нибудь мужчиной и встречалась бы с ним на здоровье. Так ведь нет же, ей надо было закрутить роман не с кем-нибудь, а именно с моим учителем алгебры.

Ну, спасибо, мамочка, удружила, спасибо тебе огромное.

24 сентября, среда, пятый урок

Лилли говорит, что мистер Джанини — классный.

Ну да, конечно, классный — если ты Лилли Московитц. Он классный для тех, у кого с алгеброй полный порядок, как у Лилли Московитц. А для тех, у кого по алгебре полный провал, как у меня, к примеру, он вовсе не классный.

Никакой он не классный, если каждый божий день заставляет тебя оставаться после уроков и ты вместо того, чтобы тусоваться с друзьями, торчишь в школе с половины третьего до половины четвертого и решаешь какие-то дурацкие примеры. Никакой он не классный, если звонит твоей матери, чтобы потолковать о твоих плохих оценках, а после этого ПРИГЛАШАЕТ ЕЕ НА СВИДАНИЕ!

Не вижу ничего классного в том, что он целует мою мать. Правда, я своими глазами не видела, как они это делают, у них еще и первого свидания-то не было. К тому же я сомневаюсь, что моя мама позволит мужчине целовать ее на первом же свидании.

По крайней мере, я надеюсь, что не позволит.

На прошлой неделе я видела, как Джош Рихтер целует Лану Уайнбергер. Мне было очень хорошо это видно, потому что они стояли, прислонившись к шкафчику Джоша, а его шкафчик находится как раз рядом с моим.

Пожалуй, если бы Джош Рихтер поцеловал меня, я бы не очень возражала. Позавчера мы с Лилли были в супермаркете «Байджлоуз», выбирали для ее мамы крем с альфа-гидроксильными кислотами, и я увидела, что в очереди к кассе стоит Джош. Он меня тоже увидел, вроде как улыбнулся и сказал: «Привет».

Он покупал мужской одеколон «Драккар Нуар». Я взяла у продавщицы пробник этого одеколона, и теперь всякий раз, когда мне захочется понюхать, как пахнет Джош, я могу это сделать, даже не выходя из своей комнаты.

Лилли сказала, что у Джоша, наверное, был тепловой удар или еще что-нибудь в этом роде и у него в глазах помутилось. Он, говорит, наверное, увидел, что лицо вроде бы знакомое, но вне бетонных стен средней школы имени Альберта Эйнштейна не смог связать мою физиономию с моими именем. А иначе с какой стати, говорит, самый популярный парень в школе станет здороваться с какой-то Миа Термополис, жалкой первокурсницей?

Но я-то знаю, что никакой тепловой удар тут ни при чем. На самом деле когда Джош сам по себе, а не с Ланой и не со всеми своими дружками-спортсменами, он совсем другой человек. Ему неважно, что у девчонки плоская грудь и она носит обувь десятого размера, он способен заглянуть ей прямо в душу, не обращая внимания на эту внешнюю шелуху. Я это знаю, потому что тогда в «Байджлоуз» я посмотрела ему в глаза и увидела, что в нем живет очень чуткий человек и этот другой Джош пытается пробиться наружу.

Лилли считает, что у меня слишком буйное воображение и патологическая склонность драматизировать свою жизнь. Она говорит, что классический пример этого — то, что я так переживаю из-за мамы и мистера Дж.

— Если ты так расстраиваешься, возьми и выскажи матери все напрямик, — говорит Лилли. — Скажи ей открытым текстом, что не хочешь, чтобы она встречалась с мистером Джанини. Миа, я тебя не понимаю, вечно ты ходишь вокруг да около, скрываешь свои чувства. Может, хватит врать о своих чувствах, не пора ли для разнообразия заявить о себе? Твои чувства, знаешь ли, ничуть не менее важны, чем чувства всех остальных.

Ну да, как же. Разве я могу подложить маме такую свинью? Она так радуется будущему свиданию, что смотреть тошно. В последнее время она даже занялась стряпней. Серьезно! Вчера, например, она в первый раз чуть ли не за полгода приготовила макароны. Я уже было открыла меню китайского ресторанчика Сюзи с блюдами навынос, а она и говорит: «Ну, нет, детка, сегодня никакой холодной вермишели с кунжутным маслом. Я приготовила макароны».

Макароны! Моя мама приготовила макароны!

Она даже уважила мои права вегетарианки и не стала добавлять в соус мясные кубики.

Ничего не понимаю.

СПИСОК ДЕЛ

1. Купить наполнитель для кошачьего туалета.
2. Дорешать примеры в рабочей тетради по алгебре для мистера Дж.
3. Перестать рассказывать все подряд Лилли.
4. Купить в худ. салоне: мягкие графитовые карандаши, краску в аэрозоли, пяльцы (для мамы).
5. Написать доклад про Исландию по истории мировой цивилизации (5 страниц через 2 интервала).
6. Перестать так много думать о Джоше Рихтере.
7. Отнести белье в стирку.
8. Квартплата за октябрь! (Проверить, не забыла ли мама обналичить чек от папы!!!)
9. Стать увереннее и настойчивее.
10. Измерить грудную клетку.

25 сентября, четверг

Сегодня я всю алгебру представляла, как мистер Джанини на завтрашнем свидании будет целовать мою маму. Я просто сидела и тупо смотрела на него. Он задал мне какой-то совсем легкий вопрос, честное слово, он нарочно приберегает для меня вопросы полегче, как будто не хочет, чтобы я чувствовала себя обделенной и все такое, а я даже не слышала, что он спросил. Я говорю: «Что?»

Тут Лана Уайнбергер издала такой звук, который она вечно издает, и наклонилась ко мне так, что все ее светлые волосы разметались по моей парте. От нее так пахнет духами, что меня прямо в нос шибануло. А она посмотрела на меня и злобно так прошипела:

— ИДИОТКА.

Да не просто так прошипела, а протянула по слогам: «Ид-диотка».

Ну почему так получается, что прекрасные люди типа принцессы Дианы погибают в автокатастрофах, а всякие злючки вроде Ланы живут себе, и ничего? Не понимаю, что только в ней нашел Джош Рихтер? Не спорю, она, конечно, хорошенькая, но та-акая злюка! Неужели он не замечает?

Хотя, может, с Джошем Лана совсем другая, я-то уж точно была бы с ним милой. Джош — самый симпатичный парень во всей школе имени Альберта Эйнштейна. В нашей школьной форме многие мальчишки выглядят по-идиотски: эти серые брюки, белые рубашки, черные свитера или жилеты... Но только не Джош. Он и в школьной форме похож на фотомодель. Честное слово, похож.

Ладно, бог с ним. Сегодня я заметила, что у мистера Джанини ноздри ужасно оттопырены. Зачем женщине встречаться с мужчиной, у которого такие вывернутые ноздри?

За ланчем я спросила об этом Лилли, а она говорит:

— Никогда не обращала внимания на его ноздри. Ты будешь есть этот пончик?

Лилли считает, что я слишком на этом зацикливаюсь. Говорит, что я в средней школе всего месяц, а у меня уже есть плохие оценки, я из-за этого переживаю и переношу свою тревогу на отношения мамы с мистером Джанини. Лилли говорит, это называется переносом.

Все-таки довольно паршиво, когда у твоей подруги родители — психоаналитики. Например, сегодня после школы оба доктора Московитц пытались меня анализировать. Мы с Лилли сидели и спокойно играли в «Боггль»[1]. Так каждые пять минут кто-нибудь из них подходил и спрашивал что-нибудь вроде: «Девочки, хотите сока? Девочки, по каналу «Дискавери» идет очень интересный документальный фильм. Кстати, Миа, как ты относишься к тому, что твоя мама собирается встречаться с твоим учителем алгебры?» Или еще что-нибудь в этом роде.

Я ответила:

— Прекрасно отношусь.

Почему, ну почему я не могу быть более уверенной и тверже стоять на своем?

Но с другой стороны, вдруг родители Лилли столкнутся с мамой в супермаркете или еще где-нибудь? Если я скажу им правду, они обязательно ей передадут. Я не хочу, чтобы мама знала, как мне все это противно, ведь она из-за этого так счастлива.

---

[1] Игра в слова, напоминающая «Эрудит».

Самое ужасное, что наш разговор подслушал старший брат Лилли, Майкл. Он тут же начал хохотать, как ненормальный, хотя я лично ничего смешного в этом не вижу.

— Твоя мать встречается с Фрэнком Джанини? Ха! Ха! Ха!

Здорово, теперь братец Лилли знает! Этого мне только не хватало. Я начала его упрашивать, чтобы он никому ничего не говорил. На пятом уроке Майкл занимается в группе «талантливых и одаренных» (ТО) вместе со мной и Лилли. Это не урок, а ходячий анекдот, потому что миссис Хилл, которая в нашей школе отвечает за программу ТО, глубоко плевать, чем мы занимаемся в классе, лишь бы не слишком шумели. Миссис Хилл терпеть не может, когда ей приходится выходить из учительской — а это как раз напротив класса для ТО, через коридор, — чтобы наорать на нас.

Короче говоря, Майклу на пятом уроке полагалось работать в он-лайне над своим интернет-журналом «Крэкхэд». А мне полагалось заниматься в это время алгеброй, доделывать домашнее задание.

Миссис Хилл все равно никогда не проверяет, чем мы там занимаемся в классе для одаренных, но это, наверное, и к лучшему, потому что мы на самом деле в основном придумываем, как бы запереть в кладовке русского мальчишку, чтобы не слушать, как он вечно играет на своей дурацкой скрипке Стравинского. Считается, что этот парень — гениальный музыкант.

Но хотя мы с Майклом и объединяемся вместе против Бориса Пелковски, это еще не значит, что он будет помалкивать насчет моей мамы и мистера Дж.

Так вот, Майкл все время повторял:

— А что ты для меня за это сделаешь, Термополис? Что ты для меня сделаешь?

А что я могу для него сделать? Ничего. Делать за Майкла Московитца уроки я не могу, во-первых, он учится в старшем классе, как Джош Рихтер, а во-вторых, у него всю жизнь только отличные отметки, как у Джоша Рихтера. Майкл, наверное, на будущий год поступит в Йельский университет или в Гарвард, как Джош Рихтер.

И что, спрашивается, я могу сделать для такого парня?

Я, конечно, не хочу сказать, что у него нет недостатков. В отличие от Джоша Рихтера он некомпанейский. Майкл не только не входит в команду гребцов, он даже не входит в дискуссионную команду. Майкл не признает организованный спорт, организованную религию и вообще ничего организованного. Он почти все время проводит один в своей комнате. Я как-то раз спросила Лилли, чем он там занимается, а она сказала, что они с родителями ведут по отношению к Майклу политику типа «ты не спрашиваешь, я не говорю».

Не удивлюсь, если он там делает бомбу. Может, он вместо первоапрельской шутки взорвет среднюю школу имени Альберта Эйнштейна ко всем чертям.

Время от времени Майкл выходит из своей комнаты и роняет саркастические замечания. Иногда при этом он выходит без рубашки. Хотя он и не признает организованный спорт, грудная клетка у него неплохая, я заметила, да и живот плоский, с хорошо развитыми мускулами. Лилли я об этом никогда не говорила.

Как бы то ни было, Майклу, наверное, надоело слушать, как я предлагаю всякую ерунду, например, выгуливать его шелти по кличке Павлов или сдавать обратно в магазин пустые бутылки от минеральной воды, которую пьет его мать. Это его обязанность, он должен сдавать их каждую неделю. Я думаю, что ему все это надоело, потому что в конце концов он сказал этаким противным голосом:

— Ладно, Термополис, забудь.

И ушел в свою комнату.

Я спросила Лилли, с чего он так разозлился, а она сказала, что это потому, что он делал мне сексуальные намеки, а я этого даже не заметила.

Вот это да! А вдруг Джош Рихтер станет делать мне сексуальные намеки (надеюсь, это когда-нибудь случится), а я и не пойму? Боже, какой же я иногда бываю глупой!

Как бы то ни было, Лилли велела мне не беспокоиться насчет того, что Майкл расскажет про мою мать и мистера Дж. своим друзьям, потому что у него нет друзей.

Потом она спросила, какая мне разница, видны ли у мистера Джанини ноздри или нет, ведь смотреть на них придется не мне, а моей маме. А я ей ответила:

— Извини меня, мне приходится на них смотреть каждый божий день с девяти пятидесяти пяти до десяти пятидесяти пяти и с двух тридцати до трех тридцати, за исключением выходных, национальных праздников и летних каникул. И это еще, если я не завалю алгебру совсем и мне не придется ходить на занятия летом. А если они поженятся, то мне придется смотреть на них КАЖДЫЙ БОЖИЙ ДЕНЬ СЕМЬ ДНЕЙ В НЕДЕЛЮ, ВКЛЮЧАЯ НАЦИОНАЛЬНЫЕ ПРАЗДНИКИ.

Дать определение ряда: множество предметов, элементов или членов принадлежат ряду.

A = {Джиллиган, Скиппер, Мэри Энн[1]}
Правило, определяющее каждый элемент.
A = {x/x — один из «выброшенных на остров Диллигнана»}

26 сентября, пятница

СПИСОК САМЫХ КЛЕВЫХ ПАРНЕЙ

*(составлен Лилли Московиц
на уроке истории мировой цивилизации,
комментарии Миа Термополис)*

1. Джош Рихтер. (Согласна! Шесть футов чистейшей сексапильности. Светлые волосы, которые часто падают на чистые голубые глаза, и милая, как будто немного сонная улыбка. У него есть только один недостаток: не слишком хороший вкус, иначе он бы не встречался с Ланой Уайнбергер.)
2. Борис Пелковски. (Решительно не согласна. Одно то, что он в двенадцатилетнем возрасте играл на своей дурацкой скрипке в Карнеги-Холл, еще не делает его классным парнем. К тому же он заправляет школьный свитер в брюки вместо того, чтобы, как все нормальные люди, носить его навыпуск.)

---

[1] Персонажи телесериала.

3. Пирс Броснан, лучший Джеймс Бонд всех времён и народов. (Не согласна, мне больше нравится Тимоти Далтон.)

4. Дэниэл Лей Льюис в фильме «Последний из Могикан». (Согласна, его принцип: держись, что бы ни случилось.)

5. Принц Уильям. (Ну, это и так ясно.)

6. Леонардо Ди Каприо в фильме «Титаник». (Тоже мне, это уже устарело, сейчас же не 1998 год.)

7. Мистер Уитон, тренер команды по гребле. (Он красивый, но уже занят. Его видели, когда он открывал дверь учительской перед мадемуазель Кляйн.)

8. Парень с рекламы джинсов на огромном плакате на Таймс-сквер. (Полностью согласна. Между прочим, кто он такой? Этому парню надо бы выделить отдельный цикл передач на телевидении.)

9. Бойфренд доктора Куинн из сериала «Доктор Куинн, женщина-врач». (Куда он девался? Он был такой классный!)

10. Джошуа Белл, скрипач. (Полностью согласна. Встречаться с музыкантом — это было бы очень круто. Только не с Борисом Пелковски.)

Пятница, позже

Когда позвонил папа, я измеряла грудную клетку и совсем не думала о том, что моя мама отправилась на свидание с моим же учителем по алгебре. Не знаю почему, но папе я наврала и сказала, что мама у себя в студии. Вообще-то это отвратительно, потому что папа наверняка знает, что у мамы свидание, но я почему-то не могла сказать ему про мистера Джанини.

Сегодня днем, во время обязательных занятий с мистером Джанини, я сидела и тренировалась перемножать многочлены упрощенным методом: первый член, наружный, внутренний, последний, первый, наружный, внутренний, последний... Господи, неужели этот метод может мне хоть когда-нибудь пригодиться в реальной жизни? Когда, интересно???
Вдруг мистер Джанини ни с того ни с сего сказал:

— Миа, я надеюсь, ты не чувствуешь себя неловко из-за того, что я... э-э... по-дружески встречаюсь с твоей матерью.

Не знаю почему, но на какую-то секунду мне показалось что он скажет «занимаюсь сексом с твоей матерью». И я очень сильно покраснела, прямо-таки вспыхнула. Я говорю:

— О, нет, мистер Джанини, меня это нисколько не беспокоит.

А он говорит:

— Потому что, если это тебя беспокоит, мы можем об этом поговорить.

Наверное, он решил, что я вру, раз я так сильно покраснела. Но я только сказала:

— Честное слово, меня это не волнует. То есть, может, волнует немножко, но это не страшно, я ничего не имею против. Я имею в виду, ведь это просто свидание, правда? С какой стати переживать из-за какого-то несчастного свидания?

Тут-то мистер Джанини и сказал:

— Понимаешь, Миа, я не уверен, что это будет всего одно «несчастное свидание», как ты выразилась. Дело в том, что твоя мать мне очень нравится.

И тут я, сама не знаю почему, вдруг услышала собственный голос:

— Что ж, надеюсь, что так, потому что, если вы сделаете что-нибудь такое, что она из-за вас будет плакать, я надеру вам задницу.

Ужас, мне до сих пор не верится, что я сказала учителю слово «задница»!

После этого мое лицо стало еще краснее, хотя я думала, что краснее уже некуда. Ну почему я могу говорить правду только тогда, когда у меня от этого точно будут неприятности? Но, наверное, я действительно из-за всего этого чувствую себя неловко. Возможно, родители Лилли правы.

Однако мистер Джанини не разозлился. Он так забавно улыбнулся и сказал:

— Я не собираюсь обижать твою маму, тем более доводить до слез, но если это когда-нибудь случится, разрешаю тебе надрать мне задницу.

Так что с этим все вроде бы обошлось.

Между тем папин голос по телефону звучал очень странно. Хотя, если разобраться, это всегда так. Я не люблю трансатлантические звонки, потому что мне слышно, как где-то на заднем плане шумит океан, и я начинаю нервничать, ну, как будто рыбы подслушивают или еще что-нибудь в этом роде. Плюс к тому папа вообще не хотел говорить со мной, он хотел поговорить с мамой. Может быть, кто-то из родственников умер и он хотел, чтобы мама подготовила меня к этой новости и сообщила осторожно.

Может, бабушка? Мммммм...

С прошлого лета мои груди нисколечко не выросли. Мама ошибается. В четырнадцать лет у меня не было скачка роста, как у нее в таком же возрасте. Наверное, у меня его никогда не будет, по крайней мере, что касается груди. Я расту только в высоту, а не в ширину. Сейчас я в классе самая высокая девчонка.

Выходит, если в следующем месяце кто-нибудь пригласит меня на танцы по случаю праздника многообразия культур (пригласит, как же!), я не смогу надеть платье без бретелек, потому что на моей груди ему просто не на чем держаться.

27 сентября, суббота

Когда мама вернулась со свидания, я спала. Вечером я засиделась допоздна, тянула до последнего, потому что мне хотелось узнать, что случилось, но, наверное, все эти измерения меня утомили, поэтому я смогла спросить, как все прошло, только сегодня утром, когда пришла на кухню покормить Толстого Луи. Мама была уже на ногах, что довольно странно, обычно она встает позже меня, а я — подросток, считается, что я все время должна хотеть спать. Но с тех самых пор, когда ее последний бойфренд оказался республиканцем, мама пребывала в депрессии.

Как бы то ни было, когда я пришла на кухню, мама была уже там. Она жарила оладьи и довольно мурлыкала под нос песенку. Я отпала: мама что-то готовит в такую рань, да еще и вегетарианское!

Конечно, она отлично провела время. Они пообедали в «Монтез» (не какая-нибудь забегаловка, молодец, мистер Дж.!), а потом гуляли по Вест-Виллиджу, зашли в какой-то бар и просидели на открытой веранде во внутреннем дворике почти до двух часов ночи, просто разговаривали. Я все пыталась как-нибудь узнать, были ли поцелуи, особенно французские, но мама только улыбалась и смущалась.

О'кэй. Потрясающе.

На этой неделе они опять собираются встретиться. И я, пожалуй, не против, раз уж мама от этого так счастлива.

Сегодня Лилли снимает пародию на фильм «Проект "Ведьма Блэр"» для своей будущей телепередачи «Лилли рассказывает все, как есть». «Проект "Ведьма Блэр"» — это кино про то, как ребята отправились в лес искать ведьму и в конце концов сами исчезли. От них осталась только видеокассета, которую они сняли, и кучка хвороста. Версия Лилли будет называться «Проект "Зеленая ведьма"». Лилли собирается пойти в парк на Вашингтон-сквер с видеокамерой и снимать туристов. Она будет их спрашивать, как пройти в «Гринвич-Виллидж»[1]. (На самом деле район называется Гринвидж-Виллидж[2], но приезжие обычно произносят название неправильно.) Короче говоря, задумано так: как только какой-нибудь турист подойдет и спросит, как добраться до Гринвич-Виллидж, мы дружно завизжим и в ужасе бросимся бежать. По замыслу Лилли в конце фильма от нас останется только маленькая кучка карточек для проезда на метро. Лилли говорит, что, когда ее фильм выйдет, все станут смотреть на карточки метро по-другому.

Я ей сказала: жалко, что у нас нет настоящей ведьмы. По-моему, можно было позвать на эту роль Лану Уайнбергер, но Лилли сказала, что это будет эксплуатация типажа. К тому же тогда нам придется терпеть Лану целый день, а на это никто не согласится. Да и то это еще при условии, что она сама согласится, она же считает нас самыми непопулярными девчонками во

---

[1] Игра слов: Гринвич, искаженное от Гринвидж, звучит по-английски так же, как Green Witch, т.е. зеленая ведьма.

[2] Район Манхэттена, один из самых интересных уголков Нью-Йорка.

всей школе, небось еще не захочет, чтобы ее видели с нами — побоится репутацию испортить. Хотя, с другой стороны, она такая тщеславная, что двумя руками ухватится за шанс показаться на экране, даже если это будет всего лишь канал публичного доступа.

Когда съемки на сегодня были закончены, мы все увидели, как через Бликер-стрит переходит Слепой парень. Он нашел новую жертву — ничего не подозревающую немецкую туристку. Девушка и понятия не имеет, что, как только они окажутся на другой стороне улицы, этот «бедный слепой парень», которому она помогает перейти через дорогу, начнет ее лапать, а потом притворится, что сделал это не нарочно.

Мне, как всегда, «везет». Единственный парень, который меня лапал (хотя у меня и ухватиться-то не за что), был СЛЕПЫМ.

Лилли говорит, что она заявит на Слепого в полицейский участок. Как будто полиция станет с ним возиться! У них есть заботы и поважнее, например, ловить убийц.

СПИСОК ДЕЛ

1. Купить наполнитель для кошачьего туалета.
2. Проверить, не забыла ли мама послать чек на оплату квартиры.
3. Перестать врать.
4. Подготовиться к письменному экзамену по английскому.
5. Забрать белье из прачечной.
6. Перестать думать про Джоша Рихтера.

28 сентября, воскресенье

Сегодня папа снова позвонил, и на этот раз мама действительно была в своей студии, так что я не так сильно переживала из-за того, что в прошлый раз соврала и не рассказала про мистера Джанини. У папы снова был какой-то странный голос, так что в конце концов я не выдержала и спросила:

— Пап, бабушка умерла?

Он даже испугался:

— Нет, Миа, почему ты так решила?

Я ему объяснила, что у него какой-то странный голос, а он стал говорить, что вовсе не странный. Но это неправда, потому что голос у него правда странный. Но я решила замять это дело и завела разговор про Исландию. Мы ее сейчас проходим по истории мировой цивилизации. В Исландии самый высокий процент грамотности населения, потому что там больше нечего делать, кроме как читать. А еще у них есть природные горячие источники, и все в них купаются. Однажды в Исландию приехала на гастроли опера, так все билеты на все спектакли были распроданы, и в опере побывало что-то около 98 процентов населения. Все выучили оперу наизусть и целыми днями распевали арии.

Мне хочется когда-нибудь пожить в Исландии. Похоже, это прикольное место, гораздо прикольнее Манхэттена. На Манхэттене в тебя иной раз могут и плюнуть просто так, ни за что.

Но папу, кажется, Исландия не заинтересовала. Наверное, потому, что по сравнению с Исландией все остальные страны выглядят, как полный отстой. Правда, страна, в которой живет папа, очень маленькая. Пожалуй, если бы туда приехала опера, на нее пришло бы процентов 80 населения, и этим можно было бы гордиться.

Я поделилась этой информацией с папой только потому, что он политик и я подумала, что у него могут возникнуть какие-нибудь идеи насчет того, как сделать жизнь в Дженовии, где он живет, лучше. Но, наверное, в Дженовии не нужно ничего улучшать, там и так все прекрасно. Главный источник дохода Дженовии — туристы. Я потому это знаю, что в седьмом классе мне пришлось писать краткий доклад по каждой стране Европы. В том, что касается дохода от туризма, Дженовия идет сразу за Диснейлендом. Вот, наверное, почему в Дженовии жители не платят налоги — у государства и без того достаточно денег. Дженовия — княжество, кроме нее есть еще только одно такое, Монако. Папа говорит, что у нас в Монако много кузенов, но я пока что ни с кем из них не встречалась, даже в гостях у бабушки.

Я предложила папе будущим летом поехать в Исландию, вместо того чтобы, как обычно, проводить лето у бабушки в ее французском шато Мираньяк. Бабушку, конечно, пришлось бы оставить во Франции, ей Исландия не понравится. Ей вообще не нравятся никакие места, где нельзя заказать хорошо приготовленный коктейль «сайдкар» — это ее любимый напиток в любое время дня и ночи.

Но папа только сказал:

— Мы поговорим об этом в другой раз.

И повесил трубку. Все-таки мама была права насчет него.

Абсолютная величина: величина, показывающая расстояние данного числа от начала координат... всегда положительна.

29 сентября, понедельник, урок ТО

Сегодня я повнимательнее присмотрелась к мистеру Джанини, все пыталась понять по его лицу, понравилось ли ему свидание, или он не так доволен, как мама. Но он, похоже, пребывал в отличном настроении. На уроке, пока мы занимались формулой корней квадратного уравнения (А как же правила перемножения многочленов? Только я начала что-то более или менее схватывать, как — бац, новый материал! Не удивительно, что я заваливаю алгебру!), он спросил, взял ли кто-нибудь уже роль в мюзикле «Моя прекрасная леди», который мы будем ставить осенью. Позже он снова вернулся к этой теме. Таким голосом, какой у него бывает когда он чем-то очень взволнован, он спросил:

— А вы знаете, кто был бы хорошей Элизой Дулитл? По-моему, ты, Миа.

Я просто выпала в осадок. Я, конечно, понимаю, мистер Джанини пытается быть любезным, как-никак он ведь встречается с моей матерью, но это уж слишком. Во-первых, прослушивание уже было. А во-вторых, даже если бы я захотела участвовать (а я не могу, потому что у меня двойка по алгебре, очнитесь, мистер Джанини, вы не забыли?), мне никогда не дадут роль, тем более главную. Я не умею петь, я и говорю-то кое-как.

Даже Лана Уайнбергер, которая в девятом классе всегда получала главные роли, сейчас не получила, роль досталась какой-то девочке из старшего класса. Зато Лане дали все эпизодические роли: зрительницы на скачках в Эскоте и проститутки Кокни. Лилли играет экономку, ее задача — включать и выключать свет в начале и конце антракта. Мистер Джанини так меня ошарашил, что я не смогла вообще ничего сказать. Я просто сидела и чувствовала, что жутко краснею. Наверное, поэтому позже, в обед, когда мы с Лилли проходили мимо моего шкафчика, Лана, которая стояла там и ждала Джоша, ужасно противным голосом сказала: «Привет, Амелия». Я еще в детском саду сказала всем, чтобы не называли меня Амелией, и с тех пор меня никто так не зовет, кроме бабушки.

Я наклонилась, чтобы достать из рюкзака деньги. Лане, наверное, стало слишком хорошо видно мою блузку, потому что она вдруг выдала:

— О, как мило, я вижу, мы все еще не доросли до лифчика. Позвольте предложить вам бандаж.

Я бы ее выволокла из раздевалки и врезала как следует — а может, и нет, потому что Московитцы считают, что я боюсь любой конфронтации, — но в этот самый момент к нам подошел Джош Рихтер. Ясное дело, он все слышал, но он сказал только: «Можно мне пройти?» Это он Лилли, потому что она загораживала ему дорогу к его шкафчику.

Этого мне только не хватало — чтобы прямо перед носом у Джоша Рихтера кто-то указывал пальцем на мою плоскую грудь! Я бы сбежала в кафетерий и выкинула эту историю из головы, но Лилли не могла все так оставить. Она покраснела и сказала Лане:

— Послушай, Уайнбергер, сделай милость, уползи куда-нибудь и сгинь.

Никто, никто никогда не говорил Лане Уайнбергер, чтобы она уползла куда-нибудь и сгинула. Ведь ни одна девчонка не хочет, чтобы ее именем были потом исписаны все стены женского туалета. Это, конечно, не большая беда, ведь мальчишки в женский туалет не заходят и не увидят, что там написано, но я все-таки предпочитаю, чтобы мое имя не появлялось на стенах, как-то мне это не по вкусу.

Но Лилли такие вещи не волнуют. Я хочу сказать, что она маленького роста, круглая, немножко похожа на мопса, но ей совершенно все равно, как она выглядит. У нее есть своя передача на телевидении публичного доступа, парни часто звонят ей в студию, говорят, какой они ее считают уродкой, и просят задрать блузку — у нее-то грудь точно не плоская, она уже сейчас носит бюстгальтер размера «С», — а она только смеется себе и смеется.

Лилли ничего не боится.

И вот, когда Лана Уайнбергер уставилась на нее, потому что Лилли велела ей уползти и сгинуть, Лилли просто заморгала, как будто говорила: «Ну, укуси меня».

Все это могло бы разрастись в большую девчоночью драку, не зря же Лилли смотрела все до одной серии «Зенны, королевы воинов», она умеет драться, как не знаю кто.

Но тут Джош Рихтер захлопнул дверь своего шкафчика и с отвращением сказал:

— Я сматываюсь.

Тогда Лана бросила это дело, как горячую картошку, и потащилась за ним.

— Джош, подожди, подожди, Джош!

Мы с Лилли стояли и смотрели друг на дружку, как будто не могли в это поверить. Мне и правда до сих пор не верится. Кто они такие, в конце концов, эти люди, почему я должна общаться с ними изо дня в день, как будто нас заперли в одной тюрьме?

ДОМАШНЕЕ ЗАДАНИЕ

Алгебра: примеры 1—12, стр. 79.
Английский: предложение.
История мировой цивилизации: вопросы в конце 4-й главы.
ТО: не задано.
Французский: использование avoir в отриц. предложениях, читать уроки 1—3, pas de plus.
Биология: не задано.

B = {x/x, число целое}
D = {2,3,4}
4ED
5ED
E = {x/x — целое число больше 4, но меньше 258}

30 сентября, вторник

Только что случилось нечто действительно серьезное. Когда я пришла из школы, мама была дома, хотя обычно она в будни весь день проводит в своей студии. У нее было очень странное выражение лица, а потом она сказала:

— Миа, мне нужно с тобой поговорить.

Она не напевала под нос песенку и ничего не приготовила, и я поняла, что дело серьезное. Я вроде как даже приготовилась, что умерла бабушка, но чувствовала, что может быть что-то и похуже, я боялась, что, например, что-нибудь случилось с Толстым Луи.

В прошлый раз, когда он проглотил носок, ветеринар содрал с нас тысячу долларов за то, чтобы вытащить этот носок из его тонкой кишки, а потом он почти месяц ходил с очень странным видом. Я имею в виду Толстого Луи, а не ветеринара.

Но оказалось, что речь пойдет не о коте, а о папе. Оказывается, папа названивал нам потому, что он только что узнал, что из-за рака у него больше не может быть детей. Рак — страшное дело. К счастью, тот вид рака, который был у моего папы, легко вылечить. Ему просто отрезали пораженную часть и провели химиотерапию, с тех пор прошел год, но рак больше не развивается.

К сожалению, часть, которую пришлось отрезать...

Бр-р, мне не нравится даже писать это слово на бумаге.

Ему отрезали яичко.

Бр-р-р, какая гадость!

Оказалось, что когда человеку отрезают одно яичко и проводят химиотерапию, то у него очень велики шансы стать бесплодным. И вот папа совсем недавно узнал, что с ним именно это и произошло.

Мама говорит, что он очень подавлен. Еще она сказала, что мы должны проявить чуткость и понимание, потому что у мужчин есть свои потребности и одна из них — это потребность чувствовать себя всемогущим и способным к оплодотворению. Я одного не пойму, что за важность? Зачем ему другие дети, ведь у него уже есть я. Конечно, я вижусь с ним только в летние каникулы и на Рождество, но разве этого мало? Я хочу сказать, он же очень занят, управляет Дженовией. Править целой страной, даже если она всего в милю длиной, и править хорошо, это, я вам скажу, дело нешуточное. Кроме государственных дел у него хватает времени только на меня и на подружек. Возле него постоянно крутятся новые подружки. Он привозит их с собой, когда мы ездим во Францию к бабушке. Каждая как увидит бассейн, и конюшни, и водопад, и ферму, и двадцать семь спален, и бальный зал, и взлетно-посадочную полосу, так и начинает распускать слюни. А через неделю он ее бросает. Я и не знала, что он хотел на одной из них жениться и завести детей.

Это я к тому, что на моей маме он так и не женился. Мама говорит, это потому, что она тогда отрицала буржуазную мораль, которая не признает женщину равной мужчине и не уважает ее права как индивидуальности.

Я, по правде говоря, подозревала, что, может, папа никогда не предлагал ей выйти за него замуж.

Как бы то ни было, мама сказала, что завтра папа прилетает в Нью-Йорк, чтобы поговорить со мной на эту тему. Не понимаю зачем, ведь я-то тут ни при чем. Я ей так и сказала:

— Зачем он летит в такую даль, чтобы поговорить со мной о том, что он не может иметь детей?

Тогда у мамы снова сделалось очень странное выражение лица, она явно собиралась что-то сказать, но потом почему-то передумала.

— Об этом ты лучше спроси у своего отца.

Дело плохо. Мама говорит «спроси у своего отца» только тогда, когда сама не хочет о чем-то говорить, например, о том, почему люди иногда убивают своих собственных детей или как вышло, что американцы едят очень много красного мяса, а читают гораздо меньше, чем жители Исландии.

Не забыть: посмотреть в энциклопедии, что значит *«способность к оплодотворению»* и *«мораль»*.

Распределительный закон.
5x + 5y − 5
5(x + y − 1)

Что распределяет??? Выяснить до контрольной!!!

1 октября, среда

Папа здесь. То есть, конечно, не в нашей мансарде. Он, как обычно, остановился в «Плазе». Предполагается, что я приду к нему завтра, когда он «отдохнет». После того как у него обнаружили рак, папа стал много отдыхать. А еще он перестал играть в поло. Но это, думаю, не из-за рака, а из-за того, что на него однажды наступила лошадь.

Как бы то ни было, я эту «Плазу» терпеть не могу. В прошлый раз, когда папа там останавливался, меня к нему не пускали, потому что я была в шортах. Там как раз была сама хозяйка отеля, она сказала, что ей не нравится, когда в ее шикарный отель приходят люди в обрезанных джинсах. Мне пришлось позвонить папе по внутреннему телефону и попросить, чтобы он спустился в вестибюль и принес мне брюки. Он попросил к телефону консьержа. Не знаю, что он ему сказал, но только после этого все засуетились и стали передо мной извиняться, как ненормальные. Мне вручили огромную корзину с фруктами и шоколадом. Это было круто! Правда, мне фруктов не хотелось, поэтому я отдала их бездомному бродяге, который мне попался при входе в метро, когда я возвращалась в Виллидж. Кажется, ему фрукты тоже были не нужны, потому что он их выбросил в сточную канаву, а корзину надел на голову вместо шляпы.

Я рассказала Лилли, что сказал папа насчет того, что у него не может быть детей, и она говорит, что в этом скрыт глубокий смысл. Говорит, наверное, у моего отца до сих пор остались неразрешенные противоречия с его родителями. А я сказала:

— Ну да, моя бабушка — это у-ужасная боль в заднице.

Лилли ответила, что на этот счет она ничего не может сказать, потому что никогда с моей бабушкой не встречалась. Я много раз спрашивала, можно ли пригласить Лилли в Мираньяк, но бабушка никогда не разрешала. Она говорит, что у нее от подростков начинается мигрень.

Лилли говорит, что, возможно, мой папа боится потерять молодость, для многих мужчин это равносильно потере мужественности. Лилли такая умная, что, по-моему, ее должны были перевести сразу через класс, а она говорит, что ей нравится быть перво-

курсницей. Говорит, так у нее будет целых четыре года, чтобы наблюдать за подростковым поколением в Америке периода после холодной войны.

НАЧИНАЯ С СЕГОДНЯШНЕГО ДНЯ, Я БУДУ

1. Любезной со всеми, неважно, нравится он (или она) мне или нет.
2. Перестану постоянно лгать о своих чувствах.
3. Перестану забывать дома тетрадь по алгебре.
4. Держать свои замечания при себе.
5. Перестану записывать алгебру в этот дневник.

Третья степень числа x называется «x в кубе»... квадратный корень из отрицательного числа не существует.

Записки, написанные во время ТО

Лилли, я этого не вынесу. Когда она вернется в учительскую?

Может, никогда не вернется. Говорят, там сегодня чистят ковровое покрытие. Боже, он такой классный!

Кто классный?

Борис!

— Никакой он не классный, он противный. Посмотри, что он сделал со своим свитером.

— Ты очень зашоренная.

— Никакая я не зашоренная. Но кто-то должен ему объяснить, что у нас в Америке не заправляют свитера в брюки.

— Может, у них в России так заправляют.

— Но мы же не в России. И еще кто-то должен ему сказать, что пора сменить музыку. Если я еще хоть раз услышу этот Реквием по покойному королю Как-Его-Там...

— Ты просто ревнуешь, потому что Борис — гениальный музыкант, а у тебя двойка по алгебре.

— Лилли, одно то, что у меня плохо с алгеброй, еще не означает, что я идиотка.

— Ладно, ладно, успокойся. Что с тобой сегодня?

НИЧЕГО!!!

Угловой коэффициент: угловой коэффициент прямой обозначается как m,

$$m = \frac{y^2 - y^1}{x^2 - x^1}$$

Найти уравнение прямой с угловым коэффициентом = 2.

Найти угол наклона ноздрей мистера Джанини.

2 октября, четверг
Дамская комната в отеле «Плаза»

Ну вот. Теперь я знаю, почему папа был так озабочен, что больше не может иметь детей.

Потому что он принц!!!

Чёрт! Сколько времени они собирались скрывать от меня эту подробность?

Хотя, если задуматься, им довольно долго удавалось это делать. Я, конечно, бывала в Дженовии. Дом моей бабушки, куда я езжу каждое лето и почти каждое Рождество, называется Мираньяк. Это во Франции. Точнее, он стоит на границе Франции, совсем рядом с Дженовией, которая находится между Францией и Италией. Я езжу в Мираньяк с самого рождения. Но всегда только с папой, с мамой — никогда. Мои папа и мама никогда не жили вместе. Многие из моих знакомых ребят, родители которых развелись, только и мечтают, чтобы они снова стали жить вместе, но у меня не так, меня вполне устраивает то, как мы живем. Мои родители расстались еще до того, как я появилась на свет, хотя отношения между ними остались самые дружеские. Ну, разве что кроме тех случаев, когда у папы бывает плохое настроение, а мама ведет себя, как ненормальная, что с ней иногда бывает. Пожалуй, если бы они жили вместе, было бы довольно паршиво.

Как бы то ни было, Дженовия — это место, куда бабушка возит меня покупать одежду в конце каждого лета, когда ей надоедает смотреть на мои джинсы и комбинезоны. Но никто там никогда не заикался насчет того, что мой папа — принц.

Если задуматься, я ведь делала два года назад доклад о Дженовии, тогда я выписывала имя королевской семьи — Ренальдо. Но тогда мне и в голову не пришло связать это имя с моим отцом. То есть я, конечно, знаю, что его зовут Филипп Ренальдо, но в энциклопедии имя принца Дженовии упоминается как Артур Кристофф Филипп Джерард Гримальди Ренальдо. В энциклопедии была и его фотография, но, видать, очень старая. Папа облысел еще до того, как я родилась на свет (по нему даже не скажешь, что ему делали химиотерапию, потому что он и так почти лысый). А на той фотографии у принца Дженовии ужасно много волос, бакенбарды и усы.

Пожалуй, теперь я могу понять, почему мама им увлеклась, когда она еще училась в колледже. Он был немножко похож на Болдуина.

Но ПРИНЦ? Правитель ВСЕЙ СТРАНЫ? То есть я, конечно, знала, что он занимается политикой, конечно, я знала, что у него есть деньги — еще бы, много ли в нашей школе найдется ребят, у которых есть дома во Франции? Летний дом на Мартас-Виньярде[1] — это еще туда-сюда, но только не во Франции. Но принц?!

У меня только один вопрос: если мой папа принц, как так вышло, что мне приходится учить алгебру? То есть кроме шуток.

По-моему, с папиной стороны это была не очень хорошая идея — сообщить мне, что он принц, в холле «Палм корт» отеля «Плаза». Начать с того, что мы почти в точности повторили случай с шортами. Привратник поначалу вообще не хотел меня впускать. «Дети без сопровождения взрослых не допускаются», — так он сказал. Прямо как в фильме «Один дома-2», правда?

А я ему:

— Но я должна встретиться здесь с папой...

А он снова:

— Несовершеннолетние без сопровождения взрослых...

---

[1] Остров у северо-восточного побережья США, летний курорт, популярный у писателей и художников.

Мне показалось, что это несправедливо, ведь я даже не была в шортах. На мне была форма нашей школы, то есть юбка в складку, гольфы и все такое. Правда, я была в ботинках «доктор Мартенс», но что с того? Я была одета почти как Элоиза, а она, как считается, управляет «Плазой». В общем, после того, как я проторчала там, наверное, целый час, повторяя: «Но мой папа... но мой папа... но мой папа....», ко мне все-таки подошел консьерж и спросил:

— Кто именно ваш папа, юная леди?

Как только я назвала папино имя, меня тут же впустили. Теперь-то я понимаю, что даже они знали, что он принц. Только его родной дочери, родной дочери никто не удосужился сказать!

Папа ждал меня за столом. В «Плазе» «большой чай» считается жутко важным мероприятием. Видели бы вы немецких туристов! Как они фотографировали друг друга с шоколадными рожками во рту! Вообще-то, когда я была маленькой, я тоже получала от этого дела удовольствие, а поскольку папа не желает понять, что в четырнадцать лет я уже не малышка, мы по-прежнему встречаемся здесь, когда он приезжает в Нью-Йорк. Нет, конечно, мы ходим и в другие места. Например, мы всегда ходим на «Красавицу и Чудовище», это мой любимый бродвейский мюзикл. Мне плевать, что Лилли говорит насчет Уолта Диснея и его женоненавистнического подтекста. Я смотрела этот мюзикл семь раз. И папа тоже. Его любимое место — это когда на сцену выходят танцующие вилки.

Короче говоря, сидим мы, значит, с ним, пьем чай, и вдруг он очень серьезным голосом начинает мне рассказывать, что он — принц Дженовии. И тут происходит ужасная вещь: я начинаю икать. Со мной такое случается, только когда я выпью что-нибудь горячее и потом съем хлеб. Не знаю, почему так бывает. В «Плазе» со мной такого раньше не случалось, но папа вдруг ни с того ни с сего говорит:

— Миа, я должен рассказать тебе правду. Думаю, ты уже достаточно большая, и раз уж так случилось, что я больше не могу иметь детей, это очень сильно повлияет на твою жизнь, поэтому справедливость требует, чтобы я тебе рассказал. Я — принц Дженовии.

А я только и смогла произнести:

— Правда, папа? Ик!

— Твоя мать всегда твердо стояла на том, что тебе незачем об этом знать, и я был с ней согласен. У меня было... скажем так, неудовлетворительное детство...

Еще бы, жизнь с моей бабушкой — это вам не фунт изюма. Икк!

— Я согласен с твоей матерью, что дворец — неподходящее место для воспитания ребенка.

Потом папа стал бормотать что-то под нос, он всегда так делает, когда я ему говорю, что я вегетарианка, или когда речь заходит о маме.

— Конечно, тогда мне и в голову прийти не могло, что она собирается растить тебя в богемной среде художников, в мансарде в Гринвидж-Виллидж, но, должен признать, тебе такое воспитание, судя по всему, не повредило. Более того, я думаю, что детство в Нью-Йорке привило тебе здоровую дозу скептицизма по отношению к роду человеческому вообще...

Икк! Это он еще ни разу не встречался с Ланой Уайнбергер.

— ...что я лично приобрел только в колледже. Полагаю, отчасти поэтому у меня были большие трудности в установлении близких межличностных отношений с женщинами...

Икк!

— Что я пытаюсь сказать: мы с твоей матерью считали, что поступаем правильно, не рассказывая тебе правду. Мы не предвидели, что может возникнуть такая ситуация, при которой ты унаследуешь трон. Когда ты родилась, мне было всего двадцать пять лет, и я был уверен, что еще встречу другую женщину, женюсь на ней и у нас будут дети. Но теперь, к сожалению, стало ясно, что этого не будет. Таким образом, Миа, ты являешься наследницей престола Дженовии.

Я снова икнула. Мне стало неловко. Я ведь икала не тихонько, как подобает леди, а вздрагивала всем телом, чуть не подпрыгивая на стуле, как игрушечная лягушка на пружинке. К тому же я икала громко. Я имею в виду, очень громко. Немецкие туристы стали оглядываться на меня и хихикать. Я понимала, что папа говорит очень серьезные вещи, но ничего не могла с собой поделать, я все икала и икала. Я попыталась задержать дыхание и сосчитать в уме до тридцати, но снова икнула, успев досчитать только до десяти. Я положила под язык кусочек сахара. Без толку. Я даже попыталась себя испугать: представила, как мама и мистер Джанини целуются. Даже это не помогло! В конце концов папа спросил:

— Миа, ты меня слушаешь? Ты слышала хоть слово из того, что я сказал?

Я говорю:

— Папа, извини, мне нужно на минутку выйти.

У папы сделалось такое лицо, как будто у него что-то заболело, живот например. Он откинулся на спинку стула и как-то весь сник, но все-таки сказал:

— Ладно, иди.

И дал мне пять долларов, чтобы я дала их уборщице, но я, конечно, положила их в карман. Пять баксов уборщице туалета, еще чего! Это когда все мои карманные — десять баксов в неделю!

Не знаю, бывали ли вы когда-нибудь в дамской комнате «Плазы», но это самое клевое местечко на Манхэттене. Она вся розовая, повсюду висят зеркала и стоят диванчики, наверное, на случай, если вы посмотрите на себя в зеркала и от собственной красоты у вас голова закружится или что-нибудь в этом роде. Одним словом, я туда влетела, икая, как сумасшедшая. Все эти дамочки с модными прическами посмотрели на меня недовольно, видно, я им помешала. Наверное, из-за моей икоты они не могли ровно подвести глаза или еще что-нибудь в этом роде.

Я зашла в кабинку. Надо вам сказать, что в каждой кабинке там кроме унитаза есть еще отдельная раковина с огромным зеркалом, туалетный столик и мягкий табурет с бахромой. Я села на табурет и мысленно сосредоточилась на том, чтобы перестать икать. А еще я стала обдумывать, что сказал папа.

Он — принц Дженовии.

Теперь мне многие вещи становились понятными. Например, почему, когда я летаю во Францию, я просто прохожу в самолет через терминал вместе со всеми, но когда мы приземляемся, меня встречают и выводят из самолета до того, как начнут выходить все остальные пассажиры. Меня сажают в лимузин и везут в Мираньяк, где я уже встречаюсь с папой. Раньше я думала, что это потому, что папа пользуется привилегиями как часто летающий пассажир. Но, наверное, дело в том, что он принц.

И еще одно. Когда бабушка возила меня в Дженовию, мы всегда приходили в магазины или до того, как они официально откроются, или после того, как они официально закроются. Бабушка звонила туда заранее и предупреждала, что мы приедем, чтобы нас впустили. Нам ни разу никто не отказал. Если бы мама попыталась сделать то же самое на Манхэттене, продавцы в «Гэп», наверное, поумирали бы со смеху.

И еще, когда я приезжаю в Мираньяк, мы никогда не ходим ни в какие кафе, всегда едим только дома, ну, еще иногда в гостях, в соседнем шато Мирабо. Хозяева Мирабо — противные англичане, у них много наглых детей, которые говорят друг другу всякие слова типа: «Это дерьмо» или «Ты мудак».

Интересно, знают ли эти бритты, что мой папа — принц Дженовии?

Большинство людей слыхом не слыхали о Дженовии. Во всяком случае, когда мы делали доклады о разных странах, никто из нашего класса не знал такой страны. Мама говорит, что она тоже не знала, пока не познакомилась с моим папой. Из Дженовии не вышло ни одной знаменитости, ни одной кинозвезды. Во время Второй мировой войны многие жители Дженовии воевали с фашистами, как мой дедушка, но кроме этого они ничем не прославились.

И все-таки те, кто знает о существовании Дженовии, любят туда ездить, потому что там очень красиво. В Дженовии почти круглый год солнечно, перед вами синее-синее прозрачное Средиземное море, а позади — Альпы со снежными вершинами. Там много холмов, некоторые такие же крутые, как в Сан-Франциско, и почти на всех растут оливковые деревья. Я помню из своего доклада, что главной статьей экспорта Дженовии является оливковое масло очень дорогого сорта, мама говорит, такое масло используется только для салатов.

А еще там есть дворец. Он вроде как знаменит. Потому что в нем снимали фильм про трех мушкетеров. Внутри я никогда не была, но мы с бабушкой много раз проезжали мимо. Видели много башенок, всяких контрфорсов и так далее.

Интересно, мы столько раз проезжали мимо дворца, и бабушка ни разу даже не заикнулась, что жила в нем!

Икота наконец прошла. Я решила, что теперь можно спокойно вернуться в «Палм корт». Я решила дать уборщице доллар, хотя она за мной и не убирала. А что, я могу себе это позволить, ведь мой папа принц!

Четверг, позже. Домик пингвина в зоопарке Центрального парка

Я так обалдела, что еле пишу, к тому же меня то и дело кто-нибудь толкает под локоть и здесь темно, но это неважно. Я должна записать все в точности так, как было, а то когда я проснусь завтра утром, то могу подумать, что это был кошмарный сон.

Но это был не кошмарный сон, это было на самом деле.

Я никому не расскажу, даже Лилли. Лилли меня не поймет, меня НИКТО не поймет, потому что ни один из моих знакомых никогда не оказывался в таком положении. Ни с кем еще такого не случалось, чтобы он лег спать одним человеком, а наутро проснулся и обнаружил, что стал кем-то совсем другим.

Когда я вернулась из дамской комнаты и села за столик, немецкие туристы ушли, а их места заняли японцы. Это уже лучше, потому что японцы ведут себя намного тише. Когда я садилась за стол, папа разговаривал по мобильному. Я сразу поняла, что он говорит с мамой: у него было такое выражение лица, которое бывает только тогда, когда он говорит с ней. Он говорил:

— Да, я ей сообщил. Нет, кажется, она не расстроилась. — Он посмотрел на меня. — Ты расстроилась?

Я сказала:

— Нет.

Тогда я действительно не расстроилась. Пока не расстроилась. Папа сказал в телефон:

— Она говорит «нет». — Он с минуту послушал, потом снова посмотрел на меня. — Ты хочешь, чтобы мама приехала сюда и все объяснила?

Я замотала головой:

— Нет. Ей нужно закончить работу в смешанной технике для галереи «Келли Тейт». Ее нужно сдать до следующего вторника.

Папа повторил все это моей маме. Мне было слышно, как она заворчала. Мама всегда ворчит, когда я ей напоминаю, что ей нужно сдать работу к определенному сроку. Мама любит работать, когда ее посещают музы. Обычно в этом нет большой беды, потому что почти все наши счета оплачивает папа, но все-таки взрослому человеку, даже если он художник, стоило бы вести себя более ответственно. Эх, встретить бы мне когда-нибудь маминых муз! Я бы им надавала хороших пинков, да так быстро, что они бы и заметить не успели, кто им всыпал.

Наконец папа закончил разговор и посмотрел на меня:

— Ну что, тебе лучше?

Кажется, он все-таки заметил, что у меня была икота. Я сказала:

— Да, лучше.

— Миа, ты действительно понимаешь, что я тебе говорю?

Я кивнула:

— Да, что ты — принц Дженовии.

— Да...

По папиному тону стало ясно, что это еще не все. Я не знала, что еще сказать, поэтому спросила:

— А до тебя принцем Дженовии был дедушка?

— Да.

— Значит, бабушка... Кто?

— Вдовствующая принцесса.

Я поморщилась. Что ж, это многое объясняет в бабушке.

Папа чувствовал, что он меня озадачил. Он продолжал смотреть на меня как-то странно, вроде как с надеждой. Я попыталась улыбнуться с невинным видом, но это не подействовало. В конце концов я не выдержала и спросила:

— Ладно, что из этого?

Кажется, он был чем-то разочарован.

— Миа, разве ты сама не понимаешь?

Я положила голову на стол. Вообще-то в «Плазе» так делать не полагается, но я не заметила, чтобы за нами наблюдала Ивана Трамп[1].

— Нет, пожалуй, не понимаю. А что я должна понимать?

— Детка, ты больше не Миа Термополис, — сказал он.

Из-за того, что мама родила меня вне брака, и из-за того, что она не верит в патриархат, как она это объясняет, она дала мне не папину фамилию, а свою. Я подняла голову.

---

[1] Ивана Трамп получила отель «Плаза» в результате развода с Дональдом Трампом.

— Я не Миа Термополис? — Я несколько раз моргнула. — Кто же я тогда?

И папа грустно так сказал:

— Ты — Амелия Миньонетта Гримальди Термополис Ренальдо, принцесса Дженовии.

Ладно.

Что? Принцесса? Я?

Никакая я не принцесса. Я настолько НЕ принцесса, что, когда папа стал мне об этом говорить, я расплакалась. Мне было видно мое отражение в большом зеркале в золоченой раме, которое висело на противоположной стене, и я увидела, что мое лицо покрылось пятнами, как бывает, когда мы на физкультуре играем в вышибалы и в меня попадают мячом. Я смотрела на свою физиономию в этом огромном зеркале и думала: «И это лицо принцессы?»

Вы бы видели, на кого я была похожа. Уверена, вы в жизни не видали человека, который бы меньше походил на принцессу, чем я. Я имею в виду свои ужасные волосы: и не прямые, и не вьющиеся, а какие-то треугольные, поэтому мне приходится стричься очень коротко. Иначе я буду похожа на дорожный знак «уступи дорогу». По цвету они у меня не светлые и не темные, а так, нечто среднее, кажется, именно такой цвет называют мышиным. Очень привлекательно, правда? А еще у меня большой рот, ступни, как лыжи, и такая плоская грудь, как будто ее вообще нет.

Лилли говорит, что моя самая привлекательная черта — это глаза, они у меня серые, но тогда и они выглядели ужасно: сощуренные и красные. Это потому, что я старалась не заплакать. Принцессы ведь не плачут?

Тут папа погладил меня по руке. Ладно, положим, я папу люблю, но он просто ничего не понимает.

Он все повторял, что ему очень жаль, а я не могла ничего ответить, потому что боялась, что если заговорю, то расплачусь так, что не смогу остановиться. Он стал говорить, что все не так уж плохо, что мне понравится жить во дворце в Дженовии и что я смогу приезжать к своим друзьям так часто, как пожелаю. Тут-то я и не удержалась.

Оказывается, я не только принцесса, но мне еще и ПЕРЕЕЗЖАТЬ придется?!!

Мне почти сразу расхотелось плакать. Потому что тут я по-настоящему разозлилась. Я не так часто злюсь, я боюсь конфронтации и все такое, но когда я все-таки разозлюсь, то держись.

— Ни в какую Дженовию я не поеду! — сказала я очень громко.

Я поняла, что получилось действительно громко, потому что все эти японские туристы повернулись и посмотрели в мою сторону, а потом стали перешептываться.

Кажется, папа был потрясен, что я на него закричала. В прошлый раз я на него кричала несколько лет назад, когда он поддержал бабушку и сказал, что мне следует попробовать паштет из гусиной печени. Может, во Франции это и деликатес, мне все равно, я не ем того, что когда-то ходило по земле и крякало.

— Но, Миа... — Он заговорил тоном, подразумевавшим: «Давай рассуждать здраво». — Я думал, ты понимаешь...

— Я понимаю только одно — всю мою жизнь ты мне лгал. С какой стати я должна переезжать и жить с тобой?

Я поняла, что говорю прямо как персонаж из телесериала. Жаль это признавать, но я и дальше повела себя как героиня сериала. Я вскочила из-за стола так быстро, что опрокинула тяжелый позолоченный стул, и выскочила из зала, по пути чуть не сбив с ног швейцара.

Кажется, папа пытался меня догнать, но, если нужно, я могу бежать очень быстро. Мистер Уитон, наш учитель физкультуры, вечно пытается выставить меня на соревнования, но это пустое дело. Терпеть не могу бегать без причины, а дурацкая цифра на футболке — это, по-моему, никакая не причина бежать.

Короче говоря, я бежала по улице мимо дурацких конных повозок для туристов, мимо большого фонтана с золотой статуей посередине, мимо машин, мимо детей с родителями, которые вечно толпятся перед «Сворз»[1], прямиком в Центральный парк. Там уже становилось темновато, холодновато, жутковато и все такое, но мне было плевать. Мне было нечего бояться. На меня никто бы не напал, потому что во мне росту пять футов девять дюймов, я в десантных ботинках, а за спиной у меня рюкзак с наклейками типа «Поддерживай "Гринпис"» и «Я не ем животных». С девчонками в десантных ботинках, особенно вегетарианками, никто не связывается.

Через некоторое время я устала бежать и стала думать, куда бы податься. Возвращаться домой мне пока не хотелось. Я знала, что к Лилли идти не стоит, она очень негативно настроена против любых форм правительства, которое не избирается народом, напрямую или через избранных представителей. Она говорит, что там, где властью наделяется один человек, притом он получает эту власть по наследству, принципы социального равенства, права и свободы личности без-

---

[1] Самый популярный магазин игрушек.

надежно утеряны. Вот почему в наше время реальная власть перешла от абсолютной монархии к конституционной, а королевы вроде Елизаветы Второй стали просто символом национального единства.

По крайней мере, в своем устном докладе по всемирной истории она говорила именно так.

Я, пожалуй, согласна с Лилли, особенно насчет принца Чарльза, он обращался с Дианой паршиво, но мой папа не такой. Конечно, он играет в поло и все такое. Но ему бы никогда в голову не пришло ни с того ни с сего обложить кого-нибудь налогами. Но мне почему-то кажется, что тот факт, что в Дженовии население не платит налоги, не произведет на Лилли особого впечатления.

Я знаю, папа первым делом позвонит маме и она забеспокоится. Ужасно не хочется заставлять маму волноваться. Она, конечно, бывает иногда очень безответственной, но это касается счетов и покупок, а по отношению ко мне она никогда не бывает безответственной. Некоторым моим знакомым, к примеру, родители иногда даже забывают выдать деньги на метро. А есть такие, кто говорит родителям, что идет в гости к такому-то или такой-то, а сами вместо этого где-нибудь напиваются, а их родители об этом понятия не имеют, потому что даже не звонят другим родителям и не проверяют, правда ли их ребенок у тех в гостях.

Моя мама не такая, она ВСЕГДА проверяет. Поэтому я понимала, что было несправедливо убегать вот так и заставлять маму беспокоиться. Что думает папа, меня тогда мало волновало, в то время я его почти ненавидела. Мне просто нужно было некоторое время побыть одной. Я хочу сказать, что, если ты вдруг узнаешь, что ты принцесса, к этому нужно еще как-то привыкнуть. Наверное, кому-то из девчонок это могло бы понравиться, но только не мне. Меня всякие девчоночьи штучки никогда особенно не привлекали, ну, знаете, всякие там колготки в сеточку, макияж и все такое. То есть я, конечно, могу краситься и наряжаться, если нужно, но предпочитаю обходиться без этого. Я этого терпеть не могу.

Короче говоря, не знаю, как это получилось, но ноги как будто сами знали, куда меня нести, и через некоторое время я очутилась в зоопарке. Мне нравится зоопарк Центрального парка, с самого детства нравится. Он куда лучше, чем в Бронксе, потому что он такой маленький, уютный и животные здесь гораздо дружелюбнее, особенно тюлени и белые медведи. Я люблю белых медведей. В зоопарке Центрального парка есть один белый медведь, который целыми днями только и делает, что плавает на спине. Честное слово! Про него однажды говорили в новостях, потому что зоопсихолог забеспокоился, что этот медведь переживает слишком большой стресс. Должно быть, ужасно противно, когда на тебя целыми днями глазеют люди. Но потом ему купили какие-то игрушки, и он поправился. Он просто сидит себе спокойненько в своем вольере — в Центральном парке у зверей нет клеток, у них вольеры — и наблюдает за тем, как вы за ним наблюдаете. Иногда он держит мячик. Мне нравится этот медведь.

И вот, после того как я отдала пару долларов за вход — этот зоопарк хорош еще тем, что он дешевый, — я ненадолго зашла навестить белого медведя. Судя по всему, он чувствует себя хорошо. Гораздо лучше, чем я на тот момент. Я хочу сказать, что ему-то его папа не сообщил, что он оказался наследником трона какого-нибудь государства. Интересно, откуда привезли этого белого медведя? Надеюсь, что из Исландии.

Через некоторое время возле белого медведя собралось слишком много народу, и я ушла в домик пингвина. Здесь интересно, хотя плоховато пахнет. В домике есть такие окошечки, которые выходят под воду, через них можно смотреть, как пингвины плавают, скользят по камнями и вообще развлекаются по-своему, по-пингвиньи. Малыши прикладывают ладони к стеклу и, когда пингвин подплывает к окошку, начинают визжать. Меня это ужасно раздражает. Но зато здесь есть скамейка, на которой можно посидеть, и я сейчас на ней сижу и пишу вот это. К запаху довольно быстро привыкаешь и перестаешь его замечать. Наверное, привыкнуть можно ко всему.

Господи, неужели я правда это написала? Самой не верится. К тому, что я — принцесса Амелия Ренальдо, я НИКОГДА не привыкну! Я даже не знаю, кто это такая! Звучит, как название какой-нибудь дурацкой линии косметики, а еще похоже на имя какой-нибудь героини диснеевского мультика, которую в детстве похитили, или она потеряла память и только что пришла в себя, или еще что-нибудь в этом роде.

Что же мне делать? Ну не могу я переехать в Дженовию, просто не могу! Кто тогда присмотрит за Толстым Луи? Мама точно не сможет, она и сама-то поесть забывает, что говорить о том, чтобы покормить кота.

Мне наверняка не разрешат держать кота во дворце. Во всяком случае, такого кота, как Толстый Луи, который весит двадцать пять фунтов и жрет носки. Он там всех придворных дам перепугает.

Господи, что же делать, что делать?

Если об этом узнает Лана Уайнбергер, мне конец.

Тот же четверг, еще позже

Я, конечно, не могла прятаться в домике пингвина до бесконечности. В конце концов они выключили свет и сказали, что зоопарк закрывается. Я убрала дневник и вышла вместе с остальными посетителями. Потом я села в автобус и поехала домой. Я не сомневалась, что дома меня ждет большой нагоняй от мамы, но я никак не ожидала, что мне достанется от обоих родителей одновременно. И это был только первый сюрприз.

— Где вы были, юная леди? — спросила мама.

Она сидела за кухонным столом вместе с папой, между ними стоял телефон. Папа одновременно с ней сказал:

— Мы чуть с ума не сошли от беспокойства!

Я приготовилась к большой головомойке, но они только хотели знать, все ли со мной в порядке. Я заверила, что все нормально, и извинилась, что повела себя, как Дженнифер Лав Хьюит. Мне, говорю, просто нужно было побыть одной.

Я очень боялась, что они начнут меня пилить, но, как ни странно, они не начали. Мама даже хотела накормить меня китайской лапшой, но я не стала есть, потому что она была с ароматом говядины.

Тогда папа предложил послать водителя в японский ресторан за суши, но я ему сказала:

— Честное слово, папа, мне ничего не нужно, я хочу только спать.

Тогда мама стала щупать мой лоб и все такое, как будто я заболела. От этого я чуть снова не разревелась. Папа, видать, понял это по лицу, наверное, в «Плазе» у меня был такой же вид, потому что он вдруг сказал:

— Хелен, оставь ее в покое.

Как ни странно, мама послушалась. Поэтому я пошла в свою ванную, закрыла за собой дверь и долго-долго лежала в горячей воде с пеной. Потом я надела свою любимую пижаму, красную фланелевую, нашла Толстого Луи (он прятался под диваном в японском стиле, потому что недолюбливает моего папу) и легла спать.

Пока я еще не уснула, мне было слышно, как папа с мамой долго-долго разговаривали на кухне. Папа ворчал басом, как будто где-то далеко гремел гром, а еще его голос немного напомнил мне голос капитана Пикарда из фильма «Стар Трек: следующее поколение». У папы вообще много общего с капитаном Пикардом. Он тоже белый, лысый и должен править небольшим государством. Вот только капитан Пикард к концу каждой серии благополучно решает все проблемы, и все кончается хорошо. А я очень сомневаюсь, что папа решит все мои проблемы и все кончится хорошо.

3 октября, пятница, домашняя комната[1]

Сегодня утром, когда я проснулась, за окном ворковали голуби. Они живут на пожарной лестнице возле моего окошка. На подоконнике сидел Толстый Луи и наблюдал за ними, вернее, сидела та его часть, которая умещается на подоконнике. Светило солнце, и я даже встала вовремя, а не засыпала и просыпалась снова сто раз, как бывает. Я приняла душ, на-

---

[1] Комната в школе для внеклассной работы и приготовления уроков.

шла на дне шкафа не слишком помятую блузку и даже сумела расчесать волосы так, что они стали выглядеть более или менее приемлемо. Настроение у меня было отличное. Сегодня пятница. Пятница! Мой самый любимый день, не считая субботы и воскресенья. Пятница означает, что впереди два замечательных дня, когда можно будет расслабиться, — два дня без единого урока алгебры!

Потом я спустилась в кухню. Из окна в потолке лился розовый свет, мама стояла прямо под ним в своем лучшем розовом кимоно и готовила французские тосты с яичным порошком вместо натуральных яиц. Я больше не отказываюсь от молока и яиц, потому что узнала, что яйца не оплодотворены и из них все равно никогда бы не вылупились маленькие цыплятки. Я уже собралась поблагодарить маму за то, что она так внимательна, но тут услышала шорох. Оказывается, за обеденным столом (вообще-то это просто стол, поскольку у нас нет столовой, но неважно) сидит папа и читает «Нью-Йорк таймс». Папа был в костюме. В костюме! Это в семь часов утра!

И тут я все вспомнила, удивительно, как я могла забыть: я — принцесса!

О господи! Мое хорошее настроение сразу улетучилось. Папа меня увидел и сказал:

— Ах, Миа...

Я сразу поняла, что мне сейчас достанется. «Ах, Миа» папа говорит только тогда, когда собирается прочесть мне длиннющую лекцию. Он аккуратно так свернул газету и положил на стол. Папа всегда сворачивает газеты аккуратно, чтобы краешки страниц совпадали. Мама ничего такого не делает, она обычно мнет страницы и бросает их или на диване, или возле туалета. Папу такие вещи ужасно бесят, наверное, именно по этой причине они не поженились.

Мама, как я заметила, поставила на стол наши лучшие тарелки из «Кеймарта»[1], те, которые в голубую полоску, и зеленые пластмассовые стаканчики в форме кактусов из «Икеа». Она даже поставила на середину стола букет из ярких искусственных подсолнухов в желтой вазе. Я знаю, что она все это сделала, чтобы поднять мне настроение, к тому же, чтобы все это успеть, она наверняка очень рано встала. Но вместо того, чтобы повеселеть, я еще больше погрустнела. Мне сразу подумалось, что они там во дворце, в Дженовии, наверняка не пьют из зеленых пластмассовых стаканов в форме кактусов.

— Миа, нам нужно поговорить, — сказал папа.

Именно так всегда и начинаются его самые ужасные лекции. Только на этот раз перед тем, как начать, он посмотрел на меня как-то странно.

— Что у тебя с волосами?

— А что?

Я потрогала голову. Мне-то казалось, что сегодня у меня голова в кои-то веки в приличном виде.

— Филипп, с ее волосами все в порядке, — сказала мама. Обычно она старается по возможности избавить меня от папиных нотаций. — Миа, проходи и садись, давай завтракать. Сегодня я даже подогрела к французским тостам сироп, как ты любишь.

Я оценила этот мамин жест, правда оценила, но я не собиралась садиться и разговаривать о моем будущем в Дженовии. Поэтому я сказала:

— Ой, мама, я бы с удовольствием, но мне нужно идти. У меня сегодня контрольная по мировой истории, и мы с Лилли договорились встретиться до начала занятий и вместе просмотреть конспекты...

— Садись.

---

[1] Сеть универмагов с низкими ценами.

Боже, когда папа захочет, он действительно может говорить, как настоящий капитан звездолета.

Я села. Мама положила на мою тарелку несколько французских тостов. Я полила их сиропом и откусила кусочек — просто из вежливости. На вкус тосты были как картон.

— Миа, — сказала мама. Она все еще пыталась спасти меня от папиной лекции. — Я понимаю, как ты из-за всего этого расстроена, но в самом деле все не так плохо, как тебе кажется.

Ну да, конечно. Мне ни с того ни с сего сообщают, что я принцесса, и я, выходит, должна этому радоваться?

— Я хочу сказать, что большинство девочек были бы, наверное, счастливы узнать, что их папа — принц.

Только не мои знакомые девчонки. Хотя, пожалуй, это не совсем так. Лане Уайнбергер наверняка бы понравилось быть принцессой. Если разобраться, она и так считает себя принцессой.

— Ты только подумай, сколько у тебя будет красивых вещей, если ты переедешь в Дженовию.

Мама стала перечислять вещи, которые у меня появятся, если я перееду в Дженовию, ее лицо как будто засветилось изнутри, но голос звучал как-то странно, как будто она играла мамашу в каком-нибудь телесериале.

— Например, машина! Здесь, в Нью-Йорке, иметь машину очень непрактично, но в Дженовии, я уверена, когда тебе исполнится шестнадцать, папа купит...

На это я заметила, что в Европе и так достаточно проблем с экологией и я не хочу вносить свой вклад в загрязнение окружающей среды. Автомобильные выхлопы — одни из главных виновников разрушения озонового слоя.

— Но тебе всегда хотелось иметь лошадь, не так ли? В Дженовии ты можешь ее завести. Красивую серую кобылу в яблоках...

Это меня достало.

— Мама... — У меня выступили слезы на глазах, и я ничего не могла с этим поделать. И вот я уже вся в слезах, рыдаю, как ненормальная. — Мама, что ты говоришь? Ты что, правда хочешь, чтобы я жила с папой? Ты от меня устала или, может, я тебе надоела? Или ты хочешь, чтобы я уехала с папой, чтобы ты и мистер Джанини могли... могли...

Я не закончила, потому что разревелась так, что не смогла больше говорить. Но к тому времени мама тоже плакала. Она вскочила со стула, обошла вокруг стола и стала меня обнимать.

— О, нет, дорогая, как ты могла такое подумать? — Она больше не была похожа на мамашу из сериала. — Я просто хочу для тебя лучшего.

— Как и я, — сказал папа с раздражением.

Он скрестил руки на груди, откинулся на спинку стула и наблюдал за нами с недовольным видом.

— Так для меня лучше всего остаться здесь и закончить школу, — сказала я ему. — А потом я вступлю в «Гринпис» и буду помогать спасать китов.

Вид у папы стал еще более недовольный. Он сказал:

— Ни в какой «Гринпис» ты не вступишь.

— Нет, вступлю. — Мне было трудно говорить, потому что я плакала и все такое, но я все-таки сказала: — А еще я собираюсь в Исландию, чтобы спасать детенышей тюленей.

— Ну уж нет, ничего подобного. — Теперь папа был не просто раздражен, он прямо-таки на стенку лез от злости. — Ты поступишь в колледж и продолжишь учебу. Возможно, в Вассар или в колледж Сары Лоуренс.

Я еще сильнее заплакала. До того как я смогла еще что-нибудь сказать, мама протянула руку.

— Не надо, Филипп, так мы ничего не добьемся. Миа все равно пора в школу, она уже опаздывает.

Я огляделась и стала искать рюкзак и плащ.

— Да. Мне пора. Мне еще нужно пополнить карточку метро.

Папа издал странный французский звук, который он иногда издает. Что-то среднее между фырканьем и вздохом, похоже на «пф-ф-у». Потом он сказал:

— Тебя отвезет Ларс.

Я сказала папе, что в этом нет необходимости, потому что мы каждый день встречаемся с Лилли на Астор-Плейс и вместе едем на шестом поезде.

— Ларс может отвезти вас двоих.

Я посмотрела на маму. Она посмотрела на папу. Ларс — это папин водитель, он сопровождает папу везде и всюду. Сколько я знаю папу — ладно, чего уж там, всю жизнь, — у папы всегда был шофер, обычно это какой-нибудь большой мускулистый дядечка, который раньше работал на президента Израиля или кого-нибудь в этом роде. Теперь-то я, конечно, понимаю, что эти ребята были совсем не водителями, а телохранителями.

Но дело не в этом. Не хватало еще, чтобы меня привез в школу папин телохранитель. Как прикажете объяснить это Лилли? «О, не обращай внимания, это просто папин шофер». Ну да, еще чего? В школе имени Альберта Эйнштейна есть только один человек, которого привозит шофер, — это Тина Хаким Баба, дочка страшно богатого владельца нефтяной компании из Саудовской Аравии. В школе над ней все смеются, потому что ее родители ужасно боятся, что ее могут похитить где-нибудь между углом Семьдесят пятой улицы и Мэдисон-авеню, где находится наша школа, и углом Семьдесят пятой улицы и Пятой авеню, где она живет. У нее даже есть телохранитель, он ходит за ней из класса в класс и переговаривается по рации с шофером. Мне лично кажется, что это немножко чересчур.

Но папа уперся насчет водителя, и ни в какую. Говорит, теперь я официально принцесса, и все это делается ради моей безопасности. Еще вчера я была Миа Термополис и могла благополучно добираться до школы на метро, но теперь, когда я стала принцессой Амелией, — ни-ни.

Ладно, неважно. Если разобраться, спорить особенно не о чем. У меня сейчас есть поводы для беспокойства и посерьезнее. Например, в какой стране мне предстоит жить в ближайшем будущем.

Когда я уже уходила — между прочим, папа велел Ларсу зайти за мной домой и проводить до машины, — то вышло очень неловко, я случайно услышала, как папа говорит маме:

— Ладно, Хелен, а теперь я хочу знать, кто этот Джанини, о котором упоминала Миа?

Вот так.

$ab = a + b$
найти b
$ab - b = a$
$b(a - 1) = a$
$b = \dfrac{a}{a - 1}$

Та же пятница, урок алгебры

Лилли сразу почувствовала, что что-то не так. Я ей сказала, что, дескать, папа приехал в город, у него есть водитель и, сама понимаешь... Это она проглотила, но я же не могла рассказать ей про принцессу. Я все вспоминала, с каким отвращением Лилли говорила в своем докладе о монархах христианских стран, которые объявляют себя посланниками Божьей воли и на этом основании считают, что должны отвечать только перед Богом, а не перед людьми, которыми правят. Правда, мой папа и в церковь-то почти не ходит, разве что когда его заставляет бабушка.

Насчет Ларса Лилли мне поверила, но стала приставать с расспросами, почему я плакала.

— Почему ты такая красная и сморщенная? Ты плакала! Почему ты плакала? Что-нибудь случилось? Что случилось? У тебя еще по какому-нибудь предмету двойка?

— Пустяки, — сказала я шепотом, — это связано с папой. Ну, ты знаешь.

— А! — Лилли говорила своим обычным голосом, а, надо вам сказать, ее обычный голос очень громкий. — Ты имеешь в виду эту историю с его бесплодием? Он что, все еще из-за этого переживает?

Вот уж кому действительно необходима самоактуализация. Лилли принялась расписывать то, что она называет юнговским деревом самоактуализации. Она всегда говорила, что папа находится где-то на нижних ветках и не сможет достичь вершины, пока не примет себя таким, какой он есть, и перестанет зацикливаться на своей неспособности произвести на свет новых отпрысков.

Наверное, это и моя проблема. Я тоже застряла где-то в самом низу дерева самоактуализации. Если совсем точно, то даже еще ниже, под корнями. Но сейчас, когда я сижу на алгебре, мне стало казаться, что все не так уж плохо. Я об этом думала весь урок в домашней комнате и наконец кое-что поняла: они не могут насильно заставить меня быть принцессой. Конечно, не могут. Я хочу сказать, мы как-никак живем в Америке. В этой стране человек может быть всем, кем захочет. По крайней мере, в прошлом году, когда мы изучали американскую историю, мистер Холланд говорил нам именно так. Значит, раз уж я могу быть тем, кем хочу, я могу не быть принцессой. Если я сама не захочу, никто не может заставить меня быть принцессой, даже папа.

Так ведь?

Поэтому, когда я приду домой, я скажу папе: «Нет, спасибо!» Я буду просто обыкновенной девочкой Миа.

Прокол. Мистер Джанини меня вызвал, а я понятия не имею, о чем он говорил. Я не обращала на него внимания и писала в дневник. Я вспыхнула, а Лана, конечно, помирает со смеху. Какая же она все-таки дрянь.

С какой стати он все время меня вызывает? Кажется, мог бы уже понять, что я не отличу квадратного корня от корня дерева. Наверное, он вызывает меня только из-за мамы, хочет показать, что относится ко мне так же, как и ко всем остальным в классе.

Ну а я не такая, как все остальные. И вообще, зачем мне нужна эта дурацкая алгебра? В «Гринпис» алгеброй не занимаются. А если я принцесса, то она мне уж точно не понадобится. Одним словом, как дело ни обернется, я в выигрыше.

Круто.

Решить уравнение
$x = a + aby$
$x - a = aby$
$\dfrac{x-a}{ab} = \dfrac{aby}{ab}$
$\dfrac{x-a}{ab} = y$

Пятница, в спальне Лилли Московитц, совсем поздно

Ну вот, после уроков я прогуляла дополнительное занятие с мистером Джанини. Я знаю, что этого делать не следовало, уж поверьте, Лилли мне все популярно объяснила. Я знаю, что мистер Джанини проводит дополнительные занятия специально для таких, как я, что он проводит их в свое свободное время, что ему не платят сверхурочные и все такое. Но если в обозримом будущем алгебра мне вообще не понадобится, зачем, спрашивается, мне ходить на занятия?

Я спросила Лилли, не против ли она, если я переночую у нее, а она сказала, что не против, но только если я перестану вести себя так, будто у меня крыша съехала.

Но когда я после уроков позвонила домой из телефона-автомата, который висит в школьном вестибюле, и спросила у мамы, можно ли мне переночевать у Московитцев, она начала:

— Миа, по правде говоря, твой папа надеялся еще с тобой поговорить, когда ты вернешься из школы.

Здорово, этого мне только не хватало.

Я сказала маме, что, хотя мне очень бы хотелось поговорить с ними, я очень беспокоюсь за Лилли. Псих, который названивал ей по телефону, недавно вышел из сумасшедшего дома. С тех пор как Лилли стала вести передачу на кабельном телевидении публичного доступа, этот тип, его зовут Норман, стал звонить к ней в студию и просить, чтобы она сняла туфли.

Доктор Московитц говорит, что Норман — фетишист, его фетиш — ступни, в частности, ступни Лилли. Норман присылает ей посылки на адрес передачи: компакт-диски, мягкие игрушки и все такое — и пишет, что пришлет еще, если Лилли всего лишь снимет обувь перед камерой. Лилли так и сделала, только потом она набросила себе на ноги плед и стала махать под ним ногами и кричать:

— Норман, псих, смотри, я разулась! Спасибо за диски, придурок!

Норман от этого так разозлился, что стал искать Лилли на улицах Гринвидж-Виллидж. Про то, что Лилли живет в Гринвидж-Виллидже, всем известно, потому что одну серию, которая имела успех, мы снимали на углу улиц Бликер и Ла-Гуардиа. Лилли позаимствовала в магазине «Гранд Юнион» этикет-пистолет и стала говорить всем подряд европейским туристам, которые толкутся в Нохо[1], что если у них на лбу будет этикетка с ценником «Гранд Юнион», то они смогут бесплатно получить в кафе «Дин и Делюка» порцию кофе с молоком. Как ни странно, довольно много народу поверило.

---

[1] Район в Нижнем Манхэттене, известный как центр авангардного искусства.

Короче, как-то раз несколько недель назад фетишист Норман подкараулил нас в парке и погнался за нами. Он размахивал двадцатидолларовыми купюрами и кричал, чтобы мы разулись. Это было довольно забавно и совсем не страшно, тем более что мы бежали как раз к командному пункту на углу Вашингтон-сквер и Томпсон-стрит, где шестая префектура поставила этот длиннющий трейлер, чтобы тайно следить за торговцами наркотиками. Мы пожаловались полицейским, что этот ненормальный хочет нас изнасиловать. Если бы вы видели, что тут началось! На Нормана набросилось человек двадцать полицейских в штатском, в том числе один старик, который вечно спал на скамейке, и я думала, что он бездомный. Норман вопил, но его скрутили и увезли в сумасшедший дом.

Все-таки с Лилли не соскучишься.

Как бы то ни было, родители Лилли сказали, что Нормана только что выпустили на свободу и что ей не надо больше над ним издеваться, потому что он просто несчастный больной человек с манией одержимости и, возможно, с шизофреническими наклонностями.

Лилли решила посвятить завтрашнюю передачу своим ступням. Она будет примерять перед камерой всю свою обувь, но ни разу не покажет босые ступни. Лилли рассчитывает, что это доведет Нормана до ручки и он выкинет что-нибудь совсем уж из ряда вон, например, возьмет ружье и выстрелит в нас.

Но я совсем не боюсь. Норман носит очки с толстыми стеклами, я просто уверена, что он в жизни никуда не попадет, даже из автоматического пистолета, который в этой стране может купить даже такой псих, как Норман, а все из-за совершенно безответственных законов, которые, как пишет в своем интернет-журнале Майкл Московитц, когда-нибудь приведут нашу демократию к краху.

Но маму это нисколько не тронуло. Она сказала:

— Миа, я, конечно, ценю твое стремление помочь подруге пережить трудный период, когда ее преследователь вышел на свободу, но я действительно думаю, что сейчас у тебя есть более серьезные дела дома.

А я ей:

— Какие такие дела?

Я-то думала, что мама говорит про кошачий туалет, а я всего два дня назад сменила в нем наполнитель.

А мама:

— Я говорю о твоей ответственности перед отцом и мной.

Тут я чуть не упала. Ответственность? Ответственность?!! Кто говорит мне об ответственности — мама? Интересно, когда ей в последний раз приходило в голову забросить белье в прачечную, не говоря уже о том, чтобы забрать его обратно? Когда она в последний раз вспоминала, что нужно купить салфетки, или туалетную бумагу, или молоко? А ей хоть раз за все четырнадцать лет пришло в голову упомянуть, что я, возможно, когда-нибудь стану принцессой Дженовии?

И этот человек считает, что имеет право напоминать мне об ответственности?

Ха!

Я чуть было не бросила трубку. Но Лилли стояла почти рядом, она выполняла свое поручение — включать и выключать свет в школьном вестибюле, — и я решила не вести себя так, будто у меня крыша съехала, а если бы я бросила трубку в разговоре с мамой, то это был бы как раз тот самый случай. Поэтому я очень терпеливо сказала:

— Мама, не волнуйся, я не забуду завтра по дороге из школы зайти в хозяйственный и купить мешки для пылесоса.

И только после этого я повесила трубку.

ДОМАШНЕЕ ЗАДАНИЕ

Алгебра: примеры 1—12, стр. 119.
Английский: предложение.
История мировой цивилизации: вопросы в конце 4-й главы.
ТО: не задано.
Французский: использование avoir в отрицательных предложениях, читать уроки 1—3, pas de plus.
Биология: не задано.

4 октября, суббота, рано утром, все еще у Лилли дома

Интересно, почему я всегда так хорошо провожу время, когда ночую у Лилли? Не то чтобы у них были какие-то вещи, которых нет у нас, скорее, наоборот, у нас с мамой все лучше. Например, у Московитцев телевизор принимает только два кабельных канала с фильмами, а я воспользовалась последним специальным предложением от «Тайм Уорнер Кейбл», поэтому у нас дома есть все их каналы, а еще «Синемакс»,

«Шоутайм» и еще много чего, и все это — по невероятно низкой цене, всего за 19,99 доллара в месяц.

А еще у нас соседи лучше, за ними интереснее наблюдать через окно. Например, за Ронни, она часто устраивает шикарные вечеринки. А еще есть пара тощих немцев, они всегда носят все черное, даже летом, и никогда не опускают жалюзи. А на Пятой авеню, где живут Московитцы, просто не на кого посмотреть, кругом живут одни богатые психоаналитики и их дети. Поверьте мне на слово, в их окнах ничего интересного не увидишь.

Но все равно почти каждый раз, когда я ночую у Лилли, даже если мы просто торчим в кухне и доедаем оставшиеся от обеда макароны, бывает очень классно. Может, это потому, что Майя, их домработница (она доминиканка), никогда не забывает купить апельсиновый сок и помнит, что я терпеть не могу сок с мякотью. Если она знает, что я остаюсь у них ночевать, она заказывает в итальянском ресторане не мясную лазанью, а вегетарианскую, как вчера вечером, например. Или потому, что в холодильнике у Московитцев никогда не наткнешься на что-нибудь заплесневелое. Все продукты, у которых прошел срок годности, пусть даже всего день назад, Майя выбрасывает. Даже если пакет сливок еще не распечатан. Даже минеральную воду.

А еще Московитцы никогда не забывают вовремя заплатить за свет, и у них никогда не отключают электричество посреди киномарафона «Стар Трек». А мама Лилли всегда говорит о нормальных вещах, например, о том, как она выгодно купила в «Бергдорфе»[1] брюки от Кельвина Кляйна. Дело не в том, что я не люблю

---

[1] «Бергдорф Гудман» — очень дорогой нью-йоркский магазин.

свою маму или что-нибудь в этом роде, просто мне иногда хочется, чтобы она побольше была мамой и поменьше — художником. А еще мне бы хотелось, чтобы папа немного походил на отца Лилли. Ее папа все уговаривает меня съесть омлет, потому что я, на его взгляд, слишком худая, и ходит дома в старом спортивном костюме с эмблемой своего университета, если, конечно, ему не нужно идти в кабинет и кого-нибудь анализировать.

Доктор Московитц никогда, никогда не появляется в костюме в семь утра.

Не то чтобы я не любила своего папу, наверное, я его люблю, просто я не понимаю, как он мог допустить, чтобы с ним случилось нечто подобное. Он же обычно такой организованный, как он мог допустить, что оказался принцем?

Ну не понимаю я этого, хоть убей.

Но, пожалуй, больше всего мне нравится ночевать у Лилли потому, что здесь я могу не думать обо всяких неприятных вещах, например, что у меня двойка по алгебре, или что я — наследница престола маленького европейского княжества. Я могу расслабиться, есть в свое удовольствие настоящие домашние булочки с корицей и наблюдать, как Майклов шелти Павлов всякий раз, когда Майя выходит из кухни, пытается загнать ее обратно, он же овчарка и считает, что его обязанность — собирать всех в стадо.

Вчера вечером было очень здорово. Докторов Московитцев не было, они пошли на благотворительный вечер, поэтому мы с Лилли приготовили огромную миску поп-корна, забрались на широченную кровать с пологом, где спят ее родители, и стали смотреть все серии «Джеймса Бонда» подряд. Мы сравнили всех Джеймсов Бондов и решили, что Пирс Броснан — самый худой, Шон Коннери — самый волосатый, Роджер Мур — самый загорелый. Правда, ни один Джеймс Бонд не снимал рубашку достаточно надолго, чтобы можно было сказать, у кого самый красивый торс, но, по-моему, у Тимоти Далтона.

Мне нравится волосатая грудь. Пожалуй, нравится.

Забавно получилось: пока я пыталась решить для себя этот вопрос, в комнату вошел брат Лилли. Майкл, правда, был в рубашке и почему-то выглядел раздраженным. Он сказал, что меня просит к телефону папа. Папа был ужасно зол, потому что он очень долго пытался дозвониться, но Майкл сидел в Интернете, отвечая на письма читателей его интернет-журнала «Крэкхэд», и линия была занята.

Наверное, у меня был такой вид, будто меня сейчас вырвет или еще что-нибудь в этом роде, потому что Майкл помолчал немного, а потом сказал:

— Ладно, Термополис, расслабься, я ему скажу, что вы с Лилли уже легли.

Мама в это вранье ни за что бы не поверила, но с папой, видать, все прошло гладко, потому что Майкл вернулся и доложил, что папа извинился за поздний звонок (ха, было всего одиннадцать часов!) и сказал, что перезвонит утром.

Здорово. Жду не дождусь.

Наверное, я все еще выглядела так, будто меня сейчас вырвет, потому что Майкл позвал пса и велел ему забраться к нам в кровать, хотя Московитцы-старшие не разрешают приводить в их спальню животных. Павлов забрался ко мне на колени и стал лизать меня в лицо. Между прочим, он лижет только тех, кому по-настоящему доверяет. Майкл сел рядом и стал смотреть с нами фильмы. Лилли в интересах науки спросила его, какие из девушек Бонда ему больше всего нравятся: блондинки, которых Джеймсу Бонду вечно приходится спасать, или брюнетки, которые вечно целятся в него из пистолета. Майкл ответил, что перед девушкой с оружием он не может устоять. После этого мы заговорили о двух наших любимых сериалах: «Зенна, королева воинов» и «Баффи — Истребительница вампиров».

А потом, не столько в интересах науки, сколько просто из любопытства, я спросила Майкла, с кем бы он хотел остаться: с Зенной или с Баффи, если бы настал конец света и в живых остались бы всего один мужчина и одна женщина и им нужно было бы возродить население на планете.

Майкл сначала сказал, что у меня возникают странные мысли, а потом выбрал Баффи. Тогда Лилли спросила меня, кого бы я выбрала, Гаррисона Форда или Джорджа Клуни. Я сказала, что Гаррисона Форда, хотя он и такой старый, только Гаррисона Форда из «Индианы Джонса», а не из «Звездных войн». А Лилли сказала, что выбрала бы Гаррисона Форда в роли Джека Райана из фильма по книге Тома Клэнси.

Тогда Майкл спросил:

— Кого бы ты выбрала, Гаррисона Форда или Леонардо Ди Каприо?

Мы обе выбрали Гаррисона Форда, Леонардо какой-то вялый и немодный. Майкл все не унимался.

— А кого бы вы выбрали, Гаррисона Форда или Джоша Рихтера?

Лилли сказала, что Гаррисона Форда, потому что он когда-то был плотником и мог бы построить дом, а я сказала, что Джоша Рихтера, потому что он дольше проживет — Гаррисону ведь лет шестьдесят — и сможет помочь мне воспитывать детей.

Тогда Майкл стал говорить всякие несправедливые вещи про Джоша Рихтера, типа, что перед лицом ядерной катастрофы он покажет себя трусом, но Лилли сказала, что страх перед некоторыми вещами — не совсем точный показатель потенциала духовного роста, и я с этим согласилась. Тогда Майкл сказал, что мы обе идиотки, если думаем, что Джош Рихтер осчастливит нас своим вниманием, ему нравятся только девчонки вроде Ланы Уайнбергер.

Тогда Лилли спросила Майкла, кого бы он выбрал, меня или Лану Уайнбергер. Он сказал:

— Конечно, Миа.

Но я думаю, он так ответил только потому, что я сидела тут же и ему не хотелось говорить про меня неприятные вещи в моем присутствии.

По-моему, пора было сменить тему, но Лилли продолжала. Ей понадобилось узнать, кого бы Майкл выбрал, меня или Мадонну, меня или Баффи (я победила Мадонну, но уступила Баффи, сдаюсь).

Потом Лилли захотела узнать, кого бы я выбрала, Майкла или Джоша Рихтера. Я сделала вид, что очень серьезно раздумываю, но тут, к моей великой радости, вернулись Московитцы и стали на нас кричать за то, что мы впустили в спальню Павлова и едим попкорн на их кровати.

Позже, когда мы с Лилли убрали весь поп-корн и вернулись в ее комнату, она снова спросила меня, кого бы я выбрала, Джоша Рихтера или ее брата. Я сказала, что Джоша Рихтера, потому что он самый классный парень во всей школе, а может, и в целом мире, и я в него по уши влюблена, и это не потому, что, когда он наклоняется, чтобы достать что-нибудь из шкафчика, его светлые волосы падают на лоб, а потому, что я знаю: за фасадом классного парня скрывается заботливый, чуткий, тонко чувствующий человек. Я почувствовала это уже по тому, как он тогда в «Байджлоуз» сказал мне «привет».

Но я все думала, что, если бы конец света настал на самом деле, наверное, лучше было бы выбрать Майкла, потому что он, по крайней мере, умеет меня смешить. Мне кажется, когда наступит конец света, чувство юмора очень пригодится. Ну и, конечно, Майкл очень классно смотрится без рубашки. И если конец света наступит на самом деле, то Лилли умрет, и она никогда не узнает, что мы с ее братом занимаемся сексом.

Но я бы ни за что не хотела, чтобы Лилли узнала, что я могу думать о ее брате что-то подобное. Она еще решит, что это извращение. А это хуже, чем то, что я оказалась принцессой Дженовии.

Суббота, позже

Всю дорогу от Лилли до дома я переживала, что скажут мама и папа, когда я вернусь. Раньше я всегда их слушалась и никогда не бунтовала, честное слово, никогда. Ну, может, был один раз, когда Лилли, Шамика, Линг Су и я пошли смотреть тот фильм с Кристианом Слейтером, а вместо этого попали на ужастик, и я забыла позвонить домой и позвонила только после фильма, а он кончился в половине третьего ночи. Мы оказались на Таймс-сквер, и у нас не хватило денег на такси.

Но это был один-единственный раз. Я извлекла из того случая урок, и маме даже не пришлось меня пилить. Хотя она, конечно, ничего такого никогда не делает, я имею в виду, меня не пилит. Кто, скажите на милость, будет ходить в банкомат за деньгами, если меня распилят? Но папа — другое дело. По части дисциплины он совершенно несгибаемый. Мама говорит, это потому, что, когда он был маленьким, бабушка его наказывала и запирала в жутко страшную комнату в их доме.

Теперь, когда я об этом думаю, я начинаю догадываться, что папа вырос на самом деле не в доме, а в замке и эта страшная комната, наверное, была подземной темницей. Поэтому не удивительно, что папа делает абсолютно все, что велит бабушка.

Как бы то ни было, когда папа на меня злится, то уж злится по-настоящему. Как в тот раз, когда я отказалась идти с бабушкой в церковь и молиться Богу, который допускает, чтобы дождевые леса Амазонки уничтожались ради новых пастбищ для коров. Эти животные потом превращаются в гамбургеры для невежественной массы, которая поклоняется страшному символу всего этого зла, Рональду Макдональду. Папа сказал, что, если я не пойду в церковь, он меня выпорет, мало того, он пригрозил, что больше никогда не разрешит мне читать интернет-журнал Майкла. Он до самого конца лета не разрешал мне подключаться к сети. Он разбил мой модем большой бутылкой «Шатонёф дю пап»[1].

Вот это реакционер!

Поэтому когда я возвращалась домой от Лилли, я очень боялась. Я все тянула время и старалась просидеть у Московитцев подольше, помогла Майе загрузить тарелки в посудомоечную машину. Сама Майя

---

[1] Марка французского вина.

в это время писала письмо конгрессмену с просьбой сделать что-нибудь для ее сына Мануэля, которого десять лет назад несправедливо осудили и посадили в тюрьму за поддержку революции в их стране. Потом я выгуляла Павлова, потому что Майклу нужно было идти в Колумбийский университет на лекцию по астрофизике.

Но потом Лилли объявила, что ей пора идти снимать специальную часовую серию, посвященную ступням. Только оказалось, что старшие Московитцы не ушли на занятия бодибилдингом. Они все слышали и сказали, что мне нужно идти домой, а им с Лилли нужно проанализировать, откуда у нее это желание помучить беднягу, помешанного на сексуальной почве.

Значит, дело обстоит так.

В общем и целом я очень хорошая дочь. Кроме шуток. Я не курю, не принимаю наркотики, я не родила ребенка на школьном балу. Мне можно доверять целиком и полностью, и я почти всегда делаю домашнюю работу. Если не считать какой-то несчастной двойки по алгебре, которая мне все равно в будущем не пригодится, дела у меня идут довольно хорошо.

И тут родители обрушили на мою голову сногсшибательную новость.

На обратном пути домой я решила, что, если папа попытается меня наказать, я обращусь к судье Джуди[1]. Он еще пожалеет о своем поступке, если ему придется предстать перед судьей Джуди. Уж она ему задаст, будьте уверены. Кто-то пытается заставить девчонку стать принцессой, хотя ей этого совсем не хочется? Ну нет, такого судья Джуди не потерпит.

---

[1] Персонаж популярного телесериала, основанного на реальных случаях из судебной практики.

Но когда я вернулась домой, оказалось, что мне вовсе не потребовалось звонить судье Джуди. Обычно мама по субботам уходит в студию, но в этот раз она не ушла. Дожидаясь меня, она сидела на диване и листала старые номера журнала «Севентин», на который сама когда-то меня подписала. Это было еще до того, как мама поняла, что я слишком плоскогрудая, чтобы меня кто-нибудь пригласил на свидание, и поэтому все, что они пишут в этом журнале, мне ни с какого боку не подходит.

Тут же был и папа, он сидел на том же самом месте, что и вчера, когда я уходила, только сейчас он читал «Санди таймс», хотя была суббота, а у нас с мамой правило — не начинать читать воскресные страницы до воскресенья. Как ни странно, папа был не в костюме. Сегодня он был в вельветовых брюках и кашемировом свитере, наверняка этот свитер ему подарила одна из его многочисленных подружек.

Когда я вошла, он очень аккуратно свернул газету, положил на стол и смерил меня долгим пристальным взглядом, прямо как капитан Пикард перед тем, как начать отчитывать Рикера. А потом папа сказал:

— Миа, нам нужно поговорить.

Я сразу стала объяснять, что я же не ушла, не предупредив, куда иду, и что мне просто нужно было время, чтобы обо всем подумать, и что я была очень осторожна, не поехала на метро и все такое. А папа просто сказал:

— Я знаю.

Да, именно так: «Я знаю». Он просто сдался без боя.

И это мой папа!

Я посмотрела на маму, пытаясь понять, заметила ли она, что папа сошел с ума. А она сделала нечто еще более сумасшедшее. Она отложила журнал, встала, подошла ко мне, обняла и сказала:

— Детка, мы очень сожалеем.

Эй, что случилось? Неужели это мои родители? Может, пока меня не было, в квартире побывали похитители тел и подменили моих родителей биороботами? А как еще можно было объяснить, почему мои родители вдруг стали такими разумными?

И тут папа продолжает:

— Миа, мы понимаем, что тебе тяжело, ты переживаешь стресс, и мы сделаем все, что в наших силах, чтобы облегчить тебе переход в новое состояние.

Потом папа спросил, знаю ли я, что такое компромисс. Я сказала, что да, конечно, знаю, я же не третьеклассница какая-нибудь. Тогда он достал лист бумаги, и на этом листе мы втроем составили то, что мама назвала «Компромиссное соглашение Термополис—Ренальдо». Вот что это такое:

Я, нижеподписавшийся Артур Кристофф Филипп Джерард Гримальди Ренальдо, выражаю согласие на то, чтобы мой единственный отпрыск и наследница, Амелия Миньонетта Гримальди Термополис Ренальдо, провела период получения среднего образования в средней школе имени Альберта Эйнштейна для мальчиков (перепрофилированной в школу совместного обучения в 1975 году) без перерывов, за исключением летних и рождественских каникул, которые она будет безусловно проводить в государстве Дженовия.

Я спросила, значит ли это, что мне больше не нужно проводить лето в Мираньяке, и папа сказал, что да.

Мне даже не верилось. Рождество и лето без бабушки? Это все равно что пойти к зубному, но вместо того, чтобы лечить зубы, просто читать в приемной журнал «Тин пипл» и вдыхать веселящий газ! Я так обрадовалась, что тут же взяла и обняла папу. Но, к сожалению, оказалось, что это еще не все соглашение.

Я, нижеподписавшаяся Амелия Миньонетта Гримальди Термополис Ренальдо, подтверждаю согласие исполнить обязанности наследницы Артура Кристоффа Филиппа Джерарда Гримальди Ренальдо, принца Дженовии, а именно вступить на престол после кончины последнего и принять на себя государственные функции, требующие присутствия упомянутой наследницы.

На мой взгляд, все это звучало вполне нормально, за исключением последнего предложения. Государственные обязанности? В чем они заключаются?

Папа отвечал очень туманно:

— Ну, ты сама понимаешь, присутствие на похоронах глав государств, открытие балов и прочее в этом роде.

Похороны? Балы? Здрасссьте! А как же разбивание бутылок шампанского о борт океанских лайнеров? А как же голливудские премьеры и все такое?

— Ну-у, — сказал папа, — голливудские премьеры в действительности не так уж хороши, как это представляют: вспышки фотоаппаратов прямо в лицо, назойливые журналисты... Ужасно неприятно.

Ладно, а как же похороны, балы? Я даже глаза подвести не умею, не говоря уже о том, чтобы сделать реверанс...

— О, на этот счет не волнуйся. — Папа закрыл свою авторучку колпачком. — Об этом позаботится бабушка.

Ну да, конечно. Что она может сделать? Она же во Франции.

Ха! Ха! Ха!

Суббота, вечер

Какая же я неудачница, даже самой не верится! Субботний вечер, а я сижу дома одна с папой!

Папа, видно, меня жалеет, потому что меня никто никуда не пригласил, и он пытался уговорить меня пойти на «Красавицу и Чудовище». В конце концов мне это надоело, и я сказала:

— Послушай, папа, я уже не маленькая. В субботу вечером даже принц Дженовии не сможет достать билеты на бродвейское шоу в последнюю минуту.

Наверное, он просто чувствовал себя покинутым, потому что мама снова пошла на свидание с мистером Джанини. Учитывая, что в моей жизни за последние двадцать четыре часа произошел крутой поворот, мама хотела отменить свидание, но я прямо-таки заставила ее пойти. Я же вижу, что чем больше времени она проводит с папой, тем ее губы становятся все тоньше и тоньше, потому что она то и дело пытается удержаться от какой-нибудь резкой фразы. Мне кажется, ей хотелось сказать папе:

— Убирайся! Возвращайся в отель! Ты платишь за номер шестьсот долларов в сутки, неужели ты не можешь там остаться?

Папа маму ужасно раздражает, потому что он все время болтается по квартире, достает из салатной миски банковские уведомления (в эту салатную миску мы бросаем всю почту) и пытается объяснить маме, что если бы она сразу переводила средства с текущего счета на пенсионный, то очень много выиграла бы в деньгах. Поэтому хотя мама и считала, что ей следует остаться дома, я знала, что если она останется, то в конце концов просто взорвется, и я сказала: «Пожалуйста, иди, а мы с папой без тебя обсудим, как управлять маленьким государством в условиях современной рыночной экономики».

Но когда мама появилась в своем выходном наряде, а это было потрясающее черное мини-платье, купленное по каталогу «Секрет Виктории» (мама терпеть не может ходить по магазинам, поэтому она покупает все вещи по каталогам, пока отмокает в теплой ванне после длинного дня в студии), папа чуть не подавился кубиком льда. Наверное, он никогда не видел маму в мини-платье. Когда они встречались, а это было еще в колледже, мама носила в основном джинсы, как я теперь. Папа залпом проглотил свое виски с содовой и сказал:

— Так вот как ты одеваешься?

А мама ему и говорит:

— А что в этом плохого?

Она немного забеспокоилась и посмотрела на себя в зеркало.

На самом деле она выглядела просто классно, гораздо лучше, чем обычно, и в этом, наверное, и была проблема. В этом неловко признаваться, но моя мама, если захочет, может выглядеть настоящей красоткой. Я могу только мечтать, что когда-нибудь стану такой же красавицей, как моя мама. У нее-то ноги не десятого размера, грудь не плоская и ее прическа не похожа на дорожный знак. Она сексапильная, насколько это слово вообще применимо к мамам.

Потом зазвонил домофон, и мама выбежала, потому что она не хотела, чтобы мистер Джанини поднимался в квартиру и встречался с папой, принцем Дженовии. Маму можно понять. Папа все еще задыхался и выглядел немножко смешно. Я имею в виду, он выглядел, как краснолицый лысый мужчина в кашемировом свитере, надрывающийся от кашля. Я хочу сказать, что на месте мамы мне было бы стыдно признаться, что я когда-то занималась с ним сексом.

Как бы то ни было, мне только лучше, что она не стала приглашать мистера Джанини, мне совсем не хотелось, чтобы он стал при родителях спрашивать меня, почему я пропустила дополнительные занятия в пятницу.

И вот потом, когда они ушли, я решила заказать на дом что-нибудь действительно вкусное, чтобы показать папе, насколько больше мне подходит жизнь на Манхэттене, чем в Дженовии. Я заказала салат с каперсами, равиоли с грибами и пиццу «Маргарита», и все это — меньше чем за двадцать баксов. Но папа и бровью не повел. Он просто налил себе еще порцию виски с содовой и включил телевизор. Когда Толстый Луи запрыгнул к нему на колени, он этого даже не заметил и стал его гладить, как будто так и должно быть. А ведь папа утверждает, что у него якобы аллергия на кошек. А потом, в довершение всего, он даже не захотел говорить о Дженовии. Он хотел только одного: смотреть спорт по телевизору. Серьезно, я не шучу, смотреть спорт. У нас двадцать семь каналов, а ему нужен был только один, по которому показывают, как целая толпа мужчин в форме бегает за одним маленьким мячиком. Ни тебе киномарафона «Грязный Гарри», ни тебе кабельного видео, он включил спортивный канал и уставился на экран. А когда я упомянула, что по субботам мы с мамой обычно смотрим кабельный канал «Домашняя театральная касса», он только звук прибавил!!!

Ну и фрукт!

Но это еще не самое страшное. Видели бы вы моего папу, когда нам доставили еду. Он приказал Ларсу обыскать разносчика и только после этого разрешил мне нажать кнопку домофона и впустить его. Вы можете такое представить? Мне пришлось дать Антонио лишний доллар, чтобы как-то компенсировать весь этот позор. А потом мой папа, ни слова не говоря, сел и стал есть. Он так и молчал, пока после еще одного стакана скотча с содовой не заснул прямо на диване, с Толстым Луи на коленях.

Наверное, если человек принц и вдобавок перенес операцию, то он начинает считать себя кем-то особенным. И, упаси боже, провести вечер в полноценном общении со своей единственной дочерью, наследницей его трона.

И вот в субботний вечер я сижу дома. Нельзя сказать, чтобы я когда-нибудь проводила субботний вечер НЕ дома, разве что в гостях у Лилли. Ну почему я никого не интересую? То есть я понимаю, что я не красавица и все такое, но я же очень стараюсь быть с людьми милой. Казалось бы, люди должны ценить во мне человеческие качества и приглашать меня на вечеринки только потому, что им нравится мое общество. Я же не виновата, что мои волосы торчат так, как они торчат, так же как Лилли не виновата, что ее лицо слегка похоже на мордочку мопса.

Я пыталась позвонить Лилли, наверное, раз сто пыталась, но телефон все время был занят, что означает, что Майкл работает на своем сайте из дома. Московитцы хотели провести себе вторую линию, чтобы те, кто звонит им домой, иногда могли все-таки дозвониться, но у них ничего не вышло. В телефонной компании сказали, что у них больше нет свободных номеров, начинающихся на 212. А мама Лилли говорит, что она не желает иметь в одной квартире два разных местных кода и что, если никак нельзя получить второй номер на 212, она лучше купит пейджер. Кроме того, Майкл все равно следующей осенью уедет учиться в колледж, и тогда их проблема с телефоном разрешится сама собой.

Мне очень хотелось поговорить с Лилли. То есть, конечно, я еще никому не рассказывала про принцессу и вообще не собираюсь рассказывать, но иногда от разговора с Лилли мне становится лучше, даже если я ей не говорю, что именно меня гложет. Может, мне станет легче просто оттого, что еще кто-то в субботний вечер торчит дома. Я хочу сказать, что все девчонки из нашего класса сейчас на свиданиях, даже Шамика начала встречаться с парнем. Правда, ей в десять часов нужно быть дома, даже по выходным, и ей пришлось представить своего парня родителям, а до того, как мистер Тэйлор разрешил Шамике пойти куда-то с этим парнем, тому пришлось принести удостоверение личности с фотографией, и мистер Тэйлор снял с него копию. А еще ее парень должен каждый раз подробно отчитываться, где они были и что делали. Но это неважно, главное, что Шамика пошла на свидание, ее кто-то пригласил.

А меня никто никогда не приглашал.

Сидеть и наблюдать, как папа храпит на диване, было довольно скучно, хотя немножко смешно: каждый раз, когда папа вздыхал, Толстый Луи поднимал голову и смотрел на него недовольно. Я уже посмотрела все серии «Грязного Гарри», а больше ничего интересного не было. Тогда я решила послать Майклу сообщение по «аське», чтобы он освободил телефон и дал мне поговорить с Лилли.

КрэкКинг: Что тебе нужно, Термополис?

ТлстЛуи: Я хочу поговорить с Лилли. Ты не мог бы освободить телефон, чтобы я могла ей позвонить?

КрэкКинг: О чем ты хочешь с ней поговорить?

ТлстЛуи: Не твое дело. Просто отключись, будь человеком. Не можешь же ты один все время занимать линию сам. Это несправедливо.

КрэкКинг: А никто и не говорил, что жизнь справедлива. И вообще, Термополис, что ты делаешь дома? Что случилось? Мужчина твоей мечты не позвонил?

ТлстЛуи: Что еще за мужчина моей мечты?

КрэкКинг: Ну ты знаешь, тот парень, с которым ты бы хотела остаться после ядерного Армагеддона, Джош Рихтер.

Лилли ему рассказала! Как она могла? Я ее убью!

ТлстЛуи: Будь так любезен, освободи линию, чтобы я могла позвонить Лилли.

КрэкКинг: В чем дело, Термополис? Я что, затронул больное место?

Я отключилась. Иногда Майкл ведет себя как болван. Но минут через пять зазвонил телефон, и звонила Лилли, так что, хотя Майкл и болван, он иногда бывает очень милым болваном.

Лилли очень обиделась на родителей, потому что они запретили ей снимать серию, посвященную ее ступням. Тем самым они лишили ее свободы слова, гарантированной первой поправкой к Конституции. Лилли решила в понедельник с утра позвонить в Американский союз борьбы за гражданские свободы. Родители не дали ей денег на передачу, а без их денег ее шоу «Лилли рассказывает все, как есть» не может существовать. Шоу стоит примерно 200 баксов в неделю, если включить сюда стоимость пленки и все такое. Телевидение публичного доступа доступно только тем, у кого есть деньги.

Лилли так расстроилась, что мне было неловко ругать ее за то, что она рассказала Майклу, что я выбрала Джоша. Сейчас, когда я об этом думаю, мне кажется, что так будет даже лучше. Моя жизнь превратилась в запутанную паутину лжи.

5 октября, воскресенье

Не могу поверить, что мистер Джанини ей рассказал! Он рассказал маме, что я прогуляла его дурацкие дополнительные занятия в пятницу!!!

Приехали. У меня что, вообще никаких прав нет? Неужели я уже не могу пропустить дополнительные занятия, чтобы мамин бойфренд ей на меня не нажаловался?

Я хочу сказать, у меня ведь и без того жизнь не сахар! Мало того что у меня бесформенная фигура, так мне еще приходится быть принцессой. Не хватало еще, чтобы учитель алгебры докладывал о каждом моем шаге!

Спасибочки, мистер Джанини. По вашей милости мой помешанный папаша все воскресенье вдалбливал мне формулу корней квадратного уравнения. Он все время потирал свою лысину и каждый раз, когда выяснялось, что я не умею перемножать многочлены, начинал визжать от досады.

Приехали. Позвольте напомнить, что суббота и воскресенье считаются выходными днями, в эти дни не должно быть уроков.

Мало того, мистер Джанини взял и сказал маме, что завтра будет неожиданная контрольная. С его стороны это, конечно, было очень любезно — предупредить меня заранее, но к неожиданной контрольной не полагается готовиться заранее. Весь ее смысл в том, чтобы проверить, что у тебя осталось в голове.

Но с другой стороны, поскольку я по математике ничего не знаю примерно со второго класса, наверное, не стоит упрекать папу за то, что он так бесился. Папа сказал, что если я завалю алгебру, то он заставит меня ходить в летнюю школу. Тогда я сказала, что летняя школа — это не так уж плохо, поскольку я уже обещала проводить каждое лето в Дженовии. А он сказал, что тогда мне придется ходить в летнюю школу в Дженовии!

Я вас умоляю. Есть у меня несколько знакомых, которые учились в Дженовии, так они даже не знают, что такое числовая ось. И они все измеряют в килограммах и сантиметрах, хотя всем известно, что метрическая система — полный отстой.

Но на всякий случай я решила не рисковать. Я написала формулу корней квадратного уравнения на белой каучуковой боковине моих баскетбольных кедов «конверс» в том месте, где она изгибается, как раз посередине. Завтра я их надену, скрещу ноги под партой и, если что, всегда смогу подсмотреть.

6 октября, понедельник, 3 часа утра

Я не спала всю ночь, все волновалась, вдруг меня застукают, когда я буду списывать. А вдруг кто-нибудь увидит формулу корней квадратного уравнения на моих кедах? Может, меня за это отчислят из школы? Я не хочу, чтобы меня отчислили! Я хочу сказать, хотя в школе имени Альберта Эйнштейна меня все считают некультяпистой, я к этому вроде как привыкла. Мне вовсе не хочется начинать все сначала в другой школе. Мне придется до конца учебы носить красную нашивку, чтобы все знали, что я жульничала.

А как же колледж? Если в моем личном деле появится запись, что я жульничала, меня могут и не взять в колледж. Не сказать, чтобы мне очень хотелось попасть в колледж. Но как же «Гринпис»? Туда наверняка не берут тех, кто жульничает. Господи, что же мне делать???

6 октября, понедельник, 4 часа утра

Я пыталась отмыть с подошвы формулу, но она не отмывается! Наверное, я написала ее несмываемыми чернилами, или как они там называются. А вдруг папа об этом узнает? Интересно, в Дженовии еще отрубают головы преступникам?

6 октября, понедельник, 7 часов утра

Я решила надеть ботинки «доктор Мартенс», а «конверсы» по дороге в школу куда-нибудь выбросить, но нечаянно порвала шнурок от «мартенсов»! Никакую другую обувь я надеть не могу, она вся размера девять с половиной, а у меня за прошлый месяц нога выросла на целых полдюйма! В мокасинах я и два шага пройти не могу, а в шлепанцах у меня пятки свисают с задников. Ничего не остается, как надеть «конверсы».

Меня точно застукают за списыванием. Я это чувствую.

6 октября, понедельник, 9 часов утра

Уже в машине, на полпути к школе, я сообразила, что можно было вынуть шнурки из «конверсов» и вставить в «мартенсы». Какая же я дура!

Лилли интересуется, сколько времени папа пробудет в городе. Ей не нравится, что нас возят в школу на машине. Ей нравится ездить на метро, потому что там она может по дороге освежать свой испанский, читая всякие плакаты службы санитарного просвещения. Я ей сказала, что не знаю, сколько папа пробудет в городе, но что у меня такое чувство, что мне все равно больше не разрешат ездить на метро, и не только в школу, а куда бы то ни было.

Лилли заметила, что мой папа в своих переживаниях зашел слишком далеко. Говорит, если папа не может никого больше поставить в интересное положение, то это еще не означает, что он должен сдувать с меня пылинки. Лилли сказала это по-испански, но Ларс за рулем вроде как усмехнулся. Надеюсь, он не понимает по-испански. Как неудобно.

Как бы то ни было, Лилли продолжала. Она сказала, что я должна сразу настоять на своем, пока не стало еще хуже, и что она уже замечает, как на мне все это сказывается. Она сказала, что у меня под глазами синяки, а сама я какая-то вялая.

Еще бы мне не быть вялой! Я встала в три часа утра и все пыталась отмыть формулу с подошвы.

В школе я пошла в туалет и снова попыталась оттереть подошву. Пока я этим занималась, в туалет зашла Лана Уайнбергер. Увидев, что я мою кеды, она только закатила глаза, а потом стала смотреть на себя в зеркало и расчесывать свои длинные, как у куклы Барби, волосы. Она так откровенно собой любовалась, что я бы, честное слово, не удивилась, если бы она подошла к зеркалу и поцеловала свое отражение.

Формула корней квадратного уравнения размазалась, но ее все равно можно было разглядеть. Но я не буду смотреть на нее во время контрольной, честное слово, не буду.

6 октября, понедельник, ТО

Признаюсь, я на нее смотрела. Ну и что, что смотрела, толку-то! Собрав все работы, мистер Джанини прорешал на доске все задания, и я увидела, что решила все неправильно.

Я даже не могу правильно списать!

Должно быть, я самое жалкое человеческое существо на всей планете.

многочлены
члены: переменные, умноженные на коэффициент
степень полинома = степени члена с наивысшей степенью

Эй, КОМУ-НИБУДЬ это интересно? Я имею в виду, кому нужны эти многочлены? Конечно, кроме таких, как Майкл Московитц и мистер Джанини. Кому? Хоть кому-нибудь нужны?

Когда наконец прозвенел звонок, мистер Джанини выдал:

— Миа, буду ли я иметь удовольствие лицезреть тебя сегодня днем на дополнительных занятиях?

Я сказала, что да, но так тихо, что никто, кроме него, не слышал.

Ну почему я? Почему, почему, почему? Как будто у меня без того забот не хватает. Я проваливаю алгебру, моя мама встречается с учителем алгебры, и я — принцесса Дженовии. Должно же хоть что-то где-то быть хорошо.

7 октября, вторник

ОДА АЛГЕБРЕ

Набитые в этот мрачный класс,
Мы умираем, как мотыльки на свече,
Запертые в пустыне
Люминесцентного света
           и металлических парт.
До звонка десять минут.
Какой прок от формулы корней
В нашей повседневной жизни?
Разве может она дать ключик
К сердцам тех, кого мы любим?
Пять минут до звонка.
О, жестокий Учитель Алгебры,
Почему ты нас не отпускаешь?

ДОМАШНЕЕ ЗАДАНИЕ

Алгебра: примеры 17—30 с распечатки.
Английский: предложение.
История мировой цивилизации: вопросы в конце 7-й главы.
ТО: не задано.
Французский: huit, упр. А стр. 31.
Биология: рабочая тетрадь.

8 октября, среда

Только не это!
Она здесь!

Конечно, не совсем здесь, не в нашем доме, но в нашей стране, в этом городе. Если совсем точно, то она в пятидесяти семи кварталах отсюда. Слава богу, она остановилась с папой в «Плазе», так что мне придется встречаться с ней только после школы и по выходным. Если бы она поселилась у нас, это был бы кошмар. Видеть ее каждое утро до школы — это было бы ужасно. На ночь она надевает такие модные пеньюары с кружевными вставками, через которые все просвечивает — ну, вы понимаете, что я имею в виду. Вы бы не захотели это видеть. Плюс к тому, хотя она снимает на ночь макияж, подводка вокруг глаз остается, потому что она сделала себе черную татуировку. Как говорит мама, она сделала это в восьмидесятых годах, вскоре после смерти принцессы Грейс, когда ненадолго впала в безумие.

Встречать в своей квартире с утра пораньше маленькую старушку в кружевной ночной рубашке и с жирными черными линиями вокруг глаз — это, скажу я вам, удовольствие ниже среднего. На самом деле это даже страшно, страшнее, чем Фредди Крюггер и Джейсон, вместе взятые. Не удивительно, что дедушка умер в постели от сердечного приступа. Наверное, он однажды утром перекатился на бок и как следует рассмотрел свою жену.

Кто-то должен предупредить президента, что она здесь, я серьезно. Он просто обязан это знать, потому что если кто и может развязать третью мировую войну, так это моя бабушка.

Когда я встречалась с бабушкой в последний раз, она давала тот самый званый обед, на котором всем подают паштет из гусиной печенки. Всем, кроме той дамы. Перед той дамой Мари, бабушкина кухарка, просто поставила пустую тарелку для паштета из гусиной печенки. Я подумала, что ей, наверное, не хватило, и попыталась отдать ей свою порцию, потому что я все равно не ем ничего, что когда-нибудь было живым, а бабушка как посмотрит на меня, как скажет: «Амелия!» Она сказала это так громко, что я испугалась и уронила свою порцию паштета на пол. Не успела я и пошевелиться, как этот ужасный карликовый пудель подскочил и сожрал паштет с паркета.

Позже, когда все разошлись, я спросила у бабушки, почему той даме не дали паштет. Бабушка сказала, что это потому, что она когда-то родила внебрачного ребенка.

Здрассьте! Между прочим, бабушка, позвольте напомнить, что у вашего собственного сына есть внебрачный ребенок, а именно Миа, ваша внучка.

Но когда я это сказала, бабушка только крикнула горничной, чтобы та принесла ей еще один напиток. Видно, если ты принц, ты можешь иметь внебрачного ребенка, и это считается нормальным. Но если ты обычный человек, то тебя лишают паштета из гусиной печенки.

А вдруг бабушка придет к нам в мансарду? Только не это! Она никогда не бывала в мансардах, вряд ли она вообще выходила за пределы Семьдесят седьмой улицы. Ей у нас с Вилидже не понравится, это я сразу могу сказать. Бабушку может хватить удар, даже если она увидит, как мужчина и женщина держатся за руки! Ей не нравится, даже когда прокалывают уши, а уж обо всяких других местах и говорить нечего.

Кроме того, в Нью-Йорке закон запрещает курить в ресторанах, а бабушка курит все время, даже в постели. Вот почему в Мираньяке дедушка в каждой комнате повесил эти уродские кислородные маски и прорыл подземный ход, чтобы мы могли спастись, если бабушка заснет с сигаретой и весь Мираньяк загорится.

А еще бабушка терпеть не может котов. Она думает, что они нарочно прыгают на детей во сне, чтобы высосать из них дыхание. Боюсь подумать, что она скажет, когда увидит Толстого Луи. Он каждую ночь спит в моей постели. Если бы он прыгнул мне на голову, то сразу бы убил. Он весит двадцать пять фунтов и семь унций, и это еще до того, как съест на завтрак банку свои любимых кошачьих консервов.

А представляете, что будет, если она увидит мамину коллекцию деревянных фигурок богини плодородия?

Ну зачем ей надо было приехать именно сейчас?! Она все испортит. Если она будет тут болтаться, мне уж точно не удастся сохранить свою тайну.

Зачем?
Зачем?
Зачем???

9 октября, четверг

Я выяснила зачем.

Она будет учить меня, как быть принцессой.

Я в таком шоке, что даже писать не могу. Может быть, позже.

10 октября, пятница

Уроки принцессы.

Да-да, это не шутка. Каждый день после дополнительных занятий по алгебре мне придется ехать прямиком в «Плазу», и бабушка будет делать из меня настоящую принцессу.

Я одного не пойму, если Бог существует, как он мог допустить такое?

Кроме шуток. Вроде считается, что Бог никогда не пошлет тебе больше, чем ты можешь вынести, но я вам точно скажу, этого мне ни за что не вынести. Это уж слишком. Не могу я каждый день после занятий еще учиться быть принцессой, тем более если меня будет учить бабушка. Я всерьез подумываю, не сбежать ли из дома.

Папа говорит, что у меня нет выбора. Вчера вечером, выйдя из бабушкиного номера в «Плазе», я сразу пошла в папин. Я замолотила в дверь, он открыл, и я с порога заявила, что не собираюсь этим заниматься. Мне никто ничего не говорил насчет обучения на принцессу. И знаете, что он ответил? Он сказал, что я подписала компромиссное соглашение, значит, я обязана посещать эти уроки, потому что это часть моих обязанностей как его наследницы.

Я сказала, что тогда нам надо пересмотреть соглашение, потому что в нем нет ни слова о том, что я должна каждый день после школьных уроков встречаться с бабушкой для каких-то там занятий. Но папа даже не захотел со мной разговаривать. Он сказал, что уже поздно и мы поговорим об этом в другой раз. Пока я стояла и рассуждала о том, как все это несправедливо, появилась журналистка из Эй-Би-Си. Наверное, она пришла взять у папы интервью, но выглядело это довольно странно, я уже видела, как эта женщина брала интервью у других, к примеру, у президента или еще у кого-нибудь в этом роде, но она не являлась к ним в черном вечернем платье без рукавов.

Сегодня вечером я собираюсь как следует вчитаться в наше соглашение, потому что я не припоминаю, чтобы там что-нибудь говорилось про обучение на принцессу.

А вот как прошел мой первый «урок» вчера после школы.

Сначала швейцар не хотел меня впускать (кто бы мог подумать?). Потом он увидел Ларса, а тот ростом шесть футов семь дюймов и весит фунтов триста. Плюс к тому у Ларса из-под пиджака торчит такой бугор, я только сейчас поняла, что это пистолет, а не обрубок от лишней, третьей руки, как я сначала подумала. Спросить у самого Ларса я тогда постеснялась: вдруг это разбудит болезненные воспоминания о том, как его в детстве дразнили в Амстердаме, или откуда там он родом. Я-то знаю, каково быть не такой, как все, такие вопросы лучше не затрагивать. Но нет, оказалось, что это пистолет, и швейцар совсем растерялся и вызвал консьержа. Слава богу, консьерж узнал Ларса, он ведь тоже остановился в «Плазе», у него отдельная комната в папиных апартаментах.

И потом консьерж сам проводил меня наверх, в пентхаус, где остановилась бабушка. Позвольте рассказать вам про пентхаус: это очень шикарное место. Кажется, я называла шикарным местом дамскую комнату в «Плазе»? Так вот, по сравнению с пентхаусом дамская комната — полный отстой.

Во-первых, в бабушкином номере все розовое. Розовые стены, розовый ковер, розовая мебель. Повсюду стоят в вазах розовые розы, а на всех портретах, которые висят на стенах, нарисованы розовощекие пастушки и все такое.

Только я успела подумать, что сейчас утону в розовом цвете, как вышла бабушка. На ней было все фиолетовое: все, начиная от шелкового тюрбана, кончая шлепанцами со стразами из фальшивых бриллиантов на носках. Во всяком случае, я думаю, что это фальшивые бриллианты.

Бабушка всегда носит фиолетовое. Лилли говорит, что у людей, которые часто носят фиолетовое, обычно психика находится в состоянии на грани мании величия. Исторически так сложилось, что фиолетовый цвет носили только аристократы, поскольку простым людям веками запрещалось красить одежду красителем индиго, значит, они не могли получить фиолетовый цвет. Но Лилли, конечно, не знает, что моя бабушка и есть самая настоящая аристократка. Поэтому, хотя я и согласна, что у моей бабушки мания, дело не в том, что она мнит себя аристократкой. Она на самом деле аристократка.

И вот бабушка вошла в номер с балкона, где стояла до этого, и первым делом сказала:

— Что это у тебя на башмаке написано?

Но мне можно было не переживать, что бабушка поймает меня на списывании, потому что она сразу заговорила обо всем остальном, что у меня было не так:

— Почему ты носишь с юбкой теннисные тапочки? Эти гольфы считаются чистыми? Что у тебя с волосами? Ты что, Амелия, снова стала обкусывать ногти? Я думала, ты давно избавилась от этой отвратительной привычки. О, мой бог, когда же ты перестанешь расти? Ты что, хочешь стать такой же высокой, как твой отец?

И все примерно в таком роде, только это звучало еще хуже, потому что она говорила по-французски. Но и это еще не все. Затем она проскрипела своим прокуренным голосом:

— Разве ты не поцелуешь свою бабушку?

Я подошла, наклонилась (бабушка ниже меня почти на целый фут) и поцеловала ее в щеку. Щека у нее очень мягкая, потому что она каждый вечер перед сном втирает в кожу вазелин. Когда я хотела выпрямиться, она схватила меня и сказала:

— Пфу! Ты что, забыла все, чему я тебя учила?

И заставила поцеловать ее и во вторую щеку, потому что в Европе (и в Сохо) принято здороваться таким манером.

Короче, я наклонилась и поцеловала бабушку в другую щеку. При этом я заметила, что из-за бабушки выглядывает Роммель. Роммель — это бабушкин карликовый пудель, ему пятнадцать лет. По размеру и по форме он точь-в-точь как игуана, только не такой умный. Он все время дрожит, и ему нужно носить флисовый жилет. Сегодня его жилет был такого же фиолетового цвета, как бабушкино платье. Роммель никому, кроме бабушки, не позволяет до себя дотронуться, и даже когда бабушка его гладит, он закатывает глаза с таким видом, как будто над ним издеваются. Если бы Ной видел Роммеля, он бы хорошенько подумал, прежде чем принимать на свой ковчег *каждой* божьей твари по паре.

— Ну-с, — сказала бабушка, когда решила, что нежностей достаточно, — правильно ли я поняла, что твой папа рассказал тебе, что ты — принцесса Дженовии, а ты разревелась? Это еще почему?

Я вдруг как-то сразу почувствовала себя ужасно уставшей. Чтобы не упасть, я срочно присела на мягкий стул с розовой обивкой.

— Ох, бабушка, — сказала я по-английски. — Не хочу я быть принцессой. Я просто хочу быть собой, Миа.

— Не переходи со мной на английский, — строго сказала бабушка. — Это вульгарно. Когда разговариваешь со мной, всегда говори по-французски. Сядь прямо на стуле. И не клади ногу на подлокотник. И ты не Миа, ты Амелия. Строго говоря, ты Амелия Миньонетта Гримальди Ренальдо.

Я говорю:

— Ты забыла Термополис.

Бабушка метнула на меня зловещий взгляд, это у нее очень хорошо получается.

— Нет, Термополис я не забыла.

Потом бабушка села на другой мягкий стул рядом с моим и продолжила:

— Уж не хочешь ли ты сказать, что не желаешь принимать принадлежащее тебе по праву место на троне?

Боже, как же я устала.

— Бабушка, ты не хуже меня знаешь, что принцесса из меня не получится. Так зачем зря тратить время?

Бабушка посмотрела на меня из-под черных полос, вытатуированных на веках. По-моему, она бы меня с радостью убила, но, наверное, не могла придумать, как при этом не запачкать кровью розовый ковер. Так и не придумав, она очень серьезным голосом сказала:

— Амелия, ты — наследница короны Дженовии. После смерти моего сына ты займешь его место на троне. Так обстоит дело, и никак иначе.

О господи!

Делать нечего.

— Как скажешь, бабушка. Но мне на завтра много задано. Это обучение на принцессу займет много времени?

Она снова посмотрела на меня этим своим строгим взглядом:

— Оно займет столько времени, сколько нужно. Ради блага моей страны я не боюсь пожертвовать своим временем — или даже собой.

Вот это да! Кажется, это вопрос патриотизма.

— Гм... ладно.

Некоторое время я просто смотрела на бабушку, а она — на меня. Роммель лег на ковер между нашими стульями, но не просто лег, а очень медленно, как будто его лапы были слишком слабыми, чтобы удержать два фунта его веса. Наконец бабушка нарушила молчание:

— Мы начнем с завтрашнего дня. Ты будешь приходить сюда сразу после школы.

— Бабушка, я не могу приходить сюда сразу после школы, у меня полный провал по алгебре, и мне каждый день нужно ходить на дополнительные занятия.

— Значит, ты будешь приходить после дополнительных занятий, нечего слоняться без дела. К следующему разу напиши список десяти выдающихся женщин мира, которыми ты восхищаешься, и объясни почему. Это все.

У меня отвисла челюсть.

Домашнее задание? Мне еще будут задавать домашнее задание? Мы так не договаривались!

— И закрой рот, — рявкнула бабушка. — Не следить за своим ртом — это очень некультурно.

Я закрыла рот. Домашняя работа???

— Завтра ты придешь в прозрачных колготках. Ты уже слишком большая, чтобы носить простые колготки или гольфы. И смотри, приходи не в теннисных тапочках, а в нормальных туфлях. И приведи себя в порядок: уложи волосы, подкрась губы и покрой лаком ногти, вернее, то, что от них осталось.

Бабушка встала. Она даже не помогала себе руками, опираясь на подлокотники. Для своего возраста она очень шустрая.

— А теперь мне пора переодеваться, я сегодня обедаю с шахом. До свидания.

Я как сидела, так и осталась сидеть. Может, она рехнулась? То есть совсем, окончательно? Она хоть понимает, чего от меня требует?

По-видимому, она понимала, потому что, когда я опомнилась, передо мной стоял Ларс, а бабушка и Роммель исчезли.

Вот это да! Домашняя работа! Никто не предупреждал, что мне придется делать какую-то домашнюю работу!

И это еще не самое страшное. Она хочет, чтобы я пришла в школу в прозрачных колготках! Такие колготки в школу носят только старшеклассницы или девчонки вроде Ланы Уайнбергер, ну, вы понимаете, такие, которые выпендриваются. Среди моих знакомых никто, просто никто не носит прозрачные колготки. И конечно, никто не красит губы и ногти и не укладывает волосы. Во всяком случае, в школу.

Но разве у меня есть выбор? Бабушка меня так запугала своими татуированными веками, что я просто не могла не сделать то, что она требует.

Что мне оставалось? Я позаимствовала колготки у мамы. Она надевает их только на открытия выставок и еще на свидания с мистером Джанини, я заметила. Но я их не надела, а взяла с собой в школу в рюкзаке. Ногти я покрасить не могла просто потому, что у меня их нет вообще. Лилли говорит, что у меня оральная фиксация: я тащу в рот все, что туда помещается. Но губы я все-таки подкрасила, вернее, не подкрасила дома, а взяла с собой мамину помаду. А еще я уложила волосы муссом для укладки, который нашелся в аптечке. Наверное, у меня что-то получилось, потому что Лилли, залезая утром в машину, сказала:

— О! Ларс, где вы подцепили эту девчонку из Джерси?

Надо понимать, это означало, что мои волосы смотрятся очень по-взрослому, как у девушки из Нью-Джерси, когда она приезжает на Манхэттен, чтобы пообедать с парнем в романтическом итальянском ресторанчике.

И вот в конце дня, после дополнительных занятий с мистером Джанини, я зашла в женский туалет, надела колготки, подкрасила губы и переобулась в мокасины, которые мне малы и ужасно жмут пальцы. Я посмотрелась в зеркало и решила, что выгляжу не так уж плохо. Я еще подумала, что бабушка должна быть довольна.

Я считала, что очень хитро придумала переодеться в туалете после занятий. Я рассудила, что в пятницу после уроков в школе никого не будет — в конце концов, кому нужно болтаться в школе в пятницу? Конечно, я напрочь забыла про компьютерный клуб. Про него все забывают, даже те, кто в него входят. Они даже ни с кем не дружат, кроме как между собой, никогда не ходят на свидания, только не как я, поневоле, а по собственному выбору: для них, видите ли, все в школе имени Альберта Эйнштейна недостаточно умные, кроме, опять же, них самих.

Короче говоря, выхожу я из туалета и сразу же натыкаюсь на Майкла, брата Лилли. Он казначей компьютерного клуба. Вообще-то Майкл такой умный, что мог бы быть и президентом клуба, но он говорит, что ему не интересно числиться начальником.

Налетев на Майкла, я уронила на пол кроссовки, носки и все такое. Я присела на корточки и стала все это собирать, а Майкл говорит:

— Господи, Термополис, что с тобой случилось?

Сначала я подумала, что он спрашивает, почему я так поздно болтаюсь в школе.

— Ты же знаешь, мне приходится каждый день заниматься после уроков с мистером Джанини. У меня по алгебре...

— Это я знаю. — Майкл поднял губную помаду, которая тоже выпала из рюкзака. — Я не о том. Что означает эта боевая раскраска?

Я отобрала у него помаду.

— Ничего. Не рассказывай Лилли.

— Не рассказывать Лилли что? — Я встала, и он увидел, что я в прозрачных колготках. — Господи Иисусе, Термополис, куда ты собралась?

— Никуда.

Ну почему мне все время приходится врать? Лучше бы Майкл ушел. А тут еще несколько его друзей-компьютерщиков остановились поблизости и стали пялиться на меня с таким видом, как будто я — новый тип пикселя или что-нибудь в этом роде. Из-за этого я чувствовала себя ужасно неловко.

— Никто не ходит «никуда» в таком виде.

Майкл переложил свой ноутбук из одной руки в другую, а потом у него на лице появилось очень забавное выражение.

— Термополис, никак ты собралась на свидание?
— Что-о? Нет, я не собралась на свидание!

Я просто выпала в осадок. Я — и на свидание??? Я вас умоляю! Надо же такое сказануть!

— Я встречаюсь со своей бабушкой.

Судя по выражению лица, Майкл мне не поверил.

— Ты что, всегда надеваешь на встречу с бабушкой колготки и красишь губы?

Послышалось деликатное покашливание. Я посмотрела в сторону двери и увидела, что меня ждет Ларс. Наверное, я могла бы задержаться и объяснить Майклу, что бабушка пригрозила мне телесными повреждениями, если я не надену колготки и не подкрашу губы (или почти пригрозила), но мне почему-то казалось, что Майкл не поверит. Поэтому я просто сказала:

— Слушай, Майкл, не говори Лилли, ладно?

И побежала.

Я знала, что мне конец. Не может быть, чтобы Майкл не рассказал сестре, как я после уроков выходила из женского туалета в прозрачных колготках и с накрашенными губами. Это исключено.

Когда я пришла к бабушке, это был кошмар. Она сказала, что с этой помадой я стала похожа на poulet. Во всяком случае, мне показалось, что она сказала именно это, только я не могла понять, почему она решила, что я похожа на цыпленка. Это уж потом, дома, я посмотрела в словаре и узнала, что poulet по-французски значит еще проститутка. Родная бабушка обозвала меня шлюхой!

Боже! Куда подевались милые добрые бабушки, которые пекли внукам сладкие пирожки и не могли на них нарадоваться? Или это только мне «повезло» иметь бабушку с татуированными веками, которая сравнивает меня со шлюхой?

А еще она сказала, что мои колготки неподходящего цвета. Бред какой-то! Как прозрачные колготки могут быть не того цвета? Они же цвета колготок! Потом она велела мне потренироваться садиться так, чтобы между ног не было видно нижнее белье. И так два часа. Я уж подумывала, не позвонить ли в Международную амнистию.

А когда я показала ей свое эссе про десять женщин, которыми я восхищаюсь, она его прочла и разорвала на мелкие кусочки. Честное слово, разорвала! Я не удержалась и закричала:

— Бабушка, что ты делаешь?

А она мне спокойно так говорит:

— Это не тот тип женщин, которыми стоит восхищаться. Ты должна восхищаться настоящими женщинами.

Я спросила, что она подразумевает под словом «настоящие», ведь я включила в список только тех женщин, которые существуют на самом деле. То есть, может, Мадонна и сделала себе несколько пластических операций, но она же все равно настоящая.

Но бабушка сказала, что настоящие женщины — это принцесса Грейс и Коко Шанель. На это я ей сказала, что я написала про принцессу Диану. И знаете, что она ответила? Она сказала, что принцесса Диана — просто смазливая дурочка.

Отпад!

После того как целый час тренировались правильно садиться, бабушка сказала, что ей пора принимать ванну, потому что у нее вечером обед с каким-то премьер-министром. Она велела мне быть завтра в «Плазе» не позже десяти утра!

— Бабушка, — говорю я ей, — завтра суббота.
— Я знаю.
— Но по субботам я помогаю Лилли — это моя подруга — делать ее телепередачу.

Тут она спросила, что, по моему мнению, важнее — телепередача Лилли или благополучие народа целой страны, Дженовии, а это, если вы не знаете, примерно 50 000 человек.

Я решила, что благополучие пятидесяти тысяч человек все же важнее, чем одна-единственная серия «Лилли рассказывает все, как есть». Хотя мне все равно будет трудновато объяснить Лилли, почему я не смогу подержать камеру, пока она будет задавать мистеру и миссис Хо, хозяевам продовольственного магазинчика «Хоз Дели», что через дорогу от школы имени Альберта Эйнштейна, всякие неприятные вопросы насчет их несправедливой ценовой политики. Оказывается, Хо дают ученикам нашей школы, выходцам из Азии, очень заметную скидку на товары, но ни белые, ни афроамериканцы, ни латиноамериканцы, ни арабы скидки не получают. Лилли обнаружила это вчера, после репетиции школьного спектакля, когда покупала слоеные пирожки с гингко билоба. Линг Су, которая стояла в очереди прямо перед ней, купила то же самое, что и она, но с Лилли миссис Хо взяла на целых пять центов больше, чем с нее. А когда Лилли возмутилась, миссис Хо сделала вид, что не понимает по-английски, хотя она обязательно должна хоть немного понимать, иначе с какой стати телевизор, который стоит у нее за прилавком, всегда настроен на канал с сериалом про судью Джуди?

Лилли решила тайком снять миссис Хо на камеру и таким образом доказать, что она самым бессовестным образом оказывает предпочтение американцам азиатского происхождения. Лилли хочет организовать в школе бойкот «Хоз Дели».

Я лично думаю, что Лилли подняла слишком много шума из-за каких-то пяти центов. Но Лилли говорит, что это вопрос принципа и что, если бы люди в свое время подняли большой шум из-за того, что нацисты побили стекла в магазинах, принадлежащих евреям, во время «Хрустальной ночи», они бы не дошли в конце концов до того, что сожгли множество народу в крематориях.

Ну, не знаю. Все-таки мистер и миссис Хо — не нацисты. Они очень добры к своему коту, которого когда-то подобрали еще котенком и держат в магазине, чтобы он не подпускал крыс к блюду с куриными крылышками в салат-баре.

Пожалуй, я не буду особенно жалеть, что пропущу завтрашние съемки. Но я точно жалею о том, что бабушка порвала мое эссе о десяти женщинах. Это меня так взбесило, что когда я вернулась домой, то специально распечатала еще один экземпляр. Я вкладываю его в эту тетрадь.

Я очень внимательно перечитала свой экземпляр компромиссного соглашения Термополис — Ренальдо, так вот, в нем нет ни единого слова об обучении на принцессу. С этим нужно было что-то делать. Я весь вечер звонила папе, но у него включался автоответчик. Я оставила целую кучу сообщений, но он не перезвонил. Куда он подевался?

Лилли тоже не было дома. Майя сказала, что они всей семьей пошли на обед в ресторан «Великий Шанхай», чтобы улучшить взаимопонимание между членами семьи.

Хоть бы Лилли поскорее вернулась домой и перезвонила мне. Мне бы не хотелось, чтобы она подумала, что я что-то имею против ее разоблачительной передачи про «Хоз Дели». Мне нужно было ей объяснить, что я не смогу прийти на съемку только потому, что мне придется провести день с бабушкой.

Что за паршивая у меня жизнь!

ДЕСЯТЬ ЖЕНЩИН МИРА, КОТОРЫМИ Я ВОСХИЩАЮСЬ

Эссе Миа Термополис

Мадонна. Мадонна Чикконе с ее бунтарским чувством стиля произвела настоящую революцию в мире моды. Иногда ее новаторство даже кого-нибудь оскорбляет, в основном тех, кому не хватает широты взглядов или чувства юмора, например, ее серьги в форме креста из фальшивых бриллиантов не понравились некоторым христианам, и ее компакт-диски предавали анафеме. А компании «Пепси» не понравилось, когда она танцевала на фоне горящих крестов. Именно потому, что Мадонна не боялась разозлить всяких важных людей, например, папу римского, ей удалось стать одной из самых богатых исполнительниц в мире. Она проложила путь на сцену и другим женщинам, показав им, что можно быть сексуальной на сцене и сильной и умной — вне ее.

Принцесса Диана. Хотя принцессы Дианы уже нет в живых, она — одна из самых моих любимых женщин всех времен. Она тоже произвела революцию в моде, отказавшись надевать уродливые старомодные шляпки, которые ей велела носить свекровь, а стала вместо них носить шляпки от Билла Бласса и Халстона. А еще она навещала многих тяжело больных людей, хотя ее никто не заставлял это делать, а некоторые, например, ее муж, даже над этим посмеивались. В ту ночь, когда принцесса Диана погибла, я выключила телевизор из розетки и сказала, что больше никогда не буду его смотреть, потому что Диану убили журналисты. Но на следующее утро я об этом пожалела, потому что не смогла смотреть японские мультики. Мультики шли по каналу научной фантастики, а когда я выдернула провод из розетки, у кабельной приставки от этого сбились настройки.

Хилари Родэм Клинтон. Хилари Родэм Клинтон хорошо поняла, что ее толстые щиколотки не соответствуют ее имиджу серьезного политика, и стала носить брюки. А еще меня восхищает, что, хотя ее все ругали за то, что она не ушла от мужа, который за ее спиной гулял направо и налево и занимался сексом с другими женщинами, она делала вид, будто ничего не происходит, и продолжала как ни в чем не бывало управлять страной. Так и должен вести себя настоящий президент.

Пикабо Стрит. Она потому завоевала целую кучу золотых медалей в лыжных гонках, что тренировалась, как одержимая, и никогда не сдавалась, даже когда налетала на заборы или еще на что-нибудь. Кроме того, она сама выбрала себе имя, а это круто.

Леола Мэй Хармон. Я видела про нее фильм, его показывали по каналу «Лайфтайм». Леола была медсестрой в военно-воздушных силах. Однажды она попала в автокатастрофу, и нижняя часть ее лица была совершенно изуродована. Но потом Арманд Ассанте, который играет пластического хирурга, сказал, что может восстановить ее лицо. Леоне пришлось перенести болезненную операцию, которая длилась несколько часов, за это время муж ее бросил, потому что у нее совсем не было губ. (Вот, наверное, почему фильм называется «Почему это случилось со мной?».) Арманд Ассанте сказал, что сделает ей новые губы, но другим врачам из ВВС не понравилось, что он хотел сделать их из вагины Леолы. Но он все равно это сделал, и потом они с Леолой поженились и стали вместе помогать другим жертвам аварий и делать им губы из вагины. И оказалось, что фильм основан на реальных событиях.

Жанна Д'Арк. Жанна Д'Арк жила где-то в веке двенадцатом. Однажды, когда она была примерно в моем возрасте, она услышала голос ангела, который велел ей брать оружие и идти на помощь войску Франции, которое воевало против англичан. (Французы вечно воевали против англичан до тех самых пор, пока на них не напали нацисты, тогда французы сразу завопили: «Караул, помогите!» Англичанам пришлось идти и спасать их ленивые задницы, но французы их даже толком не поблагодарили, потому что не чувствовали к ним особой благодарности, что лишний раз показывает то, как плохо они следят за состоянием своих дорог, см. смерть принцессы Дианы.) Короче говоря, Жанна отрезала свои волосы, надела доспехи, прямо как Мулан в диснеевском мультфильме, пошла и возглавила французское войско. Под ее руководством они победили в нескольких битвах. Но потом французское правительство — как это типично для политиков — решило, что Жанна стала слишком сильной, поэтому они обвинили ее в колдовстве и сожгли на костре как ведьму. В отличие от Лилли я не верю, что Жанна страдала от подростковой формы шизофрении. Я думаю, с ней правда говорили ангелы. У нас в школе есть шизофреники, так вот что-то никому из них голоса никогда не приказывают сделать что-нибудь по-настоящему крутое, к примеру, возглавить войско своей страны и повести его на битву. Так, Брэндону Хертценбауму его голоса велели только идти в мужской туалет и скальпелем вырезать на двери кабинки слово «сатана». Вот вам и голоса.

Кристи. Кристи на самом деле не реальный человек, а героиня моей самой любимой книги, которая называется «Кристи», автор — Кэтрин Маршалл. Дело происходит на рубеже веков. Кристи — молодая девушка, которая поступает учительницей в школу в Больших Дымных горах, потому что верит, что может все изменить. Все тамошние крутые мужчины в нее влюбляются, она узнает, что такое тиф, узнает о Боге и все такое. Только я никому, даже Лилли, не рассказываю, что это моя любимая книга, потому что она немножко глуповатая и религиозная, плюс к тому в ней нет ни одного космического корабля или серийного убийцы.

Женщина-полицейский, которую я однажды видела. Она выписала штраф одному водителю грузовика, который сигналил женщине, переходившей улицу (на ней была довольно короткая юбка). Женщина-полицейский сказала, что в этой зоне гудки запрещены, водитель стал спорить, тогда она выписала ему еще один штраф за спор с полицейским при исполнении служебных обязанностей.

Лилли Московитц. Лилли Московитц, правда, еще нельзя назвать женщиной, но я ею очень восхищаюсь. Она ужасно умная, но в отличие от многих умных людей она не тычет мне постоянно в нос своим умом и не подчеркивает, что она умнее меня. По крайней мере, не слишком подчеркивает. Лилли вечно придумывает всякие интересные штучки. Например, один раз мы пошли в книжный магазин «Барнс и Нобль» на Юнион-сквер и спросили у доктора Лауры, которая там подписывала книги, как случилось, что она так хорошо разбирается в семейной психологии, а сама развелась. Мы сняли этот эпизод на пленку и показали его в передаче Лилли, в том числе и ту часть, где нас со скандалом выкидывают из магазина и объявляют, что впредь нам запрещено там появляться. Лилли — моя лучшая подруга, я ей обо всем рассказываю — кроме того, что я оказалась принцессой, это, думаю, она не поймет.

Хелен Термополис. Кроме того, что Хелен Термополис моя мать, она еще очень талантливая художница. Недавно в журнале «Искусство в Америке» ее назвали одним из крупнейших художников нового тысячелетия. Ее картина «Женщина, ждущая чек в "Гранд-Юнион"» получила Большую национальную премию и была продана за 140 000 долларов. Но мама получила только часть этих денег, потому что 15 процентов забрала себе галерея, а половина того, что осталось, пошла на уплату налогов, что несправедливо, если хотите знать мое мнение. Но хотя мама такая знаменитая художница, у нее все равно находится время и для меня. А еще я ее очень уважаю за принципиальность. Она говорит, что никогда не станет навязывать свои взгляды другим людям и будет благодарна, если они ответят ей тем же.

Представляете, и это бабушка порвала! Честное слово, такое эссе могло бы покорить всю страну.

11 октября, суббота, 9.30 утра

Я была права: Лилли действительно подумала, что я потому отказалась принять участие в сегодняшней съемке, что против ее бойкота «Хоз Дели». Я ей твержу, что это не так, что мне просто нужно провести день с бабушкой. Представляете, она мне не поверила! В кои-то веки я наконец сказала правду, и Лилли мне не поверила!

Лилли говорит, что, если бы я действительно не хотела проводить эту субботу с бабушкой, я бы могла отказаться, но из-за того, что я так завишу от чужого мнения, я не могу никому сказать «нет». Но это уж вообще глупость, ведь ей-то я как раз сказала «нет». Когда я указала на это Лилли, она только еще сильнее разозлилась. Бабушке я отказать не могу, ведь ей уже шестьдесят пять лет, она скоро умрет, если на свете существует хоть какая-то справедливость.

Кроме того, сказала я Лилли, ты не знаешь мою бабушку, ей нельзя говорить «нет». Тогда Лилли говорит:

— Нет, Миа, я не знакома с твоей бабушкой, и тебе не кажется, что это довольно странно, учитывая, что ты знаешь всех моих бабушек и дедушек? — Московитцы каждый год приглашают меня на еврейскую Пасху. — А я никого из твоих ни разу не видела.

Ну, на это есть свои причины. Мамины родители — самые настоящие фермеры, они живут в штате Индиана в местечке под названием Версаль, только они говорят Вер-сэйл. Мамины родители боятся приехать в Нью-Йорк, потому что здесь, как они выражаются, слишком много «инистранцев», так они называют иностранцев, а все, что не на сто процентов американское, их жутко пугает. Это одна из причин, почему мама в восемнадцать лет уехала из дома и с тех пор была у родителей только два раза. Я однажды ездила с ней, и вот что я вам скажу: Версаль — малюсенький городишко. Он такой маленький, что на двери банка висит такое объявление: «Если банк закрыт, пожалуйста, подсуньте деньги под дверь». Честное слово, я сама видела. Я даже сфотографировала эту табличку и привезла фотографию домой, потому что иначе мне бы никто не поверил. Фотография висит у меня на холодильнике.

Короче говоря, бабушка и дедушка Термополисы редко выезжают за пределы Индианы.

Почему я раньше не познакомила Лилли с бабушкой Ренальдо? Да потому, что бабушка Ренальдо терпеть не может детей. А теперь я не могу их познакомить, потому что тогда Лилли узнает, что я — принцесса Дженовии, и тогда всё, туши свет. Пожалуй, она еще захочет взять у меня интервью для своей передачи. Представляю: мое имя и физиономия появляются на экране «Манхэттен паблик акссесс». Этого мне только не хватало!

Значит, я говорю все это Лилли — конечно, не то, что я принцесса, а что мне нужно побыть с бабушкой, — и слышу, как она пыхтит в телефон. Такое с ней бывает, только когда она очень разозлится. Наконец она говорит:

— Ладно, тогда приходи вечером, поможешь мне монтировать передачу.

И, не дожидаясь моего ответа, она бросает трубку. Вот!

Хорошо хоть Майкл не рассказал ей про помаду и колготки, а то бы она так разозлилась, что представить страшно. Лилли ни за что бы не поверила, что я всего лишь шла на встречу с бабушкой. Ни за что!

Все это происходило примерно в половине десятого, когда я собиралась к бабушке. Она сказала, что на этот раз мне можно не краситься и не надевать колготки, а я могу прийти в чем хочу. Я надела комбинезон. Я знаю, что бабушка комбинезоны терпеть не может, но ведь она сама сказала «в чем хочешь». Хе-хе-хе.

Ну, мне пора. Мы приехали, Ларс только что затормозил перед «Плазой».

11 октября, суббота

Я больше никогда не смогу пойти в школу. Я вообще никуда никогда не смогу выйти. Мне теперь придется всю жизнь просидеть в этой мансарде.

Вы не поверите, *что* она со мной сделала, я сама в это не верю. Не могу поверить, что папа разрешил ей так обойтись со мной. Ну ничего, он еще за это поплатится, еще как поплатится. Как только я вернулась домой (мама на меня посмотрела и говорит: «Привет, Розмари, а где моя дочка?» — наверное, это была шутка насчет моей новой прически, но совсем не смешная), я сразу подошла к нему и так и сказала:

— Ты за это заплатишь. Дорого заплатишь.

Он, конечно, попытался отвертеться и говорит:

— Миа, что ты имеешь в виду? По-моему, ты выглядишь прекрасно. Не слушай мать, она ничего не понимает, а мне твоя новая стрижка нравится, она такая... короткая.

И с чего бы это? Может, потому, что его мать встретила меня и Ларса в вестибюле, мы только успели передать ключи от машины служащему, который отгоняет машины, чтобы он ее отогнал, и просто показала на дверь. Да, просто показала на дверь и сказала:

— On y va.

Что в переводе с французского означает: «Пошли».

— Куда пошли? — спрашиваю я, ничего не подозревая.

Не забывайте, дело было утром, когда я еще ничего не подозревала.

— Chez Paolo, — говорит бабушка.

В переводе с французского это значит: «В дом Паоло». Я подумала, что мы пойдем в гости к какому-то ее знакомому Паоло, на ланч там или еще что-нибудь в этом роде. Ну, думаю, здорово, практические занятия. Может, эти уроки принцессы на самом деле не такая уж плохая штука?

Но когда мы пришли, я увидела, что это вовсе не частный дом. Я даже не сразу поняла, что это такое. Это место напоминало дорогую частную больницу: кругом матовое стекло, маленькие такие деревца японского вида. Потом мы вошли внутрь, а там разгуливают худые молодые люди, все в черном. Увидев мою бабушку, они очень обрадовались и отвели нас в такую маленькую комнатку, где стоят кушетки и лежат глянцевые журналы. Тогда я решила, что у бабушки на сегодня запланирована пластическая операция, и, хотя я против пластических операций — если, конечно, вы не Леола Мэй и вам не нужно приделать новые губы, — я вроде как обрадовалась, потому что, по крайней мере, бабушке какое-то время будет не до меня.

Господи, как же я ошибалась! Паоло — никакой не врач, вряд ли он вообще закончил колледж. Паоло — стилист! Хуже того, он придумывает стиль людям! Я серьезно! Он зарабатывает себе на жизнь тем, что берет невзрачное, немодное существо вроде меня и делает его стильным. И бабушка натравила его на меня! На меня! Как будто мало того, что у меня нет грудей, зачем еще рассказывать об этом какому-то парню по имени Паоло?

Что это вообще за имя такое, Паоло? Я хочу сказать, мы же живем в Америке, так называй себя Полом!

Из-за всего этого мне хотелось завизжать на Паоло, но, конечно, я не могла. Паоло же не виноват, что бабушка притащила меня к нему. К тому же, как он сам сказал, он только потому выкроил для меня время в своем невероятно плотном графике, что бабушка сказала, что положение критическое и мне срочно нужна его помощь.

Господи, как неловко! Мне нужна неотложная помощь по части моды.

Короче говоря, я страшно разозлилась на бабушку, но там, перед Паоло, не могла накричать на нее или хотя бы высказать все, что я по этому поводу думаю. Она тоже это понимала. Она спокойно села на бархатный диванчик и стала гладить Роммеля, который запрыгнул к ней на колени и устроился, скрестив ноги, — представляете, она даже пса научила сидеть по правилам! — и начала читать глянцевый журнал и потягивать «сайдкар», который кто-то уже для нее смешал.

Тем временем Паоло поднимал пальцами пряди моих волос, морщился и приговаривал этак грустно:

— Это нужно снять, все это нужно снять.

И он их состриг. Все. Ну, почти все. У меня осталась короткая челка и что-то вроде бахромы сзади. Я не упоминала, что я больше не мышиного цвета? Теперь я самая обыкновенная блондинка.

Но на этом Паоло не успокоился, нет. По его милости у меня появились ногти. Я не шучу! Впервые в жизни у меня появились ногти. Они, правда, накладные, но они есть и выглядят так, как будто были у меня всегда. Я уже попыталась отодрать один, но было очень больно, и он не отодрался. Интересно, что за секретный клей использует их маникюрша? Небось он разработан для астронавтов.

Возможно, вы удивляетесь, почему я позволила им обрезать мне волосы и наклеить на мои обкусанные ногти накладные, если мне совсем этого не хотелось. Я сама об этом задумывалась. То есть я знаю, что боюсь конфликтов, поэтому я не могла швырнуть на пол стакан с лимонадом и закричать: «Сейчас же прекратите вокруг меня суетиться!» Я хочу сказать, они дали мне лимонад, представляете? В «Международном доме волос» на Шестой авеню, куда мы ходим с мамой, вам уж точно не подадут лимонад, но стрижка с сушкой феном действительно стоит всего 9,99 доллара.

Так вот, когда все эти элегантные модные люди наперебой тараторят, как ты будешь хорошо смотреться в этом и как выгодно это подчеркнет твои высокие скулы, довольно трудно не забыть, что ты — феминистка и сторонница охраны природы, не признаешь макияж и не пользуешься химикатами, которые загрязняют окружающую среду. Я хочу сказать, мне не хотелось задевать их чувства, или устраивать сцену, или еще что-нибудь в этом роде. А еще я все время твердила себе, что она это делает потому, что любит меня. Моя бабушка то есть. Я знаю, что, вероятнее всего, она не потому это делает, вряд ли бабушка любит меня больше, чем я ее, но я все равно мысленно повторяла, что это так.

То же самое я говорила себе и после того, как мы ушли от Паоло и пошли в «Бергдорф Гудман», где бабушка купила мне четыре пары туфель, которые стоили почти столько же, во сколько обошлось вытащить из живота Толстого Луи тот носок. Я повторяла это и когда бабушка накупила мне целую кучу одежды, которую я ни за что бы не надела по собственной воле. Я ей так и сказала, что не стану носить эти вещи, но она в ответ только руками на меня замахала.

Кто как, а я лично не собираюсь это терпеть. На моем теле не осталось ни единого сантиметра, который не был бы так или иначе обработан: подстрижен, покрашен, подпилен, отшелушен, высушен или увлажнен. У меня даже появились ногти. Но меня это не радовало, просто нисколечко не радовало. Вот бабушка — да, она была довольна, она была просто в восторге от моего нового облика. Наверное, потому, что я не выглядела как Миа Термополис. У Миа Термополис никогда не было длинных ногтей. Миа Термополис никогда не осветляла волосы «перышками». Миа Термополис никогда не пользуется макияжем, не носит туфли от Гуччи, юбки от Шанель, бюстгальтеры от Кристиана Диора, которые, кстати, даже не выпускаются размера 32А, а у меня именно такой размер. Я уже даже не знаю, кто я, но точно не Миа Термополис.

Бабушка сделала из меня кого-то другого.

И вот я явилась к отцу в своем новом обличье, не похожая на себя, и высказала ему все, что я по этому поводу думаю:

— Сначала она мне задает домашнюю работу. Потом, когда я приношу ей эту самую домашнюю работу, она рвет ее на кусочки. Потом она учит меня сидеть. Потом мне с ее подачи перекрашивают волосы и почти все их состригают. Потом к моим ногтям приклеивают кусочки пластмассы. Потом она покупает мне обувь, которая стоит почти столько же, сколько небольшая ветеринарная операция, и одежду, в которой я выгляжу как Викки, дочка капитана из старого сериала «Корабль любви».

Извини, папа, но я не Викки и никогда ею не буду, как бы бабушка ни старалась одевать меня под нее. Я не стану никогда неунывающей отличницей, не буду крутить романы на корабле. Это все относится к Викки, но не ко мне.

Пока я все это кричала, из спальни вышла мама. Она уже навела марафет, осталось только нанести последние штрихи. Мама была в новом наряде, на ней была юбка, вроде как испанская, вся такая разноцветная, и топ с одним открытым плечом. Свои длинные волосы мама распустила и вообще выглядела она очень классно. Папа как ее увидел, так снова заторопился к бару.

— Миа, — сказала мама, застегивая сережку, — никто и не просит тебя быть Викки.

— Бабушка этого ждет.

— Миа, бабушка просто пытается тебя подготовить.

— К чему подготовить? — закричала я. — Не могу же я ходить в школу в таком виде!

Мама вроде бы даже удивилась:

— А почему нет?

О господи, ну почему это должно было случиться со мной?

Я набралась терпения и постаралась говорить как можно спокойнее:

— Потому что я не хочу, чтобы в школе кто-то узнал, что я — принцесса Дженовии.

Мама покачала головой:

— Детка, они все равно рано или поздно узнают.

Не знаю, как они могут это узнать. Я все продумала. Принцессой я буду только в Дженовии, а шансы на то, что кто-нибудь из моих школьных знакомых когда-нибудь попадет в Дженовию, равны нулю, значит, никто ничего не узнает, и мне не грозит стать такой же, как Тина Хаким Баба, с которой никто не дружит. Во всяком случае, меня не будут считать ненормальной, которая каждый день ездит в школу в лимузине с шофером и повсюду ходит с телохранителем.

Мама выслушала все это и говорит:

— А если эта информация попадет в газеты?

— С какой стати она попадет в газеты?

Мама посмотрела на папу. Он отвел взгляд и приложился к стакану. А дальше... вы не поверите, что он сделал дальше. Он поставил стакан, сунул руку в карман брюк, достал бумажник от «Прадо», открыл его и спрашивает:

— Сколько?

Я выпала в осадок. Мама тоже.

— Филипп... — начала она, но папа продолжал смотреть на меня.

— Хелен, я серьезно. Я чувствую, что компромиссное соглашение, которое мы подписали, нам не поможет. Мне представляется, что единственное решение в таких вопросах — деньги. Миа, сколько я должен тебе заплатить, чтобы ты позволила бабушке сделать из тебя настоящую принцессу?

— Так вот что она делает! — Я опять сорвалась на крик. — Если она затеяла именно это, так скажи ей, что это дохлый номер! В жизни не видала принцесс с такими короткими волосами, длиннющими ступнями, да еще и без грудей!

Папа только на часы посмотрел. Наверное, ему нужно было куда-то идти, наверняка у него было назначено очередное «интервью» с той блондинкой из «Эн-Би-Си ньюс».

— Отнесись к этому как к работе. Ты будешь учиться профессии принцессы, а я буду платить тебе жалованье или, если хочешь, стипендию.

Тогда я стала кричать еще громче, я кричала, что дорожу цельностью своей личности, что отказываюсь продавать свою душу и все такое в этом духе. Все эти умные словечки я почерпнула из одного маминого старого доклада. Кажется, она их узнала, потому что как-то испуганно заморгала и сразу заторопилась на свидание с мистером Джанини. Папа посмотрел на нее очень злым взглядом, у него это получается почти так же хорошо, как у бабушки, вздохнул и сказал:

— Миа, давай сделаем так. Я буду от твоего имени вносить по сто долларов в день на счет этого... как бишь его... ах да, «Гринпис», чтобы они могли пустить эти деньги на спасение китов, если ты доставишь моей матери удовольствие и позволишь ей научить тебя, как быть принцессой.

Ну, это совсем другой разговор. Если бы он платил лично мне за то, что мои волосы модифицируют химическим путем, — это одно. Но платить по сотне долларов в день «Гринпис»? В год это будет 365 000! От моего имени! Ну, тогда «Гринпис» будет просто обязан принять меня на работу, когда я закончу учебу. К тому времени я практически пожертвую им миллион долларов!

Стоп, может, это будет 36 500 долларов? Где мой калькулятор???

Суббота, позже

Не знаю, кем Лилли Московитц себя возомнила, но я точно знаю, кем она не является: моей подругой. Подруги не ведут себя так, как она повела себя со мной сегодня вечером. Просто не верится! И все из-за чего? Из-за моих волос!

Если бы Лилли разозлилась на меня из-за чего-то серьезного, например, из-за того, что я пропустила съемки серии про Хо, может, я еще могла бы это понять. Я имею в виду, что в ее шоу «Лилли рассказывает все, как есть» я — нечто вроде главного оператора, а еще я занимаюсь реквизитом. Когда меня нет, мою работу приходится выполнять Шамике, а она и так уже исполнительный продюсер и отвечает за поиск натуры. Так что я, пожалуй, понимаю, что Лилли может возмущаться, что я пропустила сегодняшнюю съемку. Она считает, что «Хо-гейт» — самая важная из всех серий ее передачи. А по-моему, это немножко глупо. Если разобраться, кому какое дело до жалких пяти центов? Но Лилли уперлась: «Мы разорвем порочный круг расизма, который процветает в китайских магазинчиках во всех пяти районах Нью-Йорка».

Дело ее. Я только одно могу сказать, что, когда я сегодня вечером вошла в квартиру Московитцев, Лилли только раз взглянула на мои волосы и начала:

— О господи, что с тобой случилось?

Можно подумать, что у меня все лицо покрыто шрамами от обморожения, а нос почернел и отвалился, как у тех альпинистов, которые покоряли Эверест.

Я, конечно, знала, что при виде моих волос все выпадут в осадок. Перед тем как выходить из дома, я как следует вымыла голову и отмыла волосы от геля и мусса. Плюс к тому я смыла весь макияж, которым меня густо намазал Паоло, и переоделась в комбинезон и кеды. Формулу корней квадратного уравнения на подошве почти уже не было видно. Честное слово, мне казалось, что, за исключением волос, я выгляжу почти как обычно. Пожалуй, я бы даже сказала, что выгляжу хорошо — для меня, конечно.

Но Лилли, как выяснилось, была другого мнения.

Я старалась держаться так, как будто ничего особенного не произошло. Между прочим, так оно и было, я же не сделала себе силиконовую грудь или еще что-нибудь в этом роде.

— Да, — говорю я, снимая плащ. — Понимаешь, бабушка заставила меня пойти к Паоло, и он...

Но Лилли даже не дала мне договорить. Она была просто в шоке.

— Теперь у тебя волосы такого же цвета, как у Ланы Уайнбергер.

— Ну... — говорю я, — я знаю.

— Боже, что это у тебя на пальцах? Неужели накладные ногти? У Ланы такие же! — Она уставилась на меня, вытаращив глаза. — Господи, Миа, ты превращаешься в Лану Уайнбергер!

Тут уж я обиделась по-настоящему. Во-первых, я вовсе не превращаюсь в Лану Уайнбергер. А во-вторых, даже если бы и превращалась, разве не сама Лилли всегда твердила, что только дураки не понимают, что гораздо важнее не то, как человек выглядит, а каков он в душе?

И вот, значит, стою я у Московитцев в их холле, отделанном черным мрамором, вокруг меня прыгает Павлов, потому что он ужасно рад меня видеть, и говорю:

— Лилли, я не сама это придумала, бабушка меня заставила...

— Что значит «заставила»?

Лилли сделала недовольное лицо, такое выражение у нее бывает каждый год, когда учитель физкультуры объявляет, что мы должны бежать вокруг бассейна в Центральном парке на нормативы президентской программы здоровья (а бассейн там огромный).

— Что ты за человек? — накинулась на меня Лилли. — У тебя что, вообще своей воли нет? Может, ты немая? Не умеешь произносить вслух слово «нет»? Знаешь, Миа, тебе нужно всерьез поработать над уверенностью в себе. А еще, кажется, у тебя большие проблемы с бабушкой. Я имею в виду, что мне ты запросто можешь отказать, с этим почему-то у тебя трудностей не возникает. Например, сегодня на съемках у Хо мне бы твоя помощь очень пригодилась, но ты меня подвела. Но почему-то ты не можешь отказаться, когда бабушка хочет тебя подстричь и выкрасить твои волосы в желтый цвет.

Тут нужно учесть, что я целый день слушала, как я ужасно выгляжу — во всяком случае, до того, как мной занялся Паоло и превратил меня в нечто вроде Ланы Уайнбергер. А теперь мне пришлось выслушивать от Лилли, что, оказывается, у меня и с личностью не все в порядке. Короче, я не выдержала и сорвалась:

— Лилли, заткнись!

Я никогда еще не говорила Лилли «заткнись», никогда. Кажется, я этого слова вообще никому никогда не говорила, это просто не в моем стиле. Честное слово, не знаю, что со мной произошло, может, это накладные ногти виноваты? У меня никогда раньше не было ногтей, и с ними я вроде как почувствовала себя более сильной. Ведь, если разобраться, с какой стати Лилли постоянно мне указывает, что делать?

К сожалению, в тот самый момент, когда я велела Лилли заткнуться, в холл вышел Майкл. Он был без рубашки и держал в руке пустую миску для хлопьев.

— Вот это да! — сказал он и попятился.

Я не знала точно, что его так поразило, то ли что я велела Лилли заткнуться, то ли то, как я выглядела.

— Что-о? — возмутилась Лилли. — Что ты сказала?

Теперь она еще больше, чем обычно, стала похожа на мопса. Мне очень хотелось взять свои слова назад, но я не могла: я понимала, что Лилли права и у меня действительно есть проблемы с уверенностью в себе. Поэтому я сказала совсем другое:

— Мне надоело, что ты постоянно меня подавляешь. С меня хватит и того, что мама, папа, бабушка и учителя целый день указывают мне, что делать. Я не желаю, чтобы еще и друзья доставали меня тем же самым.

— Вот это да! — снова сказал Майкл.

Теперь-то я точно знала, что дело в моих словах.

Лилли так прищурилась, что глаз совсем не стало видно.

— В чем твоя проблема?

— Знаешь что, — говорю я, — у меня никакой проблемы нет. Кажется, проблема есть как раз у тебя, у тебя большая проблема со мной. И знаешь что, я тебе помогу ее решить. Я ухожу. Если уж на то пошло, я с самого начала не хотела помогать тебе с этой серией про «Хо-гейт». Мистер и миссис Хо — милейшие люди, они не сделали ничего плохого. Не понимаю, почему ты к ним прицепилась. А еще... — это я сказала, уже открывая дверь, — мои волосы вовсе не желтые.

И я ушла. Я даже почти хлопнула дверью.

Дожидаясь лифта, я думала, что, может, Лилли еще выйдет и извинится передо мной, но она не вышла. От Московитцев я пошла прямо домой, приняла ванну и легла в кровать, взяв с собой пульт от телевизора и Толстого Луи. Кажется, Толстый Луи — единственный, кому я нравлюсь такой, какая я есть. Я все ждала, что Лилли позвонит и извинится, но она до сих пор не позвонила.

Ну и ладно, пока она не извинится, я тоже не буду извиняться.

И знаете что? Минуту назад я посмотрела на себя в зеркало и решила, что мои волосы выглядят не так уж плохо.

12 октября, воскресенье, после полуночи

Лилли все еще не позвонила.

12 октября, воскресенье

О господи! Мне так неловко! Если бы я могла куда-нибудь исчезнуть! Тут только что такое случилось... вы не поверите.

Выхожу я утром из своей комнаты, чтобы позавтракать, и вижу, что за столом сидят мама и мистер Джанини и едят оладьи! При этом мистер Джанини одет только в футболку и трусы-боксеры!!! А мама — в розовом кимоно!!! Когда она меня увидела, то чуть не подавилась апельсиновым соком. Она откашлялась и говорит:

— Миа, что ты здесь делаешь? Я думала, ты осталась ночевать у Лилли.

Лучше бы я так и сделала. Лучше бы я вчера вечером не решила проявить наконец твердость и уверенность в себе. Я могла бы остаться у Московитцев, и мне бы не пришлось увидеть мистера Джанини в одних трусах. Я могла бы и без этого зрелища прожить долгую, наполненную и счастливую жизнь, не говоря уже о том, что он не увидел бы меня во фланелевой ночной рубашке.

Как я смогу теперь ходить к нему на дополнительные занятия?

Это ужасно. Мне очень хотелось позвонить Лилли, но, кажется, мы с ней в ссоре.

Воскресенье, позже

Ну вот. По словам мамы, которая только что приходила ко мне в комнату, мистер Джанини провел ночь на диване в гостиной, потому что на ветке, по которой он обычно возвращается домой в Бруклин, поезд сошел с рельсов, ремонт обещали делать несколько часов и мама предложила ему переночевать у нас.

Если бы мы с Лилли по-прежнему дружили, она бы, наверное, сказала, что мама лжет, чтобы возместить моральный ущерб, который она, как ей кажется, мне нанесла, потому что до сих пор я воспринимала ее исключительно как мать, а следовательно, существо бесполое. Именно это Лилли говорит, когда чья-нибудь мама оставляет у себя на ночь мужчину, а потом лжет об этом.

Но если мама и обманывает, мне удобнее ей поверить. Только так я смогу и дальше ходить на алгебру. Если я буду считать, что учитель, который стоит передо мной, не только целовал маму, но и, наверное, видел ее обнаженной, то ни за что не смогу сосредоточиться на многочленах.

Ну почему со мной происходят все эти неприятности? Давно пора, чтобы со мной хотя бы для разнообразия произошло что-нибудь хорошее.

После того как мама пришла и обманула меня, я оделась и спустилась в кухню, чтобы наконец позавтракать. Мне пришлось спуститься, потому что мама не захотела принести завтрак мне в комнату, как я просила. Она сказала:

— Завтрак в комнату? Кем ты себя возомнила? Принцессой Дженовии?

Мама, наверное, думала, что это ужасно смешно. А по-моему, ничего смешного.

К тому времени, когда я во второй раз спустилась в кухню, мистер Джанини тоже оделся. Он попытался обратить все в шутку, пожалуй, это единственный выход в такой ситуации.

Сначала мне было не до шуток. Но потом мистер Джанини завел разговор о том, как бы некоторые учителя из нашей школы выглядели в пижамах. Например, директриса Гупта. Он думает, что наша директриса надевает на ночь спортивные штаны своего мужа и футболку. Я представила миссис Гупту в спортивных штанах и засмеялась. Потом я сказала, что миссис Хилл наверняка носит элегантный пеньюар с перышками и кружевами, но мистер Джанини возразил, что она, скорее, надевает что-нибудь фланелевое, а не перышки и кружева. Интересно, откуда он знает? Может, он встречается и с миссис Хилл? Для такого скучного типа с кучей авторучек в кармане рубашки он довольно много гуляет.

После завтрака мама и мистер Джанини уговаривали меня пойти с ними в Центральный парк, потому что на улице хорошая погода и все такое, но я сказала, что мне очень много задали на дом. Мне действительно кое-что задали — мистер Джанини сам должен это знать, — но не слишком много. Просто мне не хотелось быть третьей лишней.

Помню, когда Шамика в седьмом классе начала встречаться с Аароном Бен-Саймоном, она вечно звала нас с Лилли в кино или еще куда-нибудь, потому что ее папа не разрешал ей никуда ходить одной с мальчиком (даже с таким безобидным парнем, как Аарон Бен-Саймон, у которого шея не толще моей руки). Но когда мы куда-нибудь с ней ходили, она почти не обращала на нас внимания, наверное, в этом был весь смысл. Тогда все две недели, что они встречались, с Шамикой вообще невозможно было разговаривать, потому что она могла говорить только про Аарона.

Не то чтобы мама не могла говорить ни о чем, кроме Джанини, она не такая. Но я подозревала, что если бы я пошла в Центральный парк, то увидела бы, как они целуются. Я не говорю, что поцелуи — это плохо, но одно дело, когда их показывают по телевизору, и совсем другое, когда твоя мама целуется с твоим же учителем алгебры.

Вы понимаете, что я имею в виду?

Причины, по которым мне стоит извиниться перед Лилли

1. Мы с ней — лучшие подруги еще с детского сада.
2. Одна из нас должна быть мудрее и сделать первый шаг.
3. Она умеет меня рассмешить.
4. С кем еще мне ходить на ланч?
5. Я по ней скучаю.

Причины, по которым мне не стоит извиняться перед Лилли

1. Она вечно указывает мне, что делать.
2. Она считает, что все знает.
3. Лилли первая начала, значит, она и должна извиняться.
4. Я никогда не достигну самоактуализации, если не научусь отстаивать свои убеждения.
5. Что, если я перед ней извинюсь, а она все равно не захочет со мной разговаривать???

Воскресенье, еще позже

Я только что включила компьютер. Хотела поискать что-нибудь в Интернете про Афганистан — мне нужно написать доклад по текущим событиям для урока всемирной истории. И вдруг я увидела, что кто-то пишет мне по ICQ. Я очень удивилась, мне редко пишут по «аське». Но потом я увидела, от кого сообщение: КрэкКинг.

Майкл Московитц? Ему-то что от меня понадобилось?

Вот что он писал:

КрэкКинг: Привет, Термополис. Что с тобой вчера вечером произошло? Ты как будто с цепи сорвалась.

Я? С цепи сорвалась???

ТлстЛуи: К твоему сведению, я вовсе не сорвалась с цепи. Просто мне надоело, что твоя сестрица вечно учит меня жить. А вообще это не твое дело.

КрэкКинг: Чего ты в бутылку лезешь? Конечно, это мое дело. Я же живу с Лилли в одной квартире, или ты забыла?

ТлстЛуи: А что, она обо мне говорит?

КрэкКинг: Можно и так сказать.

Поверить не могу, что они меня обсуждают. Ясно же, что Лилли сейчас не скажет обо мне ничего хорошего.

ТлстЛуи: И что именно она говорит?

КрэкКинг: Кажется, кто-то говорил, что это не мое дело.

Хорошо все-таки, что у меня нет брата.

КрэкКинг: Что она не понимает, что с тобой в последнее время происходит, но с тех пор, как приехал твой отец, ты ведешь себя так, будто у тебя крыша съехала.

ТлстЛуи: У меня крыша съехала? Она бы на себя посмотрела. Лилли вечно меня критикует. Меня от этого уже тошнит!!! Если она хочет быть моей подругой, почему бы не принять меня такой, какая я есть???

КрэкКинг: И незачем так орать.

ТлстЛуи: Я не ору!!!

КрэкКинг: Ты ставишь лишние восклицательные знаки, в он-лайне это означает крик. Кроме того, не только Лилли тебя критикует, но и ты ее. Она говорит, ты отказалась поддержать ее бойкот магазина Хо.

ТлстЛуи: Так и есть, я не буду его поддерживать. По-моему, это глупо, а по-твоему?

КрэкКинг: Конечно, глупо. У тебя по алгебре все еще двойка?

Такого вопроса я никак не ожидала.

ТлстЛуи: Наверное. Но если учесть, что прошлой ночью мистер Джанини ночевал у нас, может, он вытянет меня на тройку. А что?

КрэкКинг: Что-о? Джанини ночевал у вас? В вашей квартире? И каковы твои впечатления?

Черт, зачем я только ему сказала? К завтрашнему утру об этом будет знать вся школа. Вдруг мистера Джанини уволят? Не знаю, может, учителям запрещается встречаться с родителями учеников. Ну зачем я проболталась Майклу?

ТлстЛуи: Ужасно неловко. Но он обратил это дело в шутку, и вроде бы все нормально. На самом деле я не знаю. Наверное, мне полагается злиться, но мама так счастлива, что мне трудно злиться.

КрэкКинг: Джанини — еще не самый плохой вариант. А ты представь, что твоя мама стала бы встречаться со Стюартом.

Мистер Стюарт преподает у нас здоровье. Он считает себя большим подарком для женщин. У нас он еще ничего не вел, потому что здоровье начинается только на втором курсе, но даже я знаю, что не стоит подходить близко к его столу. Если подойти, мистер Стюарт начинает растирать тебе плечи, как будто делает массаж, но все знают, что на самом деле он пытается определить, носишь ли ты бюстгальтер.
Если моя мама когда-нибудь станет встречаться с мистером Стюартом, я сбегу в Афганистан.

ТлстЛуи: *Ха-ха-ха. А тебе зачем знать, заваливаю я алгебру или нет?*

КрэкКинг: *Просто я закончил делать выпуск интернет-журнала за этот месяц, вот я и подумал, что могу позаниматься с тобой алгеброй на уроках ТО, если хочешь.*

Майкл Московитц предлагает мне помощь! Может, у меня галлюцинации? От удивления я чуть не свалилась с компьютерного стула.

ТлстЛуи: *Класс, это было бы здорово! Спасибо!*

КрэкКинг: *На здоровье. Не вешай нос, Термополис!*

Майкл отключился.
Вы представляете? Ну разве это не мило с его стороны? Интересно, что на него нашло? Пожалуй, стоит почаще ссориться с Лилли.

Воскресенье, еще позже

Только мне начало казаться, что моя жизнь чуть-чуть меняется к лучшему, как позвонил папа. Он сказал, что посылает за мной Ларса и что я, он и бабушка вместе пообедаем в «Плазе». Я заметила, что маму он не пригласил. Но наверное, в этом не было ничего плохого, потому что мама все равно не захотела бы пойти с нами. Когда я ей сказала, она, кажется, даже обрадовалась.

— Все нормально, дорогая, — сказала она, — я останусь дома, закажу себе еду из тайского ресторана и буду смотреть по телевизору «Шестьдесят минут».

Вообще с тех пор, как мама вернулась из Центрального парка, у нее было очень хорошее настроение. Она рассказала, что они с мистером Джанини катались в старинной карете — в Центральном парке на них обычно катаются приезжие. Я была потрясена. Эти кучеры очень плохо обращаются с лошадьми, бедняги у них часто отбрасывают копыта от недостатка воды. Я давным-давно поклялась, что никогда в жизни не буду кататься в этих каретах или, по крайней мере, не буду до тех пор, пока они не предоставят лошадям хоть какие-то права. Раньше я думала, что мама меня в этом поддерживает.

Все-таки любовь делает с людьми странные вещи.

В «Плазе» на этот раз было не так уж плохо. А может, я просто начинаю к ней привыкать. Швейцары уже запомнили, кто я такая, или, по крайней мере, запомнили Ларса, поэтому никто больше не пытался помешать мне войти. И у бабушки, и у папы настроение было не лучшее. Не знаю почему, возможно, потому, что им никто не платит за то, что они проводят время друг с другом.

Обед был ужасно скучный. Бабушка просто достала меня разговорами о том, какой вилкой что положено есть и как. Блюд было очень много, и в основном все мясные. Хотя одно было рыбное, так что я все-таки не осталась голодной, а еще я съела десерт, похожий на большую шоколадную башню. Бабушка пыталась мне втолковать, что, когда я буду представлять Дженовию на официальных обедах, мне придется есть то, что подадут, чтобы не оскорбить хозяев и не вызвать международный скандал. Но я ей сказала, что прикажу своим подчиненным заранее предупредить хозяев, что я не ем мясного, чтобы они его и не подавали.

Бабушка, кажется, разозлилась. Наверное, ей не приходило в голову, что я могла видеть телефильм про принцессу Диану. Из этого фильма я узнала все о том, как отвертеться от разной ненужной еды на официальных обедах и как потом избавиться от того, что все-таки пришлось съесть. (Только я никогда не стала бы вызывать у себя рвоту.)

На протяжении всего обеда папа задавал мне всякие странные вопросы насчет мамы. Не испытываю ли я неловкость из-за ее отношений с мистером Джанини и не хочу ли я, чтобы он с ней поговорил на эту тему. Мне кажется, он пытался выведать мое мнение, насколько у мамы серьезно с мистером Джанини. Что ж, я думаю, что это довольно серьезно, раз уж он у нас ночевал.

Я, конечно, не стала сообщать папе, что мистер Джанини провел у нас ночь, а то бы с ним точно случился сердечный приступ. Он же такой шовинист, сам каждое лето привозит в Мираньяк женщин — иногда они меняются каждые две недели! — но при этом он рассчитывает, что мама будет оставаться чистой, как свежий снег. Если бы Лилли со мной разговаривала, она бы наверняка сказала, что все мужчины страшные лицемеры.

Отчасти мне даже хотелось рассказать папе про Джанини — хотя бы только для того, чтобы он не выглядел таким самодовольным. Но с другой стороны, я не хотела давать бабушке в руки лишнее оружие против мамы, она и так говорит, что мама легкомысленная, так что я просто сделала вид, что ничего об этом не знаю.

Бабушка сказала, что завтра мы поработаем над моим словарем. Она считает, что мой французский отвратителен, но английский еще хуже. Говорит, если она еще раз услышит от меня слово «параллельно», то заставит меня вымыть рот с мылом. Я ответила:

— А мне параллельно.

Она метнула на меня этот свой злой взгляд, а я вовсе не пыталась острить, у меня просто нечаянно вырвалось.

На сегодняшний день я заработала в фонд «Гринпис» две сотни долларов. Может быть, я войду в историю как девушка, спасшая всех китов.

Вернувшись домой, я обнаружила в мусорном ведре два пустых контейнера из тайского ресторана. В мешке для пластмассовых отходов лежали два комплекта палочек для еды и две бутылки из-под пива. Я спросила у мамы, оставался ли мистер Джанини и на обед — боже, она провела с ним целый день! — а она ответила:

— О, нет, дорогая, у меня просто разыгрался аппетит.

Это была уже вторая ложь за день. Видно, у мамы с мистером Джанини действительно все очень серьезно.

Лилли все еще не звонит. Я уж начинаю думать, не позвонить ли мне самой. Но что я ей скажу? Я же ничего плохого не сделала. То есть я, конечно, велела ей заткнуться, но она сама виновата: надо же было такое ляпнуть, что я превращаюсь в Лану Уйанбергер. Так что я имела полное право велеть ей замолчать.

Или нет?.. Может быть, никто не имеет права приказывать другому человеку молчать? Может, именно с этого и начинаются войны — с того, что кто-то велит кому-то заткнуться, а потом не хочет извиниться?

Если так будет продолжаться и дальше, с кем же я завтра сяду за ланчем?

13 октября, понедельник, урок алгебры

Сегодня утром, когда Ларс по дороге в школу затормозил перед домом Лилли, их консьерж нам сказал, что Лилли уже ушла. Вот тебе и не держать обиду на подругу! Никогда еще у нас не было такой долгой ссоры.

Когда я вошла в школу, первым делом кто-то сунул мне под нос листовку:

Бойкотируйте магазин «Хоз Дели»!
ПОДПИШИСЬ ПОД ЭТИМ ВОЗЗВАНИЕМ И ВНЕСИ СВОЙ ВКЛАД В БОРЬБУ ПРОТИВ РАСИЗМА!

Я сказала, что не буду подписываться, тогда Борис, а это он держал листовку, назвал меня неблагодарной. Он сказал, что в стране, из которой он приехал, правительство многие годы подавляло все проявления протеста и что я должна радоваться, что живу в стране, где могу подписывать воззвания и после этого не бояться, что за мной начнет охотиться тайная полиция.

А я Борису сказала, что у нас в Америке не принято заправлять свитера в брюки.

В одном надо отдать Лилли должное: она действует быстро. Листовками с призывом бойкотировать «Хоз Дели» была обвешана вся школа. И еще одно надо сказать про Лилли: если уж она злится, то всерьез и надолго. Она со мной вообще не разговаривает. Хоть бы мистер Джанини от меня отстал. Кому вообще нужны эти дурацкие целые числа?

Действия с действительными числами: отрицательные или противоположные числа — числа, расположенные на числовой оси по разные стороны от нуля, но на одинаковом расстоянии от него, называются отрицательными или противоположными.

ЧЕМ ЗАНЯТЬСЯ НА УРОКЕ АЛГЕБРЫ

Чем заняться на уроке алгебры?
О, возможности безграничны:
Можно рисовать или зевать,
Или в шахматы играть.

Можно дремать или мечтать,
Или чесать в затылке,
Можно тренькать или бренькать,
Или таращить зенки.

Можно пялиться на часы.
Можно мурлыкать песенку,
Я лично перепробовала почти все,
Чтобы протянуть время.

НО НИЧТО НЕ ПОМОГАЕТ!

Понедельник, позже, урок французского

Даже если бы мы с Лилли не были в ссоре, я бы, наверное, все равно не смогла сесть с ней рядом за ланчем. Она у нас стала знаменитостью. Вокруг столика, за которым обычно мы четверо — Лилли, я, Шамика и Линг Су, — ели яблоки в тесте из «Биг Вонг», сегодня собралась целая толпа. На том месте, где обычно сидела я, сегодня сидел Борис Пелковски.

Небось Лилли на седьмом небе от счастья. Она всегда мечтала иметь в поклонниках гениального музыканта.

В результате я стою, как дура, с дурацким подносом с дурацким салатом — сегодня больше ничего вегетарианского в меню не было, потому что у них кончились банки с жидким топливом для микропечи, на которой они готовят зерновые батончики, — стою и не знаю, с кем же мне садиться? Мы едим посменно, поэтому в нашем кафе всего столиков десять, не больше. Есть столик, за которым обычно сидим мы с Лилли, есть столик спортсменов, есть столик болельщиц, есть столик богатеньких деток, есть столик фанатов хип-хопа, есть столик наркоманов, есть столик участников драмкружка, есть столик лучших учеников, есть столик, за которым сидят иностранцы, приехавшие к нам учиться по обмену, и, наконец, столик, за которым всегда сидит Тина Хаким Баба со своим телохранителем.

Со спортсменами и болельщицами я сесть не могла, потому что я ни тот, ни другой. С богатыми ребятами мне тоже не место, у меня нет ни сотового телефона, ни брокера. Хип-хоп я не слушаю, наркотики не употребляю, в последнем спектакле не участвую, так что эти три столика мне тоже не подходят. Попасть в число лучших учеников мне не светит — с моей-то двойкой по алгебре. С иностранными учениками я не смогу разговаривать, потому что среди них нет ни одного француза.

Я посмотрела на Тину Хаким Баба. Перед ней, как и передо мной, стояла тарелка салата. Только Тина берет салат не потому, что она вегетарианка, как я, а потому, что у нее лишний вес. Тина читала любовный роман, на обложке которого была фотография: парень-подросток обнимает девочку-подростка. У девочки были длинные белокурые волосы и довольно большая для ее тонкой фигуры грудь, и выглядела она точно так, как, я думаю, бабушка хочет, чтобы я выглядела.

Я подошла и поставила поднос на стол рядом с подносом Тины:

— Можно с тобой сесть?

Тина оторвалась от книги и подняла взгляд, вид у нее при этом был совершенно ошарашенный. Она посмотрела на меня, потом на своего телохранителя. Это был высокий смуглый мужчина в черном костюме и в темных очках, которые он не снимал даже в помещении. Думаю, если бы дело дошло до драки, Ларс бы его победил.

Когда Тина посмотрела на телохранителя, тот посмотрел на меня — по крайней мере, мне кажется, что посмотрел, когда человек в темных очках, трудно сказать наверняка — и кивнул. Тина улыбнулась — радостно так — и отложила книгу в сторону.

— Пожалуйста, садись.

Я села. Почему-то от улыбки Тины я почувствовала себя неловко, как будто мне надо было сесть с ней еще раньше. Но все считают Тину странной, потому что у нее есть телохранитель и ее возят в школу в лимузине, и я тоже привыкла так считать. Сейчас-то мне кажется, что она нормальная девчонка.

Мы с Тиной стали есть салат и обсуждать паршивую кормежку в школьном буфете. Тина рассказала про свою диету, оказывается, это мать велела ей сесть на диету. Тина хочет похудеть к танцам по случаю праздника многообразия культур на двадцать фунтов, только я не представляю, как ей это удастся, потому что праздник будет уже в эту субботу. Я спросила Тину, есть ли у нее парень, чтобы идти на танцы, она захихикала и сказала, что есть. Оказывается, она идет на танцы с парнем из Тринити-колледжа — это еще одна частная школа на Манхэттене, — парня зовут Дэйв Фарух Эль-Абар.

Вот те раз. Это несправедливо. Даже Тину Хаким Баба, которой папа не разрешает пройти пешком два квартала до школы, и ту кто-то пригласил на танцы, а меня — никто.

Вообще Тина довольно славная. Когда она пошла к автомату еще за одним стаканом диетической колы, телохранитель пошел с ней. Боже, если Ларс когда-нибудь вот так же начнет ходить за мной повсюду как тень, я повешусь. Я прочитала, что написано на задней обложке книги. Книга называлась «Кажется, меня зовут Аманда», в ней рассказывалось про девочку, которая очнулась от комы и не помнит, кто она такая. В больнице ее навестил очень красивый мальчик и сказал, что ее зовут Аманда и что он — ее парень. Остаток книги девушка пытается разобраться, правду он говорит или врет.

Я вас умоляю! Некоторые девчонки сами не понимают своего счастья. Если какой-то красивый мальчик заявляет, что он твой парень, почему бы просто не позволить ему им быть?

Пока я читала обложку, на стол упала тень. Я подняла голову и увидела, что возле меня остановилась Лана Уайнбергер. Наверное, в этот день была игра, потому что Лана была в форме болельщицы — в мини-юбке в зеленую и белую клеточку и обтягивающем белом свитере с огромной буквой А на груди.

— Милые волосики, Амелия, — сказала она своим противным голоском, — кого ты хочешь изобразить, девочку Танкистку?[1]

---
[1] Персонаж боевика.

Я посмотрела мимо нее на соседний столик. Возле него стоял Джош Рихтер с компанией дружков-спортсменов. На нас с Ланой они не обращали внимания и обсуждали вечеринку, которая была в эти выходные. Все перебрали пива и теперь были просто никакие. Интересно, их тренер знает?

— Кстати, как называется этот цвет? — поинтересовалась Лана, дотрагиваясь до моей макушки. — Цвет детского поноса? Желтый гной?

Пока она тут стояла и издевалась надо мной, вернулись Тина и ее телохранитель. Кроме диетической колы Тина купила еще рожок мороженого «Натти Ройял», его она протянула мне. Это было очень мило с ее стороны, если учесть, что до сегодняшнего дня я с ней даже не разговаривала. Но Лана ничего милого в этом жесте не усмотрела. Она якобы невинно поинтересовалась:

— Ой, Тина, ты купила мороженое для Амелии? Что, папочка дал тебе сегодня лишнюю сотню долларов, чтобы ты могла купить себе подружку?

В темных глазах Тины заблестели слезы. Увидев это, ее телохранитель открыл рот. А потом произошло нечто странное, я сама не поняла, как это вышло. Только что я сидела и смотрела, как глаза Тины Хаким Баба наполняются слезами, а в следующее мгновение я вдруг схватила свой рожок с мороженым и что есть сил ткнула им в грудь Ланы.

Лана опустила голову и уставилась на свой свитер. Ванильное мороженое и шоколадная глазурь с арахисом прилипли к ткани. Джош Рихтер и его дружки перестали разговаривать и тоже уставились на грудь Ланы. В кафе вдруг стало так тихо, как никогда еще не бывало. Все, буквально все смотрели на рожок мороженого, прилипший к свитеру Ланы.

Тишина стояла такая, что даже стало слышно, как Борис дышит через скобки на зубах. А потом Лана как завизжит!

— Ах ты... ты... — Наверное, она не смогла вспомнить достаточно плохое слово, чтобы меня обозвать. — Ты! Посмотри, что ты натворила! Что ты сделала с моим свитером!

Я встала и взяла поднос.

— Тина, пойдем отсюда, — сказала я. — Давай найдем местечко потише.

Тина, не сводя глаз с сахарного рожка, торчащего прямо из середины буквы А на Ланином свитере, тоже встала, взяла поднос и пошла за мной. Телохранитель пошел за нами. Готова поклясться, он смеялся.

Когда мы с Тиной проходили мимо столика, за которым обычно сидели мы с Лилли, я заметила, что Лилли смотрит на меня с открытым ртом. Наверное, она видела все, от начала до конца. Ну что же, значит, ей придется пересмотреть свой диагноз: я больше не робкая и неуверенная в себе. Если захочу, я очень даже могу за себя постоять.

Я не уверена, но мне показалось, что, когда мы с Тиной и ее телохранителем уходили, кто-то за столом болельщиц захлопал в ладоши. Думаю, я существенно продвинулась по пути самоактуализации.

Понедельник, позже

О господи, ну я и влипла. Такого со мной еще никогда в жизни не случалось.

Я сижу в кабинете директора!

Да-да, за то, что я ткнула в Лану Уайнбергер рожком мороженого, меня вызвали в кабинет директора!

Можно было догадаться, что Лана нажалуется, она известная ябеда.

Я немного испугалась. Мне еще не приходилось нарушать правила поведения в школе, я всегда была довольно послушной ученицей. Когда дежурный по школе зашел к нам в класс во время ТО и показал пропуск в коридор, мне сначала и в голову не пришло, что он явился за мной. Я сидела с Майклом Московитцем, и он мне объяснял, что я вычитаю все неправильно. Он сказал, что моя главная беда в том, что я неаккуратно пишу цифры, когда занимаю. А еще в том, что я пишу как попало и где попало, в любой тетрадке, которая окажется под рукой. Майкл говорит, что мне нужно писать всю алгебру в одной тетради.

А еще он считает, что я не умею сосредоточиваться. Но мне потому трудно сосредоточиться, что я никогда еще не сидела так близко к мальчику. Я, конечно, понимаю, что это всего лишь Майкл Московитц, что мы с ним очень часто видимся и что я все равно никогда ему не понравлюсь, потому что он — старшеклассник, а я — всего лишь подружка его младшей сестры. Во всяком случае, раньше была подружкой. Но он все равно мальчик, причем симпатичный, хотя он и брат Лилли. И от него очень приятно пахнет. Когда я вдыхала этот запах, такой чистый и какой-то очень мальчишеский, то, честное слово, сосредоточиться на вычитании было очень трудно. Кроме того, время от времени Майкл накрывал мою руку своей, забирал у меня карандаш и говорил:

— Нет, Миа, не так, нужно вот так.

И конечно, мне было трудно сосредоточиться еще и потому, что мне все время казалось, что на нас смотрит Лилли. На самом деле она не смотрела. Теперь, когда она борется со зловещими проявлениями расизма в нашем районе, у нее нет времени на маленьких людей вроде меня. Она сидела в окружении своих сторонников за большим столом и разрабатывала следующий шаг своей кампании против Хо. Она даже разрешила Борису выйти из кладовки, чтобы он ей помог. Стоит ли упоминать, что он глаз от нее не отрывал? Не представляю, как Лилли терпела, что Борис положил свою маленькую тонкую руку скрипача на спинку ее стула. И ведь он так и не вытащил свитер из-под ремня брюк!

Так что мне можно было не беспокоиться, что кто-нибудь обратит внимание на нас с Майклом. Я хочу сказать, что он не клал руку на спинку моего стула. Хотя как-то раз под столом его колено коснулось моего. Это было так мило, что я чуть не умерла.

А потом принесли этот дурацкий пропуск в коридор, в котором значилось мое имя.

Интересно, меня выгонят из школы? Может, если меня отсюда выгонят, я смогу перейти в другую школу, где никто не знает, что мои волосы были когда-то другого цвета и что ногти у меня не свои, а накладные? Пожалуй, это было бы не так уж плохо.

С СЕГОДНЯШНЕГО ДНЯ Я БУДУ

1. Думать перед тем, как что-то сделать.

2. Стараться быть вежливой, как бы меня ни провоцировали на грубость.

3. Говорить правду, кроме тех случаев, когда правда может ранить чьи-то чувства.

4. Держаться как можно дальше от Ланы Уайнбергер.

О-ох. Директриса Гупта готова меня принять.

Понедельник, вечер

Не знаю, что мне теперь делать. Меня наказали — я должна целую неделю задерживаться после уроков. Плюс к тому у меня дополнительные занятия по математике с мистером Дж., плюс уроки принцессы с бабушкой. Сегодня, например, я вернулась домой в девять вечера. Так дальше жить нельзя.

Папа в ярости. Он грозится подать на школу в суд. Он говорит, что никто не имеет права наказывать его дочь за то, что она вступилась за слабого. Я ему сказала, что миссис Гупта может, она все может, она же директор школы.

По правде говоря, я ее не особенно виню. Я имею в виду, что я же не попросила прощения или что-нибудь в этом роде. Миссис Гупта — милая леди, но что она может сделать? Я признала, что сделала это. Она сказала, что я должна извиниться перед Ланой и заплатить за чистку свитера. А я ответила, что за химчистку заплачу, но извиняться не буду. Директриса посмотрела на меня поверх толстых очков и спросила:

— Я не ослышалась?

Тогда я повторила, что не собираюсь извиняться. Мое сердце колотилось, как сумасшедшее, я не хотела никого злить, тем более директрису — она может на кого угодно страху нагнать, если захочет. Я попыталась представить ее в спортивных штанах мужа, но это не сработало, она меня все равно пугала.

Но перед Ланой я извиняться не буду. Не буду, и всё.

Однако миссис Гупта не выглядела очень рассерженной, скорее, у нее был озабоченный вид. Наверное, педагогам так и полагается выглядеть. Ну, вы понимаете, они должны выглядеть так, будто беспокоятся за вас. Она сказала:

— Признаться, Миа, я была очень удивлена, когда Лана пришла ко мне со своей жалобой. Обычно мне приходится вызывать в кабинет Лилли Московитц, и я никак не ожидала, что придется вызвать тебя. Во всяком случае, не по поводу поведения, по поводу учебы — это еще возможно, я помню, что ты не успеваешь по алгебре, но с дисциплиной у тебя раньше проблем не было. Я чувствую, Миа, что должна задать тебе один вопрос: все ли у тебя в порядке?

С минуту я только молча смотрела на нее.

Все ли у меня в порядке? *Все ли у меня в порядке?*

Так, минуточку, дайте подумать... Моя мать встречается с моим учителем алгебры, кстати, предмета, по которому у меня двойка, моя лучшая подруга меня ненавидит, мне четырнадцать лет, но меня никто никогда не приглашал на свидание, и недавно мне стало известно, что я принцесса Дженовии.

— Конечно, — говорю я директрисе, — у меня все в порядке.

— Миа, ты уверена? Я невольно задаю себе вопрос, не связано ли твое поведение с какими-то неприятностями... Возможно, у тебя проблемы дома?

Интересно, за кого она меня принимает? За Лану Уайнбергер? Как будто я могу сидеть тут и рассказывать ей о своих проблемах! Чуть не забыла, миссис Гупта, в довершение всего в Нью-Йорк приехала моя бабушка, и папа платит мне по сотне долларов в день за то, чтобы я брала у нее уроки поведения для принцесс. Ах да, а еще в субботу утром я наткнулась в своей кухне на мистера Джанини, он был в одних трусах. Хотите еще что-нибудь узнать?

— Миа, — говорит директриса, — я хочу, чтобы ты знала, ты — особенный человек, ты обладаешь множеством удивительных качеств. У тебя нет причин чувствовать себя ущербной по сравнению с Ланой Уайнбергер, совсем никаких причин.

Ну да, конечно, миссис Гупта, думаю я, Лана — всего лишь самая красивая и самая популярная девочка в нашем классе, и она встречается с самым красивым и самым популярным парнем во всей школе. Конечно, мне не из-за чего чувствовать себя ущербной, особенно если учесть, что Лана при каждом удобном случае старается меня подавить и унизить при всех. Чтобы я да чувствовала себя ущемленной? Конечно, нет, миссис Гупта.

— Понимаешь, Миа, — продолжает директриса, — я уверена, что, если бы ты взяла на себя труд узнать

Лану поближе, ты бы поняла, что она, в сущности, очень милая девочка. Такая же, как ты.

Ну да, конечно, совсем как я.

Я так из-за этого расстроилась, что даже поделилась с бабушкой во время нашего очередного урока. В этот день мы занимались словарем. Как ни странно, она мне искренне посочувствовала.

— Когда мне было столько же лет, сколько тебе сейчас, со мной в школе училась девочка вроде вашей Ланы. Ее звали Женевьева. На географии она сидела прямо за мной и повадилась окунать кончик моей косы в чернильницу, так что получалось, что, когда я встаю, мое платье пачкается чернилами. Но учитель никак не хотел верить, что Женевьева делает это нарочно.

— Правда?

Я была поражена. Должно быть, эта Женевьева была очень смелая, я еще не встречала человека, который бы осмелился нападать на мою бабушку.

— И как ты ей отомстила?

Бабушка засмеялась этаким зловещим смехом:

— О, никак, я ей ничего не сделала.

Не может быть, чтобы бабушка никак Женевьеве не отомстила, иначе бы она так не смеялась. Но, как я к бабушке ни приставала, она мне так и не сказала, чем она отплатила Женевьеве. Я уж думаю, может, она ее убила? А что, все возможно.

Видно, зря я так приставала к бабушке. Ей это надоело, и, чтобы я от нее отстала, она задала мне тест. Честное слово, я не шучу! Тест был очень трудный, я его сюда подколола. Я набрала аж 98 очков! Бабушка говорит, что с тех пор, как мы начали заниматься, я очень далеко продвинулась.

БАБУШКИН ТЕСТ

Что полагается делать с салфеткой, если ты находишься в ресторане и встаешь из-за стола, чтобы пойти припудрить носик?
Если это четырехзвездочный ресторан, салфетку нужно отдать официанту, который поспешил к тебе, чтобы отодвинуть стул. Если ресторан самый обыкновенный и официанты не спешат тебе услужить, салфетку нужно оставить на своем пустом стуле.

При каких обстоятельствах допустимо подкрашивать губы на людях?
Ни при каких.

Каковы характерные черты капитализма?
Частная собственность на средства производства и распределения, товарный обмен, основанный на рыночных операциях.

Как подобает отвечать мужчине, который признался тебе в любви?
Спасибо, вы очень добры.

В чем заключается основное противоречие капитализма по Марксу?
Стоимость любого продукта определяется количеством труда, вложенного в его производство. Отнимая у работников часть стоимости, которую они произвели своим трудом, капитализм подрывает основы своей собственной экономической системы.

Когда белые туфли неуместны?
На похоронах, после Дня труда, перед Мемориальным днем и везде, где могут быть лошади.

Дай характеристику олигархии.
Олигархия — это когда небольшая группа осуществляет управление в основном в корыстных целях.

Рецепт приготовления коктейля «сайдкар».
Смешать 1/3 часть лимонного сока, 1/3 часть контрё, 1/3 часть бренди, хорошо встряхнуть со льдом, перед подачей процедить.

Я сделала ошибку только в одном вопросе — как правильно отвечать, когда мужчина признался тебе в любви. Оказывается, в таких случаях не полагается говорить «спасибо».

Хотя мне лично это, конечно, никогда не понадобится. Но бабушка говорит, что в один прекрасный день меня ждет сюрприз.

Хорошо бы!

14 октября, вторник, домашняя комната

Сегодня утром Лилли опять не было. Не сказать, чтобы я ждала, что она будет меня ждать, но на всякий случай я все-таки попросила Ларса остановиться перед ее домом — вдруг она передумала и снова хочет со мной дружить. Ведь она могла теперь убедиться, что я умею за себя постоять перед Ланой Уайнбергер, и понять, что напрасно меня критиковала.

Но, как видно, не поняла.

Забавно, что, когда Ларс высаживал меня перед школой, одновременно со мной к школе подъехала Тина Хаким Баба. Мы вроде как улыбнулись друг дружке и пошли в школу вместе, за нами пошел ее телохранитель. Тина сказала, что хотела меня поблагодарить за мой вчерашний поступок. Оказывается, она рассказала об этом случае родителям, и они пригласили меня на обед в пятницу вечером.

— А еще, — застенчиво добавила Тина, — ты могла бы остаться у нас переночевать, если хочешь.

Я сказала:

— Ладно.

Я согласилась в основном потому, что мне было жалко Тину, с ней ведь никто, кроме меня, не дружит, потому что все считают ее очень странной — у нее есть телохранитель и все такое. А еще я согласилась потому, что, говорят, у Тины дома есть фонтан, прямо как у Дональда Трампа, мне хочется посмотреть, правда ли это. Ну и кроме того, она мне вроде как нравится. Она со мной очень мила. Приятно, когда есть кто-то, кто хочет с тобой дружить.

ЧТО МНЕ ОБЯЗАТЕЛЬНО НУЖНО СДЕЛАТЬ

1. Перестать все время ждать звонка (Лилли точно не позвонит, так же как и Джош Рихтер).
2. Завести новых друзей.
3. Стать более уверенной в себе.
4. Перестать обкусывать ногти.
5. Начать вести себя более:
а) ответственно;
б) по-взрослому;
с) зрело.
6. Стать счастливее.
7. Достичь самоактуализации.
8. Купить:
— мешки для мусора
— бумажные носовые платки
— кондиционер
— консервы тунца
— туалетную бумагу!!!

Все еще вторник, урок алгебры

О господи! Даже не верится. Но раз Шамика говорит, значит, это, наверное, правда. У Лилли есть кавалер на танцы по случаю праздника многообразия культур, которые будут в этот уик-энд.

У Лилли есть парень! Даже у Лилли! А я-то думала, ее боятся все мальчики в нашей школе.

Но оказывается, есть один, который ее не боится. Борис Пелковски.
А-а-а-а-а-х-х-х-х-х!

Еще вторник, урок английского

Ни один мальчик никогда не приглашал меня на свидание. Никогда! В эту субботу все пойдут на танцы с кавалерами, абсолютно все: и Шамика, и Лилли, и Линг Су, и Тина Хаким Баба. Я одна никуда не пойду. Одна-единственная!!!

Ну почему я родилась под такой несчастливой звездой? Ну почему у меня вечно все, не как у людей? Почему??? Почему???

Я бы что угодно отдала, чтобы стать вместо плоскогрудой принцессы ростом в пять футов девять дюймов нормальной девушкой с грудью и ростом пять футов шесть дюймов. ЧТО УГОДНО!

Сатира — систематическое применение юмора в целях убеждения.

Ирония — противоположность ожиданию.

Пародия — близкая имитация с преувеличением нелепых или неприятных черт.

Еще вторник, урок французского

Сегодня на дополнительных занятиях в промежутке между объяснениями, как переносить, Майкл Московитц похвалил меня за то, как я повела себя в инциденте с Уайнбергер, как он выразился. Майкл говорит, вся школа обсуждает, как я уничтожила Лану перед Джошем.

— Его шкафчик ведь находится рядом с твоим? — спросил Майкл.

Я ответила, что да, рядом.

Он говорит:

— Наверное, это неудобно.

Но я ответила, что на самом деле ничего страшного, потому что Лана в последнее время, кажется, избегает появляться в этом месте, а Джош и раньше никогда со мной не разговаривал, разве что спрашивал иногда: «Можно пройти?»

Я спросила у Майкла, продолжает ли Лилли говорить про меня гадости. Он очень удивился:

— Лилли никогда не говорила про тебя гадости. Она просто не понимает, почему ты тогда на нее так наорала.

— Майкл, — сказала я, — Лилли вечно меня подавляет! Мне это надоело, я больше так не могу! У меня и так проблем выше головы, не хватало еще бороться с друзьями, которые меня не поддерживают, а совсем наоборот.

Майкл рассмеялся:

— Какие у тебя могут быть проблемы?

Можно подумать, я маленький ребенок или еще что-нибудь в этом роде и у меня не может быть проблем!

Ну так я ему разъяснила, что к чему. Конечно, я не могла пожаловаться Майклу, что я принцесса Дженовии, но зато я ему напомнила, что у меня двойка по алгебре, что меня наказала директриса и мне придется целую неделю оставаться после уроков и, наконец, что недавно я проснулась и обнаружила у себя в кухне мистера Джанини в одних трусах, завтракающего с моей мамой.

Тогда Майкл признал, что, пожалуй, некоторые проблемы у меня действительно есть.

Все время, пока мы с Майклом разговаривали, я замечала, что Лилли то и дело поглядывает на нас из-за доски объявлений, на которой она толстым черным маркером писала лозунги кампании «Хо-гейт». Наверное, Лилли считает, что раз я поссорилась с ней, то мне нельзя дружить и с ее братом.

А может, она просто злится из-за того, что не вся наша школа дружно поддержала ее бойкот «Хоз Дели». Может, сначала его и поддерживали, но потом народ стал разбредаться. Во-первых, все ребята из Азии стали покупать еду только у Хо. А почему нет? Благодаря кампании, развернутой Лилли, они теперь знают, что могут получить скидку в пять центов почти на любую покупку. Другая проблема заключается в том, что поблизости нет больше ни одного гастронома. Это вызвало большой разброд в рядах протестующих. Некурящие согласны продолжать бойкот, но курящие считают, что достаточно было бы написать Хо грозное письмо и на этом покончить. А поскольку в нашей школе курят в основном самые популярные ребята, они вообще наплевали на этот бойкот. Они как ходили в Хо за «Кэмел Лайтс», так и продолжают ходить. А если ты не можешь привлечь на свою сторону самых популярных ребят, то можешь считать свое дело проигранным. Ни у одного дела нет шансов на успех без поддержки знаменитостей. Я хочу сказать, кто бы вспоминал о голодающих детях, если бы актриса Салли Стратерс не развернула свою кампанию?

Ну да ладно. Потом Майкл задал мне очень странный вопрос:

— Значит, ты под домашним арестом?

Я посмотрела на него как на чудака:

— Ты имеешь в виду за то, что меня наказали в школе?

Майкл кивнул.

— Нет, ничего подобного. Мама целиком и полностью на моей стороне. А папа даже хочет подать на школу в суд.

— Вот как. Я потому спросил, что, если ты в субботу не занята, может, мы могли бы...

Тут в класс вошла миссис Хилл и заставила нас заполнять анкеты для своей диссертации по проблеме насилия над детьми в городе. Лилли, правда, возмущалась, что мы недостаточно опытны, чтобы отвечать на такие вопросы, потому что единственный вид насилия, с которым нам приходилось сталкиваться, это то, что происходит на распродаже джинсов свободного покроя в магазине «Гэп» на Мэдисон-авеню.

Потом зазвенел звонок, и я бросилась бежать со всех ног. Понимаете, я знала, что хотел предложить Майкл. Он хотел предложить мне встретиться в выходные и позаниматься делением столбиком, с которым, как он говорит, у меня просто беда. А я боюсь, что больше не выдержу. Математика в выходные? И это после того, как я всю неделю занималась ею почти каждую свободную минуту? Нет уж, спасибо. Но мне не хотелось показаться грубой, так что я просто удрала еще до того, как Майкл это предложил. Неужели это так ужасно с моей стороны?

Честное слово, человеческое терпение не безгранично, сколько же можно критиковать мое деление с остатком?

ma	mom	mes
ta	ton	tes
sa	son	ses
notre	notre	nos
votre	votre	vos
leur	leur	leurs

ДОМАШНЕЕ ЗАДАНИЕ

Алгебра: стр. 121—157, только нечетные.
Английский: ??? Спросить у Шамики.
История мировой цивилизации: вопросы в конце главы 9.
ТО: не задано.
Французский: pour demain, une vignette culturelle.
Биология: не задано.

Вторник, ночь

Бабушка говорит, что, похоже, Тина Хаким Баба куда более подходящая подруга для меня, чем Лилли Московитц. Но я думаю, она только потому так говорит, что родители Лилли — психоаналитики, а папа Тины, как оказалось, арабский шейх, а ее мама — какая-то родственница королевы Швеции, поэтому она — более подходящая компания для наследницы трона Дженовии.

По словам бабушки, родители Тины Хаким Баба к тому же очень богаты, им принадлежит дикое количество нефтяных скважин. Бабушка сказала, что раз я пойду в пятницу к ним на обед, мне нужно надеть мокасины от Гуччи и явиться с подарком. Я спросила, с каким подарком, а она сказала, что надо заказать завтрак. Бабушка сделала специальный заказ у Балдуччи, чтобы они доставили завтрак в субботу утром по адресу Тины.

Все-таки трудная это работа — быть принцессой.

Я только что вспомнила: сегодня за ланчем Тина читала новую книгу. Обложка у нее была почти такая же, как у предыдущей, только на этот раз главная героиня была брюнетка. Эта книжка называется «Моя тайная любовь». В книге рассказывается про девочку из низших слоев общества, которая влюбилась в богатого мальчика, а он ее не замечал. Потом дядя девочки похитил этого мальчика и взял в заложники, а девочка промыла его раны и все такое и помогла ему убежать. Он, конечно, без памяти в нее влюбился. Тина говорит, что уже заглянула в конец и знает, что дядю девочки посадят в тюрьму, поэтому он не сможет ее больше содержать, и девочка переселится жить к родителям мальчика.

Ну почему *со мной* никогда ничего такого не случается?

15 октября, среда, домашняя комната

Сегодня Лилли тоже не поехала со мной в школу. Ларс считает, что мы зря тратим время и что нам лучше не останавливаться каждый день возле ее дома, а сразу ехать в школу. Наверное, он прав.

Когда мы подъехали к школе, там творилось что-то странное.

Все те, кто обычно до начала уроков болтаются вокруг школы, курят или просто сидят на спине Джо (это каменный лев), сегодня собрались небольшими группками и на что-то смотрели. Я сначала подумала, что опять чьего-то отца обвинили в отмывании денег. Меня поражает, насколько иные родители бывают безответственными. Прежде чем совершить что-то противозаконное, они бы сначала подумали, каково придется их детям, если их застукают. Я лично на месте Челси Клинтон сменила бы фамилию и уехала бы в Исландию.

Чтобы показать, что я не имею никакого отношения к сплетникам и не собираюсь принимать участие в их болтовне, я просто прошла мимо. Толпа уставилась на меня.

Видно, Майкл прав: слухи об инциденте с Ланой Уайнбергер и рожком мороженого действительно распространились по всей школе. Одно из двух: или это, или сегодня мои волосы как-то по-особому торчат во все стороны. Но нет, я зашла в туалет и посмотрелась в зеркало — волосы выглядели как обычно. Почему-то, когда я входила в туалет, несколько девчонок выбежали оттуда, по-идиотски хихикая. Иногда мне хочется жить на необитаемом острове. Честное слово. По-настоящему необитаемом. Чтобы на сотни миль вокруг — никого, только я, океан, песок и кокосовая пальма.

Ну, может, еще хороший телевизор с экраном 37 дюймов и спутниковой антенной... и «Сони плэй стэйшн», чтобы можно было поиграть, когда станет скучно.

НЕСКОЛЬКО МАЛОИЗВЕСТНЫХ ФАКТОВ

1. Самый распространенный вопрос в средней школе имени Альберта Эйнштейна: «У тебя есть жвачка?»

2. Красный цвет привлекает пчел и быков.

3. В нашей домашней комнате иногда приходится ждать полчаса, чтобы учитель просто обратил на тебя внимание.

4. Я привыкла к тому, что Лилли Московитц — моя лучшая подруга, и теперь мне этого не хватает.

Та же среда, позже, перед уроком алгебры

Сейчас случилось нечто очень странное.

Когда я доставала тетрадь по алгебре, Джош Рихтер подошел к своему шкафчику, чтобы убрать тетрадь по тригонометрии, и заговорил со мной. Он спросил:

— Как дела?

Клянусь богом, я это не выдумала! Я была в таком шоке, что чуть не выронила рюкзак. Сама не помню, что я ему ответила, кажется, сказала, что все нормально. Во всяком случае, надеюсь, что я сказала, что все нормально.

С чего бы это Джош Рихтер со мной заговорил? Наверное, у него снова расстройство зрения, как тогда в «Байджлоуз».

Потом Джош Рихтер захлопнул дверцу шкафчика, наклонил голову — он очень высокий — и посмотрел мне *прямо в глаза*.

— До скорого, — сказал он и пошел из раздевалки.

Мне потребовалось минут пять, не меньше, чтобы прийти в себя.

А глаза у него такие голубые, что смотреть больно.

Среда, кабинет директора

Все кончено.

Мне крышка.

Такие дела.

Теперь я знаю, почему все болтались около школы и что они там высматривали. Я знаю, почему они хихикали и перешептывались. Я знаю, почему те девчонки выбежали из туалета. Я даже знаю, почему со мной заговорил Джош Рихтер.

На первой странице «Пост» напечатали мою фотографию!

Да-да, мою физиономию напечатала «Нью-Йорк пост», которую каждый день читают миллионы ньюйоркцев.

О господи, мне конец.

Фотография, надо сказать, довольно неплохая. Наверное, кто-то щелкнул меня в воскресенье вечером, когда я выходила из «Плазы» после обеда с папой и бабушкой. На этой фотографии я спускаюсь по ступенькам, которые начинаются сразу за вращающимися дверями «Плазы», и улыбаюсь, но не в объектив. Я, правда, не помню, чтобы меня в этот момент кто-то фотографировал, но, наверное, так и было, раз снимок появился.

Поверх фотографии идет текст: «Принцесса Амелия», а ниже, более мелкими буквами: «Теперь Нью-Йорк может похвастаться собственной особой королевских кровей».

Здорово. Просто здорово, у меня нет слов.

Все это выяснил мистер Джанини. Он рассказал, что увидел газеты на лотке, когда шел к станции метро, чтобы ехать на работу. Он сразу же позвонил моей маме, но мама принимала душ и не подошла к телефону. Мистер Дж. оставил сообщение на автоответчике, но мама по утрам никогда не прослушивает автоответчик, потому что все знают, что она не «жаворонок», и раньше полудня ей никто не звонит. Мистер Джанини позвонил еще раз, но тогда она уже уехала в студию, а в студии мама никогда не подходит к телефону, потому что когда она рисует, то всегда надевает плеер и слушает Говарда Стерна.

В результате мистеру Дж. ничего не оставалось, кроме как позвонить моему папе. Если разобраться, это был очень мужественный поступок с его стороны. По словам мистера Дж., папа пришел в ярость. Он сказал мистеру Дж., что немедленно выезжает в школу и что до его приезда меня нужно отвести в кабинет директора, где я буду в безопасности.

Видать, папа никогда не видел миссис Гупта. Хотя, наверное, я зря так, директриса обращалась со мной не так уж плохо. Она показала мне газету и сказала этак насмешливо, но по-доброму:

— Миа, тебе следовало рассказать мне об этом, когда я спрашивала, все ли у тебя в порядке дома.

Я покраснела.

— Ну... — говорю, — я думала, мне никто не поверит.

— Да, это действительно кажется невероятным, — сказала директриса.

То же самое написано и в статье на второй странице.

«Для одной счастливой девочки из Нью-Йорка волшебная сказка стала былью». Вот какой заголовок придумала журналистка, некая Кэрол Фернандес. Можно подумать, я выиграла в лотерею или еще что-нибудь в этом роде. Как будто я должна этому радоваться!

Эта Кэрол Фернандес подробно пишет про мою маму. Она называет ее «авангардная художница с волосами цвета воронова крыла, Хелен Термополис», папу она называет красавцем и принцем Дженовии, «который вел трудную борьбу с тяжелой болезнью, раком яичка, и победил». Ну спасибо, Кэрол Фернандес, теперь весь Нью-Йорк знает, что у моего папы только одно сами знаете что.

Дальше она описывает меня как «высокую, статную девушку, обладающую классической красотой, плод короткого, но бурного романа между Хелен и Филиппом в студенческие времена».

Кэрол Фернандес, ты, часом, не обкурилась?

Я НЕ ОБЛАДАЮ классической красотой. Насчет того, что я высокая, — это да, правда, но я не красавица. Интересно, чего нанюхалась или обкурилась эта Кэрол Фернандес, если приняла меня за красавицу?

Неудивительно, что надо мной все смеются. Кошмар, это такой стыд, что я просто не знаю, куда деваться.

А, вот и мой папа. Господи, какой же у него злой вид!

Еще среда, урок английского

Это несправедливо. Это возмутительная несправедливость. Я хочу сказать, любой другой отец на месте моего отпустил бы ребенка домой. Любой другой отец, если бы фотография его ребенка появилась на первой странице «Пост», сказал бы: «Пожалуй, пока суматоха не уляжется, тебе стоит несколько дней не ходить в школу». Любой другой отец на месте моего мог бы, к примеру, предложить: «Может, хочешь перейти в другую школу? Как ты относишься к Айове? Не хочешь ли продолжить учебу в Айове?»

Но нет, любой другой отец, только не мой. Он ведь принц. Он говорит, что у нас в Дженовии члены королевской семьи не отсиживаются дома, когда случается кризис. Нет, они остаются там, где были, и принимают вызов.

«Принимают вызов». Кажется, у папы есть кое-что общее с Кэрол Фернандес: они оба офонарели.

Затем папа мне напомнил, что я делаю это не бесплатно. Еще бы! Я получаю за это жалкую сотню баксов в день! Какую-то паршивую сотню баксов в день за то, чтобы меня публично унижали и смеялись надо мной!

Одно могу сказать: детеныши тюленей должны быть мне благодарны за то, что я ради них терплю.

И вот я сижу на уроке английского, вокруг все перешептываются и показывают на меня пальцами, как будто я — жертва похищения или что-нибудь в этом роде, а папа считает, что я должна сносить все это спокойно, потому что я принцесса, а принцессы так и поступают.

Но дети бывают очень жестокими. Я пыталась втолковать это папе. Я ему говорю:

— Папа, ты не понимаешь, они надо мной смеются.

А он только и сказал:

— Мне очень жаль, дорогая, но ты должна научиться быть выше и просто не обращать на это внимания. Ты же понимаешь, что это рано или поздно должно было случиться. Я, правда, надеялся, что это произойдет не так скоро, но раз уж так вышло — что ж, возможно, оно и к лучшему.

Привет! Я вовсе не знала, что это рано или поздно случится. Я надеялась, что смогу сохранить всю эту историю насчет принцессы в тайне. Я рассчитывала, что смогу быть принцессой только в Дженовии, а за ее пределами оставаться обыкновенной девочкой, но мой план рухнул. Теперь мне придется быть принцессой даже здесь, на Манхэттене, а это, честное слово, не подарок.

Когда папа велел мне возвращаться в класс, я так разозлилась, что накинулась на него с обвинениями, что это он разболтал про меня Кэрол Фернандес. Папа даже обиделся:

— Я? Да я даже не знаком с этой Кэрол Фернандес!

Он как-то странно посмотрел на мистера Джанини, который стоял тут же, засунув руки в карманы.

— Что-о? — Только что мистер Джанини выглядел озабоченным, а тут сразу стал возмущенным. — Я? Да я до сегодняшнего утра даже не слышал о существовании Дженовии!

— Папа, — сказала я, — не надо катить бочку на мистера Джанини. Он тут совершенно ни при чем.

Папа, кажется, не очень мне поверил.

— Э-э... Но кто-то же передал эту историю прессе?

Злобно так сказал. Сразу видно, что он считает, что во всем виноват мистер Джанини. Но я точно знаю, что это не он. Некоторые вещи, о которых Кэрол Фернандес написала, мистер Джанини никак не мог знать, потому что о них не знает даже мама. Например, я никогда ей не рассказывала, что в Мираньяке есть свой аэродром. Но когда я сказала это папе, он только посмотрел на мистера Дж. с подозрением и снова говорит:

— Э-э... Ладно, я просто позвоню этой Фернандес и узнаю, кто снабдил ее информацией.

По ходу дела, пока папа этим занимался, ко мне приставили Ларса. Да-да, кроме шуток. Я теперь прямо как Тина Хаким Баба, буду ходить из класса в класс с телохранителем на хвосте. Как будто надо мной и без того мало смеются. Теперь у меня еще и вооруженный эскорт появился.

Я попыталась от него избавиться:

— Папа, я правда могу сама о себе позаботиться.

Но он уперся, и ни в какую. Говорит, что Дженовия хотя и маленькая страна, но очень богатая и он не может рисковать: вдруг меня похитят ради выкупа, как мальчика из книжки «Моя тайная любовь»? Только книжку папа не упоминал, потому что он не читал «Мою тайную любовь».

Я говорю:

— Папа, никто меня не похитит. Это же школа!

Но он ничего не желал слушать. Он спросил директрису, не против ли она, если со мной будет ходить телохранитель, а она ему:

— Конечно, нет, Ваше Высочество.

Ваше Высочество! Миссис Гупта назвала моего папу «Ваше Высочество»! Честное слово, я бы штаны намочила от смеха, если бы все это не было так серьезно.

Во всей этой истории есть только один плюс: директриса отменила мое наказание и мне теперь не придется всю неделю оставаться после уроков. Она решила, что появление моей фотографии в «Нью-Йорк пост» — уже само по себе достаточное наказание.

Но на самом деле она простила меня не поэтому, а по одной-единственной причине: мой отец ее совершенно очаровал. Он вел себя этаким душкой, называл ее «мадам директор», извинялся за беспокойство. Он с ней так заигрывал, что я бы не удивилась, если бы он ей и руку поцеловал. А наша директриса уже миллион лет замужем, и у нее на носу сбоку большущая черная родинка. Но она на это купилась! Она ему поверила.

Я вот думаю, согласится ли Тина Хаким Баба по-прежнему сидеть со мной за ланчем. Если она согласится, по крайней мере, нашим телохранителям будет чем заняться: пусть себе сравнивают методы защиты гражданского населения.

Все еще среда, урок французского

Пожалуй, надо почаще фотографироваться для первой страницы «Пост».

Я вдруг резко стала очень популярной. Вхожу я днем в кафетерий (я велела Ларсу, чтобы он держался от меня в пяти шагах, а то он все время наступал на задники моих десантных ботинок), и тут ко мне подходит не кто-нибудь, а Лана Уайнбергер собственной персоной. Я стою в очереди за подносом, а она подходит и говорит:

— Привет, Миа. Может, сядешь сегодня с нами?

Честное слово, так и говорит! Как только стало известно, что я принцесса, эта жалкая лицемерка сразу захотела со мной дружить.

Сразу за мной в очереди стояла Тина (если совсем точно, за мной стоял Ларс, за ним Тина, а за ней — ее телохранитель). Думаете, Лана пригласила и Тину сесть с ними? Ничего подобного! «Нью-Йорк пост» не назвала Тину «классической красавицей», а низкорослые девушки с лишним весом недостаточно хороши для того, чтобы сидеть с Ланой, даже если их отцы — арабские шейхи. О нет! Сидеть с Ланой достойны только чистокровные принцессы Дженовии.

— Нет, Лана, — говорю я, — спасибо, но мне уже есть с кем сесть.

Видели бы вы физиономию Ланы. В последний раз она была так же ошарашена, когда из ее свитера торчал сахарный рожок мороженого.

Позже, когда мы сидели за столом, Тина почти не ела, а только ковыряла вилкой в тарелке с салатом. Насчет этой ерунды с принцессой она не сказала ни слова. Тем временем все остальные, включая даже зубрил, которые обычно вообще ничего не замечают, таращились на наш стол. И, должна вам сказать, это было не слишком приятно. Я прямо-таки чувствовала, как Лилли сверлит меня взглядом. Она пока что ничего не сказала, но наверняка почувствовала мое состояние. От Лилли ничего не укроется.

Короче говоря, через некоторое время мне надоело это терпеть. Не доев бобы с рисом, я отложила вилку и сказала:

— Послушай, Тина, если ты больше не хочешь со мной сидеть, я все пойму и не обижусь.

Ее большие карие глаза наполнились слезами, честное слово. Она покачала головой, так что длинная черная коса закачалась из стороны в строну:

— Что ты имеешь в виду, Миа? Я тебе больше не нравлюсь?

Тут уж настала моя очередь удивляться:

— Что-что? Конечно, ты мне нравишься. Просто я подумала, что, может, я тебе разонравилась. Ты же видишь, на нас все пялятся, так что я пойму, если ты больше не захочешь со мной сидеть.

Тина грустно улыбнулась и говорит:

— На меня всегда все смотрят. Это из-за Вахима, понимаешь?

Вахим — это ее телохранитель. Сейчас Вахим и Ларс сидели рядом с нами и спорили, у какого пистолета убойная сила больше: у Вахимова «магнума 357» или Ларсова 9-миллиметрового «глока». Тема какая-то тревожная, но оба, кажется, были довольны, как слоны. Я бы не удивилась, если бы они потом устроили соревнования по армрестлингу.

— Я-то, как ты понимаешь, — сказала Тина, — привыкла, что меня все считают странной. Но мне жалко *тебя*, Миа, ведь ты могла сесть с кем угодно, с любым в этом кафетерии, но осталась со мной. Я не хочу, чтобы ты чувствовала себя обязанной сидеть со мной только потому, что со мной никто не дружит.

Тут я по-настоящему разозлилась. Нет, не на Тину, на все остальных в нашей школе. Я хочу сказать, Тина Хаким Баба — очень, очень хорошая, но этого никто не знает, потому что с ней никто не разговаривает. А не разговаривают с ней из-за того, что она недостаточно стройная, слишком тихая и за ней всегда таскается этот дурацкий телохранитель. Странное дело, люди поднимают шум из-за всякой ерунды вроде того, что в китайском гастрономе с одних покупателей берут за пончики с гингко билоба на пять центов больше, чем с других, но при этом никого не волнует, что в нашей школе есть несчастный человек, с которым никто даже не поздоровается утром, не спросит, как прошли выходные!

А потом мне стало совестно, потому что всего неделю назад я сама была одной из них. Я и сама считала Тину Хаким Баба странной. Я потому и не хотела, чтобы кто-то узнал, что я принцесса, что боялась, как бы ко мне не стали относиться так же, как к Тине Хаким Баба. Только теперь, познакомившись с Тиной поближе, я узнала, как я была не права, когда думала о ней плохо.

И вот я сказала Тине, что не хочу сидеть ни с кем другим. Я ей сказала, что нам нужно держаться вместе, и не только по понятным причинам (это я про Ларса и Вахима). Я сказала, что мы должны держаться вместе еще и потому, что все остальные в этой дурацкой школе — полные психи.

Тина заметно повеселела и стала пересказывать мне книжку, которую она начала читать, книжка называлась «Любишь только раз». В ней рассказывалось про девочку, которая влюбилась в мальчика, больного неизлечимым раком. Я говорю, что это, наверное, не очень приятно читать. Но Тина объяснила, что она уже заглянула в конец и знает, что мальчик поправится. Тогда, пожалуй, можно и почитать.

Когда мы очистили подносы, я заметила, что в мою сторону смотрит Лилли. Но она смотрела вовсе не так, как смотрел бы человек, который собирается извиниться. Поэтому когда позже, на уроке ТО, она села и снова на меня уставилась, я не особенно удивилась. Борис что-то ей говорил, но она его, как мне показалось, совсем не слушала. В конце концов он бросил это дело, взял скрипку и пошел туда, где ему самое место — в кладовку.

А вот как тем временем проходили мои занятия с Майклом Московитцем.

Я: Привет, Майкл. Я сделала все номера, которые ты мне задал. Но я все равно не понимаю, зачем все это нужно, почему нельзя просто посмотреть в расписании, когда поезд, идущий со скоростью 67 миль в час, прибудет в Фарго, штат Южная Дакота, если он вышел из Солт-Лейк-Сити в 7 утра.

Майкл: Значит, говоришь, принцесса Дженовии? Интересно, ты собиралась когда-нибудь поделиться этой инфой с другими, или мы должны были сами догадаться?

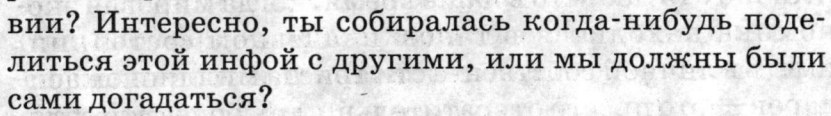

Я: Вообще-то я надеялась, что никто никогда не узнает.

Майкл: Ну да, это и так ясно. Только я не понимаю почему. Это ведь не что-то плохое.

Я: Ты что, издеваешься? Конечно, это плохо!

Майкл: Послушай, Термополис, ты вообще-то читала статью в сегодняшней «Пост»?

Я: Не читала и не собираюсь. Даже не подумаю читать эту макулатуру. Не знаю, кем себя вообразила эта Кэрол Фернандес, но...

Тут в разговор вклинилась Лилли. Видно, она никак не могла не вмешаться.

Лилли: Значит, ты не в курсе, что кронпринц Дженовии, то есть твой отец, обладает личным состоянием свыше трехсот миллионов долларов, включая стоимость недвижимости и коллекции произведений искусства?

Я поняла, что Лилли-то уж точно прочла статью в сегодняшней «Пост».

Я: Э-э...

Вот тебе раз! Триста миллионов долларов??? А я получаю какую-то жалкую сотню баксов в день???

Лилли: Я все думаю, какая часть этого состояния получена за счет присвоения богатств, созданных тяжелым трудом и потом тысяч простых граждан?

Майкл: Я бы сказал, что никакая, учитывая, что жители Дженовии традиционно не платят подоходный налог и налог на имущество. Кстати, Лилли, какая муха тебя укусила?

Лилли: Знаешь, Майкл, тебя не возмущает такой пережиток прошлого, как монархия, дело твое. Но я лично считаю, что в наше время, когда мировая экономика находится в таком плачевном состоянии, иметь в личной собственности триста миллионов долларов — это просто отвратительно, тем более что обладатель этого состояния не работал ни дня!

Майкл: Извини меня, Лилли, но, насколько я понимаю, отец Миа очень много делает для своей страны. В тридцать девятом году в Дженовию вторглись войска Муссолини. Тогда дедушка Миа попросил помощи у соседней Франции. С тех пор он дал обещание проводить политику суверенитета, но с учетом экономических и политических интересов Франции, а Франция в обмен на это обязалась обеспечивать Дженовии военную защиту. Будь во главе страны более слабый лидер, он был бы вынужден вести зависимую политику, но отец Миа сумел обойти это соглашение. Его усилия привели к тому, что в Дженовии самый высокий процент грамотности населения в Европе, один из лучших показателей уровня образованности и самая низкая детская смертность, а уровень безработицы — самый низкий в Западном полушарии.

После этого я только и могла, что уставиться на Майкла, открыв рот. Вот это да! Почему бабушка на своих уроках не рассказывает мне такие вещи? Я хочу сказать, что эту информацию я еще могла бы как-то использовать. Знать, в какую сторону наклонять суповую тарелку, мне не обязательно, зато мне не помешает знать, как защититься от нападок антимонархистов вроде моей бывшей лучшей подруги Лилли.

Лилли (Майклу): Заткнись. (Мне): Вижу, ты, как хорошая принцесса, уже развила свою популистскую пропаганду.

Я: Я??? Да Майкл сам...

Майкл: Лилли, да ты просто ревнуешь.

Лилли: Нет, не ревную!!!

Майкл: А я говорю, да. Ты ревнуешь, потому что она подстриглась, не посоветовавшись с тобой. Тебя бесит, что ты перестала с ней разговаривать, а она взяла и завела себе новую подругу. А еще ты не можешь смириться с тем, что все это время у Миа была тайна, которой она с тобой не поделилась.

Лилли: Майкл, заткнись!

Борис (выглядывая из-за двери чулана): Лилли, ты что-то сказала?

Лилли: Борис, я не с тобой разговариваю!

Борис: Извини. (Снова скрывается в чулане.)

Лилли (разозлилась по-настоящему): Господи, Майкл, как-то ты слишком быстро ни с того ни с сего бросился защищать Миа. Интересно, тебе не приходило в голову, что твои якобы логичные аргументы на самом деле продиктованы не только интеллектом?

Майкл (почему-то покраснев): Да? А как насчет твоих нападок на Хо? Они, по-твоему, продиктованы интеллектом? Или у тебя просто острый приступ тщеславия?

— Это бессмысленный спор.
— Нет, эмпирический.

Ба! Ну они и умные, Майкл и Лилли. Бабушка права: мне нужно расширять словарный запас.

Майкл (мне): И что же, этот парень (показывает на Ларса) теперь будет ходить за тобой повсюду?

Я: Да.

Майкл: Серьезно? Везде-везде?

Я: Везде, кроме женского туалета. Когда я пойду в туалет, он будет ждать снаружи у двери.

Майкл: А если ты пойдешь на свидание? Например, на танцы в честь Праздника многообразия культур в эти выходные?

Я: Это не проблема, потому что меня все равно никто не пригласил.

Борис (снова выглядывая из кладовки): Прошу прощения, я случайно опрокинул бутылку с резиновым клеем, и теперь тут сильно пахнет. Можно мне выйти из чулана?

Все в классе: Нет!!!

Миссис Хилл (заглядывая в дверь из коридора): Это еще что за шум? Вы так орете, что мы в учительской почти не слышим своих голосов. Борис, что ты делаешь в кладовке? Выходи немедленно. Все остальные, займитесь делом!

Придется, пожалуй, повнимательнее прочитать статью в сегодняшней «Пост». Триста миллионов долларов? Это больше, чем Опра Уинфри заработала за весь прошлый год. Если мы такие богачи, как вышло, что у меня в комнате стоит не цветной телевизор, а черно-белый?

Взять на заметку: посмотреть в словаре слово «**эмпирический**».

Среда, ночь

Неудивительно, что папа так разозлился из-за статьи Кэрол Фернандес. Когда мои дополнительные занятия закончились и мы с Ларсом вышли из школы, все вокруг было забито репортерами. Я не преувеличиваю. Можно подумать, что я убийца или еще какая-нибудь знаменитость.

По словам мистера Джанини (он вышел вместе с нами), репортеры съезжались весь день. Я заметила фургоны с эмблемами разных каналов и передач: «Нью-йоркский первый», «Фокс Ньюс», Си-Эн-Эн, «Сегодня вечером». Репортеры пытались взять интервью чуть ли не у всех ребят из нашей школы, спрашивали, знают ли они меня (наконец-то я получила хоть какую-то выгоду от своей непопулярности в школе, вряд ли репортерам удалось найти человека, который бы действительно знал, кто я такая, а с новой прической меня тем более никто не узнает). Мистер Джанини сказал, что директрисе пришлось в конце концов позвонить в полицию, потому что территория школы имени Альберта Эйнштейна — частное владение, а репортеры нарушили границы, бросают на лестницу окурки, загораживают проход по тротуару, прислоняются к Джо и все такое.

Если разобраться, самые популярные ребята из нашей школы делают все то же самое, когда околачиваются вокруг после последнего звонка, но к ним миссис Гупта почему-то никогда не вызывала полицию. Хотя, с другой стороны, их родители, наверное, платят за обучение.

Должна сказать, я теперь немного представляю, каково было принцессе Диане. Когда мы с Ларсом и мистером Дж. вышли из школы, репортеры бросились к нам, тыча в нас микрофонами и выкрикивая всякие фразы типа «Амелия, может улыбнетесь?» или «Амелия, каково это, проснуться утром обыкновенной дочерью матери-одиночки, а вечером лечь спать принцессой с состоянием в триста миллионов долларов?».

Я немного испугалась. Ответить на все их вопросы я бы не смогла, даже если бы захотела, потому что не знала, в какой микрофон говорить. Кроме того, от вспышек фотоаппаратов, которые сверкали со всех сторон прямо перед моими глазами, я почти ослепла.

Тут Ларс начал действовать. Это надо было видеть! Первым делом он велел мне ничего не говорить. Потом он загородил меня рукой и велел мистеру Дж. прикрыть меня с другой стороны. Не знаю, как это вышло, но потом мы пригнули головы и понеслись через эту толпу с фотоаппаратами и микрофонами. Следующее, что я помню, это как Ларс втолкнул меня на заднее сиденье папиного автомобиля и заскочил следом.

Вот так! Видать, тренировка в израильской армии не прошла даром. (Я подслушала, как Ларс рассказывал Вахиму, что именно там он научился обращаться с автоматом «узи». Оказалось, что у Ларса и Вахима даже есть несколько общих знакомых. Наверное, все телохранители проходят подготовку в одном и том же тренировочном лагере в пустыне Гоби.)

Короче говоря, как только Ларс захлопнул заднюю дверь, он приказал шоферу: «Гони». Тот нажал на газ. Водителя я не узнала, но рядом с ним сидел мой папа. Пока мы отъезжали — тормоза визжат, вспышки сверкают, репортеры чуть ли не на капот прыгают, чтобы сделать снимок получше, — папа небрежно так говорит:

— Ну-с, Миа, как прошел день?

О господи!

Я решила не обращать на папу внимания и повернулась, чтобы через заднее стекло помахать мистеру Дж. Но мистер Дж. совсем потерялся в лесу из микрофонов. Однако он ничего репортерам не говорил, а только махал на них руками и пытался протолкнуться к станции метро, чтобы ехать домой на поезде Е.

Тогда мне стало жалко мистера Джанини. Конечно, он наверняка целовал мою маму, но он очень славный и не заслужил, чтобы его преследовали репортеры. Я сказала об этом папе и добавила, что мы могли бы подвезти мистера Дж. до дома, но он только надулся и оттянул ремень безопасности.

— Черт бы побрал эти ремни, — пробурчал он, — вечно они мешают дышать.

Тогда я спросила папу, где я теперь буду ходить в школу. Он посмотрел на меня как на ненормальную и чуть ли не заорал:

— Ты же сама сказала, что хочешь остаться в школе имени Альберта Эйнштейна!

А я ответила, что это было до того, как Кэрол Фернандес меня разоблачила. Тогда папа спросил, в чем выражается это разоблачение. Я ему объяснила, что разоблачение — это когда кто-нибудь рассказывает на всю страну по национальному телевидению или пишет в газете и сообщает с высокой трибуны о твоей сексуальной ориентации. Только в моем случае, объясняю, речь идет не о сексуальной ориентации, а о принадлежности к королевской семье.

Тогда папа ответил, что только из-за того, что была раскрыта моя принадлежность к королевской семье, я не буду переходить в другую школу. Он сказал, что мне придется остаться в школе имени Альберта Эйнштейна, а от репортеров меня будет защищать Ларс, он будет ходить со мной на уроки.

Потом я спросила, кто же будет возить его на машине. Папа показал на нового шофера, Хэнса. Тот посмотрел на меня в зеркало заднего вида, кивнул и сказал:

— Привет.

Тут я спросила:

— Что, Ларс будет ходить за мной повсюду, куда бы я ни пошла? Что, если мне, например, понадобилось бы просто дойти до дома Лилли?

Это, конечно, при условии, что мы с ней остались бы подругами, что теперь, конечно, уже невозможно. А папа говорит:

— Ларс пойдет с тобой.

Значит, получается, что я никогда больше не смогу никуда пойти одна. Это меня вроде как разозлило. Сижу я, значит, на заднем сиденье, красная от сигнала светофора, который светит в окно, и говорю:

— Ладно, тогда вот что. Я больше не хочу быть принцессой. Можешь забрать назад свои сто долларов в день и отослать бабушку обратно во Францию. Я завязываю с этим делом.

А папа говорит усталым таким голосом:

— Миа, ты не можешь «завязать». Сегодняшняя статья решила дело. Завтра твои фотографии появятся во всех газетах по всей Америке, возможно, даже по всему миру. Все узнают, что ты Амелия, принцесса Дженовии. Человек не может перестать быть тем, кто он есть.

Наверное, это было очень не по-принцессовски, но я заплакала и плакала до самой «Плазы». Ларс дал мне свой большой носовой платок, по-моему, с его стороны это было очень мило.

Еще среда

Мама думает, что Кэрол Фернандес получила информацию от бабушки. Но мне как-то не верится, что бабушка могла это сделать — ну, вы понимаете, сообщить подробности обо мне в «Нью-Йорк пост». Вряд ли она стала бы это делать, особенно если учесть, что я еще так мало продвинулась в своем обучении. Вы же понимаете, после этой статьи я просто должна буду вести себя как принцесса, то есть как настоящая принцесса, но бабушка еще даже не затронула действительно важные вещи, например, мы еще не обсуждали, как со знанием дела вести спор с отъявленными противниками монархии вроде Лилли. До сих пор бабушка только научила меня, как сидеть, как одеваться, как пользоваться вилкой для рыбы, как обращаться к старшим из обслуживающего персонала дворца, как говорить «да, спасибо» или «спасибо, нет» на семи языках, как готовить «сайдкар» и кое-чему из теории марксизма.

Ну и какой, спрашивается, мне ото всего этого толк?

Но мама совершенно уверена, и ее невозможно переубедить. Папа на нее здорово рассердился, но она уперлась и ни в какую. Мама говорит, что это бабушка снабдила Кэрол Фернандес информацией и что, если папа хочет знать правду, ему достаточно позвонить и спросить ее саму.

Папа и спросил, только не бабушку, а маму. Он спросил, почему она не хочет допустить мысль, что это ее дружок проболтался Кэрол Фернандес.

По-моему, папа пожалел о своих словах сразу же, как только сказал это, потому что мама сделала такие глаза, какие у нее бывают, когда она очень, очень рассердится. Они превратились в щелочки, а губы почти совсем исчезли — так крепко она их сжала. А потом она взяла и сказала:

— Убирайся!

И голос у нее при этом был такой же, как в одном фильме ужасов про полтергейст.

Но папа и не подумал уйти, хотя формально мансарда принадлежит маме. Слава богу, что Кэрол Фернандес не указала в своей статье наш адрес, и слава богу, что мама так боится, как бы сенатор Джес Хелмс не натравил ЦРУ на социополитических художников вроде нее, чтобы отобрать у них гранты Национальной организации просвещения, что не вносит наш номер телефона в справочники, из-за этого про нашу мансарду не пронюхал ни один репортер, и мы можем спокойно заказывать на дом еду из китайского ресторана, не боясь, что в следующем номере «Экстры» кто-нибудь напишет, что принцесса Амелия обожает китайскую кухню.

Вместо того чтобы уйти, папа выдал:

— Честное слово, Хелен, твоя неприязнь к моей матери мешает тебе видеть вещи в истинном свете.

— В истинном свете? — закричала мама. — Истинная правда, Филипп, состоит в том, что...

В этом месте я решила, что лучше скрыться в свою комнату. Чтобы не слышать, как мама с папой ссорятся, я надела наушники. Этот фокус я увидела в одном сериале: так делал один мальчишка, родители которого разводились. Короче говоря, я надела наушники и стала слушать CD-плеер. Сейчас мой любимый диск — последний альбом Бритни Спирс. Я знаю, что это ужасно глупо, и я бы ни за что не призналась в этом Лилли, но втайне я вроде как мечтаю быть Бритни Спирс. Как-то раз мне даже приснилось, что я —

Бритни Спирс и выступаю в актовом зале нашей школы, на мне такое маленькое розовое мини-платье, и, когда я уже собираюсь выходить на сцену, ко мне подходит Джош Рихтер и говорит, как я хорошо выгляжу.

Ну разве не стыдно в этом признаться? Забавно, что хотя я знаю, что никогда не расскажу об этом сне Лилли — она обязательно приплетет сюда Фрейда и начнет объяснять, что у меня низкая самооценка или еще что-нибудь в этом роде, — Тине Хаким Баба я спокойно могла бы об этом рассказать. Тина бы меня поняла и только спросила бы что-нибудь дельное, например был ли Джош в кожаных брюках.

Кажется, я об этом не упоминала, но с накладными ногтями ужасно неудобно писать.

Чем больше я об этом думаю, тем чаще задаюсь вопросом, бабушка или не бабушка снабдила информацией Кэрол Фернандес. Дело вот в чем. Когда я сегодня пришла к бабушке на очередное занятие, я все еще плакала. Бабушка не проявила ни малейшего сочувствия.

— По какому случаю слезы? — спросила она.

Я начала ей рассказывать, а она подняла свои нарисованные брови — бабушка их полностью выщипывает и каждый день рисует заново, хотя мне лично непонятно, зачем тогда было их выщипывать, но это неважно, — и заметила: — «C'est la vie», что в переводе с французского значит «такова жизнь».

Только в реальной жизни, я думаю, немного найдется девчонок, чьи фотографии попали бы на первую страницу «Пост», если только они не выиграли в лотерею, или не занимались сексом с президентом, или еще что-нибудь в этом роде. Но я-то ничего такого не делала, вся моя заслуга состоит в том, что я просто родилась на свет. По-моему, жизнь вовсе не «такова». Все это довольно паршиво, если хотите знать мое мнение.

Потом бабушка стала рассказывать, как она целый день принимала звонки от представителей разных изданий и как все эти люди типа Лайзы Гиббонс и Барбары Уолтерс[1] мечтают взять у меня интервью. Бабушка сказала, что я должна устроить пресс-конференцию и что она уже обсудила этот вопрос с администрацией «Плазы» и они выделили нам специальный зал, где есть трибуна, графин с водой, пальмы в кадках и все такое прочее.

У меня глаза на лоб полезли. Я ей говорю:

— Бабушка, не хочу я разговаривать с Барбарой Уолтерс! Господи, больно мне нужно, чтобы все всё про меня узнали!

А бабушка чопорно так отвечает:

— Что ж, если ты не хочешь сама пойти навстречу прессе, они будут собирать информацию всеми способами, какими только смогут, это значит, что они будут все время крутиться вокруг школы, возле домов твоих друзей, будут задавать вопросы в бакалейном магазине, где ты делаешь покупки, в пункте проката, где ты обычно берешь эти свои ужасные видеокассеты.

Надо сказать, что бабушка не признает видеомагнитофоны. Она говорит, что если бы Господь хотел, чтобы мы смотрели фильмы дома, он бы не изобрел театры.

Потом бабушка стала спрашивать, где же мое чувство гражданского долга. Она сказала, что, если бы меня просто показали по каналу Эн-Би-Си, от одного этого поток туристов в Дженовию сразу вырос бы.

---

[1] Известные тележурналистки.

Я действительно хочу поступать так, как лучше для Дженовии, серьезно хочу. Но я хочу делать и то, что лучше для Миа Термополис. А если я выступлю в «Дейтлайн», мне лично от этого точно лучше не станет.

Но бабушка, похоже, загорелась идеей сделать рекламу Дженовии. Вот я снова и задумалась, что, возможно — только возможно, мама права. Может быть, бабушка действительно поговорила с Кэрол Фернандес.

Но неужели бабушка могла выкинуть что-то в этом роде?

А что, вполне могла.

Я только что сняла наушники и снова надела. Родители все ссорятся. Похоже, ночь предстоит долгая.

16 октября, четверг, домашняя комната

Ну вот, сегодня утром моя физиономия появилась на обложках «Дейли ньюс» и «Нью-Йорк ньюсдей». Моя фотография появилась и в «Нью-Йорк таймс», только не на обложке, а в разделе «Метро». Они использовали мою школьную фотографию, и, должна вам сказать, мама была не в восторге, потому что это означает, что фотографию им передал или кто-то из нашей семьи (что снова бросает тень на бабушку), или кто-нибудь из школы имени Альберта Эйнштейна (что снова бросает тень на мистера Джанини). Я тоже была не в восторге, потому что эта фотография была сделана до того, как Паоло занялся моими волосами. На фотографии я похожа на девушек, которых иногда показывают по телевизору и которые рассказывают, как они попали в какую-нибудь секту, или сбежали от мужей, которые их избивали, или еще что-нибудь в этом роде.

Сегодня утром, когда Ларс привез нас к школе, репортеров было еще больше, чем вчера. Наверное, всем надо было показать в утреннем выпуске что-нибудь в прямом эфире. Обычно они показывают перевернувшийся грузовик с замороженными курами на Палисейдс-Парквей, или сумасшедшего из Куинса, который взял свою жену и детей в заложники, или еще что-нибудь в этом роде, но сегодня они покажут меня.

Вообще-то я ожидала чего-то подобного и сегодня подготовилась чуть-чуть лучше, чем вчера. Я самым бессовестным образом нарушила бабушкины наставления и надела новые «мартенсы» (на случай, если кто-нибудь подойдет слишком близко и придется пинком выбить у него из рук микрофон). Заодно я нацепила на себя все свои нашивки с эмблемой «Гринпис» и призывами бойкотировать натуральный мех — по крайней мере, от моего статуса знаменитости будет хоть какая-то польза.

Вчерашний маневр повторился. Ларс взял меня за руку, и мы вдвоем рванули через толпу репортеров с микрофонами и телекамерами к школе. Пока мы бежали, мне кричали всякие вопросы типа: «Амелия, собираетесь ли вы последовать примеру принцессы Дианы и стать королевой сердец?», или «Амелия, кто вам больше нравится, Леонардо Ди Каприо или принц Уильям?», или «Амелия, как вы относитесь к мясной промышленности?»

Последним вопросом они меня почти зацепили. Я уже собиралась повернуться к ним и ответить, но Ларс втащил меня в школу.

СПИСОК НЕОБХОДИМЫХ ДЕЛ

1. Придумать какой-нибудь способ сделать так, чтобы Лилли снова стала относиться ко мне хорошо.
2. Перестать быть такой размазней.
3. Перестать врать и/или врать получше.
4. Перестать все драматизировать.
5. Начать вести себя более:
а) независимо;
в) самостоятельно;
с) зрело.
6. Перестать думать о Джоше Рихтере.
7. Перестать думать о Майкле Московитце.
8. Учиться лучше.
9. Достичь самоактуализации.

Четверг, урок алгебры

Сегодня на алгебре мистер Джанини пытался объяснить нам Декартову систему координат, но из-за всех этих телевизионных фургонов, которые стоят снаружи, его никто не слушал. Мы все повскакали со своих мест, собрались возле окон и стали кричать репортерам:

— Это вы убили принцессу Ди! Верните принцессу Ди!

Мистер Джанини все пытался призвать нас к порядку, но это было невозможно. Лилли очень разозлилась, потому что против репортеров все объединились, а объединиться против магазина Хо и скандировать ее призыв «Мы протестуем против расизма Хо» никто не хотел. Наверное, потому так вышло, что повторять ее призыв длиннее и труднее, чем скандировать: «Вы убили принцессу Ди! Верните принцессу Ди!» В призыве Лилли слишком много слов.

Тогда мистер Джанини решил поговорить с нами на тему, правда ли средства массовой информации виноваты в смерти принцессы Дианы, или причина в том, что водитель машины, в которой она ехала, мог быть пьян. Кто-то стал возражать, что шофер не был пьян, что его отравили и это был заговор британских спецслужб против принцессы Ди, но мистер Джанини сказал, что нам лучше вернуться к реальности.

Потом Лана Уайнбергер спросила, давно ли я узнала, что я принцесса. Представьте себе, она задала этот вопрос не с важным видом, как обычно, а нормальным голосом. Я ответила, что не помню точно, но, наверное, недели две или около того. А Лана сказала, что если бы она узнала, что она принцесса, то сразу бы поехала в «Дисней Уорлд». А я сказала, что нет, не поехала бы, потому что тогда бы она пропустила тренировку команды болельщиц, а она тогда сказала, что не понимает, почему я не поехала в «Дисней Уорлд», ведь я даже не участвую во внеклассных занятиях. Тут Лилли завела свою песню насчет диснеефикации Америки и насчет того, что Уолт Дисней — настоящий фашист. Тут все стали обсуждать, правда ли, что его тело лежит в глубокой заморозке в замке Анахайм, а мистер Джанини стал говорить, что, мол, давайте вернемся к Декартовой системе координат.

Если задуматься, наверное, это более безопасная система координат, чем та, в которой мы живем, потому что там нет никаких репортеров.

В Декартовой системе координат плоскость делится на 4 части, называемые квадрантами.

Четверг, ТО

Во время ланча я сидела за столом с Тиной Хаким Баба, Ларсом и Вахимом. Тина рассказывала, что на родине ее отца, в Саудовской Аравии, девочки должны носить такие штуки, называются чадрами, это нечто вроде огромного одеяла, которое закрывает тебя с головы до ног, и в нем есть только одна прорезь, чтобы смотреть наружу. Считается, что чадра защищает от похотливых взглядов мужчин, но Тина говорит, что ее кузины носят под чадрой джинсы от «Гэп» и, как только поблизости нет взрослых, они сбрасывают чадры и общаются с мальчиками, прямо как мы.

Вернее, как мы бы общались, если бы какие-нибудь мальчики нами интересовались.

Стоп, забираю эти слова обратно. Я забыла, что у Тины есть парень, это Дэйв Фарух Эль-Абар, с которым она пойдет в субботу на танцы.

Что же со мной не так? Почему я не нравлюсь мальчикам?

Значит, Тина рассказывала нам про чадры, как вдруг неожиданно к нам подходит Лана Уайнбергер и ставит свой поднос рядом с нашими.

Честное слово, я не шучу, Лана Уайнбергер!

Сначала я, конечно, подумала, что она сейчас сунет мне под нос чек за химчистку свитера, в который я ткнула мороженым, или начнет поливать наши салаты соусом «табаско», или еще что-нибудь в этом роде, но вместо этого она этак небрежно спрашивает:

— Вы не против, если мы к вам присоединимся?

И тут я увидела, как на стол рядом с моим подносом опускается еще один. На подносе лежала гора еды: два двойных чизбургера, большая порция жареной картошки, два шоколадных молочных коктейля, пакет чипсов «Доритос», салат с французской заправкой, пачка «Йодлз», яблоко и большой стакан кока-колы. Я подняла голову, чтобы посмотреть, кто в состоянии переварить такое жуткое количество насыщенных жиров, и увидела, что соседний со мной стул выдвигает Джош Рихтер.

Честное слово, сам Джош Рихтер.

— Привет, — сказал он, сел и начал есть.

Я посмотрела на Тину, Тина посмотрела на меня, потом мы обе посмотрели на своих телохранителей. Но Ларс и Вахим увлеченно спорили о том, могут ли резиновые пули остановить нарушителей порядка, или лучше сразу использовать водометы.

Мы с Тиной снова посмотрели на Лану и Джоша.

По-настоящему привлекательные люди вроде Ланы и Джоша никогда никуда не ходят поодиночке. За ними повсюду ходит нечто вроде свиты. Свита Ланы состоит в основном из таких же, как она, болельщиц школьной футбольной команды. Все они красавицы, у них длинные волосы, есть грудь и все такое, как у Ланы.

Свита Джоша — это компания старших ребят, которые играют с ним в одной команде. Все они высокие, красивые, и все, прямо как Джош, едят в огромных количествах животные продукты. Ребята из свиты Джоша поставили свои подносы рядом с его, девушки из свиты Ланы поставили свои подносы рядом с ее. И скоро за нашим столом, за которым до этого сидели только две дурнушки со своими телохранителями, собрались самые прекрасные люди во всей школе имени Альберта Эйнштейна, может быть, даже самые прекрасные на Манхэттене.

Я внимательно посмотрела на Лилли. Она вытаращила глаза, как всегда бывает, когда она видит что-нибудь такое, что, по ее мнению, можно вставить в ее передачу.

— Итак, Миа, — говорит Лана тоном светской беседы, подцепляя вилкой салат (салат она ела совсем без масла, а из питья взяла только воду), — какие у тебя планы на эти выходные? Ты идешь на Праздник многообразия культур?

Это был первый случай в истории, когда Лана назвала меня не Амелией, а Миа.

— Дай подумать, — говорю я жизнерадостно.

— Я потому спрашиваю, что родители Джоша уезжают на уик-энд и мы собираемся устроить у него дома вечеринку в субботу вечером, после танцев. Ты могла бы тоже прийти.

— Ну... — говорю я, — обычно я не...

— Ей обязательно нужно пойти на вечеринку, — продолжает Лана, подцепляя вилкой ломтик помидора, — правда, Джош?

Джош, используя вместо ложки «Доритос», затолкал в рот чили и ответил с полным ртом:

— Конечно, она обязательно должна прийти.

— Это будет крутая вечеринка, — продолжала Лана. — У Джоша классная квартира на Парк-авеню, у них шесть спален. В родительской спальне есть огромная джакузи, правда, Джош?

— Да, у нас...

Джоша перебил Пирс, парень из его свиты, гребец ростом шесть футов два дюйма:

— Эй, Рихтер, помнишь вечеринку после прошлых танцев? Бонхэм-Аллен тогда выпила почти целую бутылку ликера «Бейлиз», одна, ее стало рвать, и она никак не могла остановиться.

— Ей пришлось делать промывание желудка, — пояснила Лана для меня и Тины. — Мы вызвали «скорую помощь». Санитары сказали, что, если бы Джош не вызвал их тогда, когда она это сделала, она могла бы умереть.

Все повернулись и посмотрели на Джоша. Он очень скромно сказал:

— Вообще-то было не очень весело.

Лана перестала хихикать. Теперь, когда Джош объявил, что это было невесело, она очень посерьезнела.

— Да, верно, — сказала она.

Я не знала, что мне полагается на этот ответить, поэтому просто сказала:

— Да.

— Ну, — сказала Лана. Она отрезала кусок салатного листа и выпила воды. — Так ты идешь или нет?

— Мне очень жаль, — сказала я, — но я не могу.

Все подружки Ланы, которые до этого разговаривали между собой, разом замолчали и посмотрели на меня. Но друзья Джоша как ели, так и продолжали есть.

— Не можешь? — переспросила Лана, делая очень удивленное лицо.

— Нет, — говорю, — не могу.

— Как это не можешь, что ты имеешь в виду?

Сначала я хотела соврать, можно было сказать Лане что-нибудь типа «Я не могу пойти, потому что я приглашена на обед с премьер-министром Исландии», или «Мне нужно крестить круизное судно», я могла бы придумать много всяких причин, но в кои-то веки я взяла и сказала правду:

— Лана, я не смогу прийти, потому что мама ни за что не отпустит меня на такую вечеринку.

О господи! Ну зачем я это сказала? Зачем, зачем, зачем? Надо было соврать, обязательно надо было! А теперь, сказав такое, как я буду выглядеть? Как малявка! Хуже, чем малявка, как законченная идиотка! Как зануда.

Не знаю, какого черта я вообще сказала правду, кто меня за язык тянул? И ведь это даже была не совсем правда. То есть, конечно, это была правда, что мама меня бы не отпустила, но на самом деле отказалась я вовсе не по этой причине. Я хочу сказать, мама, конечно, не отпустила бы меня на вечеринку в доме мальчика, когда его родители уехали из города. Даже с телохранителем. Но настоящая причина заключалась в том, что я понятия не имею, как себя вести на такой вечеринке. То есть я, конечно, слышала про вечеринки такого типа, там людям выделяют целые свободные комнаты, чтобы заниматься *этим делом*. Речь идет о поцелуях и, может быть, даже о чем-то большем. Точно я ничего не знаю, потому что никто из моих знакомых никогда не бывал на таких вечеринках. Среди моих знакомых нет никого достаточно популярного, чтобы его приглашали на такие вечеринки.

Кроме того, там все пьют, а я не пью. Что же мне делать на такой вечеринке?

Лана посмотрела на меня, потом на своих друзей и вдруг расхохоталась. Громко. То есть очень громко. Пожалуй, я не могу ее упрекнуть.

— О боже, — сказала она, когда насмеялась вдоволь. — Должно быть, ты шутишь.

Я вдруг поняла, что только что сама дала Лане в руки новый способ меня мучить. За себя я не очень волновалась, но я переживала за Тину Хаким Баба, которая так долго ухитрялась не привлекать к себе внимание. А теперь из-за меня она оказалась втянутой в самый эпицентр зоны издевательств со стороны популярной девушки.

— О господи, ты шутишь? — спрашивает Лана.

— Э-э... Нет.

Лана снова заговорила противным важным голосом:

— Но ты же не должна говорить правду.

Я не понимала, о чем она говорит.

— Ну, своей матери. Никто не говорит маме правду. Ты скажешь, что остаешься переночевать у подруги.

Ой.

Она имеет в виду, что я должна соврать. Соврать маме. Видать, Лана никогда не встречалась с моей мамой. Мою маму никто, абсолютно никто не обманывает. Это просто невозможно. Тут двух мнений быть не может, моей маме не врут. Поэтому я сказала:

— Послушай, Лана, не думай, что я не ценю твое приглашение, но я правда думаю, что не смогу прийти. Кроме всего прочего, я не пью...

Черт, еще одна крупная ошибка!

Лана посмотрела на меня с таким видом, как будто я призналась, что никогда не смотрю телевизор или еще что-нибудь в этом роде. Она повторила:

— Ты не пьешь?

Я посмотрела на нее молча. По правде говоря, в Мираньяке я пью, там мы каждый вечер пьем за обедом вино, во Франции так принято. Но там мы пьем не для развлечения, а просто потому, что вино подходит к еде. Считается, что с вином паштет из гусиной печенки становится вкуснее. Не знаю, как насчет паштета, его я все равно не ем, но по собственному опыту могу сказать, что к козьему сыру вино действительно подходит больше, чем «Доктор Пеппер».

Однако я все равно не стала бы выпивать целую бутылку вина, даже на спор. Даже ради Джоша Рихтера. Поэтому я только пожала плечами и сказала:

— Нет, я стараюсь заботиться о своем здоровье и не отравлять свой организм разными токсинами.

Лана фыркнула, но Джош Рихтер — он сидел напротив нее, рядом со мной — проглотил кусок чизбургера и сказал:

— Ну, с этим я могу согласиться.

У Ланы отвисла челюсть. У меня — тоже, хотя мне и не хочется в этом признаваться. Джош Рихтер соглашается с чем-то, что сказала *я*? Может, это юмор такой?

Но Джош казался совершенно серьезным и даже более того. Он посмотрел на меня так же, как в тот раз, в «Байджлоуз», как будто мог проникнуть своими фантастическими голубыми глазами прямо ко мне в душу. Как будто он *уже* проник в мою душу.

Однако Лана, по-видимому, не заметила, что ее дружок заглядывает мне в душу, потому что она сказала:

— Господи, Джош, что ты говоришь? Ты же пьешь чуть ли не больше всех в школе!

Джош повернулся к ней, посмотрел на нее своими гипнотическими глазами и сказал без улыбки:

— Что ж, тогда, может быть, мне стоит бросить.

Лана опять засмеялась:

— Ну да, конечно, бросить! Представляю!

Но Джош не смеялся, а только все смотрел на нее. Тут-то я заволновалась. Джош все смотрел и смотрел на Лану, и я была рада, что он не смотрит таким взглядом на меня. Под *таким* взглядом его голубых глаз мне было бы не до смеха. Я быстренько схватила свой поднос и встала. Видя это, Тина тоже встала и взяла поднос.

— Ладно, пока, — сказала я.

И мы с Тиной смылись.

Пока мы несли подносы, Тина меня спросила:

— Как это все понимать?

А я сказала, что не знаю, но одно я знала совершенно точно: впервые в жизни я была даже рада, что я не Лана Уайнбергер.

Еще четверг, урок французского

Когда я после ланча подошла к шкафчику за учебником французского, там стоял Джош. Он стоял, прислонившись к закрытой двери своего шкафчика, и смотрел по сторонам. Увидев, что я подхожу, он выпрямился и сказал:

— Привет.

А потом он улыбнулся. Он улыбнулся широко, показывая все зубы. А зубы у него очень ровные и белые. Они до того ровные и такие ослепительно белые, что мне пришлось отвести взгляд.

— Привет, — ответила я.

Я очень смутилась, потому что всего несколько минут назад я видела, как он почти поссорился с Ланой. Я решила, что он, наверное, ждет ее, они помирятся, будут целоваться и все такое, поэтому я постаралась собрать свои вещи как можно быстрее и убраться отсюда, чтобы мне не пришлось это наблюдать.

Но Джош со мной заговорил. Он сказал:

— Знаешь, я согласен с тем, что ты сейчас говорила в кафе. Ну, насчет того, чтобы беречь здоровье и все такое. По-моему, это, знаешь, клевая позиция.

Я почувствовала, что краснею, было такое впечатление, что лицо загорелось. Я стала перекладывать учебники в шкафчике и сосредоточилась на том, чтобы ничего не уронить. Жалко, что у меня теперь короткие волосы, а то я могла бы опустить голову и скрыть покрасневшие щеки.

— Угу, — сказала я очень умным голосом.

— Ну, — говорит Джош, — ты идешь с кем-нибудь на танцы или нет?

Я уронила учебник алгебры. Он заскользил по полу и отлетел в сторону. Я наклонилась, чтобы его поднять, и вместо ответа только хмыкнула:

— Гм.

Из учебника выпали старые исписанные листки, чтобы их собрать, мне пришлось встать на четвереньки. Стою я, значит, на четвереньках и вдруг вижу, что длинные ноги в серых фланелевых брюках сгибаются, а еще через секунду я вижу прямо перед собой лицо Джоша.

— Держи.

Он протянул мне мой любимый карандаш с меховым помпоном на кончике.

— Спасибо, — говорю я.

Тут я совершила большую ошибку: посмотрела в его невероятно голубые глаза. От их взгляда я ослабела, так сильно они на меня подействовали.

— Нет, — говорю я слабым голосом, — я ни с кем не иду на танцы.

Тут зазвенел звонок. Джош сказал:

— Ладно, увидимся.

Он ушел, а я осталась, все еще в шоке. Джош Рихтер со мной разговаривал! По-настоящему разговаривал, и даже два раза! В первый раз, наверное, за целый месяц мне стало все равно, что у меня двойка по алгебре. Мне стало наплевать, чем мама занимается с моим учителем. Мне стало наплевать, что я наследница трона Дженовии. Мне стало наплевать даже на то, что моя лучшая подруга со мной не разговаривает.

Кажется, я Джошу Рихтеру *нравлюсь*.

ДОМАШНЕЕ ЗАДАНИЕ

Алгебра: ??? Не помню!!!

Английский: ??? Спросить у Шамики.

История мировой цивилизации: ??? Спросить у Лилли. Нет, у Лилли нельзя, она со мной не разговаривает.

ТО: не задано.

Французский: ???

Биология: ???

Господи боже, только из-за того, что я, может быть, немного нравлюсь одному мальчику, я совершенно потеряла голову. Я сама себя презираю.

Четверг, ночь

Бабушка говорит:

— Что ж, естественно, ты мальчику понравилась. А почему ты могла ему не понравиться? Благодаря стараниям Паоло и моим урокам ты стала гораздо лучше.

Ну спасибо, бабушка. Как будто я не могу понравиться ни одному парню просто так, сама по себе, а не потому, что я вдруг оказалась принцессой и у меня на голове стрижка за двести долларов. За эти слова я ее почти возненавидела. Да, серьезно. Я знаю, что ненависть к людям — дурное чувство, но я действительно почти ненавижу бабушку. Во всяком случае, я ее очень не люблю. Я хочу сказать, мало того что она ужасно тщеславная и думает только о себе, она еще и злая по отношению к людям.

Вот сегодня, например, бабушка решила, что в целях моего обучения стоит сходить пообедать где-нибудь за пределами отеля, чтобы я научилась общаться с прессой. Но когда мы вышли из отеля, никакой прессы не было, только один молодой репортер из «Тайгер бит» или чего-то в этом роде. Наверное, все настоящие репортеры разошлись по домам обедать. (Кроме того, репортерам не интересно налетать на тебя, когда ты подготовился к встрече, они появляются только тогда, когда их меньше всего ожидаешь. Они от этого балдеют, во всяком случае, насколько я могу судить по своему опыту.)

Как бы то ни было, я была очень рада — кому это нужно, чтобы репортеры окружали его со всех сторон, орали, задавали всякие каверзные вопросы и светили тебе в лицо своими вспышками? Поверьте мне, я теперь повсюду вижу большие лиловые пятна.

Но когда Хэнс подал машину и я в нее садилась, бабушка велела подождать минутку и вернулась в отель. Я подумала, что, может, она забыла диадему или еще что-нибудь, но она вернулась буквально через минуту и в точно таком же виде, в каком уходила.

Затем мы подъезжаем к ресторану, а это «Четыре сезона», и перед ним полно репортеров! Сначала я подумала, что в ресторан пришла какая-нибудь знаменитость, Мадонна, например, или Брэд Питт. Но все репортеры бросились ко мне, стали меня фотографировать и задавать вопросы:

— Принцесса Амелия, расскажите, каково это, расти в семье матери-одиночки и в один прекрасный день узнать, что ваш отец стоит триста миллионов долларов?

Или:

— Принцесса, кроссовки какой фирмы вы носите?

Я так разозлилась, что напрочь забыла о своем страхе перед конфронтацией. Повернувшись на сиденье, я посмотрела на бабушку и спрашиваю:

— Откуда они узнали, что мы едем сюда?

Бабушка, не поднимая головы, продолжала рыться в своей сумочке, ища сигареты. Вместо ответа она проворчала:

— Куда я подевала зажигалку?

— Это ты их вызвала, не так ли? — Я была настолько взбешена, что у меня перед глазами все расплывалось. — Это ты позвонила репортерам и сообщила, что мы едем сюда!

— Не говори глупости, — отвечает она, — у меня не было времени звонить всем этим людям.

— А тебе и не надо было звонить всем, ты могла позвонить кому-то одному, а остальные потянулись за ним. Бабушка, зачем ты это сделала?

Бабушка закурила. Терпеть не могу, когда она курит в машине.

— Амелия, — отвечает она, — это существенная часть жизни принцессы. Ты должна научиться общаться с прессой. Из-за чего ты так раскипятилась?

— Так это ты рассказала обо всем Кэрол Фернандес? — спросила я очень спокойно.

Она пожала плечами с таким видом, как будто хотела сказать: «Ну и что такого?», и говорит:

— Конечно, я.

Тут я закричала:

— Бабушка, как ты могла?

Она удивилась, вроде даже растерялась.

— Я говорю серьезно! — кричу я. — А папа думает, что это сделал мистер Джанини! Они с мамой из-за этого очень сильно поссорились. Она говорила, что это ты, а папа ей не верил.

Бабушка выпустила дым из ноздрей.

— Филипп порой бывает удивительно наивным.

— Ну так я ему скажу, — говорю я. — Я скажу ему правду.

Бабушка только рукой махнула, дескать, «мне все равно».

— Честное слово, — говорю я, — я ему все расскажу. Он на тебя очень рассердится.

— Не рассердится. — Она снова отмахнулась. — Дорогая, тебе нужна практика. Эта статья в «Пост» — только начало, скоро твоя фотография появится на обложке «Вог», и тогда...

— Бабушка! — снова закричала я. — Я не хочу попадать на обложку «Вог»! Неужели это не понятно? Я только хочу спокойно закончить девятый класс!

Бабушка, кажется, слегка испугалась:

— Ладно, ладно, дорогая, успокойся. Не нужно кричать.

Не знаю, многое ли из того, что я ей наговорила, до нее дошло, но только после обеда я увидела, что все репортеры разошлись. Так что, может быть, она меня все-таки поняла.

Когда я вернулась домой, там был мистер Джанини. ОПЯТЬ. Чтобы позвонить папе, мне пришлось уйти в свою комнату. Я ему сказала:

— Папа, это не мистер Джанини рассказал про меня Кэрол Фернандес, а бабушка.

— Знаю, — ответил он несчастным голосом.

У меня глаза на лоб полезли.

— И ты знал??? Ты знал и ничего мне не сказал?

А он и говорит:

— Миа, у меня с твоей бабушкой очень непростые взаимоотношения.

Папа имеет в виду, что он ее боится. Наверное, его не стоит особенно за это упрекать, если учесть, что бабушка запирала его в темницу и все такое.

— Что ж, — говорю, — еще не поздно извиниться перед мамой за все, что ты наговорил про мистера Джанини.

А он мне:

— Миа...

Теперь он говорил уже не несчастным голосом, а с раздражением. Я решила, что для одного дня совершила достаточно добрых дел, и повесила трубку.

После этого мистер Джанини стал помогать мне делать домашнюю работу. Майкл пытался помочь мне на ТО, но тогда я все время отвлекалась, вспоминая, как со мной заговорил Джош Рихтер, и ничего не поняла.

Кажется, я начинаю понимать, почему маме нравится мистер Джанини. С ним приятно просто находиться рядом, например, телевизор смотреть. Он не хватает пульт, как некоторые из маминых предыдущих приятелей. И он вроде бы не интересуется спортивными передачами.

Примерно за полчаса до того, как я пошла спать, позвонил папа и попросил к телефону маму. Она ушла разговаривать в комнату, а когда вернулась обратно, вид у нее был такой самодовольный, как будто она хотела сказать: «Ну, что я говорила?»

Эх, жалко, что нельзя рассказать Лилли, что со мной разговаривал Джош Рихтер.

17 октября, пятница, урок английского

Господи боже!
Джош и Лана расстались!!!
На полном серьезе. Вся школа только об этом и говорит. Джош порвал с Ланой вчера вечером, после спортивной тренировки. Они вместе обедали в «Хард рок кафе», и он попросил у нее назад свое классное кольцо!!!

Не хотела бы я оказаться на ее месте, такого и злейшему врагу не пожелаешь.

Сегодня утром Лана не болталась, как обычно, поблизости от шкафчика Джоша. А когда я увидела ее на алгебре, глаза у нее были красные и припухшие, волосы выглядели так, как будто она забыла причесаться, не говоря уже о том, чтобы голову помыть, а чулки съехали и собрались в складки на коленях.

Вот уж не думала, что когда-нибудь увижу Лану Уайнбергер в таком виде! Перед началом урока она звонила по мобильному в «Бергдорф» и пыталась уговорить их принять обратно платье, которое она купила к Празднику многообразия культур, при том, что она уже оторвала ярлыки. А во время урока она достала жирный черный фломастер и стала замазывать им надписи «Миссис Джош Рихтер» на обложках всех учебников и тетрадок.

Смотреть на это было ужасно тяжело. Меня это так выбило из колеи, что я с трудом умножала целые числа.

КАКОЙ БЫ МНЕ ХОТЕЛОСЬ БЫТЬ

1. Носить бюстгальтер размера 36 DD.
2. Спецом по математике.
3. Членом всемирно известной рок-группы.
4. Лучшей подругой Лилли Московитц, как раньше.
5. Новой подружкой Джоша Рихтера.

Еще пятница

Ни за что не поверите, что случилось! Я убирала в свой шкафчик учебник по алгебре, а Джош Рихтер доставал из своего тетрадь по тригонометрии, и вдруг он этак небрежно говорит:

— Привет, Миа, с кем ты завтра собираешься на танцы?

Можно не упоминать, что я чуть было не потеряла сознание только оттого, что он вообще ко мне обратился. А уж если учесть, что он сказал нечто, что можно расценить, как прелюдию к тому, чтобы пригласить меня на свидание... Меня даже затошнило, только не противно, а приятно.

Я задумалась.

Сама не знаю как, но я ухитрилась пробормотать:

— Э-э... ни с кем.

И тут он — честное слово! — говорит:

— Тогда, может, пойдем вместе?

ГОСПОДИ БОЖЕ!!!!! ДЖОШ РИХТЕР ПРИГЛАСИЛ МЕНЯ НА ТАНЦЫ!!!!!

Я была в таком шоке, что, наверное, целую минуту вообще не могла ничего сказать. Я думала, что у меня закружится голова, как в тот раз, когда я смотрела документальный фильм про то, как коровы превращаются в гамбургеры. Я только и могла, что стоять и смотреть во все глаза на Джоша снизу вверх. (Он такой высокий!)

А потом случилось нечто очень смешное. Какая-то крошечная частичка моего сознания, наверное, та, которая не была напрочь оглушена тем, что сказал Джош, прошептала: «Он приглашает тебя только потому, что ты — принцесса Дженовии».

Серьезно. Вот о чем я думала, хотя и недолго, всего с секунду. Потом другая часть моего сознания, которая была во много раз больше первой, ответила: «Ну и что из этого?»

Я хочу сказать, что, может быть, он потому пригласил меня на танцы, что я нравлюсь ему как человек и он захотел узнать меня поближе, и еще, возможно, только возможно, потому, что я ему немного нравлюсь.

Всякое бывает.

И вот та часть моего сознания, которая дала всему этому разумное объяснение, подтолкнула меня этак небрежно ответить:

— А что, давай. Это может быть занятно.

После этого Джош стал говорить что-то насчет того, что он за мной заедет и мы перед танцами где-нибудь пообедаем или еще что-то в этом роде, но я его почти не слышала, потому что у меня в голове какой-то голос громко повторял: «Джош Рихтер только что пригласил тебя на танцы. Джош Рихтер только что пригласил на танцы ТЕБЯ. ДЖОШ РИХТЕР ТОЛЬКО ЧТО ПРИГЛАСИЛ ТЕБЯ НА ТАНЦЫ!!!»

Наверное, я умерла и попала в рай, потому что это все-таки случилось. Наконец-то это случилось: Джош Рихтер наконец заглянул в мою душу. Он заглянул в мою душу и увидел меня настоящую, разглядел за моей плоской грудью мою настоящую сущность. И ПОСЛЕ ЭТОГО ОН ПРИГЛАСИЛ МЕНЯ НА ТАНЦЫ.

Потом зазвенел звонок, Джош Рихтер пошел, а я осталась стоять и стояла до тех пор, пока меня не тронул за руку Ларс. Не знаю, что Ларсу было нужно. Я точно знаю, что он не мой личный секретарь. Но очень хорошо, что он там оказался, а то я бы так и не узнала, что Джош заедет за мной завтра в семь вечера. К следующему разу, когда Джош меня куда-нибудь пригласит, мне нужно как-то научиться не впадать от этого в такой шок, а то наши свидания долго не продлятся.

СПИСОК НЕОБХОДИМЫХ ДЕЛ
(боюсь я не очень представляю,
что именно полагается делать, поскольку
я еще никогда не ходила на свидания)

1. Подобрать платье.
2. Сделать прическу.
3. Заново сделать ногти (и перестать обкусывать накладные).

Пятница, 10

Не знаю, кем Лилли Московитц себя возомнила. Сначала она перестала со мной разговаривать. Затем, когда она все-таки соизволила со мной заговорить, она только и делает, что критикует меня. Спрашивается, кто дал ей право поливать грязью того, кто пригласил меня на танцы в честь Праздника многообразия культур? Я хочу сказать, она-то сама идет с Борисом Пелковски. С Борисом Пелковски! Может, он и гениальный музыкант, не спорю, но от этого он не перестает быть Борисом Пелковски.

Лилли говорит:

— Ну и что, по крайней мере, я знаю, что Борис не отлетел ко мне рикошетом.

Извините меня, Джош пригласил меня на танцы через целых шестнадцать часов после того, как они с Ланой расстались.

Лилли опять:

— Кроме того, Борис не употребляет наркотики.

Честное слово, для такой умной девчонки Лилли слишком серьезно относится ко всяким глупым слухам и намекам. Я ее спросила, видела ли она когда-нибудь своими глазами, как Джош Рихтер принимает наркотики, а она посмотрела на меня с этаким сарказмом. На самом деле, если задуматься, нет никаких доказательств, что Джош употребляет наркотики. Он, конечно, водится с ребятами, которые их принимают, но, послушайте, Тина Хаким Баба водится с принцессой, но от этого она сама не становится принцессой!

Этот мой довод Лилли тоже не понравился. Она сказала:

— Миа, ты даешь слишком много рациональных объяснений, а я уже знаю, что, когда ты слишком рационализируешь, это значит, что ты беспокоишься.

Вовсе я не беспокоюсь! Я собираюсь на самые важные танцы осеннего семестра с самым классным, самым чутким парнем во всей школе, и Лилли этого не испортит, что бы она ни говорила или ни делала.

Вот только я немного странно себя чувствую оттого, что Лана выглядит очень несчастной, а Джош держится так, будто ничего не произошло. Сегодня за ланчем Джош и его свита сели за стол со мной и с Тиной, а Лана и ее свита снова сели вместе с остальными болельщицами. Это было так странно. Кроме того, ни сам Джош, ни ребята из его свиты не разговаривали ни со мной, ни с Тиной. Они говорили только друг с дружкой. Тине было все равно, а меня это почему-то беспокоило. Особенно когда я видела, что Лана старательно отводит взгляд, чтобы не посмотреть в нашу сторону.

Когда я поделилась новостью с Тиной, она не сказала про Джоша ничего плохого. Наоборот, она обрадовалась и сказала, что сегодня вечером, когда я приду к ним ночевать, мы можем перемерить кучу платьев и попробовать делать разные прически, чтобы посмотреть, что лучше подойдет для завтрашнего вечера. Вообще-то у меня нет волос, чтобы экспериментировать с прическами, но можно поэкспериментировать с волосами Тины. Как подруга, она гораздо лучше меня поддерживает, чем Лилли. Когда Лилли услышала, что Джош пригласил меня на обед, она ехидно поинтересовалась:

— И куда же он тебя поведет? В кафе «Харлей-Дэвидсон»?

— Нет, — говорю я с сарказмом, — в «Таверну на Грин»[1].

Лилли фыркнула:

— Как оригинально.

Наверняка ее суперзвездный Борис поведет ее куда-нибудь в Гринвидж-Виллидже.

В это время Майкл, который, надо отметить, весь урок вел себя непривычно тихо (во всяком случае, для него), посмотрел на Ларса и спрашивает:

— Вы тоже с ними пойдете?

— Да, — отвечает Ларс, — естественно.

И тут они переглянулись между собой, как иногда мальчишки между собой переглядываются — меня это всегда раздражало, — как будто они двое знают какой-то секрет. Помните, в шестом классе всех девочек собирали и уводили в другой класс, чтобы показать фильм про месячные и все такое? Так вот, я подозреваю, что пока нас не было, мальчишкам показывали фильм про то, как переглядываться между собой с заговорщическим видом.

А может, им показывали мультик или еще что-нибудь в этом роде?

Но теперь, когда я об этом думаю, мне тоже кажется, что Джош в некотором роде нехорошо обошелся с Ланой. Я имею в виду, что ему не следовало приглашать на танцы другую девочку так скоро после их разрыва, во всяком случае, приглашать на танцы, на которые он собирался идти с Ланой. Вы понимаете, что я имею в виду? Вся эта история оставила у меня какой-то неприятный осадок.

Но не настолько неприятный, чтобы я не пошла на танцы.

---

[1] Ресторан в Центральном парке.

НАЧИНАЯ С СЕГОДНЯШЕГО ДНЯ Я

1. Буду вежливой со всеми, даже с Ланой Уайнбергер.
2. Перестану обкусывать ногти, даже накладные.
3. Буду каждый день честно записывать все в этот дневник.
4. Перестану смотреть повтор старого сериала «Спасатели Малибу» и буду использовать свободное время более разумно, например, для изучения алгебры, или для охраны окружающей среды, или еще для чего-нибудь в этом роде.

Пятница, ночь

Из-за того что я сегодня ночую у Тины, бабушка провела со мной сокращенный урок. Она благополучно забыла мой вчерашний крик из-за репортеров и вызвалась помочь мне подобрать платье для завтрашних танцев. Я так и рассчитывала, что она поможет. Бабушка позвонила в бутик «Шанель» и договорилась с ними, что завтра мы приедем подбирать платье. Это пришлось делать в срочном порядке, поэтому платье будет стоить целое состояние, но она сказала, что это неважно. Она сказала, что это будет мой первый официальный выход в свет в качестве принцессы Дженовии и я должна «блистать» (это ее слово, не мое).

Я бабушке напомнила, что это всего-навсего школьный вечер, а не бал по случаю инаугурации или что-нибудь в этом роде. Это даже не выпускной, а просто самые обыкновенные танцы по случаю праздника в честь разнообразных национальных и культурных групп, представители которых посещают школу имени Альберта Эйнштейна. Но бабушка все равно суетилась из-за этого вечера и волновалась, что нам не хватит времени подобрать туфли в тон платью.

Оказывается, быть девушкой ужасно сложно, есть уйма всяких вещей, о которых я раньше и понятия не имела. Например, нужно подбирать туфли в тон платью. Я и не догадывалась, что это так важно.

Но Тина Хаким Баба уж наверняка в курсе. Вы бы видели ее комнату. У нее там собраны, наверное, все женские журналы, какие только существуют. Они сложены ровными стопками на полках по всей комнате, а сама комната, кстати, огромная, розового цвета и похожа на все остальные комнаты в квартире. Их квартира занимает целиком весь верхний этаж. Когда входишь в лифт, нужно нажать кнопку ПХ, и лифт привезет вас сразу туда, куда нужно, к Хаким Баба. Двери открываются прямо в их мраморное фойе, между прочим, фонтан там правда есть, только, оказывается, в него не полагается бросать монетки.

А дальше идут комнаты, комнаты, одна за другой. У Хаким Баба есть горничная, кухарка, няня, шофер, и все они живут с хозяевами. Так что можете себе представить, сколько в квартире комнат. Кроме всего прочего, у Тины есть три младшие сестры и совсем маленький брат, и у каждого из них есть своя отдельная комната.

В комнате Тины стоит телевизор с экраном в 37 дюймов и игровая приставка «Сони плэй стэйшн». Теперь я понимаю, что по сравнению с Тиной жила очень скромно, прямо как монашка.

Везет же некоторым.

Как бы то ни было, дома Тина совсем не такая, как в школе. Дома она живая, разговорчивая. Родители у нее тоже очень милые люди. Мистер Хаким Баба очень забавный. В прошлом году у него был инфаркт, и теперь ему почти ничего нельзя есть, кроме овощей и риса. И еще ему нужно сбросить двадцать фунтов. Он все гладил меня по руке и спрашивал:

— Как тебе удается оставаться такой худой?

Я ему рассказала, что я строгая вегетарианка, он охнул и очень сильно поежился. Их кухарке было приказано готовить только вегетарианскую еду, что мне очень подошло. На ужин мы ели кус-кус и овощной гуляш, все было очень вкусно.

Миссис Хаким Баба очень красивая, но не такая, как моя мама. Она англичанка, и у нее очень светлые волосы. Мне кажется, ей очень скучно жить в Америке, не работать и все такое. Раньше миссис Хаким Баба была моделью, но, когда вышла замуж, бросила это дело. Теперь ей не приходится встречаться со всякими интересными людьми, с которыми она встречалась, когда работала моделью. Однажды она останавливалась в одном отеле с принцем Чарльзом и принцессой Дианой. Она говорит, что они спали в разных комнатах. И это было в их медовый месяц! Не удивительно, что у них ничего не вышло.

Миссис Хаким Баба такая же высокая, как я, это значит, она дюймов на пять выше мистера Хаким Баба. Но кажется, мистер Хаким Баба из-за этого не переживает.

Младшие сестры и братик Тины очень милые. Пока мы с Тиной листали журналы мод и выбирали прически, мы пробовали некоторые на ее сестренках, они выглядели очень смешно. Потом мы прикололи к волосам братика Тины заколки и сделали ему французский маникюр, как у меня, он очень обрадовался, надел костюм Бэтмена и стал с криками бегать по квартире. По-моему, это было клево, но мистер и миссис Хаким Баба придерживались другого мнения. Сразу после ужина они велели няне уложить маленького Бобби спать.

Потом Тина показал мне платье, в котором собирается идти на танцы. Оно от Николь Миллер и очень красивое, похоже на морскую пену. В этом платье Тина гораздо больше похожа на принцессу, чем я, во что бы я ни нарядилась.

Потом началась передача «Лилли рассказывает все, как есть», она выходит по пятницам в девять вечера. Серия была посвящена разоблачению расизма в магазинчике Хо. Лилли сняла фильм еще до того, как ей пришлось отменить бойкот, потому что его никто не поддерживал. Это был образец очень прямой и жесткой тележурналистики, и я говорю это, не хвастаясь, потому что не помогала Лилли делать эту серию. Если «Лилли рассказывает все, как есть» когда-нибудь попадет на настоящее телевидение, уверена, у нее будет такой же высокий рейтинг, как у передачи «Шестьдесят минут».

В конце Лилли взяла и показала фрагмент, который, наверное, снимала со штатива в своей спальне. Она села на кровать и заявила, что расизм — страшная сила, с которой каждый из нас должен бороться, как может. Лилли говорила, что, хотя некоторым из нас пять центов за пакет пончиков кажутся мелочью, жертвы расизма, например, армяне, или руандийцы, или угандийцы, или боснийцы, могли бы рассказать, что эти пять центов — только первый маленький шажок по большой дороге геноцида. Лилли заявила, что ее стенд с воззваниями протеста против Хо внес свой небольшой вклад в дело борьбы за права человека.

Не знаю, как насчет этого, но, когда она замахала перед камерой ногами в пушистых шлепанцах с медвежьими когтями — это для Нормана, — я поняла, что скучаю по Лилли. Тина, конечно, хорошая подруга и все такое, но с Лилли мы дружили с детского сада, от этого нельзя так просто отмахнуться.

Мы засиделись допоздна, читая любовные романы для подростков. Клянусь, ни в одном из них не было такого, чтобы мальчик бросил бы противную девчонку и сразу же начал встречаться с героиней. Обычно герой выжидает приличное время, например, целое лето или по крайней мере один уик-энд, и только потом приглашает ее на свидание. А если в какой-то книжке парень все-таки начинал встречаться с героиней сразу же, то потом выяснялось, что он использовал девушку, чтобы кому-то отомстить или еще что-нибудь в этом роде.

Но Тина говорит, что, хотя она и любит читать эти книги, она никогда не воспринимает их как руководство к действию в реальной жизни. Сами посудите, часто ли в реальной жизни кто-нибудь теряет память? И разве бывает, чтобы красивый европейский террорист держал заложника в гардеробной какой-нибудь девушки? Если бы такое даже случилось, то именно в этот день на девушке, как назло, было бы самое некрасивое белье, дырявое, к примеру, или с растянутой резинкой, или бюстгальтер, не подходящий по цвету к трусам, а вовсе не розовая шелковая рубашка и трусики-бикини, как на героине той книги.

И Тина правильно говорит.

Сейчас Тина выключает свет, потому что она устала. Я рада, потому что день был очень длинный.

18 октября, суббота

Когда я вернулась домой, то первым делом стала выяснять, не звонил ли Джош, чтобы отменить свидание.

Он не звонил.

Между прочим, мистер Джанини был у нас (естественно). Слава богу, на этот раз он был в брюках. Он услышал, что я спрашиваю у мамы, не звонил ли мальчик по имени Джош, и тут же спросил:

— Уж не Джоша ли Рихтера ты имеешь в виду?

При этом голос у него был... ну, не знаю, потрясенный, что ли. Короче говоря, мне это не понравилось. Я говорю:

— Да, именно его. Сегодня вечером мы с ним идем на танцы по случаю Праздника многообразия культур.

Мистер Джанини поднял брови:

— А как же Лана Уайнбергер?

Все-таки очень неудобно, когда твоя мама встречается с учителем из твоей же школы.

— Он ее бросил, — говорю я.

Все это время мама очень внимательно за нами наблюдала, что для нее большая редкость, так как обычно она пребывает в своем собственном мире. Слушала она, слушала и спрашивает:

— Кто такой Джош Рихтер?

Я говорю:

— Всего лишь самый красивый, самый чуткий, самый классный парень в нашей школе.

Митерс Джанини фыркнул и добавил:

— Во всяком случае, самый популярный.

На что мама удивленно так спрашивает:

— И он пригласил на танцы нашу Миа?

Нечего и говорить, что это прозвучало далеко не лестно для меня. Когда родная мать считает странным, что самый классный, самый популярный парень школы пригласил тебя на танцы, значит, дело плохо.

— Да, — говорю я вроде как с вызовом.

Тогда мистер Джанини сказал, что ему это не нравится. А когда мама спросила почему, он ответил:

— Потому что я знаю Джоша Рихтера.

Тут мама заахала, заохала:

— Что-то мне все это тоже не нравится.

Я не успела ничего сказать в защиту Джоша Рихтера, а мистер Джанини продолжает:

— Этот парень живет со скоростью сто миль в час.

На мой взгляд, совершенно бессмысленная фраза. Во всяком случае, я так думала, пока мама не сказала, что поскольку я делаю только пять миль в час (пять, представляете!), то ей придется посоветоваться «насчет этого молодого человека» с моим отцом.

Здрассьте! О чем посоветоваться? Я что, машина с неисправным двигателем, что ли? И вообще, что означает вся эта ерунда насчет пяти миль в час?

Мистер Джанини решил перевести для меня на нормальный человеческий язык:

— Миа, он слишком легкомысленный, у него ветер в голове.

Легкомысленный? Ветер в голове? Мы что, живем в пятидесятые годы? Что это вдруг Джош Рихтер ни с того ни с сего стал считаться бунтарем?

Мама стала набирать телефон папиного номера в «Плазе» и одновременно сказала:

— Миа, ты всего лишь девятиклассница, тебе в любом случае не стоит встречаться со старшеклассниками.

Что за несправедливость! Наконец-то меня кто-то пригласил на свидание, и тут вдруг моя мама превращается в наседку! Этого мне только не хватало!

Стою я, значит, в комнате и слушаю, как мама с папой по громкой связи обсуждают, что я, дескать, слишком маленькая, чтобы встречаться с мальчиками, и что мне не стоит ходить на свидания, потому что у меня сейчас, видите ли, очень сложный период в жизни, потому что я узнала, что я принцесса и все такое. Они уже стали планировать всю мою дальнейшую жизнь (никаких свиданий до восемнадцати лет, в колледже — общежитие только для девочек и все такое), когда кто-то позвонил в домофон. К домофону подошел мистер Джанини. Когда он спросил, кто там, я услышала знакомый, даже слишком знакомый голос:

— Это Кларисса Мари Гримальди Ренальдо. А вы кто такой?

Мама, которая стояла в другой части комнаты, чуть не выронила телефонную трубку. Это была бабушка! Моя бабушка пришла к нам в мансарду!

В жизни не думала, что когда-нибудь буду хоть за что-то благодарна бабушке. Мне и в голову не могло прийти, что я когда-нибудь обрадуюсь ее приходу. Но когда она поднялась к нам в мансарду, чтобы забрать меня и ехать за платьем, я готова была ее расцеловать, честное слово, даже в обе щеки. Я бросилась ей навстречу и говорю:

— Бабушка, они не хотят меня пускать!

Я забыла, что бабушка никогда до этого не была в нашей мансарде, я даже забыла, что здесь находится мистер Джанини. Я могла думать только о том, что родители меня принижают и не хотят пускать на свидание с Джошем. Я верила, что бабушка обо всем позаботится.

И она позаботилась, еще как.

Бабушка влетела в комнату, бросила очень недружелюбный взгляд на мистера Джанини и остановилась ровно настолько, чтобы успеть спросить:

— Так это он?

Когда я ответила, что да, она только фыркнула в своей манере и прошла мимо мистера Джанини с таким видом, будто его тут и не было. В это время в телефоне по громкой связи раздался папин голос. Бабушка закричала на маму:

— Дайте мне этот чертов телефон!

Мама стояла с таким видом, как будто она подросток и дежурный в метро только что застукал ее за попыткой перепрыгнуть через турникет.

— Мама? — прокричал в телефон папа. Судя по голосу, он был потрясен не меньше, чем моя мама. — Это ты? Что ты там делаешь?

Для человека, заявляющего, что он не видит никакого проку в современных технологиях, бабушка на удивление хорошо умела обращаться с телефоном. Она отключила спикерфон, выхватила у мамы трубку и рявкнула:

— Филипп, твоя дочь собирается на танцы со своим поклонником. Я проехала в лимузине пятьдесят семь кварталов, чтобы отвезти ее в магазин за новым платьем, и если ты думаешь, что я не собираюсь посмотреть, как она будет в нем танцевать, можешь...

Тут бабушка употребила очень крепкое выраженьице, но из-за того, что она произнесла его по-французски, поняли только папа и я. Мама и мистер Джанини просто стояли и слушали. У мамы вид был рассерженный, а мистер Дж., кажется, нервничал.

После того как бабушка закончила объяснять папе, куда именно он может убираться, она бросила трубку и оглядела мансарду. Бабушка, мягко говоря, никогда не отличалась способностью скрывать свои чувства, поэтому я не удивилась, когда она выдала:

— Так вот где растили принцессу Дженовии? В этой... на этом складе?

Ну, если бы она взорвала перед маминым носом хлопушку, эффект и то не был бы сильнее. Мама пришла в ярость.

— А теперь послушайте меня, Кларисса. — Она топнула ногой. — Не вздумайте меня учить, как мне воспитывать моего ребенка! Мы с Филиппом уже решили, что она никуда не пойдет с этим мальчиком. Вы не можете просто так взять и...

— Амелия, — сказала бабушка, — возьми пальто и пошли.

Я пошла в свою комнату. Когда я вернулась, мама была вся красная, как помидор, а мистер Джанини смотрел в пол. Но когда мы с бабушкой уходили, ни один из них не сказал нам ни слова.

Наконец мы вышли на улицу. Я была так возбуждена, что чуть не прыгала от радости.

— Бабушка! — закричала я. — Что ты им сказала? Как ты сумела их уговорить, чтобы они меня отпустили?

Бабушка только рассмеялась этим своим жутковатым смехом и говорит:

— У меня свои методы.

В ту минуту я ее нисколечки не ненавидела.

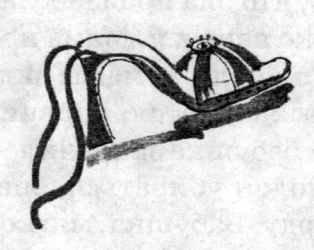

Та же суббота

Ну вот, я сижу в своем новом платье, в новых туфлях, с новыми ногтями, в новых колготках и со свежим профессиональным макияжем на лице. Мои ноги и подмышки только что выбриты, волосы только что уложены, часы показывают семь, а Джоша не видно и не слышно. Я уже начинаю думать, не шутка ли все это от начала до конца. Прямо как в том фильме ужасов, «Кэрри», для меня он слишком страшный, и я его не смотрела, но Майкл Московитц как-то брал кассету напрокат, а потом пересказал мне и Лилли. Ну так вот, в этом фильме самый популярный мальчик в школе пригласил одну некрасивую девочку на танцы только затем, чтобы он и его дружки могли облить ее свиной кровью. Только они не знали, что Кэрри наделена способностями медиума, и к концу ночи она убила всех, кто был в городе, включая первую жену Стивена Спилберга и мать из фильма «Восьми хватит».

Беда в том, что у меня, ясное дело, нет способностей медиума и, если Джош и его друзья обольют меня свиной кровью, я не смогу их всех поубивать. То есть, конечно, если я не вызову Национальную гвардию Дженовии или еще что-нибудь в этом роде. Но это будет непросто, потому что в Дженовии нет ни военных кораблей, ни военных самолетов, так что непонятно, как гвардия сможет попасть в Нью-Йорк. Им придется лететь коммерческим рейсом, а если покупать билеты не заранее, а перед самым вылетом, это обойдется ужасно дорого. Вряд ли папа одобрит такие непомерные расходы из государственного бюджета, особенно на то, что он наверняка сочтет пустяковой причиной.

Но если Джош Рихтер меня продинамит, я вас уверяю, для меня это будет не пустяк. Ради него я сделала эпиляцию воском на ногах, и если вы думаете, что это не больно, представьте себе, что вам нужно удалить воском волосы под мышками. Представили? Так вот, ради него я сделала и это тоже. Это УЖАСНО больно, до того больно, что я даже заплакала. Так что не надо мне говорить, что, если Джош Рихтер меня продинамит, это не повод вызывать Национальную гвардию.

Я знаю, папа уверен, что Джош не придёт. Сейчас он сидит за кухонным столом и делает вид, что читает «ТВ гайд». Но я-то вижу, что он то и дело поглядывает на часы. Мама тоже, только она наручные часы не носит, поэтому ей приходится поглядывать на настенные часы в виде подмигивающего кота.

Ларс тоже здесь, но он, правда, на часы не смотрит. Он то и дело проверяет свою обойму, достаточно ли в ней пуль. Наверное, папа приказал ему застрелить Джоша, если тот попытается ко мне приставать.

Ах да, чуть не забыла. Папа сказал, что я могу пойти с Джошем, но только если с нами пойдёт Ларс. Меня это не особенно расстроило, потому что я и так ожидала, что Ларс будет ходить со мной везде и всюду. Но я притворилась, что страшно разозлилась, чтобы папа не подумал, что я легко отделалась. Это я к тому, что у самого папы большие неприятности с бабушкой. Пока я примеряла платье, она мне рассказала, что у папы всегда были трудности в отношениях с женщинами, он боялся связать себя обязательствами, и что он потому не хочет, чтобы я пошла на свидание с Джошем, что боится, что Джош бросит меня так же, как он сам бросил бессчетное количество фотомоделей со всего мира.

Господи! Ну почему нужно обязательно предполагать самое худшее? Джош не может меня бросить хотя бы потому, что мы с ним пока еще не сходили ни на одно свидание.

А если он не появится в самое ближайшее время, одно могу сказать: тем хуже для него. Сегодня я выгляжу так хорошо, как никогда в жизни не выглядела. Старушка Коко Шанель превзошла самое себя, платье — просто супер, оно из такого бледно-бледно-голубого шелка, наверху все такое жатое, как аккордеон, так что даже не заметно, что у меня плоская грудь, а дальше книзу оно прямое и узкое и доходит прямо до туфель на высоком каблуке такого же цвета, как платье. Мне кажется, я в нем немного похожа на сосульку, но по словам продавщиц из «Шанель» — это образ нового тысячелетия. Сосулька — это очень модно.

Одно только плохо: я не могу погладить Толстого Луи, иначе к платью прилипнут рыжие волосы. Надо было купить специальную штучку с липкой лентой для сбора волос, я видела такую в магазине, да забыла взять. Короче говоря, он сидит рядом со мной на диване с грустным видом, потому что я его не глажу.

Я на всякий случай убрала все свои носки в ящик, а то вдруг он обидится или еще что-нибудь в этом роде и в отместку мне вздумает опять проглотить носок.

Папа снова посмотрел на часы и сказал:

— Гм, пятнадцать минут восьмого. Однако этот молодой человек не слишком торопится.

Я старалась сохранять спокойствие и ответила самым принцессовским голосом, каким только смогла:

— На дорогах наверняка большие пробки.

— Конечно, — сказал папа. Похоже, он не очень-то переживал. — Что ж, Миа, мы еще можем успеть на «Красавицу и Чудовище», если хочешь. Я наверняка смогу купить...

— Папа! — Я пришла в ужас. — Сегодня я точно не пойду с тобой на «Красавицу и Чудовище».

Тут он все-таки погрустнел.

— Но когда-то ты любила этот мюзикл...

Слава богу, в это самое время зазвонил домофон. Это Джош, мама только что его впустила. Я забыла упомянуть, что папа поставил еще одно условие, при котором он отпускает меня с Джошем. Кроме того, что с нами пойдет Ларс, Джош должен представиться обоим моим родителям, а может быть, и оставить копию своего удостоверения личности, хотя до последнего папа, возможно, еще не додумался.

Дневник придется оставить дома, так как в моей маленькой плоской дамской сумочке (бабушка сказала, что она называется «книжка») для него нет места.

Ужас, как у меня вспотели руки! Надо было послушать бабушку, предлагала же она купить перчатки до локтя...

Суббота, вечер, дамская комната «Таверны на Грин»

Ну вот, я соврала, я все-таки взяла этот блокнот. Я попросила Ларса его носить. А что, все равно в том дипломате, с которым он всегда ходит, наверняка есть место. Я знаю, что у него там лежат гранаты, глушители и все такое, но я решила, что уж один тонкий блокнот как-нибудь можно поместить.

И я оказалась права.

И вот я сижу в туалете в «Таверне на Грин» и пишу. Здесь дамская комната не такая красивая, как в «Плазе», в кабинке нет маленького табурета, так что мне пришлось сесть на крышку унитаза. Из-под двери моей кабинки видно ноги толстых дам, которые ходят туда-сюда. Сегодня здесь вообще много толстых дам, все они в основном пришли на свадьбу черноволосой девушки, похожей на итальянку (ей бы не мешало выщипать брови), и тощего рыжего парня по имени Фергюс. Когда я входила в зал ресторана, Фергюс вытаращил на меня глаза. Честное слово! У меня есть первый женатый поклонник, хотя он женился всего час назад и выглядит как мой ровесник. Все-таки это платье — просто класс!

Однако обед проходит не так хорошо, как я рассчитывала. Я имею в виду, что бабушка мне объяснила, какой вилкой для чего пользоваться, и я знаю, что суповую тарелку нужно наклонять от себя, но дело не в этом. Дело в Джоше.

Не поймите меня неправильно, в смокинге он смотрится очень классно. Джош сказал, что смокинг его собственный, а не взят напрокат. В прошлом году он ходил со своей предыдущей девушкой на все вечера для дебютанток в городе. Эта девушка, с которой он встречался до Ланы, была родственницей человека, который изобрел полиэтиленовые пакеты, в которые в магазине складывают овощи и фрукты. Вернее, он придумал не сами пакеты, а надпись: «Открывать здесь», чтобы все знали, с какой стороны пытаться открыть. Джош говорит, эти два слова принесли тому парню полмиллиарда долларов.

Не знаю, зачем он мне это рассказывал. Или я должна восхищаться чем-то, что сделал отец его бывшей подружки? По правде говоря, Джош ведет себя не очень чутко.

Однако он очень хорошо повел себя с моими родителями. Войдя в квартиру, он подарил мне букетик для корсажа (десять крошечных роз, связанных вместе розовой ленточкой, совершенно потрясающий букетик, наверное, Джош заплатил за него долларов десять, не меньше, только я не могу не думать о том, что он выбирал его для другой девушки, в платье другого цвета) и поздоровался с папой за руку. Он сказал:

— Рад с вами познакомиться, Ваше Высочество.

Услышав такое, мама очень громко захохотала. Иногда она ведет себя так, что неловко становится.

Потом Джош повернулся к ней и говорит:

— А вы мать Миа? Бог мой, а я уж было подумал, что вы ее сестра.

Он сказал ужасную глупость, но мама, кажется, ему поверила. Когда Джош пожимал ей руку, она покраснела! Видно, я не единственная женщина из рода Термополис, которая поддалась чарам голубых глаз Джоша Рихтера.

Папа кхекнул и стал задавать Джошу всякие вопросы: на какой машине он приехал (на отцовском

БМВ), куда мы собираемся (и так известно) и когда намерены вернуться (Джош сказал, что к завтраку). Это папе не понравилось. Тогда Джош спросил:

— Сэр, в какое время вы бы хотели, чтобы мы вернулись?

«Сэр!» Джош Рихтер назвал моего папу «сэр»!

Папа посмотрел на Ларса и сказал:

— Самое позднее — в час ночи.

По-моему, это с его стороны очень мило, потому что обычно мне положено возвращаться в одиннадцать, даже в выходные. Конечно, если учесть, что со мной будет Ларс и что со мной совершенно ничего не может случиться, не очень-то хорошо с его стороны не разрешить мне вернуться, когда я захочу. Но бабушка мне говорила, что принцесса должна уметь пойти на компромисс, и я промолчала.

Потом папа задал Джошу еще несколько вопросов, например, куда он собирается поступать после школы (Джош еще не решил, но собирается подать заявку во все колледжи Лиги плюща[1]), что он собирается изучать (Джош сказал, что бизнес). Тогда мама спросила, чем ему не нравится гуманитарное образование, на что Джош ответил, что на самом деле он хочет получить специальность, которая гарантировала бы ему доход не меньше восьмидесяти тысяч долларов в год, а мама сказала, что в жизни существуют и более важные вещи, чем деньги. Тут я закричала:

— Боже, посмотрите на часы!

Я схватила Джоша за руку и потащила за дверь.

Джош, Ларс и я спустились к машине отца Джоша, Джош открыл для меня переднюю дверь. Тут Ларс

---

[1] Восемь старейших и наиболее престижных частных колледжей и университетов на северо-востоке США.

предложил, чтобы машину повел он, тогда мы с Джошем можем сесть вдвоем на заднее сиденье. Наверное, это было очень мило со стороны Ларса, но, когда мы с Джошем сели на заднее сиденье, оказалось, что нам совершенно не о чем разговаривать. То есть Джош, конечно, сказал что-то типа «Ты в этом платье очень красивая», а я сказала, что мне нравится его смокинг и поблагодарила за цветы, а после этого мы молчали примерно кварталов двадцать.

Честное слово. Мне было так неудобно! Я имею в виду, что меня не так часто приглашают мальчики, но с теми, с кем я все-таки встречалась, у меня никогда не было такой проблемы. Майкл Московитц, например, так тот просто рта не закрывает. Не понимаю, почему Джош ничего не говорил, совсем ничего. Я уж думала, не спросить ли его, с кем бы он хотел остаться на Земле, если бы настал конец света и если бы он мог выбирать между Уайноной Райдер и Николь Кидман, но потом решила, что недостаточно хорошо его знаю, чтобы задавать такие личные вопросы.

В конце концов Джош сам прервал молчание. Он спросил, правда ли, что моя мама встречается с мистером Джанини. Вообще-то мне следовало догадаться, что это станет известно, может быть, не так скоро, как то, что я принцесса, но рано или поздно обязательно всплывет. Я ответила, что да, правда, тогда Джош стал спрашивать, на что это похоже.

Я почему-то не смогла рассказать ему, что видела мистера Джанини в нашей кухне в одних трусах, мне показалось, что это будет... Не знаю, короче, не смогла, и все. Разве это не смешно? Майклу Московитцу, например, я запросто об этом рассказала, хотя он даже не спрашивал. Но Джошу не смогла, даже при том, что он смотрел мне в душу своими голубыми глазами и все такое прочее. Ну не странно ли?

Мы снова молчали. Наконец, наверное через миллион кварталов, мы подъехали к ресторану. Ларс передал машину служащему ресторана, и мы с Джошем вошли внутрь. Ларс обещал, что не будет с нами есть, а просто встанет у дверей и будет смотреть на всех, кто входит, суровым взглядом, прямо как Арнольд Шварценеггер. Оказалось, что в зале нас ждала вся свита Джоша. Не знаю толком почему, но я этому даже обрадовалась. Наверное, меня немного пугала перспектива сидеть еще час вдвоем с Джошем и молчать.

Но, слава богу, за большим длинным столом сидели все ребята его команды со своими подружками из команды болельщиц, оставалось только два свободных места во главе стола — для Джоша и меня.

Должна сказать, все вели себя очень мило. Девушки хвалили мое платье и спрашивали, как мне живется в качестве принцессы, каково это, проснуться утром и увидеть свою фотографию на обложке «Пост», ношу ли я когда-нибудь корону и все такое. Они все гораздо старше меня, некоторые учатся в выпускном классе, так что они уже совсем взрослые. Никто из них не заикнулся насчет моей плоской груди и не сказал еще какую-нибудь гадость, что бы обязательно сделала Лана, если бы она была здесь. Но с другой стороны, если бы здесь была Лана, здесь бы не было меня.

Больше всего меня поразило, что Джош заказал шампанское и никто не усомнился в его удостоверении личности, которое, конечно, было фальшивым. На столе и так уже стояло три бутылки, а Джош все заказывал и заказывал новые, потому что отец на этот вечер дал ему платиновую карточку «Америкэн экспресс». У меня это просто в голове не укладывалось. Неужели официанты не видели, что ему всего восемнадцать, а большинство ребят за нашим столом еще моложе?

А о чем думал сам Джош, напиваясь шампанским? Что, если бы с нами не было Ларса? Неужели Джош сел бы за руль отцовского БМВ в стельку пьяным? Поразительная безответственность! А ведь Джош считается лучшим учеником, ему доверят честь произнести прощальную речь при вручении дипломов!

А потом, не спросив моего мнения, Джош заказал обед для всего стола: всем филе-миньон. Наверное, это очень любезно с его стороны и все такое, но я не ем мяса и не стану его есть даже ради самого чуткого мальчика на свете. Но Джош даже не заметил, что я не притронулась к еде. Чтобы не остаться голодной, мне пришлось налегать на салат и хлеб.

Может, тайком выскользнуть из туалета, подойти к Ларсу и попросить его привезти что-нибудь овощное из «Изумрудной планеты»?

Интересно, что чем больше Джош выпивал шампанского, тем чаще он ко мне прикасался. Например, он все время клал руку на мое колено под столом. Сначала я думала, что это вышло случайно, но он сделал это в общей сложности четыре раза. А в последний раз еще и сжал мое колено!

Не думаю, что он пьяный в полном смысле этого слова, но он явно держится дружелюбнее, чем в машине по дороге сюда. Может быть, он просто чувствовал себя скованно, когда Ларс сидел совсем рядом, на переднем сиденье?

Ладно, кажется, пора выходить из туалета. Жалко только, что Джош меня заранее не предупредил, что мы встретимся с его друзьями, тогда я могла бы пригласить Тину Хаким Баба с ее парнем или даже Лилли с Борисом. Тогда мне, по крайней мере, было бы с кем поговорить.

Ладно, что толку теперь об этом думать.

Суббота, вечер, еще позже, женский туалет школы имени Альберта Эйнштейна

Почему?
Почему??
Почему???

Не могу поверить, что это происходит со мной! Я вообще не могу поверить, что это происходит на самом деле!

НУ ПОЧЕМУ, ПОЧЕМУ Я? Почему такие вещи всегда происходят только со мной???

Сейчас попытаюсь вспомнить, что бабушка говорила насчет поведения в кризисных ситуациях, потому что сейчас я явно нахожусь в кризисной ситуации. Я стараюсь дышать, как учила бабушка: вдох через нос, выдох через рот. Вдох через нос, выдох через рот...

КАК ОН МОГ СДЕЛАТЬ ЭТО СО МНОЙ??? КАК, КАК, КАК?????!!!

Честное слово, я готова просто разорвать его дурацкую физиономию. В конце концов, за кого он себя принимает? Вы знаете, что он сделал? Представляете, что он сделал? Сейчас я вам расскажу, что он сделал.

После того как мы усидели девять (девять!) бутылок шампанского — практически по одной на человека, за исключением меня, я выпила всего пару глотков, а это значит, что кто-то выпил и мою бутылку, — Джош и его друзья наконец решили, что пришло время двинуться на танцы. Да уж, пришло. Танцы начались всего лишь ЧАС назад. Мы собрались как раз «вовремя»!

Значит, мы вышли и стали ждать, пока служащий ресторана подгонит машину. Джош обнял меня за плечи, это было очень кстати, потому что мне было холодно в платье без рукавов, у меня, правда, была еще накидка, но она совсем тоненькая и прозрачная, как вуаль. Так что я была рада, что Джош обнял меня своей теплой рукой, и думала, что, может, все еще будет хорошо. Джош занимается греблей, так что руки у него очень сильные и мускулистые. Одно только плохо: от Джоша не так уж приятно пахнет, совсем не так, как от Майкла Московитца, от которого всегда пахнет мылом. Такое впечатление, что Джош принял ванну из туалетной воды «Драккар Нуар», а она, оказывается, в больших количествах пахнет довольно противно. Мне было даже трудно дышать. Но неважно. Несмотря на все это, я думала, что все, в сущности, не так уж плохо. Да, Джош не посчитался с тем, что я вегетарианка, но ведь любой может ошибиться, вы знаете. Зато мы придем на танцы, Джош снова заглянет мне в душу своими удивительными голубыми глазами, и все будет хорошо.

Господи, как же я ошибалась!

Во-первых, перед школой скопилась такая уйма машин, что мы едва смогли подъехать. Поначалу я не могла понять, в чем дело. Да, конечно, в субботний вечер перед школой имени Альберта Эйнштейна могло скопиться много машин, но чтобы столько... Я хочу сказать, это ведь всего-навсего школьный вечер. В Нью-Йорк-Сити у большинства детей вообще нет своих машин. Из тех, кто собрался на вечер, мы, наверное, единственные подъехали к школе на машине.

А потом я поняла, откуда такое столпотворение. Повсюду стояли фургоны телестудий и машины репортеров. Почти каждый шаг от улицы до школы освещали эти большущие яркие лампы. Повсюду снова репортеры, они дымили сигаретами, говорили по мобильным телефонам и чего-то ждали.

Чего они ждали?

Как выяснилось, меня.

Как только Ларс увидел софиты, он стал очень цветисто ругаться на каком-то языке, точно не на французском и не на английском, не знаю на каком, но по голосу было ясно, что он именно ругается. Я наклонилась вперед и спросила:

— Как они могли узнать? Откуда? Неужели им сказала бабушка?

Знаете, я не думаю, что это сделала бабушка правда, не думаю. Она просто не могла — после нашего разговора. Я бабушке четко объяснила, как я к этому отношусь. Я ей сделала внушение, как нью-йоркский полицейский наперсточнику. Я уверена, что бабушка никогда, никогда больше не наведет на меня репортеров без моего согласия.

Но репортеры были здесь, значит, кто-то им сообщил, и если это была не бабушка, то кто?

Джоша все эти телекамеры, софиты и все такое ничуть не смутили.

— Ну и что из этого, — сказал он. — Ты должна была уже к этому привыкнуть.

Ну да, как же. Я вам расскажу, как я к этому привыкла. Так привыкла, что при одной мысли о том, чтобы выйти из машины навстречу этим репортерам, пусть даже в обнимку с самым классным парнем из нашей школы, мне становилось так плохо, что я боялась, как бы меня не вывернуло наизнанку всем этим салатом и хлебом.

— Не дрейфь, — сказал Джош, — пусть Ларс припаркует машину, а мы с тобой совершим марш-бросок до школы.

Ларсу такой вариант совсем не понравился.

— Нет, так дело не пойдет. Лучше ты припаркуешь машину, а мы с принцессой добежим до школы.

Но Джош уже открывал дверь со своей стороны, держа меня за руку.

— Ну, давай, — сказал он, — живешь только раз.

Он первый вышел из машины и потянул меня за собой. И я, как последняя дура, ему позволила. Именно так и было. Я позволила ему вытащить меня из машины, потому что его рука, державшая мою, казалась такой большой, теплой, такой надежной, было так приятно чувствовать себя под его защитой. «Подумаешь, — говорила я себе, — ну что такого может случиться? Ну ослепят меня несколько фотовспышек, и что с того? Мы просто совершим марш-бросок до школы, как сказал Джош. Все будет хорошо».

Поэтому я сказала Ларсу:

— Все нормально, Ларс, поставь машину, а мы с Джошем пойдем вперед и скроемся в школе.

Ларс попытался возразить:

— Нет, принцесса, погоди...

Это было последнее, что я от него слышала, во всяком случае, в этот раз, потому что к этому времени мы с Джошем вышли из машины и Джош захлопнул за нами дверь. И тут вдруг все эти репортеры и фотографы побросали свои сигареты, перестали говорить по мобильным телефонам, поснимали крышки со своих объективов и разом накинулись на нас с криками:

— Это она, это она!

Джош потянул меня за собой вверх по лестнице, и я даже засмеялась, потому что мне все это впервые показалось смешным. Повсюду сверкали фотовспышки, слепя мне глаза, поэтому, когда мы бежали, я видела только ступени у себя под ногами. Я полностью сосредоточилась на том, чтобы приподнимать подол платья, иначе я могла споткнуться и упасть, мне пришлось целиком довериться руке, которая держала мою руку и вела меня вперед. Из-за того что я ни черта не видела, я полностью зависела от Джоша. Внезапно он остановился. Я подумала, что он сделал это потому, что мы дошли до дверей. Я думала, что мы стоим, потому что Джош открывает передо мной дверь. Сейчас-то я понимаю, как это глупо, но тогда я именно так и думала. Мне было видно двери: мы стояли прямо перед ними. Репортеры смотрели на нас снизу, с лестницы, выкрикивали какие-то вопросы и фотографировали. Какой-то оболтус завопил:

— Поцелуй ее, поцелуй ее!

Думаю, можно не объяснять, что это меня смутило. Поэтому вместо того, чтобы поступить по-умному, то есть открыть дверь самой и скрыться в школе, где я была бы в безопасности, где не было репортеров и никто не орал «Поцелуй ее!», я просто стояла, как законченная идиотка, и ждала, когда Джош откроет дверь.

А потом... Не знаю точно, что и как произошло дальше, помню только, что Джош снова обнял меня за плечи, притянул к себе и вдруг его рот впился в мой. Клянусь, ощущение было именно таким.

Он просто впился в мой рот, вспышки засверкали все разом, но, честное слово, это было совсем не так, как описывается в Тининых любовных романах. В тех книжках, когда мальчик целует девочку, у нее в глазах вспыхивает разноцветный фейверк и все такое. Я на самом деле видела огни, только это был никакой не фейерверк, а вспышки фотоаппаратов. Все, абсолютно все снимали первый поцелуй принцессы Миа.

Честное слово, я не шучу, как будто мало того, что это был мой первый поцелуй. Надо же было такому случиться, что мой первый поцелуй фотографировали корреспонденты «Тин пипл».

В книжках, которые так любит Тина, есть еще кое-что: когда девушка целуется в первый раз, у нее внутри разливается приятное тепло, ей кажется, что парень вытягивает из нее душу. Ничего подобного я не почувствовала, просто ничего мало-мальски похожего. Я чувствовала только смущение и неловкость. Честно говоря, ощущать, как меня целует Джош Рихтер, было не особенно приятно. Ощущение было какое-то странное, и только. Было очень странно чувствовать, как парень стоит рядом и прижимается своим ртом к моему. Вообще-то, если учесть, как часто я думала о том, что Джош — самый лучший парень на свете, я должна была бы хоть что-то почувствовать, когда он меня поцеловал. Но я чувствовала только смущение и ничего больше.

И, как в машине, когда мы ехали к ресторану, я все время ждала, когда же это кончится. У меня в голове вертелись только такие мысли: «Ну когда же он закончит? Правильно ли я все делаю? В кино, когда герои целуются, они поворачивают головы из стороны в сторону, может, мне тоже надо поворачивать голову?»

И вот, когда я уже думала, что не выдержу больше ни минуты, что умру от смущения прямо здесь, на ступенях средней школы имени Альберта Эйнштейна, Джош поднял голову, помахал репортерам рукой, открыл дверь и втолкнул меня внутрь школы. А здесь стояли и смотрели на нас абсолютно все, кого я знаю, все до одного, богом клянусь. Кроме шуток. Здесь были Тина с ее парнем из Тринити-колледжа, Дэйвом, оба смотрели на меня как-то ошарашенно. Здесь были Лилли с Борисом, и в кои-то веки у Бориса не было заправлено в брюки ничего, что не должно быть заправлено. На самом деле он выглядел даже симпатичным, конечно, на свой лад, как «ботаник» и гениальный музыкант. А Лилли была в прекрасном белом платье с блестками и с белыми розами в волосах. Здесь были Шамика и Линг Су со своими парнями и еще куча других ребят, которых я, наверное, знала, но без школьной формы не узнавала. Все смотрели на меня с одним и тем же выражением, примерно таким же, как у Тины, — полного изумления.

А еще тут был мистер Дж. Он стоял рядом с билетной будкой перед входом в кафе, где проходили танцы. Он выглядел еще более ошарашенным, чем кто бы то ни было. Ну, может, кроме меня. Должна признаться, из всех присутствующих я пребывала в состоянии самого сильного шока. Джош Рихтер только что меня ПОЦЕЛОВАЛ. Меня только что поцеловал ДЖОШ РИХТЕР. Джош Рихтер только что поцеловал МЕНЯ.

Я не забыла упомянуть, что он поцеловал меня в губы?

Ах да, и еще одна деталь: он поцеловал меня перед репортерами из «Тин пипл».

И вот я стою здесь, и на меня все смотрят, а снаружи еще слышны крики репортеров, а из кафе слышится «тумп, тумп, тумп» — это басы нашей акустической системы отбивают ритм хип-хопа — уступка нашим ученикам, выходцам из Латинской Америки. И тут у меня в голове начинают медленно поворачиваться колесики, и эти колесики выстукивают:

Он тебя подставил.

Он пригласил тебя на танцы только для того, чтобы его фотография попала в газеты.

Это он известил репортеров, что сегодня ты будешь здесь.

Пожалуй, Джош и с Ланой-то порвал только для того, чтобы иметь возможность хвастаться перед друзьями, что встречается с девушкой, которая стоит триста миллионов долларов. До тех пор, пока твоя фотография не попала на обложку «Пост», он тебя даже не замечал. Лилли была права: в тот раз, в «Байджлоуз», когда он тебе улыбнулся, у него и впрямь было расстройство зрения. Наверное, он думает, что, если он станет парнем принцессы Дженовии, это увеличит его шансы попасть в Гарвард, или куда там еще он собрался.

А я-то, как последняя дура, на это купилась.

Здорово, нечего сказать, просто класс.

Лилли считает, что я не умею настоять на своем. Ее родители считают, что я склонна загонять проблемы внутрь, копить все в себе и боюсь конфронтации. То же самое говорит и мама. Вот почему она дала мне этот блокнот, она надеялась, что я смогу хоть как-то выплеснуть наружу то, что не могу сказать ей. Если бы в свое время не выяснилось, что я принцесса, наверное, я бы до сих пор была такой, как они говорят, то есть не умела настоять на своем, копила бы все в себе, боялась конфронтации и все такое. Прежняя я, наверное, никогда бы не сделала того, что я сделала дальше. Но я, новая, повернулась к Джошу и спросила:

— Зачем ты это сделал?

Джош в это время хлопал себя по карманам, пытаясь найти билеты на вечер, чтобы предъявить их дежурным.

— Что сделал?

— Поцеловал меня вот так, перед всеми.

Наконец Джош нашел билеты в бумажнике.

— Не знаю, — сказал он. — Разве ты не слышала? Они кричали и требовали, чтобы я тебя поцеловал. Я так и сделал. А что?

— А то, что я от этого не в восторге.

— Не в восторге? — Джош, кажется, растерялся. — Ты хочешь сказать, что тебе не понравилось?

— Да, — говорю я. — Именно это я и имею в виду, мне не понравилось. Совсем не понравилось. Я, видишь ли, понимаю, что ты поцеловал меня не потому, что я тебе нравлюсь. Ты поцеловал меня только потому, что я — принцесса Дженовии.

Джош посмотрел на меня так, как будто у меня крыша съехала.

— Но это же бред сумасшедшего, — сказал он, — ты мне нравишься, даже очень.

— Я не могу тебе «очень нравиться», это невозможно. Ты меня даже не знаешь толком. Я думала, ты для того и пригласил меня на вечер, чтобы узнать получше, но ты даже не попытался это сделать. Оказывается, тебе всего лишь хотелось увидеть свою фотографию на обложке «Экстры».

В ответ Джош засмеялся, но я заметила, что он избегает смотреть мне в глаза. Глядя в пол, он спросил:

— Я тебя не знаю? Что ты хочешь этим сказать? Конечно, я тебя знаю.

— Ничего подобного. Если бы ты меня знал, ты бы никогда не заказал мне на обед говядину.

Я услышала, как по рядам моих знакомых прошел ропот. Наверное, они поняли, какую серьезную ошибку допустил Джош, даже если он сам этого не понимал. Но он тоже услышал их реакцию, и его следующие слова были обращены не только ко мне, но и к ним.

— Я заказал девушке говядину, ну и что из этого? — Он развел руками, словно говоря: «Вот он я, весь перед вами». — Разве это преступление? Между прочим, это было не что-нибудь, а филе-миньон.

— Послушай, ты, социопат, — сказала Лилли самым злобным голосом, каким только могла, — Миа вегетарианка.

Кажется, это известие не очень расстроило Джоша. Он только пожал плечами и заметил:

— Ну, ошибся, ну, бывает.

Он повернулся ко мне и как ни в чем не бывало сказал:

— Потанцуем?

Но я не собиралась танцевать с Джошем. Я вообще не собиралась никогда больше ничего делать вместе с Джошем. Мне не верилось, что после всего, что я ему наговорила, он мог подумать, что я соглашусь с ним танцевать. Видно, этот парень действительно социопат. Как мне только в голову могло прийти, что он способен заглянуть мне в душу? Как???

Мне стало все противно, и я сделала единственное, что может сделать девушка в такой ситуации: я повернулась к Джошу спиной и пошла прочь.

Вот только выйти из школы я не могла, если, конечно, не хотела, чтобы репортеры сфотографировали меня крупным планом, всю в слезах, поэтому мне оставалось только одно — скрыться в женском туалете.

До Джоша наконец дошло, что я дала ему от ворот поворот. К тому времени к школе подкатили все его дружки. Они как раз входили в двери, когда Джош развел руками и с кислой миной пробормотал:

— Черт, это был всего лишь поцелуй!

Я круто повернулась:

— Это был не просто поцелуй! — Я по-настоящему разозлилась. — Может, ты и хотел представить дело так, будто это был просто поцелуй. Но мы с тобой оба понимаем, что это было: рекламная акция. И ты запланировал ее еще тогда, когда увидел мой снимок в «Пост». Что ж, Джош, спасибо тебе, конечно, но я могу сделать себе рекламу без твоей помощи. Ты мне не нужен.

Потом я протянула руку к Ларсу за дневником, взяла его и гордо удалилась в туалет. Где и сижу сейчас, записывая все это.

Господи боже, вы можете в это поверить? Я хочу сказать, что я впервые в жизни поцеловалась, это был мой самый первый поцелуй, а на следующей неделе он попадет во все газеты и молодежные журналы по всей стране. Пожалуй, фотографию могут напечатать и некоторые международные издания, например «Мэджести», который следит за жизнью молодых членов королевских семей Великобритании и Монако. Как-то раз они посвятили целую статью гардеробу

Софии, жены принца Эдварда, оценив каждую вещь по десятибалльной шкале. Статья так и называлась: «На свет из гардеробной». Пожалуй, недалеко то время, когда «Мэджести» начнет следить и за мной, станет оценивать мой гардероб и моих мальчиков. Интересно, какую подпись они дадут под нашей с Джошем фотографией? «Юная принцесса влюбилась»?

Б-р-р!!!

Самое смешное во всем этом то, что я нисколечки не влюблена в Джоша Рихтера. То есть это, конечно, было бы неплохо — кого я пытаюсь обмануть, это было бы здорово! — иметь мальчика. Иногда мне кажется, что со мной что-то не в порядке, раз у меня до сих пор нет ни одного. Но суть в том, что по мне лучше уж совсем не иметь друга, чем иметь такого, кому я нужна только из-за денег, или только потому, что мой папа — принц, или еще по какой-нибудь причине такого типа, а не сама по себе, потому что я ему просто нравлюсь.

Конечно, теперь, когда все знают, что я принцесса, будет довольно трудно определить, кому из мальчиков нравлюсь я сама, а кому — моя корона. По крайней мере, хорошо, что я раскусила Джоша до того, как дело зашло слишком далеко.

И как он только мог мне нравиться? У него ко мне чисто потребительское отношение. Он меня просто использовал! Он нарочно причинил боль Лане, а потом попытался использовать меня в своих целях. А я-то ему подыграла, как последняя дурочка, пошла у него на поводу, как глупый щенок.

Что же мне делать? Когда папа увидит фотографию, он на стенку полезет от ярости. Мне ни за что не удастся ему объяснить, что я в этом не виновата. Вот если бы я дала Джошу под дых перед репортерами, тогда папа, может, еще и поверил бы, что я в этом не участвовала... А может, и тогда не поверил бы. Теперь меня никогда, никогда не отпустят на свидание с мальчиком.

Под дверью моей кабинки показались чьи-то туфли. Кто-то пришел со мной поговорить.

Это Тина. Тина спрашивает, все ли со мной в порядке. Она не одна, с ней кто-то еще. Боже, я узнаю эти туфли! Это туфли Лилли! Лилли пришла с Тиной узнать, все ли со мной в порядке!

Лилли действительно снова со мной разговаривает. Она меня больше не критикует, не возмущается моим поведением. Она через дверь просит у меня прощения за то, что смеялась над моей прической, и признает, что вела себя слишком по-командирски. Лилли говорит, что знает за собой такой недостаток, что у нее пограничное психическое состояние, проявляющееся в повышенной авторитарности, и что теперь она будет следить за собой и постарается не указывать всем и каждому, и в особенности мне, как им жить и что делать.

Вот это да! Лилли признает, что была в чем-то не права! Ушам своим не верю. Этого просто не может быть!

Они с Тиной хотят, чтобы я вышла из кабинки и пошла с ними в зал. Но я им сказала, что не хочу. Мне будет очень неловко: все вокруг парочками, а я, как дура, буду болтаться одна.

А Лилли и говорит:

— Ну, с этим как раз все в порядке, тебе не придется быть одной. Здесь Майкл, и он весь вечер, как дурак, болтается один.

Майкл Московитц пришел на школьный вечер? Не может быть! Он никогда никуда не ходит, кроме как на лекции по квантовой физике и все такое!

На это стоит взглянуть своими глазами.

Я выхожу из туалета.

Потом допишу.

19 октября, воскресенье

Я только что проснулась от самого странного на свете сна. Мне приснилось, что мы с Лилли больше не в ссоре, что она подружилась с Тиной, что Борис Пелковски, когда при нем нет его скрипки, оказался, в сущности, не таким уж плохим парнем, что мистер Джанини сообщил, что за девятую неделю он сможет повысить мне оценку до тройки, что мы с Майклом Московитцем танцевали медленные танцы, что Иран бомбил Афганистан, поэтому все газеты пишут только о начале войны, и фотография, на которой я целуюсь с Джошем, не попала ни в газеты, ни даже в выпуски новостей.

Но это был не сон. Все это происходило не во сне, а на самом деле!

Сегодня утром я проснулась оттого, что моему лицу стало мокро. Я открыла глаза и увидела, что лежу во второй кровати в комнате Лилли, а мое лицо лижет шелти ее брата. Честное слово! Этот пес всю меня обслюнявил.

А мне было все равно. Ну и пусть Павлов мажет меня слюнями, если ему так хочется! Главное, что моя лучшая подруга снова со мной дружит! Я больше не заваливаю алгебру! Папа не убьет меня за то, что я целовалась с Джошем Рихтером!

Ах да, и еще, кажется, я немного нравлюсь Майклу Московитцу.

Я так счастлива, что даже с трудом пишу.

Когда вчера вечером я выходила из школьного туалета с Лилли и Тиной, кто бы мог подумать, что впереди меня ждет такое счастье. Из-за этой истории с Джошем я была в жутенной депрессии, да, в жутенной — правда, хорошее слово? Я подцепила его у Лилли.

Но когда я вышла из туалета, Джош исчез. Позже Лилли мне рассказала, что, после того как я его публично отчитала и гордо удалилась в женский туалет, Джош пошел танцевать и казалось, что его все это не особенно задело. Что было дальше, Лилли точно не знала, потому что мистер Дж. попросил ее и Тину зайти в туалет и узнать, как там я. (Очень мило с его стороны, правда?) Но я догадываюсь, что Ларс применил к Джошу особый нервно-паралитический газ или еще что-нибудь в этом роде, потому что, когда я увидела Джоша в следующий раз, он сидел, упав на экспозицию островов Тихого океана и уткнувшись лбом в модель вулкана Кракатау. За весь вечер он так и не пошевелился. Мне только сейчас пришло в голову, что, может, это из-за выпитого шампанского.

Как бы то ни было, Лилли, Тина и я присоединились к Борису и Дэйву — кстати, Дэйв очень славный парень, хотя он и учится в Тринити, — и Шамике с ее парнем, Аланом, и Линг Су с ее парнем, Клиффордом. Мы все устроились возле столика, который они немного расчистили. Это был столик Пакистана. Выставка, которую спонсировал экономический клуб, показывала падение сбыта риса. На столе лежали маунды (это пакистанская мера веса) риса. Короче говоря, мы отодвинули часть этих рисовых гор в сторону и сели прямо на стол, чтобы все видеть.

Вдруг, откуда ни возьмись, появился Майкл. В смокинге, который мама его заставила купить ко дню совершеннолетия его двоюродного брата Стива, он выглядел свежим, как молодой месяц. Забавное выражение, правда? Я подцепила его у Майкла. Майклу и правда не к кому было приткнуться. Директриса Гупта заявила, что Интернет — это не культура, поэтому компьютерному клубу не разрешили оформить отдельный стол, и тогда ребята из клуба из принципа бойкотировали Праздник многообразия культур.

Но Майкл, похоже, наплевал на решение компьютерного клуба, хотя он у них и казначей. Он сел рядом со мной и стал спрашивать, как я. Потом мы немного посмеялись на тему, что команда болельщиц не демонстрирует никакого многообразия культур, потому что они все явились одетыми почти одинаково, в обтягивающих черных платьях от Донны Каран. Потом кто-то завел разговор про «Стар Трек», мы стали обсуждать серию про путешествие в глубокий космос и заспорили, есть ли кофеин в кофе, приготовленном репликатором. Майкл утверждал, что все, что выходит из репликатора, готовится из отходов, поэтому, если заказать, к примеру, фруктовое мороженое, может оказаться, что оно приготовлено из мочи, из которой удалены микробы и загрязнения. Всем стало противно, но тут музыка сменилась, заиграли медленный танец, и все встали со стола и пошли танцевать. Все, кроме меня и Майкла, конечно. Мы остались сидеть между гор риса.

Между прочим, это было не так уж плохо, потому что у нас с Майклом никогда не кончались темы для разговора, не то что с Джошем. Некоторое время мы еще спорили насчет репликатора, потом заспорили о том, кто лучше как командир: капитан Пикард или капитан Кирк. В это время к нам подошел мистер Джанини и спросил, как я себя чувствую.

Я ответила, что прекрасно, и тут он мне говорит, что рад это слышать и что, кстати, по итогам моих последних оценок за упражнения, которые он мне каждый день задает, у меня по алгебре вместо двойки выходит тройка, с чем он меня и поздравляет и желает и дальше продолжать трудиться так же упорно.

Но я сказала, что своими успехами в математике обязана Майклу. Это он учил меня не писать алгебру в этом дневнике, записывать строчки аккуратнее и отчеркивать числа, которые я занимаю при делении. Майкл смутился и стал говорить, что он тут ни при чем, но мистер Джанини не слышал: он поспешил к группе готов[1], чтобы отговорить их устраивать демонстрацию протеста. Организаторы вечера не разрешили им выставить стол, посвященный последователям культа сатаны, и готы решили, что это несправедливо.

Заиграла быстрая музыка, все вернулись с площадки, мы сели рядом и заговорили про передачу Лилли. Тина Хаким Баба решила стать ее продюсером. Мы узнали, что Тине выдают на карманные расходы пятьдесят долларов в неделю, теперь она будет не покупать книги, а брать их в библиотеке, а деньги сможет вкладывать в продвижение передачи «Лилли рассказывает все, как есть». Лилли спросила, не соглашусь ли я стать гостьей ее следующей передачи под названием «Новая монархия: члены королевских семей, которые опровергают стереотипы».

---

[1] Имеются в виду поклонники «готической» музыки.

Я пообещала ей эксклюзивные права на свое первое публичное интервью, если она пообещает спросить о моем отношении к мясной промышленности.

Потом снова заиграли медленный танец, и все снова встали и пошли танцевать. Мы с Майклом снова остались сидеть среди риса. Я собиралась спросить у него, с кем бы он хотел остаться вдвоем, если бы Армагеддон уничтожил все остальное население: с Баффи — Истребительницей вампиров, или с маленькой ведьмой Сабриной, но не успела: он спросил, не хочу ли я потанцевать. Я так удивилась, что согласилась не раздумывая. И вот не успела я и глазом моргнуть, как впервые в жизни танцевала с мужчиной, который не является моим папой.

И это был медленный танец!

Медленные танцы, они такие странные... На самом деле это даже не совсем танцы, двое просто стоят, обнимая друг друга, и просто переступают с одной ноги на другую под музыку. И кажется, при этом не полагается разговаривать. Во всяком случае, никто вокруг нас не разговаривал. Кажется, я понимаю почему: когда танцуешь медленный танец, тебя настолько поглощают всякие ощущения, что становится довольно трудно думать над словами. Это я к тому, что от Майкла очень приятно пахло чем-то вроде дорогого мыла, и вообще было приятно просто чувствовать его рядом. Бабушка выбрала для меня очень красивое платье и все такое, но я в нем немного замерзала, поэтому было очень приятно стоять так близко к Майклу, который был очень теплый, до того приятно, что я была почти не в состоянии что-нибудь говорить.

Наверное, Майкл чувствовал то же самое, потому что во время танца он тоже молчал, хотя, когда мы сидели за столом среди всего этого риса, у нас было так много тем для разговора, что мы оба болтали без умолку.

Как только песня закончилась, Майкл сразу заговорил снова. Он спросил, не хочу ли я тайского чаю со льдом со столика Таиланда или, может, чего-нибудь японского со стола клуба любителей японского аниме. Для человека, который никогда не бывал ни на одном школьном мероприятии, за исключением собраний компьютерного клуба, Майкл проявлял удивительный энтузиазм. Он как будто наверстывал на этом вечере все, что упустил на остальных.

До конца вечера так и продолжалось: во время быстрых песен мы сидели и разговаривали, а под медленные танцевали. И, знаете, я сама не поняла, что мне больше понравилось: разговаривать с Майклом или танцевать с ним. И то, и другое было очень, как бы это сказать, интересно. Только, конечно, по-разному.

Когда вечер закончился, мы все загрузились в лимузин, который мистер Хаким Баба прислал за Тиной и Дэйвом. Фургоны телестудий к тому времени все разъехались, потому что стало известно про бомбардировку. Наверное, они поехали осаждать иранское посольство. Из лимузина я по сотовому позвонила маме и спросила, можно ли мне остаться переночевать у Лилли — именно туда мы все направлялись. Мама без единого вопроса разрешила, из чего я сделала вывод, что она уже поговорила с мистером Джанини и тот ввел ее в курс дела о событиях сегодняшнего вечера. Интересно, сказал он ей, что повысил мне оценку до тройки, или нет...

Если разобраться, он мог бы поставить мне и три с плюсом. Я проявила полное понимание в его отношениях с моей мамой, такая лояльность должна быть вознаграждена.

Кажется, мистер и миссис Московитц немного удивились, когда мы ввалились к ним в дом все вдесятером. Если считать с Ларсом и Вахимом, нас было даже двенадцать. Особенно они удивились, увидев Майкла: они вообще не заметили, как он выходил из своей комнаты. Однако они разрешили нам оккупировать гостиную. Мы играли в «Конец света» до тех пор, пока мистер Московитц не спустился к нам в пижаме и не сказал, что всем пора по домам, а ему пора спать, потому что у него рано утром тренировка с инструктором по тай-чи.

Все, кроме меня и Московитцев, попрощались и набились в лифт. Даже Ларса подбросили до «Плазы». Теперь, когда меня заперли на ночь, он мог считать себя свободным от обязанностей. Я взяла с него обещание, что он не расскажет папе про поцелуй. Он обещал не рассказывать, но с этими мужчинами никогда ничего не знаешь наверняка. У них есть свой собственный тайный язык. Я снова об этом вспомнила, когда увидела, как Ларс и Майкл прощаются, ударяясь ладонями поднятых рук, перед тем как Ларс уехал.

А вот что было самым удивительным за прошлую ночь. Я узнала, чем Майкл все время занимается в своей комнате. Он мне показал, но заставил поклясться, что я никому не расскажу, даже Лилли. Наверное, мне даже не стоило писать это в дневник — вдруг кто-нибудь его найдет и прочитает. Могу только сказать, что Лилли зря тратит время, восхищаясь Борисом Пелковски, гениальный музыкант есть в ее собственной семье.

И подумать только, Майкл за всю жизнь не брал ни одного урока музыки! Он научился играть на гитаре совершенно самостоятельно и сам пишет все свои песни. Он мне одну сыграл, она называется «Высокий стакан воды». Эта песня поется от лица мальчика, который влюблен в красивую девушку очень высокого роста, а она об этом даже не догадывается. Я предсказываю, что в один прекрасный день эта песня займет первое место в хит-параде «Биллборд». А Майкл Московитц когда-нибудь станет так же знаменит, как Пафф Дэдди.

Только когда все разошлись, я вдруг поняла, как сильно устала. День был очень, очень длинный. Я порвала с мальчиком, с которым у меня было всего одно, нет, даже не одно, а половина свидания. Такие вещи бывают очень тяжелы в эмоциональном отношении.

И все-таки утром я проснулась рано, как всегда бывает, когда я ночую у Лилли. Я лежала в кровати, рядом пристроился Павлов, и слушала, как внизу, на Пятой авеню, шумят машины. Шум транспорта был не очень громким, потому что у Московитцев в окнах установлены специальные шумопоглощающие пакеты. Лежала я, лежала и думала: «Если разобраться, я очень счастливая девочка». Некоторое время тому назад жизнь представлялась мне в довольно мрачном свете, но разве не удивительно, как хорошо все в конце концов устроилось, причем само собой?

Из кухни послышалась какая-то возня. Наверное, Майя уже там, готовит завтрак и разливает по стаканам апельсиновый сок без мякоти. Я собираюсь пойти к ней и спросить, не нужна ли какая помощь.

Сама не знаю почему, но я очень счастлива!

Похоже, для счастья нужно не так уж много, правда?

Воскресенье, ночь

Сегодня вечером к нам в мансарду нагрянула бабушка с папой на буксире. Папа хотел узнать, как прошли танцы. Ларс ему ничего не рассказал! Господи, какой же он хороший! Я люблю своего телохранителя! А бабушка пришла, чтобы сообщить, что ей нужно уехать на неделю, поэтому наши уроки на некоторое время прекращаются. Она сказала, что ей пора нанести визит какому-то господину по имени Баден-Баден. Наверное, это друг другого господина с похожей фамилией, с которым бабушка одно время встречалась. У того тоже было двойное имя, Бутрос-Бутрос или что-то в этом роде.

Ну вот, даже у моей бабушки есть бойфренд!

Как бы то ни было, они с папой объявились у нас в мансарде без предупреждения. Видели бы вы выражение лица моей мамы! У нее был такой вид, как будто ее сейчас затошнит. Особенно когда бабушка начала было ее отчитывать за беспорядок в мансарде. (В последние дни у меня совсем не было времени на уборку.)

Чтобы отвлечь бабушкино внимание от мамы, я сказала, что провожу ее до лимузина, и по дороге рассказала ей все про Джоша, от начала до конца. Кажется, ей было интересно, наверное, потому, что в моем рассказе было все, что ей нравится: и репортеры, и классные парни, и поруганные сердца, и растоптанные чувства, и все такое.

Как бы то ни было, пока мы стояли на углу, прощаясь до следующей недели (представляете, целую неделю — никаких уроков принцессы! Всенародное ликование!), мимо проходил Слепой парень. Он шел по тротуару, постукивая своей тросточкой, остановился на углу и стал ждать, когда появится следующая жертва, которая согласится помочь ему перейти улицу. И представляете, бабушка попалась в его ловушку. Увидев его, она начала мне говорить:

— Амелия, подойди и помоги этому несчастному молодому человеку перейти улицу.

Я-то знала, что этого делать не стоит, поэтому я ответила:

— Ни за что.

Бабушка была потрясена.

— Амелия! Ты знаешь, что является одной из важнейших добродетелей принцессы? Ее неизменная доброта к незнакомым людям. А теперь иди и помоги этому молодому человеку.

Я опять говорю:

— Нет, бабушка, ни за что. Если ты думаешь, что ему так нужна помощь, помоги ему сама.

И бабушка, вся сгорбившись, — наверное, она решила продемонстрировать мне свою неизменную доброту, чтобы мне стало стыдно, — подошла к Слепому парню и фальшивым таким голосом говорит:

— Молодой человек, разрешите, я вам помогу...

Слепой парень тут же схватил ее за руку. Видно, ему понравилось то, что он ухватил, потому что дальше я услышала:

— О, мэм, спасибо вам огромное.

И они с бабушкой стали переходить Спринг-стрит. Честное слово, я не думала, что Слепой парень попытается лапать мою бабушку, иначе я бы не позволила ей ему помогать. Я хочу сказать, бабушка давно уже не первой молодости, если вы понимаете, что я имею в виду. Не могу себе представить, чтобы какой-то парень, пусть даже незрячий, стал бы ее лапать. Но вдруг я услышала, как бабушка вопит что есть мочи. Ее водитель тут же бросился к ней на помощь. Но бабушка, оказывается, не нуждалась в помощи. Она врезала Слепому по физиономии своей сумочкой, да с такой силой, что сбила с него очки. Тут сразу стало ясно, что этот Слепой — вовсе не слепой.

И вот что я вам скажу: мне кажется, этот парень теперь не скоро отважится совершать прогулки по нашей улице.

После всех этих криков я почти с удовольствием вернулась домой, чтобы до конца дня делать домашнюю работу по алгебре. Мне нужно было побыть некоторое время в тишине и покое.

Принцесса
в центре внимания

«Когда жизнь становится невыносимой,
Сразу начинаешь думать, как тяжело быть принцессой.
Но я говорю себе:
Я — принцесса.
И мне становится легче».

Фрэнсис Ходсон Барнетт,
«Маленькая принцесса»

20 октября, понедельник, 8 часов утра

Сижу спокойно на кухне, ем кукурузные хлопья с молоком. Ничего особенного, обычное утро понедельника. И вдруг вижу — мама выходит из ванной, но в каком виде! Волосы растрепаны, вся бледная, и вместо кимоно — махровый халат. Ну, понятно, опять мигрень.

— Мамочка, достать аспирин?

Она посмотрела как будто сквозь меня и, шатаясь, подошла к столу.

— Нет. Спасибо, не надо, — с трудом проговорила она и тяжело опустилась на стул. Мне вдруг стало страшно. Я вскочила, подбежала к ней, обняла и спросила, что случилось.

Мама посмотрела на меня. Глаза ее странно блестели.

— Миа! — торжественно произнесла она. — Я беременна.

О господи. О ГОСПОДИ, БОЖЕ МОЙ!

Она беременна от моего учителя по алгебре.

20 октября, понедельник, моя комната

А мне все равно. Даже не собираюсь огорчаться. Но вот как не думать об этом? Мама станет матерью-одиночкой. Опять.

Казалось, жизнь уже преподала ей урок — со мной. А вот и нет.

Впрочем, я рассуждаю так, будто у меня нет своих проблем.

Мне бы с ними разобраться.

СПИСОК ПРОБЛЕМ

1. В нашем классе я выше всех.
2. При этом — самая тощая.
3. Грудь так и не растет.
4. Месяц назад мама начала встречаться с моим учителем алгебры.
5. Тогда же обнаружилось, что я — единственная наследница престола в каком-то крохотном европейском государстве.
6. В результате мне теперь приходится терпеть уроки королевского этикета с бабушкой — мамой отца. *Каждый день.*

7. В декабре мне предстоит представиться моим новым соотечественникам на национальном телевидении (в государстве Дженовия, их там всего-то пятьдесят тысяч, но все равно страшно).

8. У меня нет парня!

И вот в придачу ко всему этому еще и мама, не имея законного мужа, собирается родить ребенка. Еще одного ребенка.

Спасибо, мамочка. Большое тебе спасибо.

20 октября, понедельник, урок алгебры

Просто поверить не могу! Нет, этого не может быть!

Она ему не сказала. Мама беременна от моего учителя алгебры *и до сих пор не сообщила ему об этом.*

Я это поняла, потому что, когда вошла утром в класс, мистер Джанини как ни в чем не бывало поздоровался:

— Привет, Миа, заходи.

«Привет, Миа, заходи».

Еще бы спросил, как дела.

А как он должен вести себя с дочерью беременной от него женщины? Например, отозвать в сторонку, броситься на колени и умолять понять и простить. Вот, это подходит.

На алгебре я не могла оторвать взгляда от мистера Дж. и все время думала, на кого будет похож мой братик или сестричка. Мама — брюнетка с темными глазами, как Кармен Сандиего. Я на нее совсем не похожа. Я — какая-то биологическая аномалия, честное слово. Ни тебе красивых кудрявых черных волос, как у нее, ни стройной фигуры...

А мистер Дж. внешне очень даже ничего. Высокий, и прическа красивая (папа-то лысый как колено). Разве что ноздри у мистера Дж. слишком большие. Совершенно немыслимые огромные ноздри.

Надеюсь, что у ребенка нос будет как у мамы, а считать дроби он будет так же хорошо, как мистер Дж. Забавно, что мистер Джанини еще ничего не знает.

Понедельник, урок английского

Отличилась наша училка... Говорит, в этом семестре мы должны будем вести дневники. Делать мне больше нечего... Я и так, например, веду.

Вот что она вздумала: будет в конце каждой недели эти дневники *собирать*. Ей, видите ли, хочется получше нас узнать. Надо начать с рассказа о себе: кто мы такие, как живем, как проводим свободное время; перечислить, из чего состоит наша жизнь. Потом надо будет перейти к описанию сокровенных мыслей и чувств.

Она, видимо, совсем с ума сошла. Можно подумать, я позволю какой-то там миссис Спирс копаться в моих сокровенных мыслях и чувствах. Я даже маме почти ничего не рассказываю. А теперь, значит, я должна раскрыть душу перед своей учительницей английского?

А о том, чтобы отдать кому-нибудь этот дневник, вообще не может быть и речи. Здесь я пишу то, о чем никто не должен знать. Да с какой стати? А если все прочитают, что мама беременна от нашего математика?

Я просто начну новый дневник. Другой. Поддельный. Вместо описания своих сокровенных мыслей навру с три короба и сдам училке, пусть зачитывается.

Врать-то я умею, миссис Спирс ничего не заметит.

ДНЕВНИК

Миа Термополис

**НЕ ВЛЕЗАЙ, УБЬЕТ!!!
КАСАЕТСЯ ВСЕХ,
КРОМЕ МИССИС СПИРС!!!!!**

Вступление

ИМЯ

Амелия Миньонетта Гримальди Термополис Ренальдо. Коротко — Миа.

ВОЗРАСТ

Четырнадцать лет.

ВНЕШНОСТЬ

Рост — пять футов девять дюймов.

Волосы стриженые, русые (мелированные).

Глаза серые.
Размер обуви — 10.
Остальное не имеет значения.

РОДИТЕЛИ
Мама — Хелен Термополис, художница.
Папа — Артур Кристофф Филипп Джерард Гримальди Ренальдо, принц Дженовии.

СЕМЕЙНОЕ ПОЛОЖЕНИЕ РОДИТЕЛЕЙ
Мои родители встретились в колледже, но так и не поженились и до сих пор одиноки. Может, так даже лучше, потому что когда они рядом, то всегда ссорятся.

ДОМАШНИЕ ЖИВОТНЫЕ
Только кот Толстый Луи. Бело-рыжий, двадцать пять фунтов. Восемь лет, шесть из них сидит на диете. Когда Луи обижается (например, за то, что его забыли покормить), он может сожрать носок. Кроме того, он любит маленькие блестящие предметы. Луи таскает пробки от пивных бутылок и загоняет их под мой диван.

ЛУЧШАЯ ПОДРУГА
Мою лучшую подругу зовут Лилли Московитц. Мы дружим с самого детского сада. С ней всегда страшно весело, потому что она очень умная и ведет собственное телешоу «Лилли рассказывает все, как есть». Она всегда выдумывает что-нибудь забавное, например, как-то предложила украсть пенопластовый макет Парфенона, который ученики греко-латинского класса приготовили для выпускного спектакля, а потом назначить за него выкуп в десять фунтов леденцов.

Я не сообщаю, что мы сделали это, миссис Спирс. Я просто говорю о том, на что способна Лилли.

МОЛОДОЙ ЧЕЛОВЕК
Хотелось бы.

ДОМАШНИЙ АДРЕС
Всю свою жизнь я прожила в Нью-Йорке вместе с мамой. Впрочем, лето я по традиции провожу с отцом во дворце его матери во Франции. Основная резиденция моего отца находится в Дженовии. Это маленькая страна в Европе, где-то в Средиземноморье, между Италией и Францией. Долгое время я думала, что мой отец — крупный дженовийский политик, вроде премьер-министра. Никто не говорил мне, что он — член королевской фамилии и, по сути, правящий там монарх, а Дженовия — княжество, вроде Монако. Я думаю, что никогда об этом и не узнала бы, если бы не выяснилось, что отец тяжело болен и детей, кроме меня, у него не будет. То есть сначала появилась я, а потом заболел отец. И в результате я, его внебрачный ребенок, оказалась единственной наследницей трона. Все это я узнала примерно месяц назад, когда отец приехал в Нью-Йорк и поселился в «Плазе», а его мать, моя бабушка, вдовствующая принцесса, начала обучать меня всему, что необходимо знать наследнице престола.

Все это было бы смешно, если бы не было чистой правдой.

20 октября, понедельник, ланч

Ну вот, Лилли теперь все знает.

Может быть, она знает и не ВСЕ, но догадывается. Мы дружим с детского сада, и она всегда замечает, когда меня что-то тревожит. Наша с Лилли внутренняя связь гораздо больше, чем просто дружба.

И сегодня, стоило только Лилли глянуть во время перемены на меня, ей сразу стало ясно — что-то не так...

— Что случилось? — спросила она. — Я же вижу, тебя что-то мучает. Луи заболел? Он сожрал носок и отравился?

Если бы. Тут все намного серьезнее. Хотя когда Луи давится носком, то это тоже жутковато. Носок застревает где-то внутри Луи, и нам приходится мчаться к ветеринару. Тот вытаскивает из Луи носок, чтобы кот не помер. Это какой-то кошмар: кот орет, вырывается, царапается... Но в конце концов, когда доктор достает носок, а это удовольствие на тысячу долларов, то Луи быстро успокаивается и снова становится нормальным.

Но сейчас все намного хуже, и нормально, так как раньше, уже не будет никогда.

Это так ужасно. Так странно. Что мама с мистером Джанини... Ну, это... Были вместе.

Да еще и ребенка сделали. Нас без конца грузят рекламами о противозачаточных средствах. А САМИ?

Я ответила Лилли, что все в порядке, ничего не случилось, просто живот болит. Как назло, именно в этот момент подошел мой телохранитель Ларс, который болтал с телохранителем Тины Хаким Баба, Вахимом. У Тины есть телохранитель, потому что ее отец — шейх, нефтяной король, который боится, что дочку похитят конкуренты, владельцы другой нефтяной компании. У меня тоже есть телохранитель, потому что я принцесса.

Так о чем это я? Да, неловко получилось. Ну зачем Ларсу знать, что и где у меня болит?

А что еще я могла придумать? Больше ничего подходящего в голову не пришло.

Ларс даже ланч не доел, видимо, аппетит пропал.
Ну что за неудачный день сегодня?

Лилли, конечно, мне не поверила. Иногда она чем-то напоминает маленьких противных собачонок, которых выгуливают старушки в городских парках. Не лицом, конечно, а манерой прицепиться к человеку и не оставлять в покое. Вот и сегодня...

— Да ну? О чем же ты с самого утра все пишешь и пишешь в дневнике? Я думала, ты злишься на маму, что она подарила тебе этот дневник. Я была уверена, ты забросишь его и не будешь ничего записывать.

Действительно, я злилась, когда мама подарила мне дневник и сказала, что во мне много скрытого гнева и враждебности к окружающему миру, а эти отрицательные эмоции необходимо как-то выражать, нельзя накапливать в себе. Вроде бы я страдаю врожденной неспособностью открыто, вслух выражать свои чувства.

Я думаю, мама тогда много общалась с родителями Лилли. Они оба психоаналитики. Ну и, видимо, слышала обо всем этом краем уха.

Узнав, что я — принцесса Дженовии, я действительно начала записывать в дневнике свои мысли и чувства обо всем на свете. И когда перечитываю, то понимаю: у меня действительно много враждебности к окружающему миру.

Но то, что было тогда, не сравнить с тем, что я чувствую сейчас.

Не могу сказать, что я чувствую *враждебность* по отношению к маме или мистеру Джанини. Они взрослые, у них своя жизнь. Они сами решают, как поступать, и отвечают за свои поступки. Но они, что, не видят, что это их конкретное решение касается не только их двоих, но и всех окружающих? Например, бабушке НЕ понравится, что мама собирается родить еще одного ребенка вне законного брака.

А папа? У него уже и так обнаружили раковую опухоль. И он вообще может умереть, если узнает, что мать его единственного ребенка собирается родить еще одного, да к тому же от другого мужчины. Хотя вряд ли отец все еще любит маму. Не думаю.

А Толстый Луи? Как он отреагирует на появление в доме младенца? Он и так уже настрадался в этой жизни, ему не по силам такие переживания. Особенно если вспомнить, что только я одна не забываю кормить кота. А вдруг он сбежит? Бывали такие случаи. Или вместо носка сожрет что-нибудь еще и отравится насмерть или задохнется.

А вообще-то, конечно, будет здорово, если у меня появится сестричка или братик. Разве плохо? Если родится девочка, то пусть живет со мной в одной комнате. Я буду ее купать и одевать в смешные платьица. У Тины Хаким Баба ведь есть младшие сестры и младший брат. Играть с ними весело.

Да, пусть лучше будет сестричка. Пожалуй, младенца-брата я не хочу. Тина Хаким Баба рассказывала, что однажды, когда она меняла своему брату подгузник, а он взял и описался, то попал ей прямо в лицо. Это так противно, что даже думать неохота.

И о чем только думала мама, когда встречалась с мистером Джанини?

20 октября, понедельник. ТО

Да, кстати, интересная мысль. Сколько свиданий было у мамы и мистера Дж.? Не очень много. Восемь, что ли. Восемь свиданий, и что, они уже того?.. Спали вместе? Да, и не один раз, наверное.

Я должна была догадаться, должна была знать. Ну вот, например, однажды утром я вышла на кухню, а там — мистер Джанини в одних трусах. Любой бы на моем месте понял, в чем там дело, а я постаралась просто забыть этот случай. Видимо, зря.

Да, временами мама бывает забывчивая. Постоянно забывает вовремя принять лекарство. Покупает свежие овощи, бросает их в холодильник, а они там пускают корни. В буквальном смысле слова. Недавно проросла брюссельская капуста. Да и вообще наш холодильник — это *нечто*. В отделении для овощей — батарея пивных бутылок. Очень полезно для будущего малыша.

Моя мама вообще-то умная, но ей многому еще предстоит научиться. Вот приду домой и заставлю ее прочитать то, что я скачала из Интернета про беременность. Придется мне взять на себя заботу о здоровье моей будущей сестрички. Что может родиться, если мама так и будет питаться проросшей брюссельской капустой и пить кофе с чипсами?

Все еще понедельник, 20 октября, все еще ТО

Естественно, в то время как я сидела в Интернете и искала информацию о беременных, сзади подкатилась Лилли.

— Ну и ну, — говорит, — боже мой. Как это понимать? Ты встречалась с Джошем Рихтером и что-то от меня скрыла?

Ей обязательно надо было проорать это на весь класс. Во всяком случае, как раз над самым ухом у Майкла, который сидел за соседним компьютером. Слава богу, кажется, хоть Ларс не услышал, и Борис Пелковски тоже. Могла бы и не орать так.

Ничего такого не случилось бы, если бы учителя в нашей школе работали хоть изредка, для разнообразия. У них самое любимое занятие (за исключением мистера Джанини) — выдать задание и уйти курить в учительскую. Опять же, для здоровья вредно.

Миссис Хилл по ТО — классу Талантливых и Одаренных — хуже всех. Постоянно уходит. Может, она думает, что таким образом развивает в учениках самостоятельность. Лучше бы объясняла побольше. И вообще, в нашем классе собрались те несчастные, у кого проблемы с алгеброй и кто должен дополнительно заниматься математикой. Короче, если бы миссис Хилл находилась в классе, Лилли не встала бы со своего места, не подошла бы ко мне и не пристала с глупым вопросом.

А на самом деле (и Лилли прекрасно это знает) на свидании с Джошем Рихтером я поняла, что он попросту хочет меня использовать. Узнав, что я принцесса, Джош подумал, что если станет моим парнем, то его сфотографируют для обложки журнала «Тинейдж-ритм». Ну так вот, наедине мы оставались только в машине, да и то Ларс был за рулем и все время оглядывался, не похищают ли меня террористы.

Пришлось быстро покинуть сайт под названием «Ты и твоя беременность», но было поздно. Лилли, конечно, все уже заметила и не замедлила огласить свои догадки, причем ужасно громко. Вот голосище-то.

— Миа, почему ты мне не рассказала? — пристала как оса.

С одной стороны, я разозлилась на нее, а с другой, все это было как-то по-дурацки... Я наврала ей, что готовлю дополнительный доклад по биологии. Вообще-то, даже и не наврала, потому что мы с Кенни Шоутером, моим партнером по лабораторным работам, поспорили с учительницей, доказывая, что препарировать лягушек неэтично, а это планировалось делать на следующих лабораторных занятиях. Ну, миссис Синг и разрешила нам вместо лягушек подготовить теоретический доклад.

Доклад наш будет, правда, о жизненных циклах мучного червя. Но Лилли-то об этом не знает.

Я попыталась сменить тему разговора и спросила подругу что-то про растения, но она все продолжала болтать о Джоше Рихтере. Очень глупо с ее стороны. Я, может быть, не сильно бы и возражала, может, даже и посмеялась бы вместе с ней, но не перед носом же у Майкла, ее брата. Он, естественно, бросил работу, придвинулся ближе и развесил уши.

Я не хочу сказать, что Майкл мне как-то особенно нравится. Ну, нравится, конечно, хотя не знает об этом. Для него я всего лишь подружка его младшей сестры. Однажды Лилли увидела, как он плакал, когда смотрел какой-то старый фильм. И с тех пор шантажирует его, что всем об этом расскажет. Мне-то уже рассказала.

Впрочем, мое мнение, естественно, мало его интересует. Я первокурсница, а Майкл Московитц — старшекурсник и лучший ученик в средней школе имени Альберта Эйнштейна (после Лилли). Он красивый, в отличие от Лилли. Он может подцепить любую девчонку из нашей школы, какую только захочет. Кроме разве что самых крутых.

У него красивые мышцы. Как-то мы с Лилли валяли дурака в ее комнате и расшумелись, а он вошел и потребовал, чтобы мы вели себя потише, и в тот раз на нем не было футболки. Я на него прямо другими глазами взглянула. И что-то он так мне понравился...

Так что можно понять, почему я разозлилась на Лилли, когда она болтала, что я не иначе как беременна — прямо перед Майклом.

ПЯТЬ ПРИЧИН, ПО КОТОРЫМ ТРУДНО ДРУЖИТЬ С ЛИЛЛИ

1. Она говорит много слов, которых я не понимаю.

2. Она часто не в состоянии понять, что я тоже могу принять участие в каком-нибудь разговоре или в происходящих событиях.

3. Находясь в компании, она стремится взять все под свой контроль.

4. В отличие от нормальных людей, которые решают проблемы, идя от А к Б, она идет от А сразу к Д. Таким образом, Лилли создает трудности для остальных, стоящих на более низкой ступени развития.

5. Невозможно сказать ей что-нибудь без того, чтобы она не начала анализировать сказанное со всех сторон.

ДОМАШНЕЕ ЗАДАНИЕ

Алгебра: задачи на стр. 133.

Английский: написать краткую историю своей семьи.

История мировой цивилизации: найти один пример негативного стереотипа арабов (фильм, телевидение, литература) и написать эссе на эту тему.

ТО: не задано.

Французский: ecrivez une vignette parisiene.

Биология: репродуктивная система (взять вопросы у Кенни).

АНГЛИЙСКИЙ ДНЕВНИК
История моей семьи

Предки моего отца впервые упомянуты в летописи 568 года нашей эры. Это год, когда вестготский военачальник по имени Альбион, известный своей авторитарностью, убил короля Италии и его сподвижников, а затем провозгласил королем себя. Став королем, он решил жениться на Розагунде, дочери одного из генералов прежнего короля.

Розагунда возненавидела Альбиона, заставившего ее выпить вина из чаши, изготовленной из черепа ее отца. Когда в первую брачную ночь он заснул, Розагунда задушила его своими косами.

Власть в Италии немедленно захватил новый король, который был так благодарен Розагунде, что провозгласил ее принцессой страны, известной в наши дни под названием Дженовия. Согласно записям тех лет, Розагунда была доброй и умной правительницей. Розагунда — моя прапра...бабушка примерно в шестидесятом колене. Благодаря ей Дженовия занимает одно из первых мест в Европе по грамотности и уровню занятости населения. Розагунда ввела высокоэффективную (для тех времен) систему учета государственных доходов и расходов, отменила смертную казнь. Кстати, уровень детской смертности в Дженовии не только в наши дни, но и всегда был ниже, чем в Европе. И налоги население не платит, потому что казне достаточно своих доходов.

Предки моей матери были пастухами на острове Крит. В 1904 году мой прапрапрадед Дионисий Термополис все бросил и уехал в Америку. Он поселился в городишке Версаль, штат Индиана, и открыл там магазин сельскохозяйственной техники. Потом это стало семейным бизнесом, который передавался от отца к сыну. Их продукцией пользовались несколько штатов. Мама рассказывала, что ее воспитывали в большой строгости.

ПРЕДПОЛАГАЕМАЯ ДИЕТА ДЛЯ БЕРЕМЕННЫХ (В ДЕНЬ)

• От двух до четырех раз в день блюда, содержащие протеин: мясо, рыба, птица, сыр, мюсли, орехи.

• Литр молока (цельного, коровьего) или кисломолочных изделий (сыр, йогурт, творог).

• Фрукты или овощи, содержащие витамин С: грейпфрут, апельсин, дыня, зеленый перец, капуста, клубника. Фруктовый сок.

• Хлеб из муки грубого помола, блины, кукурузные лепешки, макароны. Пророщенная пшеница для получения дополнительных витаминов.
• Сливочное масло, растительное масло.
• 6—8 стаканов жидкости: фрукты, овощи, соки, вода, фруктовый чай. Избегайте подслащенных соков, газированных напитков, алкоголя, кофеина.
• Допустимые закуски: сушеные фрукты, орехи, тыквенные и подсолнечные семечки, поп-корн.

Мама не выдержит такой диеты. Сварит спагетти, зальет кетчупом, и все дела.

СПИСОК ДЕЛ, КОТОРЫЕ НАДО СДЕЛАТЬ ДО ТОГО, КАК МАМА ВЕРНЕТСЯ ДОМОЙ

ВЫБРОСИТЬ: «Хейнекен»; кулинарный шерри; проросшую брюссельскую капусту; полуфабрикатный эскалоп; шоколадное печенье; салями; бутылку «Абсолюта» из морозилки.
КУПИТЬ: мультивитамины; свежие фрукты; пророщенную пшеницу; йогурт.

20 октября, понедельник, после школы

Стоило подумать, что хуже уже не будет, как позвонила бабушка.
Это просто нечестно! Я надеялась, что она уехала в Баден-Баден, и так хотела отдохнуть от ее кошмар-

ных уроков, которые называются занятиями по королевскому этикету. А папа заставляет меня посещать их. Неужели это действительно так важно?

Неужели хоть кому-нибудь в этой самой Дженовии есть дело до того, умею ли я пользоваться вилкой для рыбы? Или садиться так, чтобы не мялась юбка? Или сказать «спасибо» на языке суахили? Да плевать моим будущим соотечественникам на то, как я рассматриваю проблемы окружающей среды и что думаю по поводу контроля за производством оружия и демографического кризиса.

Однако бабушка все время твердит, что дженовийцам не просто не наплевать на мои взгляды, им не просто до всего этого есть дело, но они хотят быть твердо уверены, что я не опозорю их на официальных обедах.

Да уж. Странные люди европейцы. Казалось бы, надо радоваться, что у меня волосы нормального цвета, нет сережки в носу и татуировок на разных частях тела. У меня нет плохих привычек, и я не делаю ничего такого, что может шокировать окружающих.

Но страшнее всех, конечно, мне. Я все время боюсь совершить какую-нибудь непоправимую ошибку, когда в декабре меня будут представлять народу Дженовии.

Да, так и есть.

Но тем не менее. Теперь уже окончательно понятно, что бабушка не поехала в Баден-Баден.

Я не брала трубку, и она оставила грозное сообщение на автоответчике. Она сказала, что у нее для меня *сюрприз*. И я должна перезвонить ей как можно скорее.

Интересно, что за *сюрприз* такой. Зная бабушку, можно предположить, что это какой-нибудь очередной кошмар, например шубка из меха щенков пуделя.

Вот возьму и притворюсь, что не получала ее сообщения.

Понедельник, еще позже

Она позвонила сама. Мы только что закончили разговор. Она хотела знать, почему я не перезвонила. Я наврала, что не получала сообщения.

Почему я так много вру? В том смысле, что я не могу сказать правду даже о самых простых вещах. И при этом еще собираюсь быть принцессой, а то, что говорит принцесса, слышит много ушей. Ну и что за принцесса из меня получится, если я только и делаю, что вру?

А бабушка сказала, что посылает за мной лимузин. Мы с отцом будем обедать с ней в номере отеля «Плаза». Бабушка сказала, что во время обеда и расскажет мне о своем *сюрпризе*.

Расскажет, а не покажет. Слава богу, значит, не шубка из щеночков.

Очень хорошо получилось с этим обедом у бабушки. Мама пригласила сегодня мистера Джанини «на разговор». Она, конечно, совсем не обрадовалась, когда увидела, что я выбросила кофе и пиво (на самом деле я их не выбросила, а отдала соседке Ронни). И теперь она бегает вокруг и причитает, что нечем угостить мистера Дж.

Я сказала, что это для ее пользы, а если мистер Джанини джентльмен, то он сам откажется от кофе и пива в этот трудный для нее период. Я сама ожидала бы такого поступка от отца моего будущего ребенка. В том случае, конечно, если я вообще когда-нибудь решусь завести ребенка.

11 *вечера того же дня*

Ну и *сюрпризец* у бабушки, вот это да!

Ей, видимо, в детстве не объяснили, что слово *сюрприз* подразумевает нечто приятное. Ни капельки приятного нет в том, что она ценой неимоверных усилий (кто просил-то?) отвоевала время для моего интервью с Беверли Беллрив в программе «24/7».

Мне наплевать, что это самое рейтинговое шоу телевизионных новостей в Америке. Я миллион раз объясняла бабушке, что не хочу, чтобы меня фотографировали для журналов, а уж о телевидении и речи быть не может! Очень мне надо, чтобы все узнали, что я длинная, и тощая, и страшная, и белобрысая. Я не хочу, чтобы надо мной потешалась вся Америка.

Но бабушка и слушать ничего не стала, а заявила, что это моя обязанность как члена дженовийской королевской семьи. Да еще и папу подключила. А он — что? Он со всем согласен.

— Миа, бабушка права, не упрямься.

Все пропало, в следующую субботу Беверли Беллрив будет брать у меня интервью.

Я говорила бабушке, что идея с интервью — плохая. Я убеждала ее, что совершенно не готова к такому большому и важному мероприятию. Я предложила поменять «24/7» на что-нибудь поскромнее, вроде программы Карсона Дэли.

Но бабушка — ни в какую. Я не знаю другого человека, которому было бы столь необходимо поехать в Баден-Баден для отдыха и поправки нервной системы. Она напоминает Толстого Луи, когда ветеринар запихивает ему градусник сами знаете куда, чтобы измерить температуру.

Я недавно узнала, что бабушка каждое утро подбривает брови и рисует новые. Зачем она это делает — неизвестно. Мне кажется, у нее отличные брови, но как-то я заметила, что она рисует их с каждым разом все выше. Как будто все время чему-то удивляется. Я думаю, это из-за пластических операций.

Папа вел себя как ни в чем не бывало. Он даже спрашивал о Беверли Беллрив: правда ли, что она завоевала титул «Мисс Америка» в 1991 году, и не знаю ли я, встречается она с Тедом Тернером или они уже расстались.

Мы проспорили насчет интервью весь ужин. Снимать его в отеле или у меня дома, в мансарде? Если в отеле, то люди получат неправильное представление о моем стиле жизни. Если дома, то зрители ужаснутся убожеству обстановки, в которой мама меня вырастила.

Ну, это уже слишком. Это уже нечестно. Наша квартира — не убогая. Это милая, жилая, обычная квартира. О чем я с возмущением и заявила бабушке.

— Ваша квартира имеет вид помещения, в котором никогда не убирали горничные, ты хочешь сказать, — назидательно произнесла бабушка. — А если учитывать наличие этого вашего животного, то я вообще не вижу возможности навести там порядок, — добавила она.

Толстый Луи, бедняга, ни при чем. Пыль, между прочим, происходит не от котов, и это всем известно!

Слава богу, съемочная бригада не будет снимать меня «в жизни» — как я хожу в школу, и так далее. Забавно, если бы они сняли, как я мучаюсь у доски на алгебре. А Лана Уайнбергер сидит за своим столом и издевается. Она запросто может начать совать мне в лицо свои помпоны команды болельщиц только для того, чтобы вся Америка увидела, какой дурой я могу выглядеть. И весь американский народ подумает: что за странная девушка? Где ее самоактуализация? Или — класс ТО, тоже очень смешно. Обхохочешься. Учитель перманентно отсутствует, а в кладовке сидит Борис Пелковски и играет на скрипке свои гаммы.

Короче, спорим мы про детали интервью, а я все время думаю: вот сейчас мама дома принимает мистера Джанини, своего любовника и моего школьного учителя математики, и выкладывает ему потрясающую новость — она от него беременна.

Что, интересно, скажет на это мистер Дж.? Страх как интересно. Если он выразит какое-нибудь чувство, кроме радости, я напущу на него Ларса. Точно-точно. Ларс по моей просьбе побьет мистера Дж., и денег за это возьмет совсем немного. У него три бывшие жены, и всем трем он платит алименты, так что лишние десять долларов ему не помешают.

Кстати, надо бы попросить повысить мое содержание. Какая же я принцесса, если мне в неделю выдается только десять баксов! На эти деньги даже в кино нормально не сходишь. То есть на билет-то хватит, но на поп-корн уже не останется.

Впрочем, сейчас я сижу у себя в комнате и не знаю еще, надо будет просить Ларса побить мистера Дж. или нет. Они там орут в гостиной друг на друга.

Не могу ни единого слова разобрать!

Надеюсь, мистер Дж. обрадуется. Он самый симпатичный из всех маминых бойфрендов, хотя по алгебре у меня почти двойка. Я надеюсь, он не вздумает наделать глупостей. Например, бросить ее или еще что-нибудь в этом роде.

Впрочем, он же мужчина, и кто его разберет?

Забавно получилось, что пока я это писала, на мой компьютер пришло сообщение. От МАЙКЛА!!!

КрэкКинг: Что с тобой сегодня было в школе? Как будто ты витала в облаках и ничего вокруг не замечала.

Я ему на это ответила:

ТлстЛуи: Понятия не имею, о чем ты говоришь. Со мной все в полном порядке. Со мной совершенно ничего не происходит.

Как не стыдно врать!

КрэкКинг: Да? А у меня сложилось впечатление, что ты ничего не поняла из моего рассказа об отрицательном наклоне.

Я начала серьезнее относиться к занятиям по алгебре, с тех пор как узнала, что мне уготовано судьбой стать когда-нибудь правительницей маленького европейского государства. Алгебра пригодится при составлении бюджетных балансов Дженовии и мало ли еще для чего. Так что после основных уроков я стала посещать дополнительные занятия по алгебре, и Майкл иногда немного мне помогал.

Очень трудно сосредоточиться на математических вычислениях, когда он объясняет формулы. Это потому, что от него так приятно пахнет.

Ну и как мне, интересно, думать об отрицательном наклоне, если он сидит ко мне вплотную и вкусно пахнет мылом, а иногда случайно касается своим коленом моего?

Отвечаю:

ТлстЛуи: Все я слышала, что ты рассказывал об отрицательном наклоне. Данный наклон т, + у — отрезок на координатной оси (0, b) равняется у + тх + b с угловым коэффициентом.

КрэкКинг: ЧЕГО???

ТлстЛуи: А что, неправильно?

КрэкКинг: Да ты это с ответов в конце списала.

Естественно, списала.
Ой-ой-ой, мама идет.

Все еще понедельник, еще позже

Мама вошла. Я думала, что мистер Дж. ушел, и спросила, как там у них все прошло.

Вдруг я заметила, что мама плачет, вскочила и обняла ее крепко-крепко.

— Да все хорошо, мама, — говорю, — у тебя всегда буду я и всегда буду тебе помогать — с ночными кормлениями, и памперсы буду менять, и все остальное буду делать. Даже если родится мальчик.

Мама меня тоже обняла, и тут до меня дошло, что плачет она не от горя. А от счастья.

— Ах, Миа, — говорит, — мы хотим, чтобы ты узнала первой.

И потащила меня в гостиную. Мистер Джанини стоял там с весьма странным выражением лица. И тоже какой-то счастливый. Я сразу все поняла, но притворилась, что удивилась.

— Мы женимся!

И мама как возьмет да как обнимет нас с мистером Дж.!

Дико как-то стоять и обниматься со своим школьным учителем алгебры.

Больше мне нечего сказать.

21 октября, вторник, час ночи

Да-а-а-а. Я думала, что мама — феминистка, не верит в брак, не хочет замуж, потому что не признает превосходства мужчины над женщиной, которое неизбежно в семейной жизни. По крайней мере, она всегда так объясняла в ответ на мой вопрос, почему она не вышла замуж за папу.

Я-то, впрочем, думаю, что он ей просто не предлагал.

Мама попросила меня пока никому не рассказывать о предстоящей свадьбе. Сказала, что хочет сама известить отца.

От всего этого у меня разболелась голова.

21 октября, вторник, два часа ночи

О господи!!! До меня только что дошло, что если мама выйдет замуж за мистера Джанини, то он поселится здесь! Мама-то никогда в жизни не переедет в Бруклин, где у него квартира. Она ненавидит ездить в метро — там грязно, душно и давка.

Однако какой кошмар! Просто не верится. Каждое утро придется теперь завтракать с учителем алгебры.

И вообще жить с ним в одном доме. Что, если я по привычке без стука зайду в ванную, а он там принимает душ? Меня сразу удар хватит. Завтра же проверю защелку.

Ой, теперь еще и горло разболелось в придачу к голове.

21 октября, вторник, 9 утра

Проснулась утром, а горло болит так сильно, что даже говорить не могу. Хриплю, и все. Еще лежа в постели, я похрипела, чтобы позвать маму, но она меня, конечно, не услышала. Тогда я постучала ногой в стену, но тут на меня упал гринписовский плакат, а мама так и не услышала.

Пришлось вставать. Завернувшись в одеяло, чтобы не замерзнуть и не разболеться еще больше, я пошла к маме.

И тут, к своему ужасу, я поняла, что на ее кровати лежит не один человек, а ДВА!!! Мистер Джанини оставался здесь на ночь!!!

Да-а. Ладно, они же собираются пожениться.

Но все равно неприятно — заходишь в комнату к маме в шесть утра, а там кроме нее еще и учитель алгебры. Это кого угодно напугает.

Но что делать? Стою в дверях, хриплю, маму зову. Заходить неудобно, ситуация необычная. Наконец мама проснулась и приоткрыла один глаз. Я страшным шепотом сообщила ей, что заболела, и попросила позвонить в школу и сказать, что на занятия я сегодня не пойду.

Еще я попросила ее позвонить шоферу и отменить мой лимузин, а также позвать папу или Ларса (только не бабушку) к нам домой, чтобы пресечь все попытки похитить меня, пока я нахожусь в ослабленной физической форме.

Надеюсь, она все поняла, хотя говорить мне было очень трудно.

Вторник, позже

Мама не пошла в свою студию, осталась дома. По-моему, напрасно. Через месяц у нее открывается выставка в галерее «Мэри Бун», а готова едва ли половина работ. Когда она будет рисовать остальное — не знаю. Как бы она не заразилась от меня.

Может, она осталась, потому что чувствует передо мной какую-то вину? Ерунда все это. Я уверена, что на меня просто кто-то в школе чихнул.

Теперь каждые десять минут она прибегает и спрашивает, не нужно ли мне чего-нибудь, то и дело заваривает чай, готовит тосты с корицей, и это очень приятно.

Еще мама заставляет меня глотать какую-то гадость. Кто-то из ее друзей сказал, что это лекарство помогает при простуде. Может, и помогает, но на вкус оно просто ужасно.

Потом мама стала сокрушаться, до чего же это невкусное лекарство. И даже сбегала в магазин, купила мне шоколадку, чтобы заедать таблетки.

Вечером она поджарила яичницу с беконом, чтобы восстановить мои силы, но тут я возмутилась: из-за какой-то простуды я не собираюсь отступать от своих принципов. Я строгая вегетарианка, и все.

Потом мама измерила мне температуру. 39,2°.

Если бы сейчас были средние века, я бы, наверное, умерла.

ТЕМПЕРАТУРНЫЙ ГРАФИК

11.45 — 38,7°
12.14 — 38,6°
1.27 — 37,9°

Сломался, что ли, этот дурацкий градусник?

2.05 — 38,2°
3.35 — 38,4°

Нет, правда, если так будет продолжаться, я не смогу дать интервью Беверли Белльрив в субботу. Вот было бы здорово!
УРРРАААА!!!!

21 октября, вторник, позже

Только что заходила Лилли. Принесла мне кучу домашних заданий. Сказала, что я выгляжу так себе, а голос — как у Линды Блэйр в фильме «Изгоняющий дьявола». Я не смотрела «Изгоняющий дьявола», поэтому не могу сказать, правда это или нет. Не люблю фильмы, где человеческие головы летят в разные стороны, все вспарывают друг другу животы и кровь льётся рекой. Мне гораздо больше нравятся красивые фильмы с танцами.

Лилли сказала, что в школе все болтают о «нашей сладкой парочке» — Джоше Рихтере и Лане Уайнбергер, которые после долгой ссоры снова вместе. Они не разговаривали целую неделю. Это рекорд, раньше их хватало не больше чем на три дня. Лилли рассказала, что когда подошла к моему школьному шкафчику за книгами, то увидела Лану в форме капитана команды болельщиц. Она стояла там и ждала Джоша. Его шкафчик рядом с моим.

Когда Джош наконец появился, он так обрадовался Лане, что бросился к ней обниматься как торнадо (по выражению Лилли) и заблокировал своим телом дверцу моего шкафчика. Лилли не могла его закрыть и ткнула Джоша в спину кончиком карандаша, чтобы он отодвинулся.

Я думала, как бы мне рассказать Лилли собственные грандиозные новости — о моей маме и мистере Джанини. В любом случае, она и так все узнает.

Может, это из-за болезни, но я просто не смогла заставить себя рассказать ей. Как представила себе ее рассуждения о том, какие ноздри достанутся моему будущему брату или сестре, так и решила повременить со своими сенсациями. Может, потом как-нибудь.

В любом случае, у меня гора уроков. Даже будущий отец моего будущего брата или сестры, который, по идее, должен меня любить и жалеть, сочувствовать и задабривать, назадавал чуть ли не пол-учебника. Никакой выгоды от того, что мама обручена с учителем алгебры. Ну абсолютно никакой.

Разве что после ужина он помогает мне делать уроки. Ответы не подсказывает, мучаюсь сама. Оценка, правда, теперь не 2, а 3.

Как же мне плохо! Температура — 38,8°. Скоро до сорока дойдет. Ужас.

Зато никакой речи об интервью с Беверли Беллрив быть не может. НИКАКОЙ РЕЧИ.

Мама принесла и включила сразу несколько увлажнителей воздуха. Они работают на полную мощность. Лилли сказала, что в моей комнате климат стал, как во Вьетнаме. Если выбить окно, то будет полное впечатление.

Раньше я не думала об этом, но теперь мне кажется, что у Лилли много общего с моей бабушкой. Кстати, бабушка недавно звонила. Когда я сообщила ей, что заболела, и так сильно, что, возможно, не буду в состоянии дать интервью в субботу, она буквально отчитала меня.

Ни больше ни меньше. Отчитала, как будто я сама виновата в том, что заболела. Затем она стала рассказывать, что в день ее свадьбы у нее был жар сорок с лишним градусов, но это же не помешало ей выстоять свадебную церемонию на ногах — целых два часа, а затем ехать в открытой карете по улицам Дженовии, приветствуя подданных. А затем высидеть весь праздничный ужин и танцевать до четырех часов утра.

Вот так!

Это, сказала бабушка, все потому, что принцесса не имеет права, ссылаясь на слабое здоровье, увиливать от обязанностей по отношению к своему народу.

Как будто народу Дженовии есть какое-нибудь дело до идиотского интервью в программе «24/7». У них там даже канала-то этого нет. Ну, разве что у кого-нибудь стоит спутниковая антенна, да и то вряд ли.

Лилли, так же как и бабушка, не умеет относиться к страданиям больного человека с должным сочувствием. И утешать не умеет. Она предположила, что у меня грипп, как у Элизабет Барретт Браунинг. Я возразила, что, скорее всего, у меня бронхит. Лилли заметила на это, что Элизабет Барретт Браунинг тоже думала, что у нее бронхит, пока не умерла.

ДОМАШНЕЕ ЗАДАНИЕ

Алгебра: вопросы в конце 10-й главы.

Английский: в дневнике перечислить и прокомментировать свои любимые телевизионные программы, шоу, фильмы, книги, еду и т. д.

История мировой цивилизации: написать эссе на тысячу слов о конфликте между Ираном и Афганистаном.

Французский: ecrivez une vignette amusant (конечно, конечно).

Биология: эндокринная система (взять ответы у Кенни).

Господи! Они там что, смерти моей хотят?

22 октября, среда

Сегодня утром мама позвонила папе в «Плазу», чтобы он прислал лимузин — отвезти меня к врачу. Она позаботилась об этом, потому что, когда мне померили температуру, градусник показал 40 градусов. Ровно столько, сколько было у бабушки в день ее бракосочетания.

Однако (это я могу утверждать со всей уверенностью) танцевать мне не хотелось. Я и оделась-то с трудом. Ничего не соображая из-за температуры, надела то, что лежало на виду. А сверху лежали вещи, которые недавно подарила мне бабушка. Все от «Шанель». Ну и вид был у меня, наверное: в умопомрачительной одежде, вся в поту, глаза опухшие. Папа вошел в комнату и прямо отпрянул, наверное, подумал, что перед ним не я, а бабушка.

Хотя я намного выше ее. А прическа у нее намного больше.

Так случилось, что доктор Фанг оказался одним из немногих жителей Америки, который еще не слышал, что я принцесса, и поэтому нам пришлось сидеть в приемном покое не меньше десяти минут, пока он не принял меня. Отец все это время болтал с секретаршей, одетой в маечку, открывающую пупок, несмотря на то что сейчас уже практически зима.

И хотя отец уже совершенно лысый и вместо нормальных джинсов носит костюмы, было очевидно, что секретарша влюбилась в него с первого взгляда.

Ларс сидел рядом со мной и читал то, что нашел на столике, — «Журнал для родителей». Ему бы, конечно, больше понравился номер «Солдата удачи», но врачи не подписываются на такие издания.

Наконец доктор Фанг пригласил меня. Он измерил мне температуру (39,9°) и ощупал гланды. Затем попытался взять мазок для проверки на какую-то инфекцию. Но когда он засунул палочку ко мне в горло, то напрочь перекрыл кислород, и я страшно закашлялась. Еле вырвавшись из его рук, я попросила глоток водички. Графин стоял на другом столе. Я встала, но, вместо того чтобы подойти и налить себе воды, вышла из кабинета. Не могу сказать почему — видимо, совсем перестала соображать из-за температуры. Кое-как добравшись до лимузина, я села в него и сказала шоферу, чтобы он немедленно вез меня в «Планету Эмеральд», потому что мне необходимо развеяться.

К счастью, шофер сообразил, что, во всяком случае, без телохранителя меня никуда везти не следует. Он включил рацию, что-то сказал, и из двери поликлиники выбежали мой папа с Ларсом. Папа начал кричать, что за чертовщина происходит, что я делаю, не сошла ли я с ума.

Я хотела сказать, что он тоже сошел с ума, раз болтает с секретаршей, у которой в пупке сережка. Но говорить было слишком больно.

Доктор Фанг проявил милосердие. Он больше не возобновлял попыток взять анализ из моего горла и просто выписал мне несколько антибиотиков и сироп с кодеином от кашля. Правда, пришлось еще ждать, когда он сфотографируется со мной в лимузине — какая-то медсестра бегала за фотоаппаратом. На стенку он, что ли, эту фотографию повесит?

Помню, что слышала, словно сквозь туман, как он рассказывал о снимках, где он жмет руки другим своим знаменитым пациентам — Роберту Гулету и Лу Риду. И что фото теперь висят у него на стене.

Сейчас жар немного спал. И когда я вспоминаю сегодняшний день, то вижу, насколько нерациональным было мое поведение. Этот визит к доктору наверняка был одним из самых глупых случаев в моей жизни. Конечно, в моей жизни немало моментов и ситуаций, о которых я не люблю вспоминать, потому что испытываю стыд. Думаю, что сегодняшний поступок можно сравнить с тем случаем, когда у Лилли на дне рождения я уронила на ковер тарелку с жареной рыбой и все присутствующие случайно наступали на нее.

ПЯТЬ САМЫХ ГЛУПЫХ СЛУЧАЕВ, ПРОИЗОШЕДШИХ КОГДА-ЛИБО С МИА ТЕРМОПОЛИС

1. Джош Рихтер поцеловал меня на виду у всей школы, а все стояли и смотрели.

2. Когда мне было шесть лет, бабушка приказала обнять ее старшую сестру Джин Марию, а я начала плакать, потому что испугалась усов Джин Марии, и это ранило ее чувства.

3. Когда мне было семь лет и бабушка заставила меня прийти на коктейль, который она устроила для своих друзей, мне было так скучно, что я собрала со всего стола фигурки рикш, вырезанные из слоновой кости, и начала катать их по кофейному столику, издавая звуки, напоминающие китайскую речь. Доигралась до того, что рикши с ужасным грохотом посыпались на пол, и все, кто находился в комнате, посмотрели на меня. Сейчас, когда я об этом вспоминаю, мне еще больше стыдно, потому что теперь я знаю, что передразнивать китайскую речь — это очень грубо, не говоря уже о том, что неполиткорректно.

4. Когда мне было десять лет, бабушка взяла меня и моих кузин на пляж. Я забыла верхнюю часть купальника, и бабушка не разрешила мне сбегать за ним обратно во дворец. Она сказала, что это Франция и я могу спокойно разгуливать топлесс, как и все окружающие, но я так и не решилась снять с себя футболку. И все рассматривали меня, потому что, наверное, думали, что у меня под футболкой сыпь, или уродливое родимое пятно, или усохший зародыш сиамского близнеца.

5. Когда мне было двенадцать лет и у меня случились первые в жизни месячные, я была у бабушки. Мне пришлось сказать ей, потому что у меня не было с собой всего, что при этом необходимо. А когда я спускалась к ужину, то услышала, как она рассказывает обо мне во всеуслышание и все гости шутят на эту тему.

Теперь, когда я вспоминаю все эти события, мне кажется, что большинство глупых ситуаций возникало по вине бабушки.

Интересно, а что родители Лилли сказали бы обо всем этом, ведь они оба психоаналитики.

ТЕМПЕРАТУРНЫЙ ГРАФИК

17.20 — 39,3°
18.45 — 39,2°
19.52 — 39,1°

Неужели температура спадает? Это катастрофа. Если я поправлюсь, придется давать это ужасное интервью...

Необходимо предпринять самые жесткие меры: ночью приму душ и высуну мокрую голову из окна. Будут знать.

23 октября, четверг

Ух ты, вообще! Ничего себе, вот это да! Случилось такое, ТАКОЕ!

Сегодня утром лежу я в постели и болею, а мама приносит мне письмо. Письмо персонально для меня!

Адрес на конверте был напечатан на компьютере, и поэтому сначала мне и в голову не пришло, что внутри может быть что-то интересное. Может, это письмо из школы или что-нибудь в этом роде. Какое-нибудь извещение. Например, о назначении меня капитаном команды болельщиц, ха-ха-ха!

Обратного адреса не было. Обычно письма из школы имени Альберта Эйнштейна украшены задумчивым лицом Альберта Эйнштейна в левом верхнем углу, а рядом — адрес школы.

Я разорвала конверт, но оттуда выпала не записка с просьбой поддержать честь школы и изготовить фигурки из папье-маше, чтобы помочь собрать средства на содержание школьной спортивной команды, а нечто иное... Можно даже назвать это письмо любовным.

Вот оно:

Дорогая Миа.
Я знаю, что ты очень удивишься, когда получишь это письмо. Мне тоже кажется странным, что я его

*пишу. Не могу решиться сказать тебе, глядя прямо в глаза: Миа, ты самая **классная** девчонка из всех, кого я знаю.*

Просто хочу, чтобы ты знала: есть в мире человек, которому ты нравилась задолго до того, как он узнал, что ты принцесса...

И ты ему будешь нравиться всегда, несмотря ни на что.

*Искренне твой
Друг.*

О господи! Вот это да! Ничего себе! Надо же!!!

Я просто поверить не могу! Я никогда в жизни не получала таких писем. От кого бы оно могло быть? Даже не представляю. Как ни стараюсь, не могу понять. Письмо напечатано тем же шрифтом, что и адрес на конверте.

Жаль, что не на пишущей машинке. А то можно было бы сравнить начертание букв.

Но кто мог его послать?

Конечно, есть человек, от которого я бы хотела получить такое письмо.

Но шанс, что такой парень, как Майкл Московитц, думает обо мне больше, чем просто как о подруге младшей сестры, равен нулю. То есть если бы даже я ему и нравилась, то он прекрасно мог сказать мне об этом на дискотеке, когда Джош Рихтер так подло со мной поступил. А Майкл тогда пришел и буквально спас меня. И даже пригласил танцевать. И не один раз, а несколько. И медленные танцы мы тоже танцевали. А когда дискотека закончилась, мы еще поехали к ним на Пятую авеню и веселились чуть ли не до утра. Он сказал бы все тогда, если бы было что сказать.

Он просто вел себя как обычно.

А чего это я вообще размечталась?

Мы сейчас по биологии как раз изучаем таких, как я. Это называется «биологическая аномалия»: когда организм потомства сильно отличается от родительских организмов, но не в позитивную сторону, что происходит, как правило, в результате мутации.

Про меня на все сто процентов. Стоит лишь посмотреть на моих родителей. Они оба такие красивые. И вот я — рядом с ними.

Ну и, кроме того, сложно представить, что для Майкла я самая классная девчонка в школе. И зачем автор письма выделил слово «классная»? Может быть, он имеет в виду мультфильм, где в главной роли была «классная Джоси»? Их там было несколько девочек в группе, и они расследовали преступления, прямо как в «Скуби Ду». Впрочем, уверена на сто процентов, что Майкл таких мультфильмов не смотрит. Да и вообще, он мультфильмов не смотрит, насколько я знаю.

Он преимущественно смотрит сериал «Баффи — Истребительница вампиров». Вот если бы в письме было написано: «Миа, ты самая *крутая* девчонка из всех, кого я знаю»...

Но если письмо не от Майкла, то от кого же тогда? Это так потрясающе, что ужасно хочется позвонить кому-нибудь и рассказать. Вот только кому? Я знаю только соучеников по школе.

А ЗАЧЕМ ТЕПЕРЬ БОЛЕТЬ?

Теперь ни в коем случае не буду высовывать голову в окно. Необходимо поправиться, чтобы как можно скорее вернуться в школу и найти своего таинственного поклонника!

ТЕМПЕРАТУРНЫЙ ГРАФИК

10.45 — 38,2°
11.15 — 38,1°
12.27 — 37,6°

Ура!!! Ура! Кажется, я выздоравливаю! Спасибо, Сельман Воксман, изобретатель антибиотиков!

14.05 — 38,3°

О, нет!

15.35 — 38,7°

Ну почему это происходит именно со мной?

Четверг, позже

Сегодня днем я изо всех сил старалась сбить температуру, чтобы пойти завтра в школу и отыскать своего тайного поклонника, и смотрела фильм из сериала «Спасатели Малибу». Там как раз был потрясающий эпизод.

Митч во время соревнований по гребле встречает девушку с ужасным французским акцентом, они с первого взгляда влюбляются друг в друга и бегут по кромке океанского прибоя под красивую музыку. Потом оказывается, что у девушки есть жених. И он — главный соперник Митча в каком-то очередном заплыве. Самое потрясающее — она *принцесса какой-то маленькой европейской страны, о которой Митч в жизни не слышал.* Отец обручил ее с этим принцем, когда оба еще лежали в колыбели.

Лежу я, значит, смотрю, и тут входит Лилли с новой порцией домашних заданий. Она тоже стала смотреть фильм, но, конечно же, ей был непонятен смысл происходящего. Она только сказала, что «этой принцесске необходимо причесать брови».

Я была поражена.

— Лилли, — прохрипела я, — ты что, совсем ничего не понимаешь? Ведь запросто может оказаться, что меня еще в колыбели тоже обручили с каким-нибудь принцем, которого я и в глаза-то никогда не видела, а папа мне об этом до сих пор не сказал. И вдруг я тоже когда-нибудь встречу где-нибудь на пляже красивого спасателя, влюблюсь в него, а потом выяснится, что мой народ уже выбрал мне в мужья какого-то другого человека!

— Ты что, перепила кодеинового сиропа от кашля? — отозвалась Лилли. — На баночке написано «одна чайная ложка каждые четыре часа», а не столовая, ясно?

Меня больше всего раздражает в Лилли то, что она не хочет рассматривать проблему более широко. Естественно, я не могла рассказать ей о полученном письме. А вдруг его все-таки написал Майкл? Не хочу, чтобы он подумал, что я всем об этом разболтала. Любовное письмо — это очень личное.

Но все равно она могла бы посмотреть на ситуацию моими глазами.

— При чем здесь сироп? — Я даже разозлилась. — Как я смогу влюбиться в кого-то, если папа уже устроил мой брак с каким-нибудь принцем, которого я никогда и в глаза не видела? А вдруг этот парень сейчас живет, например, в Дубаи или еще где-нибудь, смотрит каждый день на мою фотографию и ждет дня, когда сможет назвать меня своей?

Лилли на это ответила, что мне надо пореже брать дурацкие книги у Тины Хаким Баба.

— Нет, правда, Лилли, — продолжала я, — мне надо быть очень осторожной, чтобы не влюбиться в кого-нибудь. Например, в Дэвида Хасселхоффа или в твоего брата, потому что в конце концов мне придется выйти замуж за принца Уильяма.

Кстати, оч-чень неплохая перспектива, подумала я.

Лилли вдруг встала с моей кровати и вышла в гостиную. Там в одиночестве сидел папа, потому что, когда он пришел меня проведать, мама срочно вспомнила о каком-то важном деле и смылась.

На самом деле никакого дела у нее, естественно, не было. Мама до сих пор не сказала папе про мистера Джанини и свою беременность и про то, что они собираются пожениться. Думаю, она боится, что папа будет ругать ее за безответственность. А он будет, это точно.

И вот поэтому она теперь убегает каждый раз, как только видит папу. Это просто смешно, учитывая, что ей уже тридцать шесть! Когда мне будет столько же лет, сколько маме сейчас, я буду учитывать все возможные последствия своих поступков, чтобы не попадать в подобные ситуации.

— Мистер Ренальдо, — сказала Лилли, выходя в гостиную. Она называет папу мистером Ренальдо, хотя прекрасно знает, что он принц Дженовии. Для

Лилли это неважно, потому что она считает, что в Америке нелепо называть человека Ваше Высочество. Она категорически против монархий или княжеств типа Дженовии.

— Мистер Ренальдо, — выпалила она, — скажите, пожалуйста, не помолвлена ли Миа тайно с каким-нибудь принцем?

Папа опустил газету. Даже из своей комнаты я слышала, как она зашуршала.

— Боже милостивый, нет, — ответил он.

— Дура, — сказала Лилли, вернувшись в мою комнату, — я понимаю, что ты боишься влюбиться в Дэвида Хасселхоффа, который, кстати, уже слишком стар для тебя. Он тебе в отцы годится. И некрасивый. Но при чем здесь мой брат? Почему ты назвала его?

Вот вечно так — скажешь не подумав, а потом оправдывайся. Лилли понятия не имеет, какие чувства я испытываю к Майклу. На самом деле, я и сама-то понятия не имею, какие чувства испытываю к нему. Ну, разве что считаю, что без рубашки он выглядит как супермен.

Я *так* хочу, чтобы письмо оказалось от него! Правда, страшно хочу.

Но не буду же я рассказывать об этом его сестре.

Ну и пришлось бормотать, что с ее стороны просто нечестно пользоваться моим болезненным состоянием, и мало ли я что сказала в жару, в бреду, и нечего требовать объяснений по поводу всякой ерунды, которую я несу, страдая от гриппа и, между прочим, принимая лекарство от кашля, содержащее кодеин.

Лицо Лилли отражало сложные чувства.

Ну и ладно.

ДОМАШНЕЕ ЗАДАНИЕ

Алгебра: стр. 115, задачи 1—20.
Английский: 4-я глава, читать, прокомментировать.
История мировой цивилизации: эссе на двести слов о конфликте между Индией и Пакистаном.
Французский: Chaptre huit.
Биология: кольчатые черви (взять у Кенни).

Четверг, вечером

После ужина я почувствовала себя лучше и встала с постели. Проверила e-mail. Я надеялась, что там будет что-нибудь от моего загадочного *друга*. Если уж он узнал мой домашний адрес, то наверняка должен знать и электронный. Оба записаны на школьном сайте.

Одно из писем было от Тины Хаким Баба. Она желала скорейшего выздоровления. И Шамика тоже. Еще она написала, что весь день уламывала папу устроить у нее Хэллоуин, и спрашивала, приду ли я, если он согласится. Я ответила, что конечно приду, если только буду в состоянии.

Еще пришло письмо от Майкла. Он тоже желал мне поскорее выздороветь. Прислал очень милую открытку в виде мультика. Кот, похожий на Толстого Луи, исполнял смешной танец, и в конце появлялась надпись: «Скорее выздоравливай!» Очень забавно. Майкл подписался — «С любовью, Майкл».

Не «Искренне твой».

Не «С наилучшими пожеланиями».

А «*С любовью*».

Я запускала открытку четыре раза, но так и не поняла: он прислал мне *то* письмо или не он. Там не было, правда, ни слова о любви, а говорилось, что его автору я *нравлюсь*. И подпись стояла — «искренне твой».

Я снова открыла папку «Входящие» и увидела еще одно письмо от непонятного отправителя. Имя — Джос Ирокс. Может, это он, мой таинственный поклонник? У меня даже пальцы задрожали от нетерпения.

Я открыла текст, и вот что там было:

*Пишу тебе просто маленькое послание, с надеждой, что тебе стало получше. Скучал по тебе сегодня в школе! Мне тебя так не хватает! Ты получила мое письмо? Теперь ты знаешь, что в мире есть человек, который считает, что ты **классная**. Поправляйся как можно скорее.*

Твой Друг.

О господи! Это он! Мой анонимный обожатель!

А кто такой Джос Ирокс? Никогда не слышала раньше этого имени. Говорит, что скучал по мне сегодня в школе, а это значит, что мы учимся в одном классе. Но в моем классе нет никаких Джосов.

Может, на самом деле его зовут не Джос Ирокс? Вообще, это «Джос Ирокс» и на имя-то не похоже. Может, это...

Джос-И-Рокс! Точно! Как я сразу-то не догадалась!

Джоси Рокс! Боже мой. Джоси из мультфильма «Джоси и Коты». *Классная* Джоси!!!

Прикольно-то до чего.

Но кто же это? КТО???

Пока есть только один способ это выяснить, и я ответила:

«*Дорогой друг, я получила твое письмо. Спасибо тебе большое. И спасибо за пожелания выздоровления.*

КТО ТЫ? (Клянусь, я никому не скажу.)

Миа».

Я слонялась по дому часа полтора, раздумывая, кто же это может быть. Я так надеялась, что он ответит сразу же.

Кто же это? КТО? До чего интересно!

Мне НЕОБХОДИМО поправиться к завтрашнему дню, чтобы пойти в школу и узнать, кто этот Джос Ирокс на самом деле. Иначе я совсем сойду с ума от неизвестности. Крыша поедет.

24 октября, пятница, алгебра

МНЕ СТАЛО ЛУЧШЕ!!!

Ну, в принципе, конечно, не так, чтобы я окончательно поправилась, но это неважно. Температуры нет, и мама больше не смогла удерживать меня дома. Мне совсем не хотелось еще один день проваляться в постели. Особенно теперь, когда у меня есть Джос Ирокс, который, возможно, влюблен в меня.

Но пока ничего не происходит. Мы, как обычно, заехали за Лилли, Майкл тоже поехал с нами. Он, как ни в чем не бывало, поздоровался, и по его виду трудно было предположить, что этот человек написал мне письмо с подписью «с любовью, Майкл». И уж точно он не мог назвать меня «самой *классной* девчонкой из всех, кого он знает». Слишком очевидно, что Джос Ирокс — не он.

И эта его *любовь* на подписи к открытке — не что иное, как любовь платоническая. Проявление дружеских чувств, так сказать. Конечно, это *«с любовью»* совершенно не означает, что Майкл на самом деле меня любит.

Да я и не думала, что любит.

Он, впрочем, проводил меня в школе до шкафчика. Очень мило с его стороны, просто благородно. До сих пор ни один мальчик не провожал меня. Вот Борис Пелковски *каждое утро* встречает Лилли у дверей школы и провожает до шкафчика, с того самого дня, как она согласилась стать его девушкой.

Борис, впрочем, дышит ртом и до сих пор заправляет свитер в брюки. Я ему постоянно напоминаю, что в Америке так не носят, но он не обращает внимания. Он, кстати, к тому же еще и пластинку для зубов носит. Но, несмотря на все это, он все-таки мальчик, парень. Всегда круто иметь своего парня, даже такого. Приятно, когда он провожает тебя утром до шкафчика. У меня, конечно, есть Ларс, но это же совершенно разные вещи — телохранитель и парень, который добровольно встречает тебя утром перед школой.

Только что заметила, что Лана Уайнбергер снова поменяла обложки на учебниках и тетрадях. Старые она, видимо, выкинула. Она их сплошь исписала словами «Миссис Джош Рихтер», а когда поссорилась с Джошем, то все позачеркивала. И зачем это она присваивает имя своего якобы «мужа», глупо же. На ее тетради по алгебре я насчитала три «Я люблю Джоша» и семь «Миссис Джош Рихтер».

Перед началом урока Лана рассказывала всем желающим о какой-то вечеринке, на которую она пойдет сегодня вечером. Никто из нас, естественно, не приглашен. Вечеринку устраивает приятель Джоша.

Меня-то никогда не приглашают на такие мероприятия. Они похожи на те, которые показывают в фильмах про тинейджеров. Родители сматываются на весь вечер, в дом заваливается толпа народа, у каждого с собой по ящику пива. Все напиваются и превращают дом в свинарник.

Лично я не знаю никого, кто бы жил в собственном коттедже. Все мои друзья живут в квартирах. Если устроить шум в многоквартирном доме, соседи могут вызвать консьержа, тот позвонит в полицию... в общем, будут проблемы.

Не думаю, что Лана хоть когда-нибудь задумывалась об этом.

Икс в третьей степени называется икс в кубе.
Икс во второй степени — икс в квадрате.

ОДА ВИДУ ИЗ ОКНА МАТЕМАТИЧЕСКОГО КАБИНЕТА

Залитые солнечным светом
Бетонные скамьи вдоль школьного
раздолбанного стадиона,
Столбы с баскетбольными корзинами,
Щиты для подсчета очков,
Граффити, оставленные сотнями
наших предшественников,
яркими красками из распылителя:
Джоанна любит Риччи
Пинк Флойд
Курт Кобейн
Рок-н-ролл жив
Смерть ждет тебя.

Ветер гоняет по парку
сухие листья и пустые пластиковые
                                    бутылки.
Мужчины в офисных костюмах пытаются
удержать на голове остатки волос,
но ветер все равно лохматит их,
солнце блестит на розовых черепах.

Сигаретные пачки и конфетные обертки
валяются на серой дорожке.

И я думаю:
Ну зачем мы пишем эти уравнения?
Возводим какие-то иксы в степень?
Все равно все когда-нибудь умрем.

24 октября, пятница, мировая цивилизация

ПЕРЕЧИСЛИТЬ ПЯТЬ ОСНОВНЫХ ВИДОВ ГОСУДАРСТВЕННОГО УПРАВЛЕНИЯ:

- анархия;
- монархия;
- диктатура;
- олигархия;
- демократия.

ПЕРЕЧИСЛИТЬ ПЯТЬ ЧЕЛОВЕК, КОТОРЫЕ МОГУТ ОКАЗАТЬСЯ ДЖОСОМ ИРОКСОМ:

- Майкл Московитц (ой, хорошо бы);
- Борис Пелковски (только не это);
- мистер Джанини (в идиотской попытке развлечь меня);
- мой папа (то же);
- тот странный мальчик, который в столовой каждый раз огорчается, когда на обед подают чили без семечек (самое большое НЕТ).

ОООООООООООХХХ...

24 октября, пятница, ТО

Пока меня не было, Борис, оказывается, начал разучивать на скрипке новую вещь. Сейчас он играет «Концерт» композитора Бартока.

«Концерт» ничего себе, но мы тем не менее заперли Бориса в подсобное помещение вместе со скрипкой. Впрочем, слышно все равно было очень хорошо. Майкл пошел в медкабинет за ибупрофеном, лекарством от головной боли.

Пока он не ушел, я попыталась навести разговор на тему почты и писем. Как бы случайно.

Ну, просто так, на всякий случай.

Лилли трепалась насчет своего шоу, и я спросила, получает ли она все еще кучу писем от поклонников. Самый большой ее фанат — некий Норман. Он постоянно шлет ей письма, пишет всякое разное. Но главное его желание — чтобы она показала голые ступни. Он на этом зациклен. Ступни ему покажи. Псих какой-то.

Затем я, как бы между прочим, добавила, что получила недавно такое загадочное письмо...

И краем глаза быстро глянула на Майкла, чтобы проверить, как он отреагирует.

Но он даже головы не повернул от своего компьютера.

А теперь вот ушел в медкабинет. О, уже вернулся. Он сказал, что медсестра не дала ему ибупрофен, потому что его запрещено принимать в школах. Тогда я дала ему свой кодеиновый сироп от кашля. Он сказал, что голова прояснилась мгновенно.

А может, у него голова прошла из-за того, что Борис опрокинул банку с краской и начал грохотать в дверь, чтобы его выпустили.

СПИСОК ДЕЛ

1. Прекратить думать о Джосе Ироксе.
2. То же самое — о Майкле Московитце.
3. То же самое — о завтрашнем интервью с Беверли Белльрив.
4. То же самое — о бабушке.
5. Обрести больше уверенности в себе.
6. Прекратить обкусывать ногти.
7. Подумать о самоактуализации.
8. Позаниматься алгеброй.
9. Постирать физкультурные шорты.

Пятница, позже

Черт, как по-идиотски вышло! Директриса Гупта откуда-то узнала, что я дала Майклу кодеиновый сироп от кашля, и вызвала меня с урока биологии к себе в кабинет, чтобы обсудить факт ношения с собой запрещенных на школьной территории веществ!

О господи! Сколько же можно доставать меня!

Я все ей объяснила про ибупрофен, про то, что его не дали Майклу в медкабинете, и про Бартока, но Гупта не проявила ни малейшего понимания. Даже когда я спросила, почему же она не гоняет тех, кто курит прямо перед школой? И не вызывает же она их каждый раз в кабинет, когда ребята стреляют друг у друга сигареты.

На что Гупта заявила, что сигареты нельзя отнести к таким наркотическим веществам, как кодеин. Она отняла у меня сироп и разрешила забрать его только после уроков. И добавила, что в понедельник приносить его не следует.

Можешь не беспокоиться, мне вообще уже не хочется возвращаться в эту школу. Вот возьму и перейду в другую.

Или буду доучиваться дома. Будет знать эта Гупта!

ДОМАШНЕЕ ЗАДАНИЕ

Алгебра: упражнения на стр. 129.

Английский: описать самое яркое событие в моей жизни.

История мировой цивилизации: двести слов о движении талибов в Афганистане.

ТО: я вас умоляю.

Французский: devoirs — les notes grammaticals: 141—143.

Биология: центральная нервная система.

АНГЛИЙСКИЙ ЖУРНАЛ
Что я люблю

ЕДА

Вегетарианская лазанья

ФИЛЬМЫ

Свой любимый фильм я увидела впервые на широком экране, когда мне было 12 лет. С тех пор мои друзья и родственники пытаются изменить мое мнение о кино, усиленно знакомят меня с так называемыми лучшими образцами кинематографического искусства. Так вот, моя любимая картина — «Грязные танцы», где в главных ролях Патрик Суэйзи и Дженнифер Грей. Во-первых, действие там происходит на летнем курорте. Фильмы, которые сняты на летних курортах, просто лучше всех остальных. Кроме того, в фильме «Грязные танцы» очень много собственно танцев. Можно только догадываться, насколько «Английский пациент» был бы лучше, если бы в нем были танцы. Фильм всегда скучнее, если люди в нем не танцуют. Так что я категорически не согласна с теми, кому не нравятся «Грязные танцы».

ТЕЛЕВИЗИОННЫЕ ШОУ

Мой самый любимый сериал — «Спасатели Малибу». Я знаю, что многие считают это шоу грубым и примитивным, но это не так. Парни и девушки в нем одинаково красивые и ловкие. А в некоторых сериях спасательными операциями руководит женщина. И самое главное — когда я смотрю это шоу, то всегда испытываю радость. Потому что я знаю, что в какую бы безнадежную ситуацию не попал Хоби, будь то стычка с контрабандистами или сражение с гигантским электрическим скатом, Митч в любом случае спасет его. И действие будет происходить под потрясающий саундтрек и под шум океана. Я бы очень хотела, чтобы в моей жизни тоже был такой вот Митч, который позаботится о том, чтобы у меня все всегда заканчивалось хорошо.

КНИГИ

Моя любимая книга называется «IQ 83», Артура Герцога. Эта книга о том, как несколько врачей экспериментировали с генами, и вдруг случилось так, что все в мире утратили разум и стали полными идиотами. Честно! Даже президент Соединенных Штатов. Он превратился в настоящего придурка! Но только благодаря доктору Джеймсу Хейли наша страна была спасена. Эта книга не получила должного признания. По ней даже фильма не сняли!

Безобразие.

Пятница, еще позже

Чего-чего там надо написать в этом идиотском английском журнале? Какое она там дала задание? «Описать самое яркое событие из моей жизни». Ну и о чем, простите, мне писать? О том, как я зашла на кухню, а там мистер Джанини в одних трусах? Это, правда, не впечатлило меня на всю оставшуюся жизнь, но событием все-таки было.

Или рассказать о том, как папа объявил, что я теперь не я, а принцесса Дженовии? Это, конечно, было впечатляюще. Ну, может, до самой глубины души это меня тоже не проняло, но все же. Я даже плакала тогда, но думаю, что не от душевного потрясения. Просто разозлилась, что никто не сказал мне об этом раньше. Может, папе было стыдно объявлять своему народу, что у него внебрачный ребенок в Америке, но теперь ему придется признаться, что он скрывал от них этот факт в течение четырнадцати лет!

Вот, например, Кенни (он тоже в группе миссис Спирс по английскому) говорит, что напишет о путешествии в Индию. Прошлым летом они поехали туда всей семьей. Кенни подцепил там холеру и чуть не умер. И, лежа в больнице в далекой чужой стране, осознал, как немного, по сути, нам отпущено жизни и что необходимо проживать каждую минуту в полную силу, словно это самая последняя минута. Поэтому Кенни решил посвятить свою жизнь поиску лекарства от рака.

Вот Кенни повезло! Если бы я могла заболеть чем-нибудь опасным для жизни.

Начинаю понимать, что единственное по-настоящему сильное впечатление в моей жизни — это то, что не случалось никаких впечатляющих событий.

Джефферсон-маркет
Самые свежие продукты — гарантия
Быстрая бесплатная доставка

Заказ № 2764:

упаковка соевого сыра;
бутылка пшеничного молока;
буханка хлеба из муки грубого помола;
5 грейпфрутов;
12 апельсинов;
связка бананов;
литр обезжиренного молока;
литр апельсинового сока (натурального, не из концентрата);
упаковка сливочного масла;
10 яиц;
упаковка несоленых семечек подсолнуха;

коробка кукурузных хлопьев без сахара;
туалетная бумага.

Доставить: Миа Термополис, 1005, Томпсон-стрит, № 4А

25 октября, суббота, 14.00, номер в отеле «Плаза»

Сижу, жду интервью. Вдобавок к больному горлу теперь еще и мутит. Причем довольно сильно. Может, это из-за вегетарианского шницеля, которым я вчера поужинала, но, скорее всего, просто ужасно волнуюсь. Это интервью будет транслироваться в понедельник вечером. И увидят его примерно 22 миллиона семей.

Хотя трудно поверить, что 22 миллионам семей в понедельник вечером больше нечего будет делать, как слушать, что я говорю. Не думаю, что такому количеству народа интересны мои бредни.

Я читала, что когда берут интервью у принца Уильяма, то вопросы он получает за неделю, так что есть вагон времени, чтобы придумать остроумные и содержательные ответы. Очевидно, на членов дженовийского королевского двора такие почести не распространяются. Ладно, не за неделю, но хотя бы за пару дней дали бы мне вопросы. Тогда бы я уж точно придумала кучу остроумных и содержательных ответов. Да нет, что уж там, содержательных — вряд ли. Но уж остроумными-то они точно были бы.

Ну, может, и не остроумными. Зависит от того, о чем они там собираются спрашивать.

Поскорей бы все закончилось. Должно было начаться, между прочим, еще два часа назад.

Но бабушка заявила, что работа гримерши представляется ей неудовлетворительной. Видите ли, ей не понравилось, как девушка-гример накрасила мне глаза. Бабушка во всеуслышание объявила, что я выгляжу как poulet. С французского это переводится как «проститутка». Или «цыпленок». Когда это слово произносит бабушка, оно всегда означает первое.

Ну почему у меня нет нормальной, обычной человеческой бабушки, которая готовит обеды, и печет пироги, и считает, что я всегда выгляжу замечательно? Которой неважно, как подведены мои глаза?

Вот бабушка Лилли ни разу в своей жизни не произнесла слово «проститутка», даже на иврите. Я абсолютно в этом уверена.

Так что бедной гримерше пришлось бежать в магазин сувениров при отеле, чтобы узнать, есть ли там синие тени нужного бабушке оттенка. Бабушка желает, чтобы тени непременно были синие и чтобы определенного оттенка. Это, говорит она, подчеркнет мои глаза. Мои глаза почти бесцветны! Бессмысленно их подчеркивать! Может, бабушка дальтоник? Это, кстати, многое бы объяснило.

Видела Беверли Беллрив. Слава богу, она хоть выглядит как человек. Ну, как обычный человек, а не как знаменитость. Беверли подошла ко мне, поздоровалась и сказала, что если она вдруг спросит о чем-нибудь таком, о чем мне не хотелось бы говорить, то я просто должна ответить, что это личный вопрос и я не хочу говорить на эту тему. Очень любезно с ее стороны, я считаю.

К тому же она очень красивая. Надо было видеть моего папочку. Гарантирую, что Беверли станет его подружкой на эту неделю. Она в сто раз лучше девушек, которые все время увиваются вокруг него. Беверли, по крайней мере, умеет думать головой.

Так что, принимая во внимание, что Беверли такая милая во всех отношениях, казалось бы, мне не следовало так нервничать.

Кстати, нервничаю я не только из-за интервью. Папа тут выдал мне, как только я пришла. Сейчас мы видимся впервые после того вечера, когда я болела и он меня охранял. Ну, сначала он спросил меня, как я себя чувствую, а потом как-то замялся и выдал.

— Миа... А твой учитель алгебры...

— Что мой учитель алгебры? — А сама, дура, думаю, что сейчас папа спросит, что мы по алгебре проходим, и судорожно начинаю вспоминать уроки мистера Джанини.

А он вовсе не об этом спрашивал!

— Миа, а твой учитель алгебры живет у вас дома?

Я даже не нашлась что ответить. Мистер Джанини, кстати, и не живет у нас. Пока, во всяком случае. Но жить будет. И очень скоро.

— Не-а, — говорю.

И папа обрадовался! Он весь расцвел, совершенно определенно!

Ну и как он, интересно, отреагирует, когда узнает правду?

Очень трудно сосредоточиться на мысли, что меня сейчас будет интервьюировать журналистка с мировым именем. А все, о чем я в состоянии думать, это то, как бедный папа воспримет известие, что мама выходит замуж за моего учителя алгебры. Уж не говоря о том, что она от него беременна.

Я думаю, что папе зачем-то надо знать, что там происходит между мамой и мистером Дж. Кто ж знает, как он воспримет новость о предстоящей свадьбе, когда мама наконец соберется сообщить ему? Может, эта новость разобьет ему сердце? Может, он бросит здесь все и уедет в Дженовию? А мне придется последовать за ним, чтобы утешать в горе? В смысле, он захочет, чтобы я поехала с ним туда...

И конечно, мне придется послушаться и поехать, потому что он мой папочка и я люблю его.

Все было бы прекрасно, но я совсем не хочу переезжать в Дженовию. Я буду скучать по Лилли, по Тине Хаким Баба и остальным друзьям. А Джос Ирокс? Как я в таком случае узнаю, кто он? А как же Толстый Луи? Мне разрешат взять его с собой? Он очень хорошо воспитан (за исключением пристрастия к носкам и блестящим предметам). А если во дворце живут крысы, то он их всех вмиг переловит. Вот только не знаю, можно ли во дворце держать кота? Когти мы ему не стригли, так что если он начнет царапать историческую мебель... А он точно начнет, я своего Луи хорошо знаю... Н-да...

Мистер Дж. с мамой уже обсуждали, где разместить его вещи, когда он переедет к нам. Очень интересные вещи есть у мистера Джанини, оказывается. Машина для пинбола! Ударная установка! Кто бы мог подумать, что мистер Джанини умеет музицировать?

И — потрясающая новость! — здоровенный телевизор, чуть ли не метр по диагонали, и экран плоский!

Я не шучу. Это намного круче, чем я себе могла вообразить.

Очень надо мне переезжать в Дженовию в такой неподходящий момент! Но если я не поеду за папой в Дженовию, кто же развеет его сокрушительное одиночество?

Ну, вот гримерша возвращается с тенями. Синими. Нашла все-таки. Черт, опять мутит! И в пот бросает! Как хорошо, что я ничего не ела сегодня из-за нервов.

25 октября, суббота, 19.00, по дороге в дом Лилли

Я провалила...

Ох, как я все провалила...

Позор на все национальное телевидение.

22 миллиона семей умерли со смеху.

То есть умрут в понедельник вечером.

Сама не знаю, КАК это случилось. Честно, не знаю. Сначала все было хорошо. Беверли была такая... ну, очаровательная. Я так волновалась, так волновалась, и она сделала все, чтобы успокоить меня.

Да, думаю, я сидела там и бормотала что-то невразумительное.

ДУМАЮ??? Не думаю, а точно знаю.

Я не хотела, чтобы так случилось. Честно, не хотела. Даже не знаю, как это вырвалось. Просто я так дергалась и нервничала, и еще эти прожектора прямо в глаза, микрофон на воротнике... Все эти люди вокруг.

Я чувствовала себя как... прямо не знаю как. Ну, как будто я снова оказалась в кабинете директрисы Гупты и заново переживала ту историю с кодеиновым сиропом.

В общем, рассказываю по порядку.

— Миа, расскажи, какую радость ты испытала совсем недавно? — начала свое интервью Беверли.

Я, что называется, выпала в осадок. Я распалась на две половины. Одна кричала внутри меня: «Откуда она знает?» А вторая убеждала: «Миллионы людей смотрят на тебя. Сделай счастливое лицо». Ну, и сделала.

— О, да. Знаете, я так рада. Всегда хотела стать старшей сестрой. Но они не собираются афишировать свадьбу. Просто устроят маленькую церемонию в мэрии. Я буду свидетелем...

Тут раздался звон разбитого стекла — это папа выронил стакан с кока-колой. Бабушка как засопит! Я, естественно, сразу замолчала, а в голове крутилось: «Что я натворила, что я натворила, какая дура, что я наделала?»

Ну, и, естественно, оказалось, что Беверли вовсе не это имела в виду, спрашивая о недавно испытанной радости. Откуда бы ей вообще об этом знать?

Она хотела услышать о том, что у меня по алгебре уже не двойка, а целая тройка.

Я попыталась встать, чтобы подойти к папе и утешить его. Он сидел глубоко в кресле, закрыв лицо руками. Но я не смогла и шагу ступить, потому что вся была обмотана проводами от микрофона. Звукорежиссерам потребовалось чуть ли не полчаса, чтобы присобачить их на меня, и было жалко портить их работу, но ведь мой родной папа сидел в кресле, и плечи его тряслись. Я была уверена, что он плачет.

Беверли, увидев все это, махнула рукой, и оператор очень быстро и ловко распутал меня.

Но когда я наконец прорвалась к папе, то увидела, что он вовсе не плачет. Но и выглядит не самым лучшим образом. Очень странным голосом он попросил принести ему виски.

После трех или четырех глотков папино лицо снова порозовело.

Боюсь и подумать, что со мной сделает мама, когда выяснится, что я натворила. Папа сказал, чтобы я не волновалась, что он сам ей все объяснит... Не знаю. Очень уж странное у него было выражение лица. Не убьет же он мистера Дж., в самом-то деле.

Какой же длинный, огромный, змеиный, предательский, отвратительный у меня язычище!

Ничего не могу сказать о том, что было дальше. Меня так выбило из колеи собственное неожиданное признание, что я абсолютно не помню, о чем говорила потом. И не могу вспомнить ни единого вопроса Беверли.

Папа сказал, что он страшно рад за маму и мистера Джанини и что они — прекрасная пара. Думаю, он говорил искренне, хотя и с обалдевшим видом. Видимо, в себя еще не пришел.

Однако когда интервью наконец закончилось, я заметила, как они с Беверли о чем-то шепчутся в уголке.

Слава богу, я еду сейчас не домой, а к Лилли. Она собирает всех нас, чтобы снять очередную серию своего шоу на следующую неделю. Посмотрю, нельзя ли будет у нее переночевать. Может, до завтра мама отойдет, у нее будет время все как следует обдумать, и она не убьет меня сразу, как только переступлю порог.

Очень на это надеюсь.

26 октября, воскресенье, 2 часа ночи, спальня Лилли

Хочу задать только один вопрос: почему мне с каждым часом все хуже и хуже?

Значит, мало того, что:

1) груди как не было, так и нет. И, похоже, уже не будет;

2) ступни длиной с лыжи;

3) я — единственная наследница престола какого-то европейского княжества;

4) у меня есть тайный поклонник, который не горит желанием становиться явным;

5) оценки мои все так же плохи, несмотря на титанические усилия по их улучшению;

6) моя мама беременна от моего же учителя алгебры;

7) и все Соединенные Штаты Америки узнают об этом в понедельник, во время вечернего выпуска программы «24/7» — из моего эксклюзивного интервью.

Так нет же, вдобавок ко всему этому я еще и единственная из всех моих подруг, которая никогда в жизни не целовалась с мальчиком по-настоящему.

Честное слово.

Лилли придумала такую штуку для следующей серии своего шоу, что перед камерой мы по очереди будем в чем-то признаваться. Она хочет проиллюстрировать уровень падения нравов современной молодежи. Вот и заставляет нас признаваться в своих самых страшных грехах, а сама записывает. Ну, это не важно. А важно то, что, оказывается, и Шамика, и Тина Хаким Баба, и Линг Су, и Лилли успели поцеловаться с мальчиками по-настоящему.

Все, кроме меня.

Ладно, Шамике я не удивляюсь. Она стала такая красавица, что мальчики вокруг нее вьются как пчелы. Как мухи. И Линг Су давным-давно встречается со своим парнем из Клиффорда, эти-то, уж наверное, раз сто целовались по-всякому.

Но Тина? В том смысле, что у нее ведь телохранитель, прямо как у меня. Когда, интересно, она успевает встречаться с парнями?

А Лилли? Лилли, МОЯ ЛУЧШАЯ ПОДРУГА? Которая, как я полагала, рассказывает мне все (хотя я-то сама далеко не все рассказываю ей о себе)? Она целовалась с парнем по-настоящему и не рассказала мне об этом ДО СИХ ПОР?

Борис Пелковски, очевидно, круче, чем кажется, когда смотришь на его заправленные в штаны свитера.

Я, конечно, извиняюсь, но это ненормально. Тошно, мерзко, гадко, противно, фу. Я бы скорее согласилась умереть никогда не целованной высохшей старой девой, чем целоваться с Борисом Пелковски. У него же всегда в пластинке для исправления прикуса еда застревает!!! Остатки разноцветных мармеладок, конфет каких-то. Фу.

Лилли сказала, что, перед тем как целоваться, Борис снимает свою пластинку. Все равно — фу.

Ох, все же я невезучая. Был в моей жизни один случай, когда меня целовал мальчик, да и то лишь потому, что желал попасть на обложки журналов.

Раз уж я никогда не целовалась по-настоящему, мне не в чем было признаваться на шоу, а Лилли решила, что будет меня испытывать. Так и сказала — придумаем тебе испытание. Моего согласия она, естественно, и не подумала спросить.

Затем она немного подумала и сказала, что испытание будет заключаться в том, чтобы я выбросила баклажан из окна их квартиры. А это, между прочим, шестнадцатый этаж.

Я сказала, что, конечно, выброшу, хотя категорически не хочу этого делать. Мне кажется, что это просто глупо. Попадешь кому-нибудь по голове, и тому человеку мало не покажется — баклажаном-то с шестнадцатого этажа. Я обеими руками готова голосовать за иллюстрацию пороков, в которых погрязла нынешняя молодежь, но совсем не хочу раскроить кому-нибудь череп баклажаном.

Но что мне оставалось делать? Это было испытание, и надо было его выдержать. Вот как плохо, что я ни разу ни с кем не целовалась. Если бы целовалась, то и баклажан выбрасывать не пришлось бы.

Ну, и не могла же я объявить, что хотя ни разу не целовалась, зато каждый день получаю от кого-то любовные письма.

А вдруг это Майкл? Вряд ли, конечно, ну а все-таки — вдруг? И не хочу я, чтобы Лилли об этом узнала. Даже больше не хочу, чем чтобы она узнала об интервью с Беверли Белльрив. Еще не хочу, чтобы она узнала о том, что моя мама и мистер Джанини собираются пожениться. Я так стараюсь быть обычной девчонкой, которая ничем не выделяется среди своих сверстников. Однако все только что перечисленное никак не может помочь мне в исполнении этих моих желаний. Все, что касается меня, — ненормально!

Сама мысль, что где-то в мире есть мальчик, который любит меня, думает обо мне, должна, по идее, давать мне дополнительные силы, поддерживать в трудную минуту... Ну, например, давать моральную поддержку в таких случаях, как интервью с Беверли Беллрив. Эх...

Наверное, можно и не уметь уверенно формулировать свои мысли, когда на меня нацеливается камера и прямо в лицо светят прожекторы, но уж баклажан-то из окна выбросить я могу!

По-моему, Лилли от удивления испытала состояние шока. Раньше я никогда не соглашалась на подобные испытания.

Не могу внятно пояснить, почему я согласилась теперь. Может, просто хотела оправдать звание самой *классной* девчонки в школе?

А может, просто испугалась, что Лилли придумает что-нибудь еще похуже, а пути к отступлению уже не будет. Как-то она заставила меня пробежать по коридору туда и обратно практически без одежды. И не по тому коридору, что находится внутри квартиры Московитцев, а по тому, что снаружи.

Словом, какие бы ни были причины, я уже согласилась и вскоре после этого шла на кухню за баклажаном мимо докторов Московитц (они в купальных халатах сидели в гостиной, вокруг валялись кипы медицинских журналов, но папа Лилли читал «Спорт Ревю», а мама Лилли — «Космополитен»).

— Привет, Миа, — сказал папа Лилли из-за журнала, — как поживаешь?

— Хм, — отреагировала я довольно нервно, — отлично, спасибо.

— А как мама? — спросила мама Лилли.

— И она, — говорю, — отлично, спасибо.

— Она все еще встречается с вашим учителем алгебры?

— М-м-м, да, доктор Московитц, — подтверждаю я. Да еще как, гораздо больше, чем вы думаете (последняя фраза — не вслух, а только мысленно).

— А ты одобряешь эти отношения? — захотелось узнать папе Лилли.

— М-м-м... Да, доктор Московитц.

Не думаю, что стоило описывать им подробно всю ситуацию — рассказать о беременности, о решении пожениться. К тому же я в данный момент проходила испытание. Совсем не время останавливаться и подвергаться психоанализу.

— Ладно, передавай ей от меня привет, — сказала мама Лилли, — мы ждем не дождемся открытия следующей ее выставки. Она будет проходить в галерее «Мэри Бун»?

— Да, мэм.

Московитцы большие поклонники таланта моей мамы. Ее картина даже висит у них в гостиной. «Женщина за завтраком в бистро "Старбакс"», одно из лучших маминых полотен.

— Мы придем, — пообещал папа Лилли.

После этого он и его жена снова уткнулись в свои журналы, а я устремилась на кухню.

Баклажан нашелся в нижнем ящике. Я засунула его под блузку, чтобы родители Лилли не засекли меня, когда я понесу овощ в комнату их дочери. Это вызвало бы ряд нежелательных расспросов. Несу я баклажан (блузка на животе оттопыривается) и думаю: вот так через несколько месяцев будет выглядеть моя мама. Странно было думать об этом. Кстати, надеюсь, когда живот будет заметен, мама станет одеваться более консервативно, чем обычно.

Хотя нет, вряд ли.

Потом в комнате происходило следующее: Лилли страшным голосом наговаривала в микрофон, что Миа

Термополис собирается нанести сокрушительный удар по всем «хорошим девочкам» в целом мире. Шамика снимала, я открывала окно. Перегнулась через подоконник, проверила, не идет ли кто-нибудь, ничего дурного не подозревающий... А затем...

— Приготовились... ОГОНЬ!!!

Завораживающее это было зрелище — огромный лиловый овощ, переворачиваясь, летел вниз, становясь все меньше и меньше... На Пятой авеню много фонарей, да и окна в доме были освещены, так что мы отчетливо видели его. Он падал все ниже и ниже, пролетая мимо окон психоаналитиков, банкиров и крупных промышленников (только такие люди могут позволить себе снимать квартиры в доме, где живет Лилли), пока вдруг — ПЛЮХ! — не ударился о тротуар.

Но он не просто ударился о тротуар. Он взорвался! Осколки баклажана со страшной силой разлетелись в разные стороны, часть их попала в автобус маршрута М-1, который как раз отходил от остановки. Брызгами от баклажана заляпало еще и припаркованный тут же «Ягуар».

Я все не могла оторваться от созерцания последствий падения баклажана — он заляпал чуть ли не пол-улицы, как вдруг дверца со стороны водителя «Ягуара» открылась, и водитель, задрав голову, посмотрел наверх, а из-под козырька выскочил швейцар и тоже стал смотреть наверх...

Вдруг меня схватили за шкирку и стащили с подоконника.

— А ну, на пол! — зашипел Майкл, ибо это был он. И, переместив руку мне на талию, силой усадил меня на пол.

Все остальные тоже — где стояли, там и сели.

И откуда только здесь взялся Майкл? Я даже не знала, что он дома.

Лилли сказала, что он на лекции в Колумбийском колледже и дома его не будет еще долго.

— Офонарели? — спросил Майкл, обводя взглядом всех нас по очереди, — вы что, не в курсе — выбрасывание каких-либо предметов из окон запрещено в Нью-Йорке законом, не говоря уже о том, что таким образом можно запросто кого-нибудь убить?

— Ай, Майкл, — ответила Лилли, — брось ты. Овощ и овощ. Обычный, огородный.

— Я серьезно. Ты не понимаешь, о чем речь? — Майкл явно рассердился. — Если кто-нибудь сейчас видел Миа, ее могут арестовать.

— Нет, не могут, — возразила Лилли, — она несовершеннолетняя.

— Ее могут отправить в колонию для несовершеннолетних. Забудь о том, чтобы показывать эти кадры в своем шоу.

О боже, Майкл защищал мою честь! Или, по крайней мере, пытался спасти меня от колонии для несовершеннолетних. Так мило с его стороны. И так в духе Джоса Ирокса.

— Вот еще! И не подумаю! — взвилась Лилли.

— Ладно, тогда хотя бы вырежи те места, где видно лицо Миа.

— Ни за что. — Лилли упрямо выставила подбородок вперед.

— Лилли, очнись, все знают, кто такая Миа. Если ты покажешь этот эпизод, то получится репортаж о том, как принцессу Дженовии застали за выбрасыванием продуктов из окна многоэтажного дома, в котором живет ее подруга. Ну, дойдет это до тебя когда-нибудь?

Тут, к моему огромному сожалению, Майкл убрал руку с моей талии.

— Лилли, Майкл прав, — поддержала Майкла Тина Хаким Баба, — лучше это убрать. Миа не нуждается в дополнительной рекламе.

Тина еще не слышала про интервью в программе «24/7».

Лилли подошла к окну. Она хотела перегнуться через подоконник, чтобы посмотреть, что там творится. Майкл рывком усадил ее на место.

— Правило номер один, — прорычал он, грозно глядя ей в глаза, — если ты и выкинула что-нибудь из окна, то НИКОГДА, НИКОГДА не выглядывай потом, даже чтобы проверить, не смотрит ли кто. Они увидят, что ты выглядываешь, и сообразят, что предмет выпал из твоего окна, вычислят квартиру. И тогда тебя обвинят в том, что ты выбрасываешь предметы. Потому что никто, кроме виновного, не станет выглядывать из окна именно в этот момент.

— Ух ты, Майкл, — с восхищением в голосе проговорила Шамика, — ты так убедителен, будто сам сто раз так поступал.

Я бы еще и не так сказала. Он говорил, как опытный хулиган.

И так об этом было приятно думать — примерно такое же чувство было у меня, когда я отпускала баклажан над улицей. Как будто я тоже хулиганка. Но конечно, ничто не может сравниться с тем чувством, которое я испытывала, когда он так самоотверженно защищал меня перед Лилли.

— Ну... скажем так, одно время я проводил много опытов, изучая феномен гравитации.

Вот это да! Как много я еще не знаю о брате Лилли.

Вот, если чисто теоретически предположить, может ли красивый, высокий, одаренный программист влюбиться в нескладную, тощую и бледную принцессу? Хотя он сегодня спас мне жизнь. Ну, не жизнь, а от общественных работ, возможно, и спас.

Это не поцелуй, не медленный танец, даже не признание в том, что именно он — автор анонимных писем.

Но это, по крайней мере, начало.

Во всей этой суете
Теряю почву под ногами.
Но надо
Задать себе
Один вопрос:

(*бац*)

Ты счастлива?

(*долгая пауза*)

А?

(*долгая пауза*)

Скажи, детка?

СПИСОК ДЕЛ

1. АНГЛИЙСКИЙ ДНЕВНИК.
2. Прекратить думать о том дурацком письме.
3. То же — о Майкле Московитце.
4. То же — об интервью.
5. То же — о маме.
6. Вычистить кошачий туалет.
7. Закинуть бельё в стиральную машину.
8. Укрепить защёлку на двери ванной.
9. КУПИТЬ:
   - жидкость для мытья посуды;
   - невкусную гадость для ногтей;
   - какую-нибудь приятную безделушку для мистера Джанини;
   - какую-нибудь приятную безделушку для папы.

26 октября, воскресенье, 19.00

Я очень боялась, что мама будет расстроена из-за меня.

Кричать она не будет. Мама никогда в жизни ни на кого не кричит.

Но она расстраивается, когда я поступаю глупо, например допоздна задерживаюсь и не предупреждаю.

А на этот раз я провинилась по-крупному. Очень тяжело было уходить от Лилли и ехать домой, думая о том, что там меня ждет расстроенная мама.

От Лилли всегда тяжело уходить. У нее в гостях я отдыхаю от самой себя. У них такая обычная, нормальная семья. Ну, насколько семья может быть нормальной, когда оба родителя — психоаналитики, у сына виртуальный журнал, а дочь ведет собственное шоу на кабельном канале телевидения. Самая большая проблема Московитцев — чья очередь выгуливать их шелти по кличке Павлов, да, и еще — в китайском или тайском ресторане заказывать ужин.

В моем доме проблемы кажутся куда более серьезными.

Но когда я собрала все свое мужество и нашла силы войти наконец в квартиру, мама страшно обрадовалась. Она обняла меня, стала уговаривать не переживать из-за того, что случилось во время записи интервью. Папа уже звонил и все ей рассказал. Она все понимает. Она даже пыталась убедить меня, что это по ее вине папа не узнал обо всем раньше. Она должна была рассказать ему сразу же, а не тянуть так долго.

Но меня не обманешь, я знаю, что это не так — виноват мой длинный язык и чудовищная болтливость. Однако было приятно слышать мамины слова, чего уж там.

Потом мы говорили о свадьбе. Мама решила, что самый подходящий для бракосочетания день — Хэллоуин, потому что сама мысль об этом ей невообразимо страшна. Церемонию проведут в городской мэрии, так что мне, наверное, придется прогулять школу, а тут я обеими руками за.

Раз уж это будет Хэллоуин, пойду, говорит, в мэрию в виде Кинг Конга. А вот меня она хочет засунуть в костюм Эмпайр Стейт Билдинг. Спасибо, думаю, мамочка, а то я без этого не знаю, какие у меня рост и телосложение. Она принялась убеждать мистера Дж. одеться в костюм Робина Гуда, но вдруг зазвонил телефон, и интересный разговор прервался. Мистер Джанини кинулся к телефону и сказал, что это Лилли.

Я удивилась, ведь я только что от нее уехала. И еще подумала, что, может, зубную щетку у нее забыла.

Но подруга звонила по другому поводу, и я поняла это с первого слова. Лилли чуть из трубки не вылезала, в такой была ярости.

— Что за новости? Ты давала интервью на «24/7»? И оно выйдет в эфир на этой неделе?

Я отпала. Я, конечно, догадывалась, что Лилли обладает некоторыми способностями экстрасенса, только не признается.

— А ты откуда знаешь?

— Да каждые пять минут по телевизору идут анонсы!

Я включила телевизор. Ааааай! Так и есть! Какой бы канал я ни включала, повсюду телезрителей уговаривали настроиться на «24/7» в понедельник вечером, чтобы увидеть Беверли Беллрив и ее эксклюзивное интервью с американской принцессой Миа.

О господи! Моя жизнь теперь точно кончена.

— Почему ты не сказала, что тебя покажут по телевизору? — орала Лилли.

— Не знаю, — я почувствовала, что меня снова мутит, — это было вчера. Да и вообще, это не важно.

— НЕ ВАЖНО??? Беверли Беллрив брала у нее интервью, и ей это НЕ ВАЖНО? Ты что, не соображаешь, что БЕВЕРЛИ БЕЛЛРИВ — ОДНА ИЗ САМЫХ

ПОПУЛЯРНЫХ АМЕРИКАНСКИХ ЖУРНАЛИСТОК и что она мой КУМИР?

Когда Лилли наконец немного остыла, и пришла в норму, и дала мне возможность произнести хоть что-нибудь, я попыталась объяснить ей, что не имела ни малейшего понятия о том, что Беверли Белльрив ее кумир. Она показалась мне очень, очень милой леди.

Лилли снова вскипела.

— Я не убью тебя, — говорит, — только в том случае, если завтра ты во всех малейших подробностях расскажешь мне, как проходило твое интервью.

— Я расскажу. А почему, кстати, — спрашиваю, — ты решила меня убить?

Действительно, с чего это она?

— А потому, — заявляет мне Лилли, — что эксклюзивное право на твое первое интервью ты отдала мне. Для «Лилли рассказывает все, как есть».

Я совершенно не помню, что был у нас такой договор, но, может, она и права.

Судя по анонсу, бабушка была права насчет голубых теней. Они мне действительно идут. Что вообще-то странно, потому что обычно она в этом вопросе оказывается не права.

26 октября, воскресенье, 20.00

Я глазам своим не поверила, когда увидела, что нам доставили из Джефферсон-маркет. Сначала даже мелькнула мысль, что произошла ошибка и они там перепутали заказы. Но это лишь пока я не увидела подпись под счетом. Ну, мама!

Джефферсон-маркет
Самые свежие продукты — гарантия
Быстрая бесплатная доставка

Заказ № 2803:

пакет сырного поп-корна;
коробка шоколадного молока;
банка оливок-ассорти;
упаковка клубничного мороженого;
пакет замороженных котлет;
пакет замороженного картофеля-фри;
пакет замороженных хот-догов;
коробка сырных палочек;
пакет чипсов с беконом;
пакетик орешков к пиву;
коробка песочного печенья;
туалетная бумага;
килограмм ветчины.

Доставить: Хелен Термополис, 1005, Томпсон-стрит, № 4А

Она что, совсем не соображает, как губителен этот пищевой набор для здоровья будущего малыша? Весь этот жир, концентраты, сахар? Думаю, нам с мистером Джанини придется постоянно быть начеку еще неизвестно сколько месяцев. Отнесла все (кроме туалетной бумаги) Ронни, нашей соседке. Она сказала, что отдаст это детям, которые придут колядовать на Хэллоуин.

26 октября, воскресенье, 21.00

Еще одно электронное письмо от Джоса Ирокса!!! Вот оно.

Привет, Миа,
только что видел анонс твоего интервью. Ты выглядишь просто потрясающе. Извини, что пока не могу сказать тебе, кто я такой. Странно, что ты до сих пор сама этого не поняла. А теперь заканчивай читать свой ящик и начинай выполнять домашнее задание по алгебре. Я знаю, как у тебя обстоит дело с этим предметом. И ты знаешь, мне это очень в тебе нравится.

Твой Друг.

Очень мило. Сойду с ума, и все. Кто же это? Кто он? Написала ему такой ответ:

Кто ты???

Я надеялась, что такое количество вопросительных знаков подвигнет его хоть на какие-нибудь еще шаги. Но он — ни строчки в ответ. Ничего не написал. Я попыталась вспомнить, кто знает, что я всегда тяну до последнего, прежде чем сесть за алгебру. Но к сожалению, об этом знают все.

Впрочем, есть один человек, который знает об этом лучше других. Это Майкл. Он же каждый день помогает мне с алгеброй в классе Талантливых и Одаренных. И всегда ругает меня за неаккуратный почерк, когда я записываю уравнения.

Ах, ЕСЛИ БЫ ТОЛЬКО Джосом Ироксом оказался Майкл Московитц! Если бы только, если бы только, если бы только...

Но я не уверена. Это слишком хорошо, чтобы быть правдой. Все удивительные, замечательные, интересные вещи, которые происходят с такими, как Лана Уайнбергер, никогда не случаются с такими, как я. Я знаю, что мне никогда по-настоящему не везет, и уж точно этот Джос Ирокс не окажется потрясающим красавцем, какие бывают только в кино. Или он будет дышать через рот, как Борис.

Ну почему я такая невезучая?
ПОЧЕМУ???

27 октября, понедельник, класс ТО

К моему огромному сожалению, не только Лилли видела вчера анонс моего интервью.

И теперь об этом говорят все. ВСЕ.

И все собираются смотреть передачу. Это означает, что завтра вся школа узнает про мою маму и мистера Дж.

Ну и что? Беременность — вещь естественная и красивая.

Все же хочется вспомнить получше саму Беверли и то, что я наговорила. Потому что я уверена: мы обсуждали не только предстоящую свадьбу моей мамы. Боюсь, что буду выглядеть на экране ужасно глупо.

Тина Хаким Баба рассказала, что ее маму, в свое время известную в Англии супермодель, пока она не вышла замуж за мистера Хаким Баба, интервьюировали постоянно. А в знак уважения интервьюеры посылали ей кассеты с записью еще до запуска в эфир, так что можно было попросить журналистов вырезать те места, которые ее по каким-либо причинам не устраивали.

Эта мысль мне очень понравилась, и во время большой перемены я позвонила папе в отель и спросила, не мог бы он обратиться к Беверли, чтобы она достала мне кассету. Он сказал:

— Не вешай трубку, сейчас спрошу.

И спросил! Значит, Беверли у него в номере!

И, видимо, чтобы добить меня окончательно, она сама взяла трубку.

— Что случилось, Миа?

Я сказала, что до сих пор ужасно нервничаю из-за этого интервью и нельзя ли мне получить копию кассеты до выхода записи в эфир?

Беверли сказала, что все получилось замечательно и нет необходимости в предварительном просмотре. Я не помню точно, о чем она еще говорила, но у меня создалось полное впечатление, что все должно быть хорошо. Будто все получилось именно так, как хотелось, и даже лучше.

Беверли из тех людей, которые любого умеют убедить, что у него все хорошо. Я не знаю, как ей это удается. На этот раз я вполне одобряю папин выбор.

Из города одновременно выезжают две машины — одна на север со скоростью 40 миль в час, другая на юг со скоростью 50 миль в час. Через какое время расстояние между машинами будет 360 миль?

А какая разница? На самом-то деле?

27 октября, понедельник, биология

Миссис Синг, наша учительница биологии, говорит, что невозможно умереть от горя или тоски, но я точно знаю, что это не так, потому что у меня сейчас настоящая сердечная рана.

Майкл, Лилли и я шли вместе по коридору. Лилли шла на психологию, я на биологию, а Майкл на математику. А Лана Уайнбергер направилась прямо к нам — ПРЯМО КО МНЕ И МАЙКЛУ — и погрозила нам пальцем:

— Вы что, встречаетесь? Вот это новость!

Я готова была умереть прямо на месте. Нет, вы бы видели лицо Майкла. Мне показалось, его голова сейчас взорвется, так он покраснел.

Да и сама я, наверное, не была образцом бледности.

И Лилли не слишком-то помогла, изобразив из себя гигантскую лошадь. Гоготала и все повторяла с хохотом: «Если бы!!!»

Это заставило окружающих тоже рассмеяться.

Ничего смешного в этом не вижу. Те девчонки, очевидно, не видели Майкла Московитца без футболки. А я, поверьте мне, видела.

Думаю, что именно из-за того, что это произошло так нелепо и все такое, Майкл вроде как просто все проигнорировал. Но, говорю вам, мне все тяжелее и тяжелее удержаться и не спросить его, не он ли тот самый Джос Ирокс. Как будто я все пытаюсь найти способ вовлечь мультик про *«Джоси и котов»* в разговор. Знаю, что не стоит этим заниматься, но ничего не могу с собой поделать.

Не знаю, как долго смогу еще это вытерпеть. Из всех девчонок в классе только у меня нет бойфренда.

ДОМАШНЕЕ ЗАДАНИЕ

Алгебра: задачи, стр. 135.
Английский: «Будь самим собой, так как единственное, что существует, — это ты» (Ральф Уальдо Эмерсон). Описать свои впечатления от статьи в журнале.
История мировой цивилизации: вопросы после главы 9.
Класс ТО: не задано.
Французский: план ITINERARY для воображаемого путешествия в Париж.
Биология: взять ответы у Кенни.

Напомнить маме про встречу с врачом-генетиком. Может ли у ребенка мамы и мистера Дж. проявиться генетическая мутация? Она распространена среди детей выходцев из Восточной Европы и французских канадцев. Не было ли в нашей семье каких-нибудь французских канадцев? ВЫЯСНИТЬ.

27 октября, понедельник, после школы

Никогда бы не подумала, что такое возможно, но я волнуюсь за состояние здоровья бабушки.

Честное слово. Мне кажется, она несколько не в себе. Я пришла сегодня к ней в номер на очередной урок королевского этикета. Они, кажется, уже назначили дату моего официального представления народу Дженовии (где-то в декабре). Бабушка хочет быть уверена, что во время церемонии я не наделаю глупостей. Никогда не догадаетесь, чем она была занята сегодня.

Консультировалась с церемониймейстером Дженовии по поводу... свадьбы моей мамы!

Я говорю совершенно серьезно. Бабушка заставила его прилететь сюда. Из самой Дженовии!

Они сидели за обеденным столом перед огромным листом бумаги с множеством нарисованных кружочков, к которым она пришпиливала некие листочки. Бабушка оглянулась, когда я вошла, и сказала по-французски:

— О, Амелия! Очень хорошо, заходи и садись. Нам надо многое обсудить. Это господин Виго.

Мои глаза полезли на лоб. Я не верила тому, что вижу, и мне страшно захотелось, чтобы то, что я вижу, не оказалось, знаете... тем, что я вижу.

— Бабушка, — спросила я, — что происходит?

— Разве не понятно? — Бабушка взглянула на меня, и ее накрашенные брови поднялись выше, чем когда-либо. — Мы планируем свадьбу.

Я судорожно сглотнула. Ах, как плохо. Хуже еще не было.

— А-а-а, — протянула я, — а чью свадьбу, бабушка?

Она бросила на меня испепеляющий взгляд.

— Догадайся, — сказала она.

Я еще раз сглотнула.

— Хм, бабушка, можно тебя на минутку? С глазу на глаз?

Но она лишь махнула на меня рукой и произнесла:

— Ты можешь все говорить при Виго. Он страстно желал встречи с тобой. Виго, Ее Королевское Высочество, принцесса Амелия Миньонетта Гримальди Ренальдо.

Она пропустила Термополис. Как, впрочем, и всегда.

Виго вскочил из-за стола и бросился ко мне. Он был намного ниже меня, примерно маминого возраста и в сером костюме. По-видимому, он разделял бабушкину страсть к фиолетовому, потому что его рубашка была лилового цвета, из какой-то блестящей ткани, а темно-фиолетовый галстук был такой же блестящий.

— Ваше Высочество, — гаркнул он, — мое почтение. Как я рад наконец познакомиться с Вами.

Он повернулся к бабушке и добавил:

— Вы правы, мадам. У нее нос Ренальдо.

— Я же говорила вам, не правда ли? — довольно отозвалась бабушка. — Это слишком очевидно.

— Истинно так. — Он изобразил пальцами рамку и оценивающе взглянул на меня через нее.

— Розовый, — огласил он свое решение, — идеально розовый. Какая чистота! Это так символично. Как и Диана. Впрочем, та была более канонична.

— Я тоже рада с вами познакомиться, — ответила я ему, — но дело в том, что моя мама и мистер Джанини планировали провести скромную церемонию в...

— В мэрии. — Бабушка округлила глаза. Это зрелище не для слабонервных. Много лет назад она сделала татуировку на веках, чтобы не тратить время, накладывая макияж. — Да, я об этом слышала. Это, разумеется, нелепо. Церемония бракосочетания пройдет в Бело-золотом зале в «Плазе». Затем будет прием в Бальном зале, как и полагается матери наследной принцессы Дженовии.

— Ага, — сказала я, — только отнюдь не уверена, что это совпадет с их желанием.

Лицо бабушки выражало крайнее недоумение.

— Почему же нет? Все оплатит твой отец, разумеется. Я разрешаю каждому из них пригласить по двадцать пять гостей.

Я взглянула на листок бумаги на столе. Там было намного больше фамилий.

Бабушка, должно быть, проследила за моим взглядом, так как добавила:

— Ну, само собой, присутствовать будет не меньше трехсот.

Я уставилась на нее.

— Гостей, разумеется.

Я забыла, как дышать. Я была готова на что угодно, чтобы остановить ее. Но как?

— Может, я звякну папе и мы с ним все обсудим?..

— Желаю удачи, — ответила бабуля, ухмыляясь, — он укатил с этой девицей Беллрив, и с тех пор я о нем ничего не слышала. И если он не будет осторожен, то кончит так же, как этот твой учитель математики.

Бабушка, видимо, забыла, что мой папа физически не способен произвести на свет ребенка, вследствие чего я, его внебрачная и единственная дочь, стала наследницей трона Дженовии. Или она все еще не хочет смириться с тем, что я единственная, принимая во внимание, каким неподходящим наследником я оказалась.

В этот самый момент из-под бабушкиного стула раздался странный протяжный стон. Мы обе посмотрели туда. Роммель, бабушкин карликовый пудель, дрожал от страха, глядя на меня.

Я знаю, что с виду страшна, но не до такой же степени, чтобы собака при виде меня впадала в ужас. К тому же я так люблю животных.

Но даже святой Франциск Ассизский вряд ли нашел бы сейчас подход к Роммелю. Бедная собака недавно получила нервное расстройство (что неудивительно, ведь пудель живет бок о бок с моей бабушкой). Шерсть Роммеля начала выпадать, а потом он и вовсе облысел, так что теперь бабушка надевает на него крошечные свитерочки и пальтишки, чтобы пудель не подхватил простуду.

Сегодня Роммель красовался в норковой шубке. Я не шучу. Мех был выкрашен в лиловый цвет, чтобы шубка гармонировала с бабушкиной фиолетовой норковой накидкой. Мне страшно видеть человека в меховой одежде, но в тысячу раз ужаснее вид животного, одетого в мех другого животного.

— Роммель, — вскричала бабушка, — прекрати рычать!

Роммель не рычал. Он стонал. Стонал от страха при виде меня. МЕНЯ!!

Сколько раз за один день можно меня унизить!

— Вот глупое животное. — Бабушка наклонилась и подхватила Роммеля на руки. Он совсем не обрадовался. Надо полагать бабушкины, бриллиантовые перстни кололи ему пузико. На бедном пуделе нет ни жира, ни шерсти, и поэтому он весьма чувствителен к прикосновению холодных и острых предметов. Роммель принялся извиваться, чтобы вырваться из бабушкиных рук, но она держала его крепко и не выражала ни малейшего желания освободить. — Ну, Амелия, — сказала бабушка, — мне нужно, чтобы твоя мама и этот... как его там, сегодня же составили список имен и адресов своих гостей, а я завтра разошлю приглашения. Твоя мама, полагаю, намерена пригласить этих своих диких свободных художников, Миа. Но я думаю, что лучше бы они остались на улице вместе с репортерами и туристами, а затем помахали бы руками, когда она будет садиться в лимузин. Таким образом, они не будут чувствовать себя обделенными и никого не смутят своими невообразимыми прическами и неподобающим внешним видом.

— Бабушка, — я попыталась вставить хоть слово, — может быть...

— Так, а теперь взгляни на это платье. — Она держала в руках журнал свадебных нарядов, открытый на странице с платьем от «Веры Вонг». Такую пышную юбку мама в жизни не наденет.

Тут подобострастно встрял Виго:

— Позвольте, Ваше Высочество, мне кажется, вот это больше подойдет.

Он показал на фотографию с таким облегающим платьем от «Армани», какое мама тоже в жизни не наденет.

— Ох, бабушка, это все так мило с твоей стороны, но мама совсем-совсем не хочет устраивать пышную свадьбу. Честно. Категорически не хочет.

— Фи, — отвечает мне на это бабушка, — она захочет, как только узнает, *насколько* пышной будет эта свадьба. Какой мы устроим великолепный прием! Hors d'œuvres! Расскажи-ка ей, Виго.

Виго принял важный вид.

— Фаршированные грибные шляпки, спаржа в ломтиках лосося, трюфели в козьем сыре...

— Ох, бабушка, — перебила я его, — она все равно не захочет. Ну как тебе объяснить?

— Ты говоришь ерунду, — отрезала бабушка, — поверь мне, Миа, твоя мама когда-нибудь оценит по достоинству наши усилия. Я и Виго сделаем этот день таким, что она будет помнить свою свадьбу всю оставшуюся жизнь.

Ну, это уж точно.

— Бабушка, — сказала я, — мама и мистер Дж. на самом деле планировали провести церемонию тихо и скромно...

Но тут бабушка посмотрела на меня своим страшным взглядом (а он действительно знаете какой страшный) и произнесла тоном, не терпящим возражений:

— В течение тех трех лет, когда твой дедушка воевал с немцами, я удерживала войска нацистов (не говоря уж о войсках Муссолини) в водах залива. Они наставили пушки на ворота моего дворца. Они пытались проехать на танках по моим аллеям. И ценой невероятных усилий нам удалось выстоять. И теперь ты, Амелия, пытаешься меня убедить в том, что я не смогу заставить какую-то беременную женщину поступить по-моему?!

Да, сложно найти что-либо общее между моей мамой и Муссолини или нацистами. Разве что все они как-то пытались сопротивляться моей бабушке...

Я видела, что в данном случае уговоры вряд ли помогут. Посему я просто махнула рукой и продолжала слушать Виго, зачитывавшего меню. Сообщил он и о том, какую музыку выбрал для церемонии и банкета. Я даже похвалила его выбор фотографа.

Потом они показали мне приглашения, и тут я сообразила:

— Так свадьба будет в эту пятницу?
— Да, — ответила бабушка.
— Так в пятницу же Хэллоуин! — воскликнула я. — А значит, в тот же вечер будет праздник у Шамики.

Бабушка взглянула на меня:
— Ну и что?
— Ну, просто, ты знаешь... Хэллоуин.

— Что такое Хэллоуин? — с недоумением спросил Виго. Они же у себя в Дженовии Хэллоуин не празднуют.

— Языческий праздник, — ответила бабушка, содрогнувшись. — Дети одеваются в маскарадные костюмы и клянчат сладости у кого попало. Кошмарный американский обычай.

— Праздник отмечают на этой неделе, — добавила я.

Бабушка еще выше подняла нарисованные брови:
— Ну и что?

— Ну, ты знаешь... это же так скоро. Люди — я, например, — могут уже иметь какие-то планы на этот день.

Бабушка проигнорировала мои слова о планах. Раз уж мы заговорили о браках и бракосочетаниях, сказала она, то для меня представилась отличная возможность начать разбираться, какие будут ожидания при дворе относительно моего будущего принца-консорта.

Стоп.

— Будущего кого? — спросила я.

— Консорта, — радостно отозвался Виго, — это супруг правящего монарха. Принц Филипп — консорт королевы Елизаветы. Кого бы Вы ни выбрали в мужья, Ваше Высочество, этот человек станет Вашим консортом.

Я поморгала, глядя ему в глаза.

— А откуда вы знаете?

— Виго служит не только организатором празднеств, но и экспертом королевского протокола, — объяснила бабушка.

— Протокол? Я думала, это что-то военное...

Бабушка закатила глаза.

— Протокол — это формы церемонии и этикета, принятые на государственном уровне. Виго объяснит тебе правила поведения твоего будущего консорта во избежание каких-либо неприятных сюрпризов впоследствии.

Затем бабушка взяла лист бумаги и исписала его правилами для консортов под диктовку Виго.

Бабушка, очевидно, не знает, что у меня уже сейчас целая куча потенциальных консортов.

Конечно, мне не известно настоящее имя Джоса Ирокса, но все-таки.

Теперь я точно знаю, как консорты должны себя вести. И начинаю уже сильно сомневаться, что кто-нибудь захочет меня поцеловать по-настоящему, если и дальше так пойдет. Так вот почему моя мама не хотела выходить замуж за папу, даже если он и просил ее об этом.

Я приклеила эту бумажку сюда.

Правила поведения Королевского консорта принцессы княжества Дженовия

Консорт должен спрашивать разрешения у принцессы, если хочет покинуть комнату.

Консорт обязан ждать, когда принцесса закончит говорить, прежде чем сам начнет говорить.

Консорт должен ждать, когда принцесса возьмет свою вилку, прежде чем поднимет свою для приема пищи.

Консорт не должен садиться, прежде чем сядет принцесса.

Консорт должен подниматься в тот же момент, когда поднимается принцесса.

Консорт не имеет права заниматься опасными видами спорта, такими, как гонки (автомобильные или лодочные), альпинизм, парашютный спорт, подводное плавание и так далее, до рождения наследника.

В случае развода консорт теряет право на опеку над своими детьми, рожденными в браке.

Консорт должен отказаться от своего гражданства в пользу гражданства Дженовии.

О'кей. Всего ничего. Мне очень повезет, если на мне вообще кто-то женится.

Какой идиот захочет жениться на девчонке, которую ему нельзя будет даже в разговоре перебить? И от которой нельзя будет уйти из комнаты во время ссоры? И ради которой придется сменить гражданство?

Страшно подумать, за какого непроходимого неудачника меня заставят когда-нибудь выйти замуж. Я уже сожалею о несостоявшихся автомобильных гонках, прыжках с парашютом и походах в горы. Все это я могла бы иметь, не случись истории с наследованием престола.

ПЯТЬ ПРИЧИН, ПО КОТОРЫМ ПЛОХО БЫТЬ ПРИНЦЕССОЙ

1. Нельзя выйти замуж за Майкла Московитца (он никогда не откажется от американского гражданства в пользу дженовийского).

2. Никуда нельзя ходить без телохранителя (Ларс мне нравится, но, в конце концов, даже Папе Римскому иногда удается помолиться в одиночестве).

3. Я должна высказываться нейтрально о том, что меня серьезно волнует, например о мясной промышленности и курении.

4. Уроки королевского этикета с бабушкой.

5. Меня до сих пор заставляют учить алгебру, несмотря на то что она мне наверняка не понадобится в моей будущей карьере правителя маленького европейского княжества.

27 октября, понедельник, вечером

Я очень спешила домой, чтобы сказать маме и мистеру Дж., что им надо поскорей сматываться из города, и как можно дальше, а то бабушка уже пригласила профессионального церемониймейстера! Я догадывалась, что скорое открытие маминой выставки может стать проблемой, но не такой же! Королевская свадьба, подобной которой город не видел с тех пор как...

Да нет, вообще никогда не видел.

Но когда я пришла домой, мама была в ванной, ей было плохо. Ага, значит, начался токсикоз. У некоторых он бывает только по утрам, а ее теперь тошнит в любое время суток.

Ей было так дурно, что я не решилась сообщить еще и о бабушкиных планах. Чтобы хуже не стало...

— Вставьте кассету в видик! — слабым голосом простонала мама из ванной. Я не поняла, о чем она толкует, но мистер Дж. понял.

Она имела в виду, что надо бы записать мое интервью. Мое интервью с Беверли Белльрив!

Я совсем забыла о нем из-за бабушки с ее свадьбой, консортами и прочими заморочками. Но мама не забыла.

Так как мама была не в состоянии, мы смотрели интервью вдвоем с мистером Дж. То и дело приходилось вскакивать и относить ей то полотенце, то попить.

Я решила, что расскажу о свадьбе, которую планирует бабушка, мистеру Дж. во время первого перерыва на рекламу, но когда услышала себя по телевизору, то забыла обо всем на свете. Неправдоподобный ужас обуял меня.

Беверли Белльрив прислала мне распечатку записи, и, если хоть кто-нибудь когда-нибудь вздумает предложить мне дать интервью еще раз, я перечитаю распечатку и точно откажусь. Я теперь знаю, что ни при каких условиях, никогда в жизни не должна снова позволять себе показываться на экране телевизора.

Вклеиваю текст сюда, чтобы не потерять.

«24/7» от 27 октября

Американская принцесса
Б. Белльрив, инт. с М. Ренальдо

Панорама Томпсон-стрит, Южный Хьюстон

Беверли Белльрив (ББ): Вообразите, что вы — обычная девочка-подросток. Обычный тинейджер, живете в Нью-Йорке в квартире с мамой, которую зовут Хелен Термополис.

Жизнь Миа была наполнена обычными нормальными событиями, как у всякого человека ее возраста: школа, домашние задания, друзья, неожиданная тройка по алгебре... И в один прекрасный день все изменилось.

Интерьер пентхауса в отеле «Плаза»

ББ: Миа... Можно я буду называть тебя Миа? Или ты предпочитаешь обращение «Ваше Высочество»? Или Амелия?

Миа Ренальдо (МР): Нет, нет, называйте меня Миа.

ББ: Миа. Расскажи нам об этом дне. О том дне, когда твоя жизнь переменилась целиком и полностью.

МР: Ну, как... мы с папой были здесь, в отеле, в «Плазе», знаете, и я пила чай и начала икать, и все стали на меня оглядываться, а папа, знаете, начал рассказывать мне, что я наследница трона в Дженовии, ну, в той стране, где он живет, и я это... ну, мне пришлось бежать в дамскую комнату и ждать там, когда пройдет икота. Потом я вернулась на свое место, и он сказал мне, что я теперь, оказывается, принцесса... Я выпала в осадок, у меня произошел сдвиг по фазе, и я побежала в зоопарк. Сидела там и смотрела на пингвинов. Я, ну, не могла поверить в то, что... хотя в седьмом классе нас заставляли рисовать карту Европы и изучать каждую страну, я так и не додумалась, что папа — принц одной из этих стран. Все, о чем я тогда могла думать, это чтобы никто в школе не узнал... Если узнают, то все, мне конец, потому что я не хочу, чтобы меня считали странной, как мою подругу Тину, потому что она ходит по школе с телохранителем. Но так и произошло. Я теперь странная, совершенно ненормальная.

(Беверли попыталась спасти ситуацию)

ББ: О, Миа, я не верю, что это на самом деле так. Уверена, что в школе ты довольно популярна.

МР: Да что вы, я совсем там не популярна! Кто у нас популярен, так это спортсмены и девушки из команды болельщиц. Но не я же! В том смысле, что я не тусуюсь с популярными ребятами. Меня никогда не приглашают на вечеринки. Я имею в виду крутые вечеринки, с пивом и все такое... Я не спортсменка, не болельщица, не умная...

ББ: Погоди, как это ты — не умная? Я слышала, ты посещаешь класс Талантливых и Одаренных.

МР: Да, но, видите ли, класс ТО у нас как бы разгрузочный. На этих уроках мы ничем таким не занимаемся, сидим в Интернете, каждый делает что хочет. Ну, там, слоняемся практически без дела, потому что учительницы постоянно нет, она все время сидит в учительской и не знает, чем мы заняты. Лишь бы не шумели.

(Беверли все еще думала, что из этого интервью можно сделать что-нибудь приличное)

ББ: Но, Миа, вряд ли у тебя остается много времени на то, чтобы слоняться без дела. Например, сейчас мы находимся в номере твоей бабушки, многоуважаемой вдовствующей принцессы Дженовии, которая, насколько я знаю, обучает тебя королевскому этикету. И занятия проходят ежедневно.

МР: Да, это верно. Она учит меня королевскому этикету каждый день после школы. Да, и после дополнительных занятий по алгебре.

ББ: Миа, не можешь ли ты поведать нам нечто, в недавнем времени приятно поразившее тебя?

МР: Ах да. Я приятно поражена, даже можно сказать, очень рада. Я всегда мечтала стать старшей сестрой. Но они не хотят устраивать пышную свадьбу, знаете ли. Это будет, наверное, скромная церемония в городской мэрии...

И еще, мало того... Страшно подумать, но я, оказывается, еще минут десять после этих слов, как идиотка, лепетала что-то на эту тему, а Беверли безуспешно пыталась вернуть беседу в нужное русло. Она хотела получить другой ответ на свой вопрос.

Но эта задача вышла далеко за пределы ее выдающихся журналистских способностей. У нее, наверное, никогда не было собеседников хуже меня. Сыграли свою роль моя нервозность да кодеиновый сироп от кашля.

Так, продолжим.

Панорама Томпсон-стрит, Южный Хьюстон

ББ: Она — не душа школьной компании и не капитан команды болельщиц. Кто такая Амелия Миньонетта Гримальди Термополис Ренальдо, дорогие леди и джентльмены? Само ее существование ломает установившиеся социальные стереотипы. Она — принцесса. Американская принцесса.

Кроме того, что она решает ежедневные проблемы, стоящие перед всеми подростками нашей страны... она живет с сознанием, что, когда вырастет, будет управлять целой страной.

Придет весна, и Миа станет старшей сестрой. Канал «24/7» был счастлив узнать, что Хелен Термополис, мама Миа, и школьный учитель алгебры Фрэнк Джанини ожидают появления своего ребенка в мае.

Смотрите наше эксклюзивное интервью с отцом Миа, принцем Дженовии, в следующем выпуске нашей программы.

Боюсь, мне придется срочно эвакуироваться в Дженовию. Мама к концу передачи все же нашла в себе силы выйти из ванной, и они вместе с мистером Дж. принялись хором утешать меня, убеждая, что не все так страшно, плохо и безнадежно.

Ничего они не понимают. Еще как страшно. Еще как безнадежно. И не просто плохо. А ужасно, полнейшая катастрофа. Я знала об этом еще до того, как при появлении титров в конце передачи зазвонил телефон.

— О господи, — простонала мама и схватилась за голову обеими руками, — не берите трубку! Это моя мама. Фрэнк, я совсем забыла ей рассказать!

Собственно, я бы только обрадовалась, если бы это была бабушка Термополис. Я даже надеялась на это. Прямо даже мечтала. Я так хотела, чтобы это была она. Кто угодно, но только не тот, кто это был на самом деле. Лилли.

Она была просто в бешенстве. Орала как ненормальная.

— Обалдела ты, что ли, зачем обозвала нас всех придурками? — вопила она в трубку.

— Лилли, — ответила я, — ты чего? Я никого не называла придурками.

— Ты только что рассказала всему американскому народу о том, что учащиеся средней школы имени Альберта Эйнштейна разделены на различные группировки, а ты и твои лучшие друзья недостаточно круты, чтобы входить в них!

— А разве нет? Так и есть.

— За себя говори! А что за чушь насчет класса ТО?

— Какая именно чушь насчет класса ТО?

— Ты только что рассказала всей стране, что мы сидим и балдеем на уроках, потому что миссис Хилл все время торчит в учительской! Ты в своем уме? Ты знаешь, какие неприятности можешь на нее навлечь?

У меня в животе что-то сжалось и похолодело. Надо же, а ведь и правда!

— Ох, нет, — простонала я, — неужели?

Лилли издала мученический вопль.

— Мои родители передают твоей маме поздравления.

И швырнула трубку.

Мне чуть плохо не стало. Бедная миссис Хилл! Ой, что я наделала!

Телефон снова зазвонил. Это оказалась Шамика.

— Миа, — проговорила она замогильным голосом, — помнишь, я приглашала тебя на Хэллоуин в пятницу?

— Да, — говорю.

— Отменяется. Папа не разрешает мне праздновать.

— Как? Почему?

— Да потому что благодаря тебе он теперь считает, что средняя школа имени Альберта Эйнштейна набита одними придурками и алкоголиками.

— Да не говорила я этого!

В таких-то выражениях уж точно не говорила.

— Ну, а он это услышал именно так. И сейчас засел в Интернете, где ищет школу для девочек в Нью-Хэмпшире. Меня собираются послать туда на следующий семестр. И еще папа не разрешает мне встречаться с мальчиками, пока мне не исполнится тридцать лет.

— Ох, Шамика! — Я чуть не плакала. — Ну прости меня!

Шамика ничего не ответила, только заплакала и положила трубку.

И снова звонок. Я не хотела отвечать, но выбора не было: маме опять было плохо, а мистер Джанини помогал ей.

— Алле?

Это была Тина Хаким Баба.

— О, елки-палки! Черт возьми!!! — кричала она так громко, что я чуть трубку не выронила.

— Извини меня, Тина. — Я решила, что лучше всего будет начать с извинений, и боюсь, мне еще долго придется так поступать.

— Ты что? Извини? За что мне тебя извинять? — Тина чуть из трубки не вылезала от возбуждения, ей несвойственного. — Ты произнесла мое имя по телевизору!

— Э... Знаю. — Это, видимо, когда я ее тоже придурком обозвала.

— Поверить не могу! — орала Тина, видимо потеряв над собой контроль. — Это так классно! Здорово! С ума сойти!

— Ты... не злишься на меня?

— В честь чего мне злиться? Это было круче всего, что когда-либо случалось со мной в этой жизни! Обо мне еще никогда никто не рассказывал по телевизору!

Меня переполнила любовь и признательность к Тине Хаким Баба.

— Хм... А твои родители смотрели передачу? — спросила я осторожно.

— Да! Они тоже просто отпали! Мама просила передать, что голубые тени — гениальная находка гримера. Не слишком много, как раз столько, чтобы глаза засияли ярче. Она потрясена. Да, передай еще маме, что у нас есть классный крем от растяжек для кожи живота. Шведский. Ну, ты понимаешь, когда живот начнет расти. Крем завтра принесу в школу, отдашь своей маме.

— А твой папа? — Я спрашивала, все еще очень волнуясь. — Он не собирается отдавать тебя в какую-нибудь другую школу? Ну, где учатся только девочки?

— Да ты что?! О чем ты говоришь? Он в восторге, что ты упомянула моего телохранителя. Он сказал, что теперь те, кто, возможно, замышляет похитить меня, еще сто раз подумают. О, нам тут звонят. Наверно, бабушка из Дубаи. У них спутниковый телефон. Я уверена, бабушка звонит, потому что ты мое имя назвала! Пока!

Тина повесила трубку. Ну, классно. Даже люди в каком-то Дубаи смотрели мое несчастное интервью. А я даже не знаю, где это Дубаи находится, даже на карте не найду. Ну, не сразу, во всяком случае.

Телефон опять звонил. Это оказалась бабушка.

— Тэкс, — говорит. Ни тебе «здрасте», ни «алле». — Ужасно, просто ужасно, ты не находишь?

— А может, мне можно выступить снова и все исправить? Я не хотела говорить, что учительница класса Талантливых и Одаренных ничего не делает во время уроков. Я не хотела говорить, что моя школа полна идиотов и алкоголиков. Ты знаешь, что это не так, это получилось случайно...

— Не представляю, о чем вообще думала эта женщина, — ответила мне бабушка.

Мне было приятно, что она хоть раз в жизни приняла мою сторону. Но через минуту оказалось, что дело совсем не во мне.

— Она отказалась показать дворец! Одну-единственную фотографию! Он так красив осенью! Пальмы великолепны! Это провал. Полный провал. Ты хоть понимаешь, какие рекламные возможности упущены? Совершенно, полностью, безвозвратно упущены!

— Бабушка, ты должна что-нибудь предпринять, — вставила я свое слово, — я не знаю, смогу ли я показаться завтра в школе.

— Количество туристов, посещающих Дженовию, падает, — бабушка твердила свое, — несмотря на то что мы разместили в Интернете баннеры с рекламой наших круизных поездок. Но кому теперь нужны однодневные путешествия? Этим американцам в шортах и с видеокамерами? Ах, если бы удалось показать наши казино. Если бы эта женщина додумалась вставить хоть один вид наших пляжей! У нас самый белый песок на всем побережье! Ты понимаешь, Амелия? Монако-то свой песок импортирует!

— Мне, наверное, придется теперь переходить в другую школу. Как ты считаешь, хоть одна школа на Манхэттене примет ученицу с единицей по алгебре?

— Погоди... — забормотала бабушка, — ага, ага, вот-вот. Они снова в эфире, вот, показывают миленькие виды дженовийских пляжей, а, вот и дворец. И бухта. Оливковые плантации. Отлично. Великолепно. Замечательно. Эта женщина не совсем безнадежна. Думаю, мне придется разрешить твоему отцу продолжать встречаться с ней.

Она повесила трубку. Даже родная бабушка бросает трубку, разговаривая со мной. Ну, что за жизнь?

Я пошла к маме в ванную. Она сидела на полу с несчастным видом. Мистер Джанини сидел на краю ванной, тоже с несчастным видом. Впрочем, можно ли его винить? Всего пару месяцев назад он был обыкновенным учителем алгебры. А теперь — будущий отец будущего брата или сестры дженовийской принцессы.

— Я хочу перейти в другую школу, — сказала я им. — Мистер Джанини, вы бы не могли помочь мне с этим? Вы же учитель, знаете, наверное, как это сделать побыстрее.

— Не говори глупостей, ничего неприличного ты не сказала, наоборот даже. — Мама опять за свое...

— Очень даже сказала, ты же не видела передачу, тебе тут было плохо.

— Верно, не видела, — говорит мама, — зато все слышала. Какую же глупость ты сморозила, вот скажи, а? Люди, которые занимаются спортом, пользуются огромным уважением в нашем обществе, порой даже восхищением. К некоторым из них относятся как к богам, в то время как многие люди с высокими интеллектуальными способностями терпят насмешки. Честно говоря, я считаю, что ученые, работающие над средствами лечения раковых опухолей, должны получать такие же деньги, как профессиональные спортсмены. Профессиональные спортсмены не спасают нам жизнь, так? Они только развлекают нас. А вот учителя? От них нынче требуется настоящий артистизм, чтобы справиться с вами, да еще и вдолбить в ваши головы хоть какие-нибудь знания. Фрэнку за то, как он учит вас перемножать многочлены, должны платить столько же, сколько Тому Крузу.

Я испугалась, что мама сейчас упадет в обморок. Она опять страшно побледнела. Я сказала:

— Мама, иди-ка ты лучше спать.

Вместо ответа мама со страдальческим видом снова потянулась к раковине. Я только рукой махнула и ушла к себе в комнату.

Включила компьютер, вышла в Интернет. Может быть, найду какую-нибудь школу для девочек. Если повезет, попаду в один класс с Шамикой. По крайней мере, хоть одна подруга у меня еще останется, если Шамика вообще согласится разговаривать со мной после того, что я сделала, в чем я сильно сомневаюсь. Ни одна живая душа во всей средней школе имени Альберта Эйнштейна теперь не захочет иметь со мной дело. Кроме разве что Тины Хаким Баба.

Вдруг я увидела, что мне пришло сообщение. Кто-то хотел поговорить со мной!

Кто же? Джос Ирокс? Он или не он?

Нет. В сто раз лучше! Это был Майкл. По крайней мере, Майкл еще не отказывается общаться со мной.

Я распечатала нашу переписку и вклеила сюда.

КрэкКинг: Привет. Только что видел тебя по телевизору. Здорово.

ТлстЛуи: Да ты что? Глупее нельзя было выступить! Ну и дура! А что я ляпнула про миссис Хилл? Теперь они возьмут и уволят ее.

КрэкКинг: Ну, по крайней мере, ты сказала правду.

ТлстЛуи: А теперь все они на меня злятся. Лилли вообще в бешенстве!

КрэкКинг: Да ей просто завидно, что тебя за эти пятнадцать минут видело больше людей, чем ее за всю историю существования ее шоу.

ТлстЛуи: Да нет, не поэтому. Она думает, что я предала все наше поколение, разгласив тот факт, что в нашей школе существует несколько отдельно взятых группировок.

КрэкКинг: Ну да, и еще то, что вы не принадлежите ни к одной из них.

ТлстЛуи: Я не принадлежу.

КрэкКинг: Нет, принадлежишь. Лилли полагает, что ты принадлежишь к эксклюзивной элитной группировке Лилли Московитц. Ты отказываешься признать это, что ее и раздражает.

ТлстЛуи: ДА? Она сама так сказала?

КрэкКинг: Она не произносила этого вслух, но она же моя сестра. Я знаю, что она думает.

ТлстЛуи: Может быть. Я не знаю, Майкл.

КрэкКинг: Эй, ты в порядке? Ходишь последние дни какая-то прибабахнутая. Хотя теперь понятно почему. Здорово это — с твоей мамой и мистером Джанини. Тебе весело, наверное.

ТлстЛуи: Да уж. Обхохочешься. Хотя, как тебе сказать... Как-то это все сомнительно. Странно. Но по крайней мере, мама наконец выйдет замуж, как все нормальные люди.

КрэкКинг: А значит, тебе больше не нужна моя помощь с алгеброй. У тебя теперь персональный репетитор, домашний.

Ну вот, а об этом я не подумала. Ужас какой! Не хочу персонального репетитора. Я хочу, чтобы мне по алгебре помогал Майкл! Во время ТО. Мистер Дж. неплохой человек, но он по всем статьям — не Майкл.

Я быстро ответила.

ТлстЛуи: Ну, не знаю. То есть он, наверное, теперь будет страшно занят, ему же надо переезжать, а потом будет младенец и все такое.

КрэкКинг: Ах да. Младенец. Прямо не верится. Не удивительно, что ты ходишь такая странная.

ТлстЛуи: Да уж...

КрэкКинг: Лана-то сегодня выкинула номер, помнишь? Дурочка, правда? Смешно думать, что мы с тобой встречаемся.

Я, правда, не вижу здесь ничего смешного. А что мне надо было ответить? Ха, Майкл, а давай попробуем?

Если бы.

Вместо этого написала.

ТлстЛуи: Да, у нее не все дома, это точно. Думаю, что ей даже в голову не придет мысль, что девочка с мальчиком способны просто дружить, безо всякой романтики.

Впрочем, должна признать, что чувство, которое я испытываю к Майклу, на дружбу не похоже. Особенно в те моменты, когда я в гостях у Лилли, а он выходит из своей комнаты без футболки.

КрэкКинг: *Н-да. Слушай, а что ты делаешь в пятницу вечером?*

Он что, на свидание меня приглашает? Это что, Майкл Московитц наконец приглашает меня НА СВИДАНИЕ???

Нет. Это невозможно. Этого не может быть. Это не может произойти в тот день, когда я опозорилась по национальному телевидению.

На всякий пожарный случай, чтобы не сделать чего-нибудь непоправимого, я сочинила какой-то нейтральный ответ. Вдруг он вздумал попросить меня выгулять Павлова, потому что Московитцы собрались поехать всей семьей за город или еще куда-нибудь.

ТлстЛуи: *Да не знаю. А что?*

КрэкКинг: *Да просто будет Хэллоуин, помнишь об этом? Может, всей компанией закатимся в «Виллидж Синема» на Шоу Ужасов?*

Ага. Значит, не свидание.
Но мы там будем сидеть в темном помещении рядом друг с другом! Это уже кое-что! И на этом Шоу Ужасов будет совершенно естественно, если я испугаюсь и схвачусь за Майкла.

ТлстЛуи: *Давай, здорово!*

И тут я вспомнила. В пятницу-то будет Хэллоуин. А вечером состоится королевская свадьба моей мамы! Это если бабушка поступит по-своему...

ТлстЛуи: *Я еще подумаю, ладно? У меня этим вечером будет одно семейное дело, от которого, наверное, не отвертеться.*

КрэкКинг: *Конечно. Дашь мне знать. До завтра.*

ТлстЛуи: *Ага. Жду не дождусь.*

КрэкКинг: *Не беспокойся. Ты сказала правду. Из-за того, что ты сказала правду, неприятностей у тебя быть не должно.*

Ха! Это он так думает. А я считаю иначе. Поэтому и вру все время.

ПЯТЬ ПРИЧИН, ПО КОТОРЫМ ХОРОШО БЫТЬ ВЛЮБЛЕННОЙ В БРАТА ЛУЧШЕЙ ПОДРУГИ

1. Можно видеть его дома, в его естественной обстановке, а не только в школе, что позволяет узнать разницу между его «школьной» личностью и реальной.
2. Можно иногда увидеть его без футболки.
3. Можно все время болтаться у него перед глазами и часто видеться с ним, и это будет выглядеть вполне естественно.
4. Можно видеть, как он обращается с матерью (сестрой, домработницей). Так можно предугадать, как он будет общаться со своей девушкой.
5. Это, в конце концов, удобно: сидишь в гостях у подружки, болтаешь с ней и знаешь, что твой любимый рядом.

ПЯТЬ ПРИЧИН, ПО КОТОРЫМ ПЛОХО БЫТЬ ВЛЮБЛЕННОЙ В БРАТА ЛУЧШЕЙ ПОДРУГИ

1. Нельзя рассказывать ей о своей любви.
2. Нельзя признаться в любви ему, потому что он может рассказать ей.
3. Нельзя рассказать никому, потому что они могут рассказать ему или, что хуже, ей.
4. Он никогда не признается тебе в своих истинных чувствах, потому что ты для него всего лишь подружка младшей сестры.
5. И ты знаешь, что никогда в жизни он не посмотрит на тебя иначе как на подружку младшей сестры, и ты обречена делать вид, что он тебе совершенно безразличен, в то время как каждая частичка тебя сходит по нему с ума и кажется, что долго ты этой пытки не выдержишь и помрешь, хоть учительница биологии и утверждает, что умереть от несчастной любви невозможно.

28 октября, вторник, приемная директрисы Гупты

О боже! Прихожу сегодня в школу, а мне говорят, что меня ждет директор!

Я сначала подумала, что Гупте просто понадобилось удостовериться, что я не притащила с собой в школу кодеиновый сироп от кашля. Но потом поняла, что дело, скорее всего, в моем вчерашнем кошмарном интервью. Даже, наверное, конкретно в той его части, где я весело рассказывала, как все в нашей школе ужасно, все сходят с ума, балдеют и бездельничают на уроках, курят, и никто не учится.

Но, как бы там ни было, все те, кого никогда раньше не приглашали на вечеринки, теперь на моей стороне. Такое ощущение, будто я выступила на каком-нибудь митинге протеста, и это показали во всех новостях. Не успела я сегодня ступить на порог школы, как сразу все: рэперы, ботаники, артисты, спортсмены — повернулись ко мне и заорали вразнобой:

— Эй! Говоришь все, как есть, сестренка?

До этого меня никто не называл «сестренкой». Здорово, мне понравилось. Как родные. Но виду не показала. Покраснела, наверное, как свекла.

А вот болельщицы относятся ко мне как всегда. Когда я шла по коридору, они стояли группой и мерили меня взглядами — с головы до ботинок. А потом сгрудились и принялись шептаться и хихикать. Противно, ну да что с них возьмешь.

Из всех моих друзей только Лилли и Шамика, само собой, так бурно отреагировали. Лилли все еще расстраивается из-за того, что я наговорила про группировки в нашей школе. Впрочем, не до такой степени она расстраивается, чтобы отказаться от поездки в школу на моем лимузине сегодня утром.

Интересно, что эта ее неприязнь только сблизила нас с ее братом. Сегодня утром прямо в лимузине Майкл сам предложил пройтись по моей домашке по алгебре, проверить уравнения.

Я была тронута его предложением. Меня охватило такое теплое чувство, когда он сказал, что все правильно... И не потому я обрадовалась, что сошлись ответы, а из-за того, что, отдавая мне листок с заданием,

Майкл коснулся рукой моих пальцев. Может, Джос Ирокс — все-таки он? А?

Ой, директриса Гупта готова меня принять.

28 октября, вторник, алгебра

Похоже, что директриса Гупта сомневается в моем психическом здоровье.

— Миа, тебе действительно так не нравится учиться в школе имени Альберта Эйнштейна?

Я не хотела ее расстраивать и ответила, что очень даже нравится. На самом деле мне совершенно все равно, в какой школе учиться.

А потом директриса Гупта сказала удивительную вещь:

— Я задаю тебе этот вопрос, потому что вчера в интервью ты заявила, что в школе непопулярна.

Я не знала, к чему она клонит, так что просто сказала, пожав плечами:

— Ну, ведь так оно и есть.

— Это неправда. Каждый ученик знает, кто ты такая.

Чего это она? Вину, что ли, чувствует передо мной? Я этого не хотела, мне даже стало ее жалко, и поэтому я сказала:

— Да, но это только потому, что я принцесса. До того, как это стало известно, я была человеком-невидимкой.

На что директриса заявила:

— Это неправда, Миа.

Про себя, но не вслух, конечно, я ей крикнула: «Да что ты понимаешь? Как ты можешь знать? Ты же по коридорам не ходишь, в классах не сидишь! Ты понятия не имеешь, что у нас происходит на самом деле».

Расстроила она меня. Живет в своем сказочном директорском мире, ничего не знает, настоящей жизни не видит...

— Может, если бы ты начала посещать какие-нибудь кружки, то почувствовала бы себя лучше.

Я аж глаза от изумления выпучила.

— Миссис Гупта, у меня же полный завал с алгеброй. Все свое свободное время я трачу на дополнительные занятия, чтобы к концу семестра выкарабкаться хотя бы на тройку.

— Ну, допустим, этого я не учла...

— Кроме того, после дополнительных занятий у меня еще уроки королевского этикета с бабушкой. Это нужно, чтобы в декабре, когда состоится мое официальное представление народу Дженовии, я не выглядела полной идиоткой, как вчера по телевизору.

— Я думаю, что слово «идиотка» резковато.

— У меня действительно нет ни минуты свободного времени, — продолжала я, расстраиваясь из-за нее все больше, — я не могу ходить ни в какие кружки.

— Комитет по созданию классного альбома собирается всего раз в неделю. Или, например, тебя могли бы принять в команду бегунов. Они все равно начинают тренироваться только с весны, может быть, к тому времени у тебя уже не будет уроков этикета.

Я молча уставилась на нее, так она меня поразила. Я? Бегать? Да я хожу-то с трудом, спотыкаясь о свои собственные гигантские ступни. Страшно представить, что будет, если я попробую побежать.

Комитет по созданию классного альбома? Я что, прямо так активно участвую в жизни класса, чтобы сочинять эти идиотские альбомы с воспоминаниями о школе? Ага, и перечитывать их потом из года в год. И детям показывать. В семейном кругу.

— Ну что ж, — сказала директриса. Она, наверное, заметила по выражению моей физиономии, что я не горю желанием воплощать ее проекты в жизнь, — я просто предложила. Я и правда думаю, что ты чувствовала бы себя гораздо комфортнее в нашей школе, если бы посещала какую-нибудь секцию. Я знаю о твоей дружбе с Лилли Московитц и иногда думаю, не может ли она... ну, оказывать на тебя негативное влияние. Эти ее телевизионные шоу довольно-таки агрессивны.

Я в шоке. Директриса Гупта, оказывается, еще дальше от реальной жизни, чем я предполагала.

— Нет, что вы! — воскликнула я. — Шоу Лилли вполне позитивное. Вы разве не видели выпуск, посвященный борьбе с расизмом в Корее? Или передачу про то, как магазины детской одежды ущемляют права полных девочек? Они не продают одежду 48-го размера, а это размер средней юной американки.

Директриса кивнула и улыбнулась:

— Я вижу, ты очень увлечена этим. Должна признаться, мне приятно. Отрадно думать, что есть что-то, чем ты так увлекаешься, Миа, несмотря на твою антипатию к спортсменам и болельщицам.

Ну вот, началось. Обязательно надо было ей... Я сказала:

— Я вовсе не так уж не люблю их. Просто я хотела сказать, что иногда... ну, в общем, иногда кажется, будто они управляют всей школой, директор Гупта.

— Вот здесь ты точно ошибаешься, могу тебя заверить, — возразила она.

Бедная, бедная директриса!

Я все чувствовала, что должна что-то сделать, должна вывести ее из заблуждений, из этого несуществующего мира, в котором она живет.

— Гм, директор Гупта. Насчет миссис Хилл...
— А что с ней?
— Я ничего такого не имела в виду, когда сказала, что она все время сидит в учительской во время ТО. Я перепутала. Оговорилась, знаете, перед этими камерами, прожекторами. Я сама не понимала, что говорю. Я совсем не то хотела сказать про миссис Хилл, это я со страху ляпнула.

Она улыбнулась мне такой милой, приветливой улыбкой:

— Не волнуйся, Миа. Я об этом уже позаботилась.
Позаботилась?! Что бы это значило?
Я даже боюсь думать о том, что это может означать.

28 октября, вторник, ТО

Ну, по крайней мере, миссис Хилл не уволили.

Вместо этого, я думаю, ей сделали выговор или что-то подобное. И теперь миссис Хилл не покидает своего места за столом здесь, в классе.

А это означает, что мы все обязаны сидеть на своих местах и заниматься своими делами. И еще мы теперь не можем запереть Бориса в кладовке. Так что приходится слушать, как он играет на своей скрипке.

Играет Бартока.

И теперь еще нельзя разговаривать друг с другом, так как предполагается, что каждый выполняет свое персональное задание.

Но как же они все на меня злятся!

А Лилли злится больше всех.

Оказывается, она уже давно пишет книгу про общественные группировки, которые образовались в стенах школы имени Альберта Эйнштейна. Правда! Она не хотела мне рассказывать, но Борис проболтался сегодня за ланчем. Лилли швырнула в него картошкой, а потом еще и полила его свитер кетчупом.

Я не могу поверить, что Лилли рассказывает Борису что-то, о чем не рассказывает мне. Вроде как я ее лучшая подруга. А Борис — всего лишь ее парень. Почему, интересно, такие вещи он узнает раньше меня? И вообще, ему рассказывает, а мне — нет!

— А можно я почитаю? — взмолилась я.

— Ни за что. — Лилли разозлилась на Бориса не на шутку. Она даже не смотрела в его сторону. Он уже почти простил ее за кетчуп, хотя, наверное, ему придется отнести свитер в химчистку.

— Ну можно я прочитаю всего одну страничку? — упрашивала я.

— Нет.

— Хоть одно предложение?

— Нет.

Майкл тоже ничего не знал про книгу. Перед тем как пришла миссис Хилл, он сказал мне, что предлагал сестре разместить текст в своем интернет-журнале. Но Лилли ответила противным голосом, что она пытается связаться с настоящим издателем.

— А про меня там есть? — приставала я к ней, — в твоей книге? Про меня ты написала?

Лилли ответила, что если ее не перестанут доставать, то она спрыгнет с нашей школьной водонапорной башни. Ну, это она нарочно придуривается. С тех пор как старшеклассники несколько лет назад повадились лазать на нее по наружной лестнице, нижние ступеньки отпилили.

Я не могу поверить! Чтобы Лилли работала над книгой и ничего не сказала мне! Ну, то есть я всегда знала, что она собирается написать что-то про последствия холодной войны. Но я была уверена, что она не начнет писать, не окончив школу.

Я считаю, что Лилли вряд ли способна объективно описать события.

Однако лично мне обидно, что такие вещи она рассказывает своему парню, а я об этом — ни сном ни духом. Да, конечно, они сто раз целовались, они — пара, но тем не менее я — ее лучшая подруга! И почему это Борис знает про Лилли то, чего не знаю даже я? Это очень нехорошо с ее стороны. Я ей обо всем рассказываю.

Пожалуй, кроме чувств, которые испытываю к ее брату.

А, и еще про своего тайного поклонника.

И про маму с мистером Джанини.

Но зато про все остальное я точно рассказываю.

НЕ ЗАБЫТЬ

1. Не думать про ММ.
2. Английский! Самое яркое воспоминание!
3. Корм для кота.
4. Зубная паста.
5. ТУАЛЕТНАЯ БУМАГА!

28 октября, вторник, биология

У меня появилась куча новых друзей, и я пользуюсь огромной популярностью повсюду, где бы ни появилась. Вот буквально только что Кенни спросил, какие у меня планы на Хэллоуин. Я ответила, что, может быть, мне придется пойти на один семейный праздник. Тогда Кенни сказал, что он с друзьями из компьютерного клуба собирается идти на Шоу Ужасов, и если я смогу освободиться, то было бы классно, если бы я пошла с ними.

Я спросила, входит ли в число этих друзей Майкл Московитц, ведь он тоже ходит в клуб. Кенни ответил утвердительно.

Я подумала было спросить Кенни, упоминал ли Майкл когда-нибудь о каких-либо особенных чувствах ко мне, но потом передумала.

Потому что Кенни мог подумать, что Майкл мне нравится. И как бы это выглядело?

ОДА М.

О, М.!
Как ты не видишь,
Что х = ты,
А у = я;
И что
Ты + я
= любовь
и вместе
мы были бы
вечно счастливы?

28 октября, вторник, 18.00, по дороге от бабушки домой, в мансарду

Со всей этой суматохой из-за моего интервью я совсем позабыла про бабушку и про Виго, нашего великого организатора праздников и прочих мероприятий в Дженовии!

Нет, правда. Я клянусь, что напрочь позабыла про Виго и приготовления к свадьбе мамы и мистера Джанини. И вспомнила обо всем уже у бабушки в номере «Плазы». Шла на урок королевского этикета, а оказалась среди кучи озабоченных людей, которые были заняты кто чем. Один орал в телефонную трубку:

— Нет, нужно четыре тысячи розовых роз на длинном стебле, а никак не четыреста. Вы поняли? Сказать по буквам? Ты-ся-чи! Неужели непонятно?

Другой тут же выводил каллиграфическим почерком имена гостей на карточках, указывающих места за столом.

Бабушку я отыскала в самом центре этого урагана. Она ела трюфели, держа на коленях Роммеля, одетого сегодня в шубку и шапочку из крашеной шиншиллы.

Я не шучу. Этот — в мехах, а она ест трюфели. Вернее, как оказалось, дегустирует.

— Нет, — сказала бабушка, положив половинку черного шоколадного шарика обратно в коробку, которую держал перед ней Виго. — Думаю, это не то. Вишня — это так вульгарно.

— Бабушка, — я не верила своим глазам. — Что ты делаешь? Кто все эти люди?

— Ах, Миа, — кажется, она даже обрадовалась, увидев меня, — здравствуй, дорогая.

Судя по тому, что коробка была уже полупустой, бабушка только что слопала огромное количество шоколадных конфет. Однако когда она лучезарно улыбнулась мне, то оказалось, что в зубах у нее не застряло ни крошечки. Это один из тех королевских фокусов, которым мне еще предстоит научиться.

— Замечательно. Великолепно. Садись, Миа, и помоги мне решить, какие из этих трюфелей мы положим в подарочные коробки. Такую коробку получит каждый из гостей на свадьбе.

— Гостей? — Я плюхнулась в кресло, которое поспешно придвинул мне Виго, и швырнула рюкзак на пол. — Бабушка, я же тебе говорила, мама не захочет этой свадьбы! Откажется, и все. Настаивать бесполезно. Даже слушать не станет, ну как ты не понимаешь?!

Бабушка только пожала плечами и сказала:

— Беременные женщины — далеко не самые разумные существа на свете.

Ну, это, положим, неправда. Судя по моим наблюдениям, беременность доставляет только физические неудобства, а на умственные способности никак не влияет. И уж тем более — на желания. Я точно знаю, что мамины привычки из-за беременности не изменились. Она ни за что не пойдет на уступки даже ради королевских амбиций и интересов. Она всегда делает только то, что хочет. Переубеждать маму бессмысленно. Однако бабушку, видимо, тоже.

— Она, — встрял Виго, — является матерью будущего правящего монарха Дженовии, Ваше Высочество. Так что совершенно необходимо провести ее бракосочетание со всей торжественностью и роскошью, которые только может предложить королевский двор.

— В таком случае, как насчет того, чтобы предоставить ей возможность самой обставлять собственную свадьбу?

Бабушка оценила мою шутку. Она даже чуть не подавилась вином — после каждого кусочка трюфеля она делала глоток.

— Амелия, — сказала она, когда откашлялась, — твоя мама будет нам очень благодарна, когда узнает, какую грандиозную работу мы проделали ради нее. Ты сама в этом убедишься.

Я уже поняла, что ничего хорошего из моих с ними препирательств не выйдет, и знала, что теперь следует сделать.

Я решила приступить к осуществлению задуманного сразу же после урока, где меня научили, как правильно писать благодарственные королевские письма. Невозможно вообразить, сколько тут накопилось всяких свадебных подарков и детских вещей, которые уже начали присылать в отель «Плаза». Серьезно. Бред какой-то. Целую комнату отдали под склад каких-то крохотных ботиночек, шапочек, штанишек, детских пеленочек, игрушек — как мягких, так и пластмассовых, колыбелек, пеленальных столиков, столиков для игр, ковриков, погремушек, игрушечных компьютеров, детских книжек-игрушек... Короче, кошмар. Никогда бы не поверила, если б не увидела своими глазами. Неужели нужно СТОЛЬКО всякой всячины для того, чтобы вырастить одного маленького ребенка? Только мне почему-то кажется, что мама не захочет хоть что-нибудь взять отсюда.

Я поднялась в номер папы и настойчиво постучала в дверь.

Его там не было! А когда я спросила у консьержа внизу, в холле, не в курсе ли он, куда делся папа, тот ответил, что не знает.

Единственное, что мне удалось из него вытрясти, что мой отец ушел в сопровождении Беверли Беллрив.

Ну, я, конечно, рада, что папа нашел себе новую девушку, да еще и такую, прямо скажем, неординарную... Только... А он вообще в курсе, что затевается прямо перед его королевским носом?

28 октября, вторник, 22.00, мансарда

Ну что ж, все так и есть. Гром грянул. Теперь у нас настоящее стихийное бедствие. Торнадо. Цунами и самум. Раньше, оказывается, было куда лучше. Короче, рассказываю.

Мало того что совсем отбилась от рук бабушка, в неизвестном направлении исчез папа, а меня вызывают на душеспасительную беседу к директору школы, так еще и это.

Прихожу домой после сегодняшнего урока и вижу: за столом сидит это семейство. За нашим обеденным столом.

В полном составе сидят: мама, папа и ребенок.

Я не шучу. Сначала я было подумала, что это просто туристы, которые ошиблись дверью, — у нас по соседству действительно обитает много туристов. Но оказалось, что это не так.

Женщина в розовом спортивном костюме (такие только провинциалы носят, причем из числа самых безнадежных) посмотрела не меня и говорит:

— Боже милостивый! Ты и правда носишь такую прическу в жизни? Я была уверена, что это только для телевидения.

У меня от удивления отпала челюсть.

— Бабушка Термополис!

— «Бабушка Термополис...» — скривилась она в ответ, — совсем уже обалдела от своих королевских штучек! Запудрили ребенку мозги эти европейцы! Ты что же это, не помнишь меня, милая? Это же я, твоя бабуля!

Бабуля! Моя бабушка со стороны матери!

А тот, кто сидит рядом с ней — в два раза меньше ее и в бейсболке, — папа моей мамы, дедуля! Третий персонаж — парень во фланелевой рубашке и комбинезоне. Он показался мне смутно знакомым. Значит, это и есть странноватые мамины родители. Они никогда не выезжали за пределы городка Версаль в Индиане. Но что они делают у нас в мансарде?! Откуда взялись?

Все выяснилось, когда я нашла маму. Отыскала, проследив направление телефонного провода, который тянулся через всю спальню и исчезал в стенном шкафу. Мама сидела на ящике для обуви (обувь стояла на полу) и шипела в трубку. Общалась с моим папой.

— Мне совершенно наплевать, как именно ты сделаешь это, Филипп, но ты должен сказать своей матери, что на этот раз она зашла слишком далеко. Что она себе позволяет?! Мои родители, Филипп! Ты ведь знаешь, какие у меня отношения с родителями. Если ты не уберешь их отсюда, я заберу Миа и буду с ней где-нибудь скрываться! И не отпущу ее больше ни на какие уроки! Понятно?

Мне был смутно слышен папин голос в трубке. Он что-то торопливо говорил. Тут мама заметила меня и прошептала:

— Они все еще здесь?

Я ответила:

— Ну да. Ты что, не приглашала их?

— Естественно, нет! Бабушка пригласила их на какую-то умопомрачительную свадьбу, которую она, оказывается, устраивает для нас с Фрэнком.

Я виновато взглянула на нее. Да уж!

Единственное, что я могу сказать в свое оправдание, это то, что все происходило слишком быстро. Сначала выяснилось, что мама беременна, а потом у нее начался токсикоз, а я как раз хотела рассказать, и вся эта история с Джосом Ироксом, а потом еще это интервью и все, с ним связанное...

Ну, хорошо. Мне нет прощенья. Я ужасная дочь. Мама протянула мне трубку:

— Отец хочет поговорить с тобой.

Я сказала в телефон:

— Папа? Привет! Ты где?

— В машине, — откликнулся он, — я уже поговорил с консьержем насчет номеров для твоих бабушки и дедушки в отеле «Сохо Гранд». О'кей? Просто запихни их в лимузин и отправь туда.

— О'кей, папа. А что ты думаешь насчет того, как бабушка планирует устроить эту свадьбу? Я к тому, что она что-то уж слишком разошлась. Тебе не кажется? И с мамой не посоветовалась...

— Я сам этим займусь, — сказал он. У меня возникло чувство, будто Беверли Беллрив сидит там в машине рядом с ним и он старается вести себя перед ней как настоящий принц.

— Хорошо, пап. Но...

Не то чтобы я не доверяла собственному отцу разобраться с этой ситуацией. Речь ведь идет о моей бабушке, его маме! Она может «построить» кого угодно, если захочет. И в первую очередь собственного сына.

Я думаю, он подумал о том же, потому что быстро ответил:

— Не волнуйся, Миа. Я обо всем позабочусь сам.

— О'кей, — согласилась я. Мне уже стало совестно, что я усомнилась в нем.

— И еще, Миа...

Я уже почти повесила трубку.

— Да, папа.

— Скажи маме, что я ничего об этом не знал. Клянусь.

После этого я вернулась в гостиную. Прародители все еще восседали за столом. Их дружок-фермер, впрочем, куда-то испарился. Он оказался на кухне, по пояс в холодильнике.

— Это что, все, что у вас в доме есть из еды? — спросил он, указывая на пакет соевого молока и миску с диетическими хлопьями на первой полке.

— Ну да. Мы стараемся не держать дома ничего, что могло бы повредить здоровью будущего ребенка.

Парень побледнел, и я поспешила добавить:

— Мы обычно заказываем еду из ресторана на дом.

Он просиял и закрыл дверь холодильника.

— О, «доминос»! Класс!

— Ну, ты можешь заказать «доминос», если хочешь. Из своего номера в отеле...

— КАКОГО ЕЩЕ НОМЕРА В ОТЕЛЕ?!!

Я вздрогнула и обернулась. Прямо за моей спиной стояла бабуля.

— Да. Видите ли, мой папа подумал, что вам было бы удобнее жить в гостинице, а не здесь, в мансарде...

— Если я ничего не путаю, — перебила она меня, — мы с дедулей и Хэнком притащились в этакую даль из самой Индианы, а вы отправляете нас жить в какой-то чертов отель?! Не по-родственному, знаешь ли...

Я с удивлением взглянула на парня в комбинезоне. Ах, это Хэнк? Тот самый Хэнк, мой кузен? В прошлый раз я его видела во время своей второй (и последней) поездки в Версаль. Мне было лет десять или около того. Мать Хэнка была хиппи. И она оставила его бабуле с дедулей Термополисам. Мою тетю Мари мама терпеть не может потому, что, по ее словам, та пребывает в умственном и духовном вакууме. Это все потому, что Мари — республиканка.

Так вот, тогда Хэнк был маленький, тощий и бледный, и у него была аллергия на молоко. Теперь он стал побольше, не такой худой, но все равно ужасно похож на глисту...

— В жизни бы не поехали в этот дорогущий Нью-Йорк, если бы не звонок этой французской женщины. — Бабуля стояла посреди кухни руки в боки. — Она сказала, что за все заплатит.

Наконец я поняла, что именно беспокоило бабулю.

— Бабуля, — сказала я, — да ведь мой папа и заплатит за все, честное слово.

— А, это меняет дело, — воскликнула бабуля, — идем!

Я подумала, что мне лучше будет поехать с ними. Как только мы сели в лимузин, Хэнк забыл про голод и начал нажимать все кнопки подряд. Наконец он открыл люк, высунулся в него чуть ли не по пояс и торчал там какое-то время. Потом он раскинул руки и заорал:

— Я — король Вселенной!

К счастью, окна лимузина тонированы, так что никто из школы не мог меня случайно увидеть. Но я все равно чувствовала себя полной идиоткой.

И вот после всего этого, когда я выдержала эту поездку, зарегистрировала их в отеле, проводила в комнаты, бабуля выкинула еще один номер. Она предложила мне взять с собой Хэнка завтра в школу. Я чуть не умерла прямо на месте.

— Хэнк, ты же не хочешь идти со мной завтра в школу, — крикнула я, — у тебя же каникулы. Придумай себе что-нибудь интересное. — Я судорожно соображала, что может быть интересно Хэнку. — Ну, можешь пойти в кафе «Харлей-Дэвидсон».

— Ну уж нет, — отозвался Хэнк, — я хочу пойти с тобой в школу, Миа. Всегда хотел посмотреть на настоящую нью-йоркскую школу. — Он понизил голос, чтобы бабушка с дедушкой не услышали: — Я слышал, что у всех девчонок в Нью-Йорке в пупках сережки.

Хэнка ждет жестокое разочарование. В нашей школе девчонки носят форму. Нам нельзя даже завязывать узелком полы рубашек «а-ля Бритни Спирс». Я так и не смогла отвертеться от него на завтра. Да и бабушка всю печень проела мне разговорами о том, что принцессы должны быть вежливыми. Хорошо, воспримем это как очередное задание.

— Ладно уж, — сказала я. Это прозвучало невежливо, но что еще мне оставалось?

Когда они уже провожали меня к выходу, бабуля удивила меня еще раз: обхватила и крепко сжала в объятиях. Не знаю, почему мне это было так странно. Бабушкам вообще-то свойственно обнимать своих внучек, и это совершенно нормально. Но так как по большей части я общаюсь с представительницей королевской семьи, то не ожидаю от бабушек нормального человеческого поведения.

— Кожа да кости, — посетовала бабуля.

Спасибо, бабуля. Без тебя знаю. Не обязательно же орать об этом на весь холл отеля «Сохо Гранд».

— И когда ж ты перестанешь расти? Право слово, ты уже выше, чем Хэнк.

И то верно.

Затем бабуля велела и дедуле обнять меня. Бабуля на ощупь мягкая, а дедуля, наоборот, жутко костлявый. Мне трудно поверить, что эти люди сумели довести мою волевую, свободомыслящую мать до такого нечеловеческого к ним отношения. Бабушка из Дженовии, например, в свое время запирала моего папу, когда он был маленьким, в дворцовом подвале, но он не обижен на нее так, как моя мама на своих родителей.

С другой стороны, мой отец не умеет сказать «нет». По крайней мере, так утверждает Лилли.

Когда я вернулась домой, мама уже вышла из шкафа и теперь сидела в кровати, накрывшись одеялом, с каталогами «Секрет Виктории» и «Джей Кру». Я думаю, так она пыталась успокоиться. Заказывать вещи по каталогу — ее любимое занятие.

Я бросила:

— Привет, мам.

Она выглянула из-за журнала с весенней коллекцией купальников. Лицо ее опухло и покрылось пятнами. Слава богу, мистера Джанини не было дома. А то вдруг бы он передумал жениться.

— О, Миа, — обрадовалась она, увидев меня, — подойди, дай мне тебя обнять. Это был кошмар, да? Мне так жаль, я ужасная мать. И ужасная дочь.

Я села на кровать рядом с ней.

— Ты вовсе не ужасная мать. Ты прекрасная мать. Но сейчас ты не очень хорошо себя чувствуешь.

— Нет, — возразила мама. Она шмыгала носом, и теперь стало понятно, почему она так плохо выглядела: мама плакала. — Я ужасный человек. Я чудовище. Мои родители проделали такой длиннющий путь из самой Индианы, чтобы повидаться со мной, а я выслала их в гостиницу.

По-моему, у мамы нарушился гормональный баланс и она не в себе. Если бы она была «в себе», то ни на минуту бы не задумалась, отправлять ли родителей в отель. Она никогда не простит им три вещи:

а) они не одобряли ее решение родить меня;

б) они не одобряют того, как она меня воспитывает;

в) на выборах они голосовали за Джорджа Буша-старшего, впрочем, как и за его сына.

Нарушился там этот самый гормональный баланс или нет, но маме нельзя больше подвергаться таким стрессам. Сейчас она должна быть абсолютно счастлива. Во всех журналах и статьях про беременность, которые я прочитала, говорится, что время подготовки к родам должно быть радостным и безоблачным.

Так бы все и было, если бы бабушки не вмешивались в нашу жизнь и не совали бы носы не в свое дело. Особенно это касается бабули из Дженовии.

Ее нужно остановить.

И я так думаю не только потому, что страшно хочу в пятницу пойти с Майклом на Шоу Ужасов.

28 октября, вторник, 23.00

Еще одно письмо от Джоса Ирокса!
Вот что там было.

Джос Ирокс:
Дорогая Миа,
Я пишу тебе, чтобы сказать, что видел тебя вчера по телевизору. Ты прекрасно выглядела, как, впрочем, и всегда. Я знаю, некоторые люди в школе достают тебя и мешают тебе жить. Не позволяй им расстраивать тебя. Большинство из нас считает, что ты еще потрясешь мир.
Твой Друг.

Разве это не мило? Вот что я ему ответила:

ТлстЛуи: Дорогой Друг,
Большое тебе спасибо. ПОЖАЛУЙСТА, скажи, кто ты? Я клянусь, я никому не расскажу!!!!!!!!
Миа.

Он пока не ответил, но я думаю, моя искренность не оставляет сомнений, особенно если обратить внимание на восклицательные знаки.
Медленно, но верно.
Я достану его, уверена.

АНГЛИЙСКИЙ ЖУРНАЛ

По-моему, самое яркое событие было...

АНГЛИЙСКИЙ ЖУРНАЛ

> Будь самим собой, так как все,
> что существует на свете, — это ты.
> *Ральф Уальдо Эмерсон*

Я думаю, мистер Эмерсон хотел этой фразой сказать, что жизнь дается нам только один раз, поэтому надо использовать ее на полную катушку. Эта же мысль была развита в фильме, который я смотрела по телевизору, когда болела. Фильм назывался «Кто такая Джулия?». Джулию в нем играет Мари Уиннингем. Она приходит в себя после автомобильной аварии и узнает, что ее тело получило смертельные травмы, уцелел только мозг. Этот мозг трансплантировали в тело другой женщины, которое было вполне жизнеспособно, а мозг как раз невозможно было спасти. Раньше Джулия была топ-моделью, но теперь ее мозг оказался в теле домохозяйки, так что у нее началась глубокая депрессия. От отчаяния она билась головой о стены, рыдала и вообще жутко расстраивалась. И все это из-за того, что ее волосы были другого цвета, рост — пять футов десять дюймов, и весила она сто десять фунтов.

Но в конце концов, благодаря преданности мужа Джулии, несмотря на новый облик, на похищение, организованное сумасшедшим мужем домохозяйки (он хотел, чтобы она вернулась домой, в прачечную), Джулия понимает, что внешность модели далеко не так важна, как сама жизнь.

Фильм поднимает вечный вопрос о том, какое бы вы предпочли тело, если бы ваше погибло в автокатастрофе? После длительных размышлений я решила, что хотела бы получить тело Мишель Кван, олимпийской чемпионки по фигурному катанию, потому что она внешне очень симпатичная и к тому же у нее есть доходное занятие. И каждый дурак знает, что сегодня очень стильно быть азиаткой.

29 октября, среда, английский

В одном я теперь абсолютно уверена: если таскать за собой из класса в класс парня вроде моего кузена Хэнка, это заставит людей забыть даже про то, какую идиотку ты сделала из себя по телевизору днем раньше.

Серьезно. Ну, болельщицы, конечно, все еще активно злятся из-за интервью — каждый раз, проходя по коридору, я ловлю на себе их злобные взгляды. Но, как только их глаза пробегают по мне и останавливаются на Хэнке, что-то меняется.

Сначала я никак не могла понять, в чем же дело, и думала, что они просто в шоке от того, что в самом сердце Манхэттена встретили парня во фланелевой рубашке и комбинезоне.

Потом до меня медленно начало доходить, что здесь что-то другое. Хэнк смуглый, высокий, у него даже довольно симпатичная прическа и голубые глаза.

Но мне кажется, дело не только в этом. Похоже, Хэнк распространяет особые флюиды, я об этом читала в каком-то журнале. Есть такие у некоторых людей. А другие их улавливают. Только я их не улавливаю, поскольку являюсь его родственницей.

Как только девицы замечают Хэнка, они подходят ко мне и спрашивают шепотом:

— Кто это?

И одновременно бросают взгляд на его бицепсы, которые довольно явно проступают через клетчатую фланель.

Выкинула номер Лана Уайнбергер. Она крутилась около моего шкафчика — видимо, Джоша дожидалась. Тут появляемся мы с Хэнком. Глаза Ланы (щедро подведенные косметикой от «Бобби Браун») уставились на Хэнка, округлились, и она спрашивает:

— А кто это, твой друг? — Такого голоса я никогда у нее не слышала.

Я ответила:

— Он мне не друг, он мой кузен.

Лана обратилась к Хэнку все тем же странным голосом:

— Ну, тогда ты можешь быть моим другом.

На что Хэнк широко улыбнулся и ответил:

— О, большое спасибо, мадам.

На алгебре Лана буквально из кожи вон лезла, чтобы Хэнк обратил на нее внимание. Она раскидала свои длинные светлые волосы по всей моей парте. Карандаш она роняла раза четыре; скрещивала и выпрямляла ноги. В конце концов мистер Джанини сказал:

— Мисс Уайнбергер, может быть, вам надо выйти?

Это немного успокоило ее, но ненадолго.

Даже мисс Молина, школьный секретарь, хихикала, когда оформляла пропуск для Хэнка.

Но все ничто по сравнению с поведением Лилли! Что началось, когда она влезла в мой лимузин сегодня утром... Она взглянула на Хэнка, и тут ее рот раскрылся так, что жвачка выпала прямо на пол. Никогда в жизни не видела, чтобы с ней происходило что-либо подобное. Лилли строго следит за своими манерами. Особенно когда дело касается еды. Она ненавидит, когда кто-нибудь некрасиво ест. А тут... сама!..

Флюиды, видать, великая сила. Люди совершенно беспомощны, когда они начинают распространяться.

Этим можно объяснить и все мои заморочки с Майклом.

Ну, я имею в виду то, что я так схожу с ума по нему и все такое.

Т. Харди — тело похоронено в Вестминстере, сердце — в Уэссексе.

Фи, мерзость какая!

29 октября, среда, ТО

Поверить не могу. Начисто отказываюсь верить.
Лилли и Хэнк пропали.
Так и есть. Взяли и пропали.
Никто не знает, где они. Борис на себя не похож. Без остановки играет Малера, как сумасшедший. Даже миссис Хилл согласилась, что лучший способ спасти наше душевное здоровье — это запереть Бориса в подсобке. Она даже позволила нам сбегать в спортзал и притащить оттуда несколько матов, чтобы завалить ими дверь и максимально приглушить звуки скрипки.
Ничего не помогает.

Я могу понять Бориса. Если ты гениальный музыкант, а девчонка, с которой ты встречаешься и целуешься, вдруг исчезает вместе с парнем вроде Хэнка, тут есть о чем поволноваться.

Я должна была сразу заметить, когда это началось. Лилли отчаянно флиртовала за ланчем. Она без конца расспрашивала Хэнка про его жизнь в Индиане. Например, самый популярный парень в школе и все в том же духе. Само собой, он и ответил, что — да, самый популярный. Я, впрочем, не думаю, что быть самым популярным в Версальской (кстати, в Индиане это название звучит как «Версалес») средней школе — такой уж повод для гордости.

А потом Лилли перешла к главному:

— А у тебя есть девушка?

Хэнк смутился и сказал, что была, но несколько недель назад бросила его ради парня, у которого отец владеет местной забегаловкой. Лилли изобразила потрясение и заметила, что эта девица, видимо, находится на грани душевного заболевания, раз не смогла распознать в Хэнке яркую индивидуальность.

Меня так возмутил весь этот спектакль, что я еле удержалась, чтобы не швырнуть в них свой вегетарианский гамбургер.

А потом Лилли начала перечислять, в какие сказочные места можно сходить в нашем городе, и что Хэнк просто обязан использовать эту возможность, вместо того чтобы прозябать со мной в школе. Она сказала:

— Музей переселенцев на Эллис-Айленде — просто чудо.

Серьезно. Она так и сказала, что Музей переселенцев — чудо. Лилли Московитц произнесла эти слова.

Нет, все-таки флюиды опасны для умственных способностей.

А Лилли продолжала:

— А на Хэллоуин в Гринвич-Виллидж будет маскарад, и мы все идем на Шоу Ужасов. Ты был когда-нибудь на таком?

Хэнк ответил, что не был никогда.

Мне еще тогда следовало догадаться, что что-то происходит, но я тормознулась. Прозвенел звонок, и Лилли сказала, что хочет показать Хэнку декорации для спектакля «Моя прекрасная леди», которые она сама рисовала (уличный фонарь она там рисовала). Я подумала, что хорошо будет отдохнуть от Хэнка хотя бы минуту. Он уже достал меня своими постоянными напоминаниями о какой-то нашей поездке куда-то:

— Помнишь, мы тогда оставили велики во дворе и ты все время боялась, что их кто-нибудь украдет?

Так что я с радостью согласилась, чтобы они сходили посмотреть эти декорации.

И это был последний раз, когда их видели.

Это я во всем виновата. Видимо, Хэнк слишком привлекателен внешне, чтобы пускать его к обычным людям. Я должна была подумать об этом раньше. Должна была осознать это и принять меры. Откуда же мне было знать, что туповатый и необразованный мускулистый фермер из Индианы окажется предпочтительнее не столь красивого, но все же гениального музыканта из России?

Лилли в жизни не прогуляла ни одного урока без уважительной причины. Если сейчас появится кто-то из учителей, то выговора ей не избежать. О чем она, интересно, думает?

От Майкла помощи не дождешься. Он совсем не беспокоится за сестру. Скорее всего, ему просто смешно. Я сказала, что Лилли и Хэнка могут запросто похитить ливийские террористы, но Майкл возразил, что вряд ли. Наиболее вероятно, сказал он, сейчас они развлекаются в кино или в зале игровых автоматов в «Сони Имакс».

Если бы! Хэнк сказал по дороге в школу, что мечтает пошляться по Нью-Йорку.

А что мне скажут бабуля с дедулей, когда узнают, что я потеряла их внука?

ПЯТЬ НАИБОЛЕЕ ВЕРОЯТНЫХ МЕСТ, КУДА МОГЛИ БЫ ПОЙТИ ЛИЛЛИ И ХЭНК

1. Музей переселенцев.
2. Кафе на Второй авеню.
3. Эллис-Айленд — поискать на стене переселенцев имя Дионисия Термополиса.
4. Площадь Святого Марка — сделать татуировку.
5. Номер в «Сохо Гранд» — заняться тем, о чем я даже думать не хочу.

29 октября, среда, мировая цивилизация

Ни слуху ни духу...

29 октября, среда, биология

Ничего.

ДОМАШНЕЕ ЗАДАНИЕ

Алгебра: упражнения № 3, 9, 12 на стр. 147

Английский: Впечатляющий момент!!!!!!!!!!!!!

История мировой цивилизации: прочитать 10-ю главу.

ТО: да ну его!..

Французский: 4 предложения: une blague, la montagne, la mer, il y a du soleil

Биология: спросить у Кенни.

КАК? Как можно сосредоточиться на выполнении домашнего задания в тот момент, когда твоя лучшая подруга и твой кузен пропали неизвестно где в Нью-Йорке?

29 октября, среда, дополнительное занятие по алгебре

Ларс говорит, что самое разумное — позвонить в полицию. Мистер Джанини с ним согласен. Он утверждает, что Лилли очень ответственная девочка и невозможно поверить в то, что она могла так вот просто исчезнуть, да еще и с приезжим мальчиком, поставив под угрозу свою и его безопасность. Мало ли что в самом деле может произойти с ними. Хотя бы те же ливийцы...

Разумеется, сами ливийцы тут ни при чем, мы используем их в качестве примера того, в какие неприятности могут влипнуть Лилли с Хэнком. Есть еще один вариант, намного более реальный и нежелательный в данной ситуации: Лилли влюбилась в Хэнка.

Да. Невероятно, но можно на мгновение допустить безумную мысль, что Лилли с первого взгляда насмерть влюбилась в Хэнка, а он — в нее. В мире случались и более странные вещи. Ведь сложно опровергнуть те факты, что Борис смешно одевается и дышит через рот, потому что у него вечно заложен нос. Может, сначала она и не желала этого замечать, думала, что он гений, будущее светило, а теперь вот поняла... Думаю, она решила, что готова отказаться от высокоинтеллектуальных бесед с Борисом ради парня с потрясающей внешностью.

А Хэнк, наверное, покорен умом Лилли. Ее индекс интеллекта IQ наверняка баллов на сто выше, чем у него.

Но разве они не понимают, что их отношения бесперспективны? И вдруг они на самом деле, ну, это?.. И, несмотря на рекламу противозачаточных средств, не захотят или не сумеют ими воспользоваться? Как моя мама и мистер Джанини? Тогда им придется пожениться, и Лилли всю оставшуюся жизнь проживет в Индиане в вагончике, где живут все несовершеннолетние мамы... Она будет ходить в уродливых платьях, стирать белье руками, готовить ужины на примусе, а Хэнк в это время найдет работу на фабрике с зарплатой 5,5 долларов в час.

И я единственный на свете человек, который все это способен предвидеть? Все остальные что, ослепли?

29 октября, среда, 19.00

Уффф. Они живы и здоровы.

Хэнк вернулся в отель около пяти, и Лилли заявилась домой, по словам Майкла, тоже примерно в это время. Может, чуть раньше.

Я непременно хотела знать, где они шатались, и оба ответили так:

— Просто гуляли, а что?

Лилли еще добавила:

— Не могла бы ты быть немного любезнее?

Не могла бы.

У меня куча других проблем, кроме этой нашей новоявленной влюбленной парочки, о которых мне действительно впору побеспокоиться. Когда я направилась к бабушке в номер за очередной порцией королевской премудрости, мне навстречу, явно очень нервничая, выдвинулся папа.

В этом мире только два человека способны всерьез действовать папе на нервы. Один из этих людей — моя мама. Второй — его мама.

Он заговорил трагическим басом:

— Послушай-ка, Миа, хочу сказать тебе насчет приготовлений к свадебной церемонии...

— Папочка, ты уже поговорил по этому поводу с бабушкой?

— Миа... Твоя бабушка уже разослала приглашения на свадьбу.

Это все. Это конец. Это катастрофа. КАТАСТРОФА!!!

Папа увидел, как изменилось мое лицо, и мгновенно понял, о чем я думаю в данный момент.

— Миа, Миа, только не волнуйся. Я что-нибудь сделаю. Поверь мне, я все устрою. Ладно?

Да как же мне не волноваться? Мой папа хороший человек. По крайней мере, он очень старается. Но все дело ведь в бабушке. Никто не способен выступить против нее, даже сам принц Дженовии.

И что бы он там ей ни сказал, естественно, никакого толку не будет.

Я вошла в бабушкины апартаменты.

— Мы уже получили подтверждения, — гордо отрапортовал мне сияющий Виго, — от мэра города, и от мистера Дональда Трампа, и от шведской королевской семьи, и от господина Оскара де ля Рента, и от Джона Тэша, и от мисс Марты Стюарт...

Я никак не отреагировала. Просто подумала, что сказала бы моя мама, повстречай она Джона Тэша или Марту Стюарт. Скорее всего, она бы просто с воплем выбежала вон из помещения.

— А вот и ваше платье, — обрадовал меня Виго. Его брови то вопросительно поднимались, то опускались, и смотреть на это было довольно противно.

— Мое... чего?

Вышло неудачно. Бабушка услышала меня и как хлопнет в ладоши, да так внезапно и громко, что Роммель кубарем скатился с ее колен и со всех ног бросился под диван.

— Никогда, слышишь, никогда чтобы я не слышала от тебя этого слова — «чего»! — У меня появилось ощущение, что бабушка огнедышащая и пышет огнем прямо на меня. — Вместо «чего» будь любезна говорить «прошу прощения».

Я посмотрела на Виго. Было видно, что он еле сдерживает улыбку. Непостижимый человек! Ему смешно, когда бабушка гневается!

— Я прошу у вас прощения, мистер Виго, — сказала я ужасно вежливо.

— Что вы, что вы, — замахал он руками, — умоляю вас, называйте меня просто Виго, без этих ваших мистеров, Ваше Высочество. А теперь взгляните. Ну, что скажете?

И он, как фокусник, извлек платье из коробки.

В тот миг, когда я его увидела, я пропала.

Потому что это платье было самым красивым из всех когда-либо виденных мной и выглядело как платье Глинды из «Волшебника из страны Оз», ну разве что так не блестело. Оно было такое же розовое, с таким же пышным верхом и потрясающей юбкой. Мне захотелось немедленно его примерить. Никогда раньше я не мечтала так о каком-то платье. Это же... у меня просто не было слов. Я влюбилась в это платье раз и навсегда.

Мне необходимо было надеть его. Здесь и сейчас.

Бабушка придирчиво наблюдала за процессом одевания. С бокалом любимого коктейля в одной руке, с длинной сигаретой в другой, она выглядела даже шикарнее, чем обычно. Время от времени она тыкала в мою сторону сигаретой и покрикивала:

— Не так, о горе мое, поправь тут. И прекрати, в конце концов, горбиться, Амелия!

Сразу стало понятно, что в груди платье велико. Кто бы сомневался? Его необходимо подогнать по фигуре. Процесс подгонки займет все дни до пятницы, но Виго рассыпался в уверениях, что все будет сделано вовремя.

И тут я вспомнила, в честь какого события они подарили мне это платье. Боже, я ужасная, неблагодарная, чудовищная дочь! Я просто монстр. Я не хочу этой свадьбы! Я ей препятствую всеми силами! Мама тоже не хочет свадьбы! И чем, скажите на милость, я тут сейчас занимаюсь, как последняя идиотка?

Примеряю платье, чтобы надеть его на мероприятие, которого никто не хочет, кроме бабушки? Которое вообще не состоится, если мой папа преуспеет в уговорах?

И все же, если мне не удастся надеть это платье, если мне придется спрятать его в шкаф до лучших времен, то мое сердце будет разбито. Это самое, самое красивое платье из всех, какие я видела когда-либо в жизни, даже на фотографиях в журналах. Ах, если бы (это я размечталась) Майкл смог увидеть меня в этом платье!

Ну, на худой конец, хотя бы Джос Ирокс... Может, тогда он преодолеет свою застенчивость и скажет мне в лицо все то, что сейчас он осмеливается сообщать только в письменном виде. И если это не тот парень, что скандалит в столовой из-за соуса чили, может, мы даже будем с ним встречаться.

Однако существует одно-единственное место, куда можно прийти в подобном платье. Это свадьба. И независимо от того, как бы сильно мне ни хотелось покрасоваться в этом платье, о свадьбе и речи быть не может. Свадьба, на которую приглашен Джон Тэш, — кто знает, вдруг он еще и петь вздумает? Маму тогда точно стошнит. И еще как.

Но все же, все же никогда раньше я не ощущала себя настолько принцессой, как в этом прекрасном платье.

Ах, как жаль, что мне не суждено его надеть!

Все еще 29 октября, 22.00

Какой кошмар!

Сижу в своей комнате, переключаю телеканалы. Показывают какую-то ерунду, смотреть не на что. Канал за каналом, дошла до 67-го, одного из общественных каналов, а там — серия из шоу Лилли, которую я раньше не видела. Вообще-то странно, потому что ее шоу обычно идет по пятницам, а тут что-то не по расписанию. Но потом я догадалась, что раз в пятницу Хэллоуин, то, видимо, они будут демонстрировать какой-нибудь карнавал, поэтому шоу Лилли и передвинули.

Это именно та серия, которую мы снимали в субботу у Лилли, когда девочки делали признания о своих «настоящих» поцелуях, а потом я выбрасывала из окна баклажан. Лилли, к счастью, сдержала обещание и вырезала те кадры, на которых было видно мое лицо, так что никто не догадается, кто это такой хулиган. Разве что кому-нибудь хорошо известно, что у девочки по имени Миа Термополис есть пижама с узором — клубникой, а так больше ничего не видно.

Да-а-а-а. Наверное, мамы с пуританским воспитанием обалдеют от признаний насчет поцелуев, но таких мам, вероятно, не так уж много в тех пяти штатах, где транслируется 67-й канал. Затем камера забавно так подскочила и на экране появилось мое лицо. МОЕ ЛИЦО. Я лежу на полу, под головой подушка и сонным голосом расслабленно болтаю что ни попадя.

И тут я вспомнила: все тогда заснули, а мы с Лилли еще долго не спали и болтали бог знает о чем. Значит, ВСЕ ЭТО ВРЕМЯ ОНА СНИМАЛА МЕНЯ!

Я валялась на полу и несла следующее:

— Больше всего на свете я хочу организовать приют для искалеченных и брошенных животных. Вот я как-то была в Риме, а там, наверное, восемь миллионов бездомных кошек. Они везде, везде, даже на памятниках сидят. Они бы точно все умерли с голоду и живы только потому, что монахи их подкармливают. Первое, что я сделаю в Дженовии, когда приеду туда, это открою приют для брошенных и бездомных животных. Знаешь, я никого не позволю усыплять. Ну, разве что неизлечимо больных. Там у меня будут жить и кошки, и собаки, а может, оцелоты и дельфины...

— А в Дженовии что, и оцелоты есть?

— Я надеюсь. А может, и нет. Любое животное, которому понадобится кров, сможет жить в приюте. Может, я даже найму специалистов, пусть тренируют собак. Сторожевых, например. Или можно натренировать собак-поводырей, чтобы раздавать их слепым. А кошек мы сможем отдавать в больницы или пожилым людям. Общеизвестно, что если погладить кота, то болезнь отступит. Люди чувствуют себя лучше. Все, кроме моей бабушки, к ней это не относится. Она ненавидит кошек. Ну, таким людям можно выдавать собак. Или какого-нибудь оцелота.

Лилли: Это и будет твоим первым Указом, когда ты станешь правителем Дженовии? Самым первым твоим действием?

Я (сонным-пресонным голосом): Да, скорее всего. Может, удастся отдать дворец под этот приют для животных? Как ты думаешь? И все-все бездомные животные смогут получить жилище. Пусть даже те коты из Рима приходят, места хватит.

— Ты что, думаешь, твоей бабушке понравится? Разве она разрешит тебе поселить в королевском дворце всех этих бродячих кошек?

— Да она давно уже помрет к тому времени, так что какая разница?

А-а-а-а. Ох, уповаю лишь на то, что у них в «Плазе» не показывают 67-й канал!!!

Лилли: А что тебе больше всего во всем этом не нравится? В смысле, в том, чтобы быть принцессой?

Я: Во-первых, невозможно в магазин выйти спокойно, для этого необходимо звонить и договариваться о том, чтобы пришел телохранитель для сопровождения. Невозможно теперь просто прийти сюда и поболтать с тобой, все это тоже требует больших согласований. А эти ногти? Ну, ты понимаешь, кому какое дело до того, на что они похожи? А теперь это очень важно, оказывается. Ну, и все тому подобное.

Лилли: Ну и как, трясешься? Перед своим официальным представлением народу Дженовии в декабре?

Я: Да нет, не то чтобы так уж трясусь, просто... А, сама не знаю. А что, если я им не понравлюсь? Ну, не оправдаю их ожиданий? Смотри, в школе меня никто не любит. Так что вполне вероятно, что и дженовийцам я не понравлюсь.

Лилли: Да нет, ребята в школе любят тебя.

И тут, прямо перед камерой, я закрыла глаза и отключилась. Слава богу, хоть не захрапела при этом. Иначе в школу завтра бы точно не пошла. Я просто была бы не в состоянии показаться на людях.

А затем во всю ширину экрана протянулись слова: «Не думайте, что это подделка! Это настоящее интервью с принцессой Дженовии!»

Как только этот кошмар закончился, я позвонила Лилли и спросила, что, по ее мнению, сейчас происходило на телеэкране. А она и отвечает таким противным снисходительным тоном:

— Я просто хочу, чтобы люди увидели настоящую Миа Термополис. Такую, какая она есть. В реальной жизни.

— Нет, не так, — говорю, — ты просто хочешь, чтобы какая-нибудь компания купила у тебя права на эту запись и ты бы заработала кучу денег.

— Миа, — Лилли, судя по голосу, не ожидала от меня такого, — как ты могла подумать о такой гадости?

Ее слова звучали так честно и убедительно, что я поверила и с некоторым облегчением подумала, что хоть в этом была не права.

— Ладно, — говорю, — могла бы хоть мне-то сказать.

— А ты бы согласилась?

— Ммм... Скорее всего, нет.

— Вот и ответ, — сказала Лилли.

Эх, надеюсь, что хоть в этом интервью я не выглядела как невозможное трепло. Вот разве что эта болтовня про кошек... Ой, хуже быть не могло.

Хотя на самом деле все это перестает меня волновать, задевать. Думаю, так оно обычно и бывает у начинающих знаменитостей. Сначала тебя страшно заботит, что ты там говоришь в прессе, а потом становится как-то все равно и уже совсем не волнует, что говоришь ты сам и что говорят о тебе другие.

Единственное, что меня сейчас заботит: видел ли Майкл мою пижаму с клубничками, а если видел, то понравилась ли она ему. Очень, кстати, милая у меня пижамка.

30 октября, четверг, урок английского

Сегодня Хэнк не пошел со мной в школу. Он позвонил утром и сказал, что неважно себя чувствует. Ничего удивительного. Вчера вечером позвонили бабуля с дедулей и спросили, где на Манхэттене подают лучший бифштекс. Я понятия не имею, где его вообще подают. Попросила совета у мистера Джанини. Он тут же заказал столик в каком-то ресторанчике.

Не слушая маминых категорических возражений, настоял на том, чтобы самому вывести бабулю, дедулю, Хэнка и меня в свет. Он сказал, что хочет получше узнать своих будущих родственников.

Это заявление маму доконало. Она вылезла из постели, накрасилась, оделась поприличнее и поехала с нами. Подозреваю, чтобы защищать мистера Дж. Бабуля начала с того, что, не умолкая ни на минуту, давала советы, как правильно следует вести машину в такой «чудовищной» пробке. Кроме того, она с упоением рассказывала, сколько аварий произошло, когда моя мама училась водить в кукурузных полях.

В ресторане моя семья привела меня в ужас и замешательство. Они все: мой будущий отчим, мой кузен, бабушка, дедушка, да и сама мама накинулись на бифштексы с кровью так, как будто их не кормили полгода. И все это, несмотря на пугающую статистику сердечных заболеваний и научно обоснованную опасность получения раковой опухоли в результате питания мясными продуктами. Я не говорю уже о кошмарном вреде жиров и холестерина, которые в огромных количествах содержатся в мясе... Они впятером съели чуть ли не целую корову.

Все это страшно меня расстроило. Я хотела сказать им, что есть то, что когда-то было живым, ходило и мычало, — нездорово, да и неэтично. Но, помня бабушкины уроки, сдержалась и все свое внимание обратила на тушеные овощи.

Вот поэтому я и не удивляюсь, что Хэнку сейчас стало плохо. Нельзя есть столько мяса, да еще и с кровью.

Интересно, однако, что мясо — единственная еда, от которой маму не тошнит. После мяса у нее совсем нет токсикоза. Малышка определенно не вегетарианец.

А вот отсутствие Хэнка в школе оказалось для меня ощутимым. Мисс Молина встретилась мне в холле и так печально спросила:

— Тебе, значит, не нужен сегодня гостевой пропуск для твоего кузена?

И болельщицы снова злобно настроились против меня. Сегодня, впрочем, особенно злобно. Лана так вообще подошла ко мне, с силой оттянула сзади резинку моего лифчика и отпустила. Он больно шлепнул по спине. А она и говорит мерзко-премерзко:

— Зачем ты его носишь, скажи на милость? Толку-то...

Мне необходимо место, где ко мне относились бы с должным уважением. К сожалению, это место — не наша школа. Может, меня будут уважать в Дженовии? Или на российской космической станции? Из тех, что летают вокруг Земли и вечно угрожают своим возможным падением на нас.

Но есть один человек, который радуется несчастью Хэнка. Это Борис Пелковски. Он уже ждал Лилли у школьных дверей, когда мы подъехали, и, как только увидел нас, сразу заорал:

— А где Хонк? — это из-за его русского акцента. Он так имя Хэнка произносит.

— Хонк, то есть Хэнк, заболел, — проинформировала я его. И по лицу Бориса растеклось неземное блаженство. Меня это немного задело. Собачья преданность Бориса Лилли может иногда раздражать, но на самом деле, и я это знаю (чего уж от себя-то самой скрывать), я ей завидую. По-хорошему, но по-настоящему. *Я хочу парня, которому смогу рассказывать* свои самые сокровенные тайны. *Я хочу парня, чтобы он поцеловал меня по-настоящему. Я хочу парня, который взревновал бы, если бы я долго находилась в обществе другого парня, пусть даже такого орангутанга, как Хэнк.*

Но проблема в том, что мы далеко не всегда получаем то, что хотим. Хотя и хорошего в жизни тоже немало. Например, скоро у меня будет маленький братик или сестренка, а мой будущий отчим, который знает все про квадратные уравнения, переезжает к нам завтра вместе со своим столом для игры в пинбол.

Да, еще я стану когда-нибудь управлять страной.

Но я все же предпочла бы бойфренда.

30 октября, четверг, мировая цивилизация

ЧТО НЕОБХОДИМО СДЕЛАТЬ ДО ПЕРЕЕЗДА МИСТЕРА ДЖ.

1. Пропылесосить.
2. Вычистить кошачий туалет.
3. Перестирать накопившееся.
4. Выбросить бумажный хлам, особенно старые мамины дамские журналы!!!
5. Расчистить место для пинбола и большого телевизора в гостиной.
6. Позвонить в фирму кабельного телевидения — убрать канал романтических передач, подключить спорт.

7. Сказать маме, чтобы перестала развешивать бельё на дверных ручках.
8. Прекратить обгрызать накладные ногти.
9. Перестать так много думать о М.М.
10. Укрепить защёлку на двери ванной.
11. Туалетная бумага!!!!

30 октября, ТО

Я не верю.
Я просто не могу поверить.
Это невероятно, это выше всяческого понимания, я не могу поверить!!!
Хэнк и Лилли снова смылись вместе!
Я не знала о том, что Хэнк пропал, пока моя мама не позвонила Ларсу на мобильный. Она ужасно волновалась, потому что её мать позвонила ей самой в студию и истерически завопила, что Хэнка нигде нет, ни в номере, ни в коридоре, ни в ресторане, нигде вообще в отеле. Мама хотела спросить, не в школе ли он.
Насколько я знаю, он не в школе.
А Лилли не появилась на ланче.
Вела она себя до этого как-то странно. Мы собираемся сдавать Президентский экзамен по фитнесу и усиленно к нему готовимся. И когда настала очередь Лилли лезть по канату, она заявила, что у неё, видите ли, спазмы и лезть она не может.
Но так как Лилли каждый раз заявляет, что у неё спазмы, когда ей надо лезть по канату, то я не удивилась и ничего не заподозрила. Миссис Поттс отправи-

ла ее в медкабинет, и я надеялась увидеть Лилли снова уже на ланче, чудом исцелившуюся.

Но на ланч она не пришла. Консультация с медсестрой насчет спазмов показала, что ситуация серьезна, и Лилли получила разрешение уйти домой.

Спазмы. Судороги, можно подумать, конвульсии. Конечно. У нее интрижка с моим кузеном!

Основной вопрос состоит в следующем. Как долго она собирается скрывать все это от Бориса? Памятуя о том, какой скрипичный концерт устроил нам вчера разнервничавшийся Борис, стараемся всем классом делать вид, что ничего не произошло, что болезнь Лилли и исчезновение Хэнка из отеля никак между собой не связаны. Никто не горит желанием снова бежать за матами в спортзал. Они слишком тяжелые.

Чтобы перехватить инициативу, Майкл занял Бориса новой компьютерной игрой (сам изобрел) под названием «Обезвредить хулигана». Ты кидаешь ножи, топоры и прочую дрянь в банду хулиганов. Тот, кто отсечет больше всех голов хулиганов, переходит на следующий уровень. Там развлечение продолжается в том же духе. И на следующем уровне тоже. И так до тех пор, пока не наберешь максимальное количество очков. Выигравший получает возможность вытатуировать свои инициалы на голой груди Рики Мартина.

Я не верю, что Майкл дошел только до второго уровня. Но учитель, под руководством которого писалась программа, аннулировал результаты и сказал, что игра недостаточно активна для современного рынка.

Сегодня миссис Хилл разрешает нам разговаривать. Я думаю, это оттого, что она сама не хочет слушать Малера или Вагнера в исполнении Бориса. Вчера после урока я подошла к миссис Хилл и извинилась за то, что наговорила о ней по телевизору. Ну, что она всегда сидит в учительской, хоть это и правда. Миссис Хилл сказала, что я могу не беспокоиться. Подозреваю, это оттого, что на следующий после показа интервью день папа послал ей DVD-плеер и огромный букет цветов. С тех пор она стала ко мне гораздо добрее.

Вообще, эта история с Лилли и Хэнком трудно поддается описанию. Я имею в виду, что такое поведение настолько несвойственно Лилли, что просто диву даешься, наблюдая, что она вытворяет. Она категорически не может влюбиться в Хэнка. Да, конечно, он довольно милый парень, к тому же и внешне привлекательный, но он все же весьма недалекий и никогда не будет хватать звезд с неба.

А Лилли, с одной стороны, очень умная, прямо гений, а с другой — назвать красавицей ее абсолютно невозможно. Она не подходит ни под какие стандарты «привлекательной» внешности. Ростом она ниже меня, довольно толстая, лицо напоминает мордочку мопсика. Совсем не тот тип внешности, который мог бы привлечь парня вроде Хэнка.

Ну, и что общего может быть между Лилли и Хэнком?

Нет ответа.

ДОМАШНЕЕ ЗАДАНИЕ

Алгебра: стр. 123, упр. 1—5, 7.

Английский: в английском дневнике описать один день своей жизни, не забыть впечатливший момент.

История мировой цивилизации: ответить на вопросы в конце 10-й главы.

ТО: купить затычки для ушей к понедельнику.

Французский: une description d'une personne, trente mots minimum.

Биология: Кенни говорит — не делать, он сам все сделает.

30 октября, четверг, 19.00, в лимузине по дороге домой

У меня опять шок. При такой жизни мне очень скоро потребуется медицинская помощь.

Когда я пришла на очередной урок по этикету, в бабушкином номере сидела бабуля — *бабуля!!!!!* И хлебала чай.

— О, она всегда была такой, — говорила бабуля, — упрямая как бык.

Я сразу подумала, что речь обо мне. Швырнула школьную сумку о пол и заорала:

— НЕПРАВДА!!! Я НЕ ТАКАЯ!!!

Бабушка сидела напротив бабули с чашечкой в руке. На заднем плане суетился Виго. Он вел переговоры по трем телефонам одновременно.

— Нет, апельсиновые бутоны — для букета невесты. Розы для украшения зала.

И в другую трубку:

— *Разумеется*, филе ягненка подадут в самом начале, как бы в качестве аперитива!

— Что за манера вламываться в комнату? — гневно рявкнула бабушка по-французски. — Принцесса никогда не перебивает своих старших родственниц и уж точно никогда не бросается вещами. Теперь подойди и поздоровайся со мной как следует.

Пришлось идти и целовать ее в обе щеки, хоть не хотелось ужасно. Затем я подошла к бабуле и поцеловала ее тоже. Бабуля захихикала и сказала:

— Ах, как по-европейски!

— А теперь сядь, — продолжала бабушка, — и предложи своей бабушке пирожное.

Я села, чтобы продемонстрировать, что я вовсе не упрямая как бык, и по всем правилам предложила бабуле пирожное.

Бабуля снова хихикнула и взяла одно. При этом она оттопыривала мизинец.

— Спасибо, детка, — сказала она.

— Так, — бабушка перешла на английский, — на чем мы остановились, Ширли?

— Ах да. Ну и, как я уже говорила, она всегда была такой, всю жизнь. Такая упрямая! Как отмочит что-нибудь, то хоть стой, хоть падай. Я не удивлюсь, если она и на свадьбе выкинет какой-нибудь фокус. От нее всего можно ожидать. Из-под венца не сбежит, но предугадать невозможно...

Так, значит, это они не обо мне. Значит, это они о...

— Да, и вы не представляете, что она устроила в первый раз. Как мы обалдели тогда. Хелен ни словом не обмолвилась, что он принц. Если бы мы знали, заставили бы Хелен выйти за него.

— Да, понять можно, — вполголоса проговорила бабушка.

— Но на этот раз, — разливалась бабуля соловьем, — мы обалдели еще больше. Сильнее уже трудно. Фрэнк, знаете, такая душка.

— Значит, на том и порешим, — резюмировала бабушка, — эта свадьба обязательно должна состояться.

— Вне всяческих сомнений, конечно, конечно, — защебетала бабуля.

Я думала, они сейчас руки друг другу пожмут. Но вместо этого каждая взялась за свой чай.

Я была уверена, что мое мнение никого не интересует, но все равно открыла рот.

— Амелия, — сквозь зубы произнесла бабушка по-французски, — не вздумай.

Но я уже набрала воздуха:

— Мама не хочет...

— Виго! — крикнула бабушка, не поворачивая головы. — Где у тебя туфли к платью Ее Высочества?

Виго тут же оказался рядом. В руке он нес пару самых прелестных на свете розовых атласных туфелек. Я таких замечательных в жизни не видела! На носках у них были такие же розы, как на платье.

— Ну разве они не божественны? — спросил Виго. — Не хотите ли примерить?

Это жестоко. Нечестно. Против правил!

Это все бабушка, ее происки.

Что мне было делать? Сопротивляться я больше не могла. Да и зачем? Туфли сидели на ноге, словно я в них родилась, — так удобно! И так красиво на моей ужасной ножище! Эти туфли уменьшили мои лыжеподобные ступни на целый размер! Да что там, на все два! В тот момент я только и думала о том, когда же наконец смогу надеть их вместе с платьем. Если свадьбы все-таки не будет, может, хоть на школьный бал какой-нибудь? Если с Джосом Ироксом ситуация прояснится.

— Жаль было бы отсылать их обратно, — вздохнула бабушка, — а все из-за того, что твоя мать такая упрямица.

А-а-а...

— А нельзя ли мне оставить их себе? Для другого какого-нибудь праздника?

— О нет, — протянула бабушка, — розовый цвет неприемлем ни для какого другого случая, кроме свадебного торжества.

Ну что за жизнь у меня такая несчастная?

И на этом мой урок закончился. Или он заключался в том, чтобы сидеть между двумя своими бабушками и слушать их бесконечные жалобы на собственных детей (и внуков), как и те, и другие не слушают их, а всегда поступают по-своему, и что же из этого выходит в результате?..

Наконец бабушка встала и сказала бабуле:

— Значит, мы полностью поняли друг друга, дорогая Ширли?

— О да, Ваше Высочество, — уверила ее бабуля, старательно кивая с риском для здоровья.

Для меня это прозвучало зловеще. Собственно, чем дальше, тем больше я убеждаюсь, что папа не приложил ни малейших усилий, чтобы оградить маму от надвигающегося кошмара. Ведь ситуация может сложиться очень неприятная. Просто безобразная может возникнуть ситуация.

По бабушкиным словам, лимузин прибудет завтра вечером к нашему дому, заберет нас: маму, мистера Джанини и меня — и доставит в «Плазу». Во классно-то будет, когда выяснится, что мама отказывается сесть в машину. И что свадьба отменяется. Всем же это заранее понятно, всем. Кроме моей бабушки.

Думаю, пришло время брать ситуацию под собственный контроль. Папа, разумеется, уверял меня, что все в порядке, он позаботится обо всем. Но речь-то идет о бабушке. О БАБУШКЕ!!!

Пока мы ехали с бабулей домой, я пыталась вытянуть из нее информацию. Что они имели в виду, говоря, что «поняли друг друга»? Но она ничего интересного так и не рассказала, хотя не умолкала всю дорогу. Они с дедулей смертельно устали, целыми днями мотаются по городу и осматривают достопримечательности, да еще Хэнк забот прибавляет, кстати, от него ни слуху ни духу... Словом, закончила она свою речь тем, что не в состоянии идти куда-нибудь в ресторан, а закажет ужин в номер.

Я страшно обрадовалась, так как не горела желанием снова видеть, как они терзают кровавое мясо. Больше я этого зрелища просто, наверное, не выдержала бы.

30 октября, четверг, 21.00

Так-с, мистер Джанини наконец въехал. Я уже сыграла на пинболе девять партий. С непривычки разболелись кисти рук.

Я бы не сказала, что видеть его здесь прямо так уж странно и дико. Ну, что он живет у нас теперь постоянно. Он и раньше торчал тут все время. Единственное отличие — теперь в гостиной стоят огромный телевизор, пинбол и ударная установка в углу. Раньше на этом месте стоял металлический Элвис Пресли в натуральную величину.

Круче всего, конечно, пинбол. Он называется «Motorcycle Band», весь покрыт изображениями крутых парней в татуировках и кожаной одежде. Конечно, тут же и их девчонки. На них как раз немного одежды, но какие фигуры! Сразу видно, красота. Когда забиваешь мяч, машина разражается таким звуком, словно заводят мотоцикл. Очень громко!

Мама как увидела ее, так и остолбенела, только головой качала. Слов, видимо, не нашлось.

Мистер Джанини сказал, что лучше мне называть его Фрэнком. Мы ведь уже практически родственники. Но я не могу себя заставить. Вот и приходится называть его «Эй». Типа: «Эй, вы не могли бы передать мне сыр?» Или: «Эй, не видели пульта от телевизора?»

О! И никаких имен. Очень остроумно, как мне кажется. Молодец я.

Но все-таки я себя чувствую не очень комфортно. Не дает покоя то маленькое обстоятельство, что завтра намечается свадьба века, которую никто и не думал отменять, несмотря на то что невеста не имеет ни малейшего желания принимать в ней участие.

Но когда я заговариваю с ней об этом, мама не отшатывается в ужасе, а загадочно улыбается, да еще и говорит, чтобы я не беспокоилась.

А как же мне не беспокоиться? Мама и мистер Джанини хотят только зарегистрироваться в мэрии. Я обреченно спросила, надевать ли мне костюм «Эмпайр Стейт Билдинг», а она улыбнулась еще загадочнее и сказала, чтобы я выкинула ерунду из головы.

Может, она просто не хочет говорить об этом, вытесняет, так сказать, неприятные мысли? Я пробралась в свою комнату и позвонила Лилли. Может, она как-то объяснит мне все происходящее?

Но у нее было занято. Это значит, что, скорее всего, либо она, либо Майкл сидят в Интернете. Я скорее послала ей сообщение. Она ответила сразу же.

ТлстЛуи: Лилли, куда это вы с Хэнком пропали сегодня? Не смей врать и не говори, что вы не были вместе!

ЖнскПрава: Не вижу никаких признаков того, что это твое дело.

ТлстЛуи: Давай предположим, что завтра ты встретишься со своим бойфрендом и тебе придется ему что-нибудь говорить.

ЖнскПрава: Мне есть что ему сказать. Но не вижу причин делиться этим с тобой. Ты все выболтаешь Беверли Белльрив. И двум миллионам телезрителей.

ТлстЛуи: Ну, знаешь, это уже нечестно! Слушай, Лилли, я беспокоюсь за тебя. Прогуливаешь занятия — на тебя это не похоже. А как же книга про социальную жизнь школы? Ты, похоже, упустила один очень ценный материал.

ЖнскПрава: Неужели? Случилось нечто, достойное быть занесенным в анналы истории?

ТлстЛуи: *Да, сегодня какой-то старшеклассник пролез в учительскую и измазал холодильник пластилином.*

ЖнскПрава: *Ах, как жаль, что я пропустила это событие. У тебя еще что-нибудь, Миа? Я сейчас пытаюсь найти кое-что в Интернете.*

Да, у меня кое-что еще. Что она, не понимает, как безнравственно встречаться с двумя парнями одновременно? Тем более что одна из нас не встречается ни с кем? Что, не видит, как это эгоистично и некорректно?

Но этого я не написала. Написала другое.

ТлстЛуи: *Борис был очень расстроен, Лилли. Я уверена, он что-то сильно подозревает.*

ЖнскПрава: *Борису пора бы уяснить себе, что в любовных отношениях важно доверие. Это и тебе самой неплохо бы уяснить, Миа.*

Я поняла, конечно, что Лилли говорит о наших отношениях — ее и моих. Но когда думаешь на эту тему, понимаешь, что речь идет о чем-то большем, чем просто Лилли и Борис, Лилли и я. Это относится и к моему папе. Ко мне и маме. И ко мне и... ну, кому-нибудь там...

Чего там было задано по английскому про впечатливший момент? Этим, что ли, заняться? Давно пора.

Тут и случилось это: я увидела, что пришло еще одно сообщение. Ага, от самого Джоса Ирокса!

ДжосИрокс: Ну, так ты идешь на Шоу Ужасов завтра?

О господи! Ничего себе!!!!!!
Джос Ирокс завтра идет на Шоу Ужасов.
Значит, это Майкл.
Конечно, это единственное логическое объяснение происходящему, которое только можно найти: Джос Ирокс — это Майкл. Майкл — это Джос Ирокс. Должен быть. Просто ДОЛЖЕН.

Правильно я рассуждаю?
Я не знала, что и делать. Хотелось выскочить из-за компьютера, прыгать, визжать и смеяться одновременно.

Но вместо этого (не знаю, в какой такой части мозга еще остался разум) я написала в ответ.

ТлстЛуи: Надеюсь.

Нет, я не верю. Я просто не верю в это. Майкл — Джос Ирокс.
Да? Правильно? Правда ведь?
Что мне делать? Что мне делать?

31 октября, пятница, дома

Я проснулась со странным чувством ожидания. И несколько минут не могла понять почему. Лежала в постели и слушала, как дождь стучит в окно. Толстый Луи валялся у меня в ногах, громко мурлыкая.

И тут я вспомнила: сегодня моя бабушка собирается выдавать замуж мою беременную маму за моего школьного учителя алгебры и организовала для этого огромнейшую церемонию в «Плазе», с музыкальным сопровождением в лице Джона Тэша.

Я полежала еще немного, помечтала, чтобы температура снова поднялась до сорока градусов — тогда я не смогу встать с кровати и не буду целый день наблюдать душераздирающие драмы.

И тут я вспомнила вчерашний e-mail и вскочила как ошпаренная. Майкл — мой тайный обожатель!! Майкл — Джос Ирокс!

И, если мне сильно повезет, сегодня вечером он признается мне в этом лично!

31 октября, пятница, алгебра

Мистера Джанини в школе сегодня нет. Его замещает миссис Краковски. Вообще-то странно, чего это его нет? Дома с утра мы по разу сыграли с ним в пинбол, пока ждали Ларса с машиной. Ларс даже предложил мистеру Джанини подбросить его до школы, но тот отказался и сказал, что подъедет попозже.

Сильно попозже, ничего не скажешь.

Сегодня вообще многие отсутствуют. Майкл, например, не поехал с нами утром. Лилли сказала, что он застрял, потому что в последнюю минуту вспомнил о какой-то нераспечатанной странице и принтер, как фактически всегда, заело...

А лично мне кажется, что он просто боится посмотреть мне в глаза после того как признался, что Джос Ирокс — он.

Ну, не то чтобы прямо так и признался. Однако... косвенно все-таки прозвучало? Прозвучало.

Кажется, все же так и было.

Мистер Хоуэлл в три раза старше Джиллигана. Разница в возрасте составляет 48 лет. Сколько лет мистеру Хоуэллу и сколько лет Джиллигану?

T = Джиллиган
3T = мистер Хоуэлл
3T — T = 48
2T = 48
T = 24

Ох, дорогой мистер Дж., где же вы?

31 октября, пятница, ТО

О'кей.

Никогда в жизни больше не буду недооценивать Лилли Московитц, и никогда не вздумаю больше подозревать ее в чем-то плохом, и всегда буду помнить, что, как бы она ни поступала в данный момент, это делается чисто из альтруистических соображений. Торжественно клянусь в этом здесь и сейчас.

Все случилось во время ланча.

Сидим мы все вместе: я, мой телохранитель, Тина Хаким Баба и ее телохранитель, Лилли, Борис, Шамика и Линг Су. Майкл, естественно, сидит со своими из компьютерного клуба. Так что его не было, в отличие от остальных заинтересованных.

Шамика зачитывала вслух цитаты из брошюр — рекламных проспектов школ для девочек. Ее папа притащил эти брошюры из Нью-Хэмпшира. С каждой новой брошюрой Шамике становилось все страшнее, а меня наполняли стыд и чувство вины, потому что все это случилось из-за меня и моего длинного языка.

Вдруг на наш стол упала чья-то тень.

Мы все, как по команде, замолчали и посмотрели вверх.

Перед нами стояла необыкновенно красивая мужественная фигура, прямо Аполлон. Лилли что-то про него когда-то рассказывала.

Правда, это оказался всего лишь Хэнк. Но в каком виде! Таким я Хэнка никогда в жизни не видела. Под новенькой черной кожаной курткой на нем был черный кашемировый свитер, ниже — черные джинсы. Какие длинные стройные ноги! Я просто обалдела. Его светлые волосы были мастерски уложены в стильную прическу — не иначе в парикмахерской побывал. Клянусь, мне показалось, он стал страшно похож на Киану Ривза в «Матрице». На ногах у Хэнка красовались настоящие ковбойские сапоги. Черные, дорогие с виду, самые натуральные ковбойские сапоги!

Мне показалось, что все в столовой замолчали и уставились в нашу сторону. Тут Хэнк придвинул себе стул и непринужденно присел за наш стол. За наш «отстойный» стол, как, я иногда слышала, его называют.

— Привет, Миа, — сказал Хэнк.

Я уставилась на него и не могла сначала и слова вымолвить. Не только из-за одежды. В нем что-то в корне изменилось. Голос, что ли, стал глубже. И от него пахло... очень хорошо от него пахло.

— Ну, — сказала ему Лилли и сгребла сливки с пирожного, — как прошло?

— Мммм, — промычал Хэнк тем же глубоким низким голосом, — вы смотрите на новейшую модель нижнего белья от Кельвина Кляйна.

Лилли облизала крем с пальцев.

— Ну-ну, — сказала она, — молодец.

— Все это лишь благодаря тебе, Лилли, — проникновенно произнес Хэнк, — если бы не ты, они меня и на порог бы не пустили.

И тут до меня дошло, почему у него стал такой импозантный вид. Он перестал растягивать слова как провинциал.

— Да ну тебя, Хэнк, — отмахнулась Лилли, — мы сто раз об этом говорили. У тебя есть природный дар, который привел тебя туда, куда привел. Я лишь дала тебе пару дельных советов.

Когда Хэнк обратил взгляд на меня, я увидела, что в его небесно-голубых глазах стоят чуть ли не самые настоящие слезы.

— Твоя подруга Лилли, — сказал он, — сделала для меня то, чего еще никто в жизни для меня не делал.

Теперь я уставилась на Лилли.

Что все это значит??? У меня в голове стоял такой шум, что я совсем перестала соображать.

Но тут Хэнк сказал:

— Она поверила в меня, Миа. Она поверила в меня настолько сильно, что помогла мне пойти и осуществить мечту всей своей жизни. Я мечтал об этом с детства. Куча народу, включая бабулю с дедулей, смеялись надо мной и утверждали, что я слишком размечтался. Что все это лишь детские бредни, что мои мечты неосуществимы. Все они советовали выкинуть эту ерунду из головы, потому что я никогда не добьюсь, не смогу, ну, невозможно, и все. И никогда у меня не получится. Но когда я поделился своими мыслями с Лилли, она протянула мне руку, — увлекшись, Хэнк протянул свою руку, чтобы показать, как ее протянула Лилли, и мы все: я, Ларс, Тина, Вахим, Шамика и Линг Су — посмотрели на эту его руку, ногти которой были тщательно наманикюрены, — и сказала: «Хэнк, я помогу тебе исполнить твою заветную мечту».

Хэнк опустил руку.

— И знаете что?

Мы все (кроме Лилли, которая невозмутимо лопала свое пирожное) дошли до такой степени изумления, что могли только смотреть, а отвечать уже не могли. Но Хэнк и не ждал ответа.

— Это случилось! — провозгласил он. — Сегодня это случилось! Моя детская мечта стала реальностью. Мой псевдоним — Форд. Я их новейшая мужская модель.

Мы только моргали.

— И всему я обязан, — Хэнк выдержал эффектную паузу, — вот этой девушке.

Тут случилось такое, от чего отвисли челюсти у всех присутствующих. Прямо скажем, нечто вовсе из ряда вон выходящее. Словом, Хэнк встал со стула, подошел к Лилли, которая, ничего не подозревая, доедала кремовое пирожное, и одним рывком поставил ее на ноги.

Теперь уже вся столовая погрузилась в мертвую тишину и все головы до единой были повернуты в нашу сторону. В их числе (я специально посмотрела) была и Лана Уайнбергер со своими подружками. Хэнк приподнял Лилли над полом и запечатлел на ее губах такой поцелуй... прямо как в кино. Закончив свой потрясающий поцелуй, Хэнк поставил Лилли обратно на пол. У моей лучшей подруги был такой вид, будто ее только что ударило электрическим током. Она медленно-медленно опустилась обратно на свой стул.

Потом Хэнк повернулся ко мне.

— Миа, — сказал он, — передай бабуле с дедулей: пусть ищут себе другого помощника продавца сельскохозяйственной техники. Я ни в жизнь... в смысле, я никогда не вернусь в Версаль. Ни на один-единственный день. Никогда.

Проговорив все это, он медленно продефилировал к выходу. У него был вид ковбоя, который только что победил в стрельбе.

Впрочем, правильнее бы было сказать, что он *начал* дефилировать к выходу. Все бы закончилось хорошо, дефилируй он чуть быстрее.

Потому что в массе людей, наблюдавших за этой сценой, находился, кроме всех прочих, еще и Борис Пелковски.

И тут этот Борис Пелковски — со своей пластинкой для исправления прикуса на зубах, со свитером, запиханным в штаны, — вышел вперед и крикнул:

— Эй, не так быстро, ковбой!

Хэнк продолжал идти как шел. То ли он не расслышал крика Бориса, то ли не хотелось ему, чтобы маленький гениальный русский скрипач омрачил эффект его триумфального ухода.

Тогда Борис учудил нечто совсем безумное. Он побежал за Хэнком, схватил его за руку и как заорет:

— Ты только что обслюнявил мою девушку, урод!

Я не шучу. Пишу все, как и было. Ох, как при этих словах затрепетало мое сердце! Ах, если бы хоть какой-нибудь парень (Майкл, конечно, да, да) сказал бы что-нибудь подобное про меня! Не самая *классная* девчонка, а *моя* девушка! Борис только что назвал Лилли *своей* девушкой! О-о-о, знаю я все про этот феминизм, и что женщины — это не собственность и неприемлемо требовать от них, чтобы они признавались в том, что они чьи-то. Но — ах! Если бы хоть кто-нибудь в этом мире (Майкл!) мог бы сказать, что я *его* девушка!

Тут Хэнк обернулся:

— Чего?

И тут — откуда что взялось — Борис дал Хэнку по морде! *Бах*!

Но вот только как «бах» удар не прозвучал. Слышен был лишь какой-то непонятный треск. Как будто что-то сломалось. Все девчонки в столовой вскрикнули, испугавшись, что Борис повредит красоту Хэнка.

Но беспокоиться нам было не о чем: звук произвела рука Бориса, а не скула Хэнка. На лице Хэнка не оказалось ни царапинки. А вот Борис сломал руку.

И вот что это означает.

Больше никакого Малера!

УРРРРААААААА!!!!

Принцессам, конечно, не подобает радоваться чужому несчастью.

31 октября, французский

Одолжила у Ларса мобильник и сразу после ланча позвонила в «Сохо Гранд». Должен же кто-нибудь сообщить бабуле и дедуле, что Хэнк жив-здоров. Называется, правда, теперь Фордом, а так... ничего.

Бабуля не иначе как сидела рядом с телефоном, потому что взяла трубку после первого же гудка.

— Кларисса? — закричала она. — Ничего нового! От них ни звука!

Странно. Клариссой зовут бабушку.

— Бабуля? — сказала я. — Это я, Миа.

— А, Миа, — бабуля нервно усмехнулась, — извини, деточка. Я думала, звонит принцесса. Ну, эта, вдовствующая принцесса. Другая твоя бабушка.

— Бабуля, да. То есть, нет. Это я. Звоню, потому что только что видела Хэнка и говорила с ним.

Бабуля молчала секунду, а потом как вскрикнет! Я даже трубку от уха отдернула.

— ГДЕ ОН? — завопила она. — СКАЖИ ЕМУ, ЧТО КАК ТОЛЬКО Я ДОБЕРУСЬ ДО НЕГО, ТО...

— Бабуля!!! — заорала я. Мне было страшно неловко, потому что ее крик слышали все, кто в данный момент находились в коридоре и, понятное дело, с повышенным интересом смотрели на меня и ждали продолжения. Я спряталась за Ларса, чтобы абстрагироваться от этого всеобщего внимания.

— Бабуля, — только и ответила я, — он заключил контракт с «Форд-Моделз Инкорпорейшн». Он у них теперь новая мужская модель нижнего белья от Кельвина Кляйна. У него головокружительный взлет, прямо как...

— НИЖНЕЕ БЕЛЬЕ? — взвыла бабуля. — Миа, вели этому мерзавцу перезвонить мне НЕМЕДЛЕННО!

— Бабуля, сейчас никак не могу, потому что...

— НЕМЕДЛЕННО! — повторила бабуля, не слушая меня. — Или у него будут БОЛЬШИЕ НЕПРИЯТНОСТИ!!!

— Хм, — сказала я. Звонок на урок уже звенел. — Ладно, бабуля. А как там... свадьба?

— Как там... ЧТО?
— Да свадьба.
— Разумеется, все идет своим чередом. Подготовка в самом разгаре. А почему ты спрашиваешь?
— Да так... А ты говорила с мамой?
— Разумеется, я говорила с твоей мамой. Все уже почти готово.
— Правда?

Я страшно удивилась. Не могу представить, что мама участвует в подготовке и что при этом все нормально. Ни на секунду я не могу себе это представить. Хоть тресни.

— Она сказала, что придет?
— Естественно, она придет. Это же ее свадьба, разве нет? — переспросила бабуля.

Мммм... ну да, думаю. Похоже на то. Ничего этого я бабуле не сказала, а пробормотала что-то типа «да, конечно» и повесила трубку. Чувства мои на тот момент не передать.

Мягко говоря, я была раздавлена.

Это, конечно, во мне говорил мой эгоизм. Еще было немного обидно за маму, которая не смогла противостоять бабушке. Я уверена — она пыталась. В том, что пришлось сдать позиции, нет маминой вины, против неодолимой мощи бабушкиного напора нет оружия.

Но грустнее всего мне было из-за себя. Я не смогу сбежать на Шоу Ужасов. И НИКОГДА на него не попаду. Как это будет выглядеть? А на Шоу надо быть к определенному часу. Я не успею. Фильм, конечно, не начнется раньше полуночи, но свадебные торжества продлятся дольше.

И кто знает, предложит ли Майкл еще раз куда-нибудь пойти вместе? Вот, например, сегодня он не только не признался, что он и есть Джос Ирокс, но и ни разу не упомянул Шоу Ужасов. Ни разу.

Это при том, что мы разговаривали в течение всего ТО! ВСЕГО! Говорили об одной разоблачительной серии шоу «Лилли рассказывает все, как есть» под названием «Один человек в состоянии побороть расизм и модельный бизнес». Тема эта полностью противоречила тому, что Лилли сама сделала на днях — помогла Хэнку реализовать его мечту и стать супермоделью. В передаче она критиковала «методы лишения женщин индивидуальности и сужения наших представлений о красоте», а также пыталась «искать пути доведения слов протеста до сведения косметических и модельных фирм», а еще возможности «использовать СМИ для создания более многогранного и реалистичного представления о женщине». Кроме того, Лилли призывала нас «бороться с мужчинами, которые судят и выбирают женщин и обращаются с ними неподобающим образом».

Такого рода дискуссию мы вели в классе Талантливых и Одаренных (миссис Хилл снова торчит в учительской, и давайте надеяться, что так будет и дальше). Майкл тоже сразу же присоединился к нам и НИ РАЗУ не упомянул Джоса Ирокса или Шоу Ужасов.

Вот наш разговор.

Я: Лилли, я думала, что модельный бизнес, как и расизм, портит человечество.

Лилли: Да? Ну и что?

Я: Ну, если верить Хэнку, ты помогла ему реализовать его мечту стать сама знаешь кем. Моделью.

Лилли: Миа, когда я вижу, что душа человека изнывает в тоске по самоактуализации, я не в силах остановиться. Я должна сделать все возможное, чтобы убедиться, что мечта человека осуществилась.

Ха, что-то не очень замечаю, чтобы Лилли делала все возможное, чтобы осуществить мою мечту — поцеловать ее брата. Но с другой стороны, я никого не оповещала о том, что у меня есть такая мечта.

Я: Хм, Лилли, я не знала, что у тебя мощные связи в модельном бизнесе.
Лилли: А у меня их и нет. Я просто-напросто подсказала твоему кузену, как он может наилучшим образом использовать свой богом данный дар. Пара простых советов о том, как держать себя, как правильно одеться, чтобы подать себя в выгодном свете, и все — контракт с Фордом у него в кармане.
Я: Ну, а чего вы тогда такие тайны мадридского двора развели? Туману напустили? Всех с толку сбили.
Лилли: У тебя есть хоть какое-нибудь представление о том, насколько непрочно мужское эго?

(Тут встрял Майкл)

Майкл: Эй, але!
Лилли: Извини, конечно, но это правда. Самооценка Хэнка уже была сильно подорвана этой кукурузной королевой из Версальских полей. Я не могла позволить себе как-то комментировать эту ситуацию. Комментарий вышел бы негативный, что могло окончательно доконать его самосознание. Сами знаете, какими фаталистами могут быть мальчики.
Майкл: Эй, эй!

Лилли: Было жизненно важно, чтобы Хэнк смог осуществить свою мечту с совершенно спокойной душой, открытым сердцем и без всяких мыслей о фатализме. Иначе бы он не выдержал, просто упустил бы шанс. Вот и пришлось держать наш план в секрете даже от тех, кого я люблю больше всех. От всех вас, и совершенно сознательно, иначе вы набросились бы на бедного Хэнка с вопросами и комментариями и совершенно подавили бы его.

Я: Да ладно тебе. Мы бы с радостью его поддержали.

Лилли: Миа, подумай, пожалуйста. Если бы Хэнк взял да заявил бы тебе: «Миа, я хочу стать моделью», что б ты сделала? Ну? Ты просто приколола́сь бы над ним.

Я: Вот и нет!

Лилли: Приколола́сь бы! Потому что для тебя Хэнк — твой глупенький диатезный двоюродный братик из богом забытой глухомани, который ничего не смыслит в этой жизни, не понимает элементарных вещей. Но я, видишь ли, смогла посмотреть на него иначе и увидеть нечто другое. Я увидела в нем будущего мужчину, в которого он когда-нибудь превратится.

Майкл: Чего-чего ты в нем увидела?

Лилли: Майкл, замолчи, тебе просто завидно.

Майкл: Ага. Всегда мечтал увидеть себя в одних трусах на обложке «Таймс Сквер».

От себя могу добавить, что сама уж точно не отказалась бы увидеть такое. А Майклу только бы шутить.

Майкл: Знаешь, Лил, я очень сомневаюсь, что мама с папой одобрят этот потрясающий поступок, когда узнают, что ради него тебе пришлось прогулять школу. А особенно когда им сообщат, что на следующей неделе тебя вообще в наказание будут задерживать после уроков.

Лилли (с обреченным видом): Да. Мучают всегда только самых достойных.

И вот так всю дорогу. Это все, что он сказал мне сегодня. За весь день...

ВЕРОЯТНЫЕ ПРИЧИНЫ, ПО КОТОРЫМ МАЙКЛ НЕ ПРИЗНАЕТСЯ, ЧТО ОН — ДЖОС ИРОКС

1. Он стесняется открыто высказать мне свои истинные чувства.
2. Он боится, что я не чувствую к нему того, что он чувствует ко мне.
3. Он передумал, и я ему теперь совсем разонравилась.
4. Он не хочет, чтобы о нем говорили, будто он встречается с малявкой, и ждет, когда я перейду в старший класс. И тогда предложит встречаться. Разве что тогда он станет первокурсником в колледже и не захочет, чтобы о нем говорили, что он встречается со школьницей, пусть даже и старшеклассницей.
5. Он — не Джос Ирокс.

ДОМАШНЕЕ ЗАДАНИЕ

Алгебра: ничего (мистера Джанини-то так и нет!).

Английский: закончить «День жизни»!!! Плюс «впечатливший момент»!!!

История мировой цивилизации: прочитать и проанализировать одно из событий, произошедших в мире на этой неделе (минимум 200 слов).

ТО: затычки больше не нужны.

Французский: стр. 120, huit предложений (упр. А).

Биология: вопросы в конце 12-й главы — взять ответы у Кенни.

АНГЛИЙСКИЙ ЖУРНАЛ

Один день из жизни Миа Термополис (я подумала, лучше про вечер напишу, можно, миссис Спирс?)

Пятница, 31 октября

15.16. Пришла домой вместе с телохранителем (с Ларсом). Никого не было слышно. Подумала, что мама, наверное, спит. Она в последнее время часто дремлет днем.

15.18—15.45. Поиграла в пинбол с телохранителем. Выиграла три из двенадцати. Решила попрактиковаться в свободное время.

15.50. Удивилась, почему грохот пинбола не разбудил маму. Осторожно постучала в дверь спальни.

Постояла, подождала. Не врываться же в спальню, если там может оказаться школьный учитель алгебры.

15.51. Постучала громче. Безрезультатно. Решила, что мама не слышит.

15.52. Постучав совсем уже громко и не получив ответа, все-таки вошла в спальню. Там никого не было! Проверила личные мамины вещи: тушь, помаду, лекарство. Кое-чего не хватало! Начала подозревать неладное.

15.55. Телефонный звонок. Беру трубку. Это папа. Вот наш разговор.

Я: Привет, папа. А мамы нет. И мистера Джанини тоже. Он даже в школу сегодня не пришел.

Папа: Ты все еще называешь его мистером Джанини, хотя он и живет с тобой в одном доме?

Я: Папа, где они?

Папа: Не волнуйся за них.

Я: Папа, мама — единственный в мире человек, от которого я смогу получить брата или сестру. Как мне не беспокоиться?

Папа: Все под контролем.

Я: Как это понимать?

Папа: Раз я сказал, так оно и есть.

Я: Папа, а вдруг я тебе не верю?

Папа: Как это так?

Я: Ну, может, потому, что месяц назад выяснилось, что ты меня обманывал всю жизнь, не говорил правду о том, кто ты и как живешь.

Папа: Ну-у...

Я: Так что говори, ГДЕ МОЯ МАМА?

Папа: Она оставила тебе записку. Получишь ее в шесть часов.

Я: Папа, в восемь часов должна начаться свадебная церемония.

Папа: Сам знаю.

Я: Папочка, что же мне делать? А что я должна буду сказать...

Голос на заднем плане: Филипп, все в порядке?

Я: Папа, кто там? Кто? Это Беверли Беллърив?

Папа: Все, мне надо идти.

Я: ПАПА!!!

Щелк. Ту. Ту. Ту...

16.00—16.15. Прочесывала квартиру в поисках хоть каких-то зацепок. Куда могла деться мама? Ничего не нашлось.

16.20. Телефонный звонок. Говорит моя бабушка. Требует доложить, готовы ли мы с мамой немедленно отправиться в косметический салон, чтобы заняться макияжем. Сообщила ей, что мама уже вышла (что было чистой правдой). Бабушку охватывают подозрения. Докладываю, что если у нее есть какие-то вопросы, то все — к ее сыну, моему отцу. Бабушка отвечает, что и сама видит в этом необходимость. И сообщает, что в пять часов за мной прибудет лимузин.

17.00. Лимузин прибыл. Мы с телохранителем уселись в него. Внутри уже находится бабушка со стороны отца, а также бабушка со стороны матери (эту я называю бабуля). Бабуля чрезвычайно возбуждена из-за предстоящей свадьбы. Хотя иногда на нее накатывает некоторая задумчивость — все из-за того, что ее внук (мой кузен) решил стать супермоделью.

А вот бабушка каменно-спокойна. Что весьма загадочно и таинственно. Она говорит, что сын (мой отец) сообщил ей, что невеста решила сама сделать себе прическу и макияж. Но я, помня об исчезнувших со столика лекарствах, молчу и сижу тихо.

17.20. Входим в «Чез Паоло».

18.45. Выходим из «Чез Паоло». Ничего себе! Что им удалось сделать из бабулиных волосенок! Она не напоминает больше драную домохозяйку, а выглядит как достойный член какого-нибудь загородного элитного клуба.

19.00. Прибыли в «Плазу». Папа объявляет всем, что невеста отсутствует оттого, что решила вздремнуть перед церемонией. Я потихоньку попросила Ларса позвонить к нам домой по мобильному, но никто не ответил.

19.15. Снова начался дождь. Бабуля голосом прорицательницы возвещает, что дождь в день свадьбы — не к добру. Бабушка возражает ей, что наоборот — к добру. Бабуля настаивает, что не к добру. Любо-дорого бывает иногда посмотреть на своих бабушек. Потешные.

19.30. Меня увели в маленькую комнатку за Бело-золотым залом, и я сижу там с другими подружками невесты (это супермодели: Гизеле, Кармен Каас, Амбер Валетта). Бабушка набрала их сама, так как моя мама отказалась дать ей список своих подружек. Я переоделась в свое красивое платье и потрясающие туфли.

19.40. Никто из остальных подружек невесты не разговаривает со мной. Разве что подошли, посмотрели, сказали «ах, какая прелесть», и все. Они способны говорить только о вчерашней вечеринке, на которой кого-то стошнило на туфли Клаудии Шиффер. Это они и обсуждают с упоением вот уже довольно долго.

19.45. Начали прибывать гости. С трудом узнала собственного дедушку, потому что он пришел без кепки. В смокинге он выглядит улетно. Примерно как постаревший Мэтт Дэймон.

19.47. Прибыли двое людей, которых представили как родителей жениха. Родители мистера Джанини! С Лонг-Айленда! Мистер Джанини-старший назвал Виго «Буко». Виго расцвел.

19.48. Марта Стюарт стоит у самых дверей, болтает с Дональдом Трампом. Она, видите ли, не может на Манхэттене найти ни одной квартиры, где бы ей позволили поселить пару шиншилл.

19.50. Джон Тэш подстригся. Его почти не узнать. Королева Швеции спрашивает его, с какой стороны он гость: со стороны жениха или невесты. Он отвечает — жениха, неизвестно по какой причине. Расскажу потом мистеру Дж., он помрет со смеху. Я порылась в его коллекции дисков, у него нет Тэша. Ничего даже похожего.

19.55. Все умолкают, а Джон Тэш садится за мини-орган. Бедная мама! Ей бы на этот вечер ослепнуть да оглохнуть, чтобы ничего этого не видеть и не слышать!

20.00. Все застыли в напряженном ожидании. Я дергаю за рукав папу, требуя обещанного письма. Он как раз затесался в нашу компанию супермоделей. Папа дает мне письмо.

20.01. Читаю письмо.

20.02. Мне необходимо сесть.

20.05. Бабушка и Виго в панике перешептываются. Кажется, до них только сейчас начинает доходить, что ни невеста, ни жених здесь сегодня не появятся.

20.07. Амбер Валетта шепчет, что, если мы тут не поторопимся, она опоздает на ужин с Хью Грантом.

20.10. Волнение в рядах гостей. Папа (он выглядит в смокинге как настоящий принц, несмотря на лысину) решительно пробирается через толпу, выходит на свободное пространство в центре зала и поворачивается к нам. Джон Тэш прерывает игру.

20.11. Папа делает следующее объявление:

«Хочу поблагодарить всех вас, что смогли выкроить время в своем плотном расписании и прийти сюда. К сожалению, приходится признать, что свадьба Хелен Термополис и Фрэнка Джанини не состоится... По крайней мере, сегодня. Счастливая пара ускользнула от нас, и сегодня утром они улетели в Мексику, где, насколько я понимаю, они и поженятся в тишине и спокойствии».

Слева послышался какой-то скрип. Сначала я подумала, что это Джон Тэш, но потом поняла, что бабушка.

«Разумеется, я призываю вас присоединиться к нам и приступить к праздничному ужину в Бальном зале. Еще раз спасибо, что пришли».

Тут папа смылся. Озадаченные гости бредут в зал за коктейлями. Бабушка не произносит ни звука.

Я (ни к кому конкретно не обращаясь): Мексика! С ума сошли оба. Если мама будет пить там местную воду, ребенок отравится!

Амбер: Да не волнуйся, ты что! Вот моя подруга вообще забеременела в Мексике. Пила там местную воду, и все было отлично. А родила близнецов.

20.20. Джон Тэш возобновляет игру. Играет, пока пришедшая в себя бабушка не рявкнула:

— Перестаньте!

А вот что написала мне мама.

«Дорогая моя Миа!

Когда ты прочтешь это письмо, мы с Фрэнком уже будем женаты. Жаль, что я не смогла сказать тебе об этом раньше, но, если твоя кошмарная бабушка спросит тебя, знала ли ты что-нибудь (а уж она-то точно спросит), ты с чистой совестью ответишь «нет», и между вами не будет никаких разногласий.

Не будет никаких разногласий? Она шутит? У нас с бабушкой сплошные разногласия.

Больше всего на свете мы с Фрэнком хотели, чтобы ты была на нашей свадьбе. Так что мы решили, что, когда вернемся, проведем еще одну церемонию: в страшной тайне и только в кругу нашей маленькой семьи и самых близких друзей!

Это, конечно, должно быть поинтереснее бабушкиного торжества. Большинство друзей моей мамы — свободные художники и ярые феминистки. Интересно, как они сойдутся с друзьями мистера Джанини, которые, насколько я догадываюсь, любят только музыку и спорт?

Ты очень поддержала меня, Миа, в эти трудные дни, и я хочу, чтобы ты знала, как я, а также твой отец и отчим ценим это. Ты самая лучшая дочь, какая может быть у матери, и этот маленький мальчик (или девочка) — самый счастливый в мире младенец, потому что ты будешь его старшей сестрой.

Скучаю по тебе ужасно.
Мама».

31 октября, пятница, 21.00

Я в полном шоке. Дальше ехать некуда. Не потому, что мама сбежала с учителем алгебры. Это как раз страшно романтично и прикольно.

Дело в папе. *Мой папа* помог им провернуть это дело. Он, по сути, предал бабушку, свою мать.

Теперь-то, в результате всей этой истории, я начинаю думать, что он совсем ее не боится. Просто раньше не хотел связываться. Может, ему просто легче плыть по течению, чем вступать с ней в борьбу. Все равно бороться с бабушкой трудно и практически невозможно. Только нервы измотаешь, сам измучаешься, а она все равно будет поступать по-своему. Такой уж человек.

Но на сей раз система дала сбой. На сей раз папа не послушался.

Его ждет тяжелая расплата, в этом не приходится сомневаться.

Я могу просто не выдержать, сейчас происходит переворот моих представлений о собственном отце.

В общем, пока бабушка скрипела около мини-органа, я подошла к папе, обняла за шею и сказала:

— Ну, ты молодец! Ну, ты и выдал!
— Что я выдал? — удивился папа.

Э-э-э.

— Ну, — говорю, — ты же все знал заранее.
— Нет, ничего я не знал.
— А?..

Почему? ПОЧЕМУ мне вечно удается сморозить что-нибудь не то? Ну в кого у меня вырос такой длинный язык? Тут я подумала, что он, наверное, обманывает. Папа, видимо, понял это по выражению моего лица.

— *Миа*, — начал он.

— Папа, ладно, чего уж там. Просто иногда у меня возникает ощущение, что ты немного боишься бабушки.

Папа протянул руку и обнял меня — прямо перед носом у Лиз Смит. Она умиленно улыбнулась, глядя на нас.

— Миа, — сказал папа, — я не боюсь своей матери. Она совсем не такая плохая, как ты, наверное, думаешь. Просто она требует особого обращения с собой.

Ну и новости!

— Кроме того, — продолжал папа, — неужели ты могла подумать, что я подведу тебя? Или твою маму? Я всегда буду на вашей стороне.

Я растрогалась до того, что даже слезы выступили на глазах. Впрочем, глаза могли слезиться из-за табачнодымовой завесы.

— Миа, я ведь никогда не поступал с тобой плохо? — вдруг спросил папа.

— Что ты, папа, конечно, нет. Вы оба — классные родители.

Ну и удивил же он меня этим вопросом.

— Ага. — Папа кивнул.

Я почувствовала, что недостаточно выразила свою любовь и признательность, и добавила:

— Нет, правда. Я о лучшем и мечтать не могу. Разве что... лучше бы обойтись без положения принцессы.

Папа потрепал меня по голове и измял прическу.

— Ну, извини, — сказал он. — А все же, Миа, неужели ты была бы теперь счастлива, оставшись обычной школьницей-тинейджером?

Н-да, теперь, пожалуй, нет.

Наверное, мы поговорили бы еще о чем-нибудь, и даже, может быть, этот разговор стал бы *самым впечатляющим моментом* в моей жизни, не появись рядом с нами Виго. Он был явно не в себе. Ну, это понятно. Свадьба, созданная им, так тщательно подготовленная и действительно блестящая, катилась ко всем чертям. Праздник закончился катастрофой. Сначала сбежали невеста с женихом. А теперь случилось и вовсе небывалое! Хозяйка праздника, вдовствующая принцесса, заперлась в своих апартаментах и отказывается выходить.

— То есть как это, отказывается выходить? — грозно переспросил папа.

— Так и отказывается, Ваше Высочество, — непочтительно ответил Виго. Он чуть не плакал. — Я никогда не видел ее в таком гневе! Она говорит, что собственная семья предала ее и она от стыда не сможет больше никогда показаться на людях.

Папа грозно сдвинул брови.

— А ну, пойдем, — бросил он и устремился к дверям.

Я едва поспевала за ним. Так мы домчались до двери в бабушкин номер, где папа сделал мне знак стоять тихо. И постучал в дверь.

— Мама! — позвал он. — Мама, это Филипп. Могу я войти?

Нет ответа. Но она точно была там. Я слышала тихие стоны Роммеля.

— Мама!

Папа подергал ручку, но дверь была заперта изнутри. Папа тяжело вздохнул.

Понятно, почему он теперь вздыхает. Он потратил весь день, старательно разрушая бабушкины блестящие планы. Это было трудно. Но теперь ему выносить еще и это?

— Мама! Открой дверь.

Нет ответа.

— Мама! Это становится просто смешным. Я хочу, чтобы ты немедленно открыла дверь. Если не откроешь, я вызову горничную, и мы сделаем это с ее помощью. Ты хочешь, чтобы случилось так?

Я знала, что бабушка скорее предпочтет предстать перед нами без косметики, чем позволит кому-нибудь из персонала отеля лицезреть семейную ссору. Я взяла папу за руку и сказала:

— Пап, можно я?

Папа вздрогнул и с легким поклоном отошел в сторону. Давай, мол, если хочешь.

— Бабушка! — позвала я. — Бабушка, это я, Миа.

Сама не знаю, чего я ожидала от своего поступка. Конечно, я не горела желанием разговаривать сейчас с бабушкой. Если она не открыла дверь даже Виго, который, похоже, был ее любимчиком, и даже папе, который как раз не был ее любимчиком, но, по крайней мере, он хотя бы ее единственный ребенок, то с какой стати открывать дверь мне?

И ответом было молчание. Если не считать стенаний Роммеля.

Но я не сдавалась.

— Бабушка, я хочу извиниться за маму и мистера Джанини. Но согласись, я же предупреждала, что она не захочет этой свадьбы. Помнишь? Я же говорила, что она хочет устроить все по-другому, тихо. Ты же видела, что не было ни одного гостя со стороны мамы. Пришли только *твои* друзья. Кроме бабули и дедули. И родителей мистера Джанини. Ну, бабушка! Мама же не знакома с Имелдой Маркос! И с Барбарой Буш!

Я уверена, что они очень милые дамы, но они не мамины подруги!

Тишина...

— Бабушка! — закричала я, обращаясь к двери. — Я удивляюсь тебе! Ты всегда учила меня, что принцесса должна быть сильной! Ты говорила, что принцесса, независимо от ситуации, в которую она попала, должна быть твердой и непреклонной и идти вперед с приветливой улыбкой на лице, а не прятаться за свое богатство и привилегии. А сама ты что сейчас делаешь? Разве тебе не надо быть там, в зале, и притворяться, что все так и задумано, так и надо, и поднимать бокалы за счастливую пару? Правда, отсутствующую.

Я отскочила, когда замок щелкнул и дверь медленно отворилась. Вышла бабушка, в пурпурной накидке и бриллиантовой диадеме.

Она покровительственно оглядела нас и проговорила:

— Я испытываю неимоверное желание вернуться к гостям. Мне было необходимо освежить макияж.

Мы с папой посмотрели друг на друга.

— Да, бабушка, — сказала я, — конечно.

— Принцесса, — продолжала бабушка величественным голосом, — никогда не бросает своих гостей одних.

— Ага, — сказала я.

— А вы что здесь делаете? — Бабушка оглядела нас с папой.

— Мы тут... решили тебя навестить, — объяснила я, честно глядя ей в глаза.

— Все понятно, — сказала бабушка.

Затем она отмочила тот еще номер. Просунула свою руку мне под локоть и, не глядя на папу, велела ему:

— Присоединяйся.

У папы от удивления округлились глаза.

Но он не испугался, как испугалась бы я в такой ситуации.

— Да ладно, бабушка, — сказала я. И сама просунула папе руку под локоть. Так мы и стояли в огромном длинном пустом коридоре втроем... связанные друг с другом... хм, мной.

Бабушка как-то не по-принцессински шмыгнула носом, а папа улыбался.

И вот что я скажу. Я, конечно, полностью не уверена, но это был, пожалуй, *впечатляющий момент*. Для всех нас.

Ну, по крайней мере, для меня.

1 ноября, суббота, 2 ночи

Ну и вечерок, нечего сказать. Полный Хэллоуин. Долго не забуду. Рассказываю по порядку.

По-настоящему веселились немногие, в том числе Хэнк. Он появился как раз к ужину, что ему свойственно. В костюме от «Армани» он выглядел — полный улет.

Даже бабуля и дедуля прониклись. Они прямо в восторг пришли. Миссис Джанини (мама мистера Джанини), обалдев от его вида, смотрела на него с восхищением. Я-то считаю, что это все благодаря его манерам. Видимо, воспитание Лилли так подействовало на Хэнка, что он буквально преобразился. Говорит почти совсем чисто, разве что изредка проскользнет какое-нибудь словечко. Ничего не скажешь, Лилли талантлива во всем, за что ни возьмется.

Когда начались танцы, Хэнк пригласил бабушку на второй вальс. Первый с ней танцевал папа. И бабушка, подозреваю, уже решила, кто станет моим консортом.

Слава богу, браки между кузенами в Дженовии запрещены с 1907 года!

Но самые счастливые виновники торжества в нем не участвовали. Около 10 часов Ларсу кто-то позвонил на мобильник. Он передал трубку мне, я сказала «алле», думая, кто бы это мог быть... А это — мама! Ее было плохо слышно, голос все время пропадал, и в трубке страшно что-то шуршало. Мне не хотелось громко кричать «мама», а то бабушка непременно бы услышала. Ой, не знаю, простит ли она их когда-нибудь за сегодняшнее...

Я забежала за колонну и зашептала:

— Мама! Привет! Ты теперь у нас миссис Джанини?

— Да!!!

Они поженились около шести часов вечера, а потом сидели на пляже и пили кокосовый коктейль. Прямо из распиленного кокоса. Со льдом. Я перепугалась и заставила маму пообещать, что она больше не будет пить что-либо со льдом, замороженным в Мексике.

— Во льду могут быть паразиты! — втолковывала я ей. — Такие же живут в глетчерах Антарктики, мы по биологии проходили. Они существуют там уже много тысячелетий. И даже если вода заморожена, они все равно могут в ней быть. И ты можешь подцепить какую-нибудь заразу. Ты должна требовать только лед, замороженный из бутылочной воды. Так, дай-ка мне мистера Джанини, я ему все объясню, что делать...

— Миа, — перебила меня мама, — а как... Хм, как там моя матушка?

Я отыскала глазами бабулю. Бабуля ловила кайф, самый большой в своей жизни. Она вовсю играла роль матери невесты. Только что потанцевала с принцем Альбертом, представителем королевской семьи Монако, и с принцем Эндрю, который тоже был чей-то там представитель...

— Э-э-э, — неуверенно протянула я, — знаешь, она так на тебя злится.

Конечно, это вранье. Но это вранье наполнило мамину душу блаженством. Ее самое любимое занятие — доводить до бешенства своих родителей.

— Да? — переспросила она, и слышно было, как она довольна.

— Ага, — говорю, глядя, как дедуля кружит бабулю в вальсе вокруг фонтана с шампанским. — Они, наверное, никогда больше с тобой не захотят разговаривать.

— О! — воскликнула мама в полном восторге. — Что, все так плохо?

Ах, как полезно иногда соврать.

Но тут, к сожалению, связь прервалась. Впрочем, по крайней мере, мама слышала, что я сказала ей про лед.

Лично мне было, конечно, не очень-то интересно. Единственным моим ровесником на балу был Хэнк, да и тот отплясывал с какой-то то ли принцессой, то ли моделью.

Тут, на мое счастье, ко мне подошел папа и говорит:

— Миа, а разве сегодня не Хэллоуин?

— Да уж...

— И тебе, наверное, есть куда пойти?

Ах, конечно!!! Я не забыла про Шоу Ужасов и про все, что с ним связано. Но я думала, что нужна бабушке. Иногда семейные дела важнее дружбы, даже любви.

Но уж раз папа отпускает, то совесть моя чиста!

Фильм начинался в полночь в кинотеатре «Виллидж Синема». Это в пятидесяти кварталах отсюда. Если я поспешу, то, наверное, успею. То есть мы с Ларсом — если поспешим, то успеем.

Была только одна проблема: у нас не было костюмов. На Хэллоуин не пускают в обычной одежде.

— Как это у тебя нет костюма? — Это мимо проходила Марта Стюарт и услышала мои причитания.

— Ну, — сказала я, — платье сойдет за костюм феи Глинды из «Волшебника из страны Оз». Вот только жезла нет. И короны...

Марта, видимо, выпила шампанского. И поэтому, нисколько не стесняясь, подошла к вазе с декоративными цветами, вытащила оттуда одну из стеклянных палочек, — получился жезл. Потом стащила с себя диадему и со словами «потом отдашь», насадила мне на голову.

Получилось так красиво!

— Вот! — сказала Марта. — Добрая фея Глинда.

Потом она взглянула на Ларса:

— Ну, с тобой просто. Ты будешь Джеймсом Бондом.

Ларс расцвел. Можно подумать, что он всегда мечтал быть агентом 007.

Но так, как я, в этом зале не расцвел никто. Моя мечта, что Майкл увидит меня в моем великолепном платье, исполнялась. Может, мой потрясающий вид придаст ему смелости признаться в том, что он — Джос Ирокс. Или мне — заставить его признаться.

И, с благословения отца (а кстати, надо было еще попрощаться с бабушкой, которая, впрочем, исполняла танго с новой моделью нижнего белья, да-да!), я уже устремилась к выходу, как вдруг...

БАХ!!! Там море репортеров со своими вспышками!!!

— Принцесса Миа! — заорали они все сразу. — Скажите, что вы почувствовали, когда ваша мать сбежала?

Первым желанием было попросить Ларса немедленно довести меня до лимузина и удрать отсюда, как вдруг в голове родилась блестящая идея. Я схватила ближайший микрофон и выдала:

— Средняя школа имена Альберта Эйнштейна — самая лучшая школа на Манхэттене, а может, и во всей Северной Америке, и обучение у нас поставлено на самом высоком уровне, и ученики наши — лучшие в мире, а те, кто этого не понимают, делают из себя идиотов, мистер Тейлор.

Мистер Тейлор — это папа Шамики.

После этого я сунула микрофон его владельцу и прыгнула в машину.

Мы чуть не опоздали. Во-первых, из-за карнавала. Движение на улицах было просто криминальное. А во-вторых, очередь в «Виллидж Синема» чуть ли не оборачивалась вокруг кинотеатра!!! Я попросила шофера ехать медленно вдоль очереди, а мы с Ларсом во все глаза высматривали наших. Это было очень сложно, потому что все были в костюмах.

Обращала на себя внимание группа людей, одетых израненными солдатами армии США времен Второй мировой войны. Они были залиты кровью, форма свисала клочьями. Рядом с ними стояла девочка с наклеенной бородой, одетая в длинную черную мантию. А рядом с девочкой я заметила еще одну фигуру в костюме мафиози и с футляром для скрипки в руке.

— Остановите! — заорала я не своим голосом.

Машина остановилась, мы с Ларсом выскочили, и девочка в бороде закричала:
— УРА!! Ты смогла! Ты пришла!!!
Это была Лилли. Майкл был тут же, весь в кровоподтеках.
— Быстро вы, — сказал он нам с Ларсом, — становитесь в очередь. Я взял на вас билеты, на всякий случай, вдруг придете.
Кто-то сзади попытался выразить недовольство. Но Ларсу стоило лишь оглянуться и оглядеть очередь позади нас, как недовольные голоса мгновенно стихли. Ларс может так посмотреть, что... мало не покажется.
— А где Хэнк? — спросила Лилли.
— Он не смог прийти, — сказала я. Мне не хотелось вдаваться в подробности. Когда я его видела последний раз, он танцевал с какой-то великосветской фифой. Не хотелось, чтобы Лилли подумала, будто нам Хэнк предпочитает супермоделей.
— Ох, как хорошо, что Хэнк не смог прийти, — с довольным видом пробормотал Борис.
Лилли метнула на него предостерегающий взгляд и снова уставилась на меня:
— Ты кем это представляешься?
— Да так, — сказала я, — Глинда...
— Я так и знал, — сказал Майкл, — ты выглядишь так... так...
Ему трудно было выразить свою мысль. Вдруг я с замиранием сердца поняла, что выгляжу действительно глупо в своем розовом.
— Ты слишком блестящая для Хэллоуина, — заявила Лилли.
Да ладно. Блестящая куда лучше, чем глупая. Но почему Майкл не смог этого произнести?

Лилли оттянула бороду на резинке и с сарказмом в голосе произнесла:

— Смотри! Я потомок Зигмунда Фрейда!

— А я — Аль Капоне. Чикагский гангстер, — сообщил Борис, потрясая скрипкой. То есть футляром.

— Молодец, Борис, — сказала я. Посмотрела на него — и точно, свитер заправлен в штаны.

Кто-то дернул меня сзади за юбку. Я оглянулась, а это Кенни, мой партнер по биологии. Он тоже — окровавленный солдат. У него не хватает одной руки.

— Успела! — заорал он.

— Ага! — ору в ответ.

Все были какие-то сумасшедшие. Даже воздух казался наэлектризованным.

И тут очередь двинулась вперед. Друзья Майкла и Кенни из компьютерного клуба маршировали с криком: «Ать-два, левой! Ать-два, левой!» Ну, что тут скажешь. Компьютерщики... Программисты чокнутые.

Еще до начала фильма я стала замечать какие-то странности. Я старательно лавировала между рядами окровавленных солдат, чтобы оказаться в результате рядом с Майклом. Ларс должен был сесть с другой стороны от меня.

Но Ларс вдруг очутился позади, и рядом со мной возник Кенни. Но не это показалось мне странным...

Ларс сел позади. Я едва слышала Кенни, который постоянно о чем-то болтал. По большей части о биологии. Я что-то отвечала ему, но думать могла только о Майкле. Когда я должна сказать ему, что знаю, что он — Джос Ирокс? Я тысячу раз отрепетировала в уме свою речь. Начать надо так: «Эй, смотрел недавно мультфильмы?»

Глупо, конечно, но как еще?

Я с трудом дождалась конца фильма, чтобы приступить к выполнению задуманного.

«Леденящий ужас» оказался довольно забавным. Народ отрывался как мог. Швыряли чем-то в экран, орали, открывали зонты, когда на экране шел дождь. Кто-то даже вскакивал и плясал в проходе.

Потрясающий фильм, да, мне понравился. Пожалуй, даже больше, чем «Грязные танцы». Разве что в этом фильме нет Патрика Суэйзи.

Да, и не было там такого уж ужаса, чтоб прямо цепенеть. Так что у меня не было возможности броситься Майклу на шею, или у него — обнять меня, чтобы я не боялась.

Но вот что интересно. Я сидела рядом с ним около двух часов подряд. В кромешной тьме. Это уже что-то. И он смеялся и одновременно поглядывал на меня, чтобы удостовериться, смеюсь ли я в тех же местах. Это тоже что-то значит. Если кто-то все время проверяет, смеешься ли ты в тех же местах, что и он, то выходит, что ты ему не безразлична. Это определенно что-то значит!!!

Единственной проблемой было то, что Кенни, который сидел по другую сторону от меня, делал то же самое. В смысле, смеялся, и одновременно смотрел, смеюсь ли я.

Самое интересное, что это тоже должно что-то означать.

После кино мы пошли в кафе «Под часами». И там все стало совсем странно.

Я и раньше, разумеется, бывала в «Под часами» — а то где же еще на Манхэттене можно съесть блинчик за два доллара? — но так поздно пока не доводилось. И с телохранителем я здесь тоже впервые.

Бедный Ларс страшно устал и заказывал кофе чашку за чашкой. Я оказалась за столом, сжатая между Майклом и Кенни (становится традицией). Нас была целая толпа: Лилли, Борис, мы втроем и весь компьютерный клуб. Все говорили одновременно и громко, я соображала, как бы мне обратиться к Майклу с вопросом о мультфильмах, и тут слышу, как Кенни шепчет мне в ухо:

— Не получала интересных мейлов на днях?

И тут до меня дошло. Только сейчас. Всплыла, значит, истина.

Я должна была догадываться.

Это был не Майкл. *Майкл — не Джос Ирокс!!!*

Думаю, какая-то часть меня знала об этом с самого начала. Майклу несвойственно посылать анонимки. И вообще делать что-нибудь втихаря. Не в его стиле не подписывать своих писем.

Хуже другое. НАМНОГО хуже.

Джос Ирокс — Кенни.

Не то чтобы Кенни был какой-то плохой парень. Нет, вовсе нет. Он очень, очень хороший.

Единственный его недостаток — он не Майкл Московитц.

Я посмотрела на Кенни. Попыталась улыбнуться. Не знаю, что вышло.

— Кенни, — сказала я, — так это ты — Джос Ирокс?

— Ага, — Кенни кивнул и расцвел, — ты только сейчас догадалась?

Вот именно, что только сейчас. Все потому, что я полная идиотка, меня надо изолировать от общества.

— Хм, — сказала я, чтобы что-нибудь сказать, — да, поняла, наконец.

— Здорово, — сказал Кенни с довольным видом, — ты так напоминаешь мне Джоси. Ну, из «Джоси и Котов». Она там лидер музыкальной группы, поет и в то же время раскрывает всякие тайны. Она классная. Прямо как ты.

О боже! Кенни. Мой партнер по биологии. Ростом под два метра, неуклюжий Кенни, который всегда дает мне списать домашку по биологии! Как я могла забыть, что он фанат японских мультиков? У него уже развилась зависимость от них. А его любимый фильм, кажется, «Бэтмен».

Застрелите меня, кто-нибудь! О, застрелите меня, Кенни — мой тайный поклонник!

Я слабо улыбнулась. Наверное, к тому же еще и криво.

Но Кенни было все равно.

— Знаешь, — продолжал он, видимо вдохновленный моей улыбкой, — в последней серии Джоси и коты летят в космос. Так что она к тому же становится пионером в исследовании просторов Вселенной.

Боже, сделай так, чтобы я проснулась! Я сплю, мне снится плохой сон. Пусть все это окажется неправдой!

Зато надо радоваться, что я ничего не успела сказать Майклу! Вот был бы номер, если бы я подошла к нему и выдала то, что заготовила! В лучшем случае он решил бы, что у меня поехала крыша. А в худшем... даже не знаю.

— Миа, хочешь, как-нибудь встретимся?

Ох, как я ненавижу это. На самом деле ненавижу. Почему люди предлагают встречаться «как-нибудь» вместо того, чтобы по-человечески предложить: «Давай встретимся с тобой в следующий вторник»? Потому что если будет назван конкретный день недели, то можно будет отвертеться. Сказать что-то типа, «нет, знаешь, у меня на вторник намечено то-то». И все.

Но нельзя же прямо сказать: «Нет, не хочу с тобой встречаться! Никогда!»

Это было бы грубо.

Я не хочу грубить Кенни. Мне нравится Кенни. В том смысле, что он забавный и вообще неплохой парень.

Но хочу ли я целоваться с ним?

Да не то чтобы очень.

Ну и что мне оставалось сказать? «Нет, Кенни. Нет, Кенни, я не хочу встречаться с тобой, потому что так вышло, что я по уши влюблена в брата своей лучшей подруги»?

Нельзя так говорить.

Хотя, может, некоторые девчонки именно так и говорят.

А я не могу.

— Конечно, Кенни, — ответила я.

Вот если спокойно вдуматься, насколько ужасным будет свидание с Кенни? То, что не убивает, делает нас сильнее. Так утверждает бабушка.

После этого у меня не оставалось иного выбора, как позволить Кенни обвить рукой мою талию (той рукой, что у него осталась. Другая была плотно привязана к телу под одеждой, чтобы он ее не вынул). Костюм должен производить впечатление, что Кенни так страшно ранило при взрыве противопехотной мины.

Но мы сидели за столом так тесно, что рука Кенни, обвив меня, коснулась Майкла, и он посмотрел на нас...

И быстро перевел взгляд на Ларса. Словно бы он хотел... не знаю.

Может, он увидел, что происходит, и решил попросить Ларса прекратить это безобразие?

Нет. Конечно, нет. Быть того не может.

Но когда Майкл увидел, что Ларс на нас не смотрит, а сосредоточенно размешивает сахар в кофе, то он встал и громко так сказал:

— Ну, ребята, я пошел. Скоро утро.

Все посмотрели на него как на сумасшедшего. Некоторые даже еще не доели. А Лилли сказала:

— Что это с тобой, Майкл? Боишься не выспаться?

Но Майкл решительно достал кошелек и принялся высчитывать, сколько он должен.

Я тоже быстренько вскочила.

— Я тоже страшно устала, — сказала я, — Ларс, вызови машину.

Ларс встрепенулся, обрадовавшись, что появилось занятие, и запищал телефоном. Кенни тоже вскочил и начал болтать какую-то ерунду:

— Ох, как жаль, что тебе пора, ведь еще совсем не поздно, а ты уже собралась. Миа, так я позвоню тебе?

При последнем вопросе Лилли посмотрела на меня, на Кенни, а потом — на Майкла. И тоже встала.

— Идем, дружище, — произнесла она и положила руку на плечо Борису.

Все вокруг зашарили по карманам в поисках денег... и тут я вспомнила, что у меня-то нет ни цента. У меня нет с собой даже сумочки, куда бы можно было положить деньги. Это существенное упущение в моем свадебном наряде. Кто же знал, что понадобится?

Я поймала Ларса за локоть и шепчу ему:

— Ларс, мелочь есть? У меня финансы закончились.

Ларс кивнул и полез за кошельком. Тут влез Кенни:

— Нет, нет, Миа. Я заплачу за твои блинчики.

Это выбило у меня почву из-под ног. Я не хотела, чтобы он платил за мою еду. И за пять чашек кофе Ларса.

— Нет, нет, — говорю, — что ты, не стоит.

Это не дало желаемого эффекта.

— Я настаиваю, — сказал Кенни и начал бросать деньги на стол.

Вспомнилось, что принцесса должна быть вежливой.

— Большое, — говорю, — спасибо, Кенни.

Ларс протянул Майклу двадцатку:

— Держи, за билеты в кино.

Но Майкл не взял денег. Стоп, это же деньги Ларса, папа завтра отдаст ему! Но тем не менее Майкл заметно смутился. Он весь покраснел, но денег все равно не взял.

— Не надо, не надо. Я приглашаю.

Пришлось и Майкла благодарить:

— Ну, спасибо тебе большое, Майкл.

Так захотелось сказать ему: «Забери меня отсюда!»

Ничего себе, положение — два парня платят за тебя, как будто я на свидании с обоими сразу!

Можно подумать, что для меня это такое уж счастье. Если вспомнить, что раньше в своей жизни я никогда ни с одним парнем не была на свидании. Не говоря уже о двух сразу.

Но никакого счастья я не ощущала. Потому что, честное слово, с одним из этих двух парней я категорически не хочу никуда ходить, и встречаться не хочу, и ничего не хочу!

Но с другой стороны, он признался мне в том, что я нравлюсь ему... Пусть даже признался анонимно.

Короче, все это так грандиозно, что я совсем запуталась. Хочется одного — забраться к себе в постель, завалиться одеялами с головой и притвориться, что ничего не было.

Только вот не могу я этого сделать, потому что мама с мистером Джанини в Мексике, и пока они не вернутся, мне придется жить в «Плазе» с бабушкой и папой.

Мы всей толпой вывалились на улицу, и те, кто жил далеко, полезли в лимузин. Надо же было подкинуть людей до дома, а в машине места — как в автобусе. Образовалась очередь, и Майкл встал за мной.

— Слышишь?

Я обернулась.

— Что я хотел сказать тогда тебе... Миа, ты выглядишь... ты выглядишь по-настоящему...

На нас падали красно-синие неоновые отсветы рекламы кафе «Под часами». Удивительное дело: даже в этом диком освещении, даже в своем чудовищном костюме Майкл был... ах, какой он был!

— Ты в этом платье выглядишь просто потрясающе, — выпалил он.

Я почувствовала себя Золушкой на балу. Я улыбнулась ему и забыла обо всем на свете... На одно короткое мгновение. Как вдруг...

— Эй, ребята, идете вы или как? — крикнул кто-то.

Этот голос вернул меня с небес на землю. Мы обернулись и увидели, что Кенни высунул голову в люк на крыше и машет нам свободной рукой.

— Э-э-э, — потянула я в полном замешательстве, — да, да, конечно.

И села в машину, будто ничего не случилось.

И если хорошенько подумать, то, несомненно, так оно и есть. Ничего не случилось. Но в моем мозгу слышался какой-то тоненький голосок, который тихо-тихо, но настойчиво повторял: «Майкл сказал, что я выгляжу потрясающе. Майкл сказал, что я выгляжу *потрясающе*. *Майкл сказал, что я выгляжу потрясающе*».

И вот что я подумала. Может, Майкл, конечно, и не писал тех писем. И скорее всего, он не догадывается, что я самая *классная* девчонка в школе.

Но он считает, что я в своем розовом платье выгляжу потрясающе. И это все, что для меня сейчас имеет значение.

Я сижу в бабушкином номере, вся обложенная подушками, и подарками к свадьбе, и мягкими игрушками для ребенка. Роммель дрожит на противоположном конце дивана. На нем сегодня розовый кашемировый свитер.

Считается, что я сейчас пишу благодарственные письма, но на самом деле, естественно, веду дневник.

Никто этого не замечает. Наверное, потому, что в гостях сейчас бабуля с дедулей. Они возвращаются в Индиану и заехали попрощаться по пути в аэропорт. В данный момент обе мои бабушки составляют список имен для ребенка. И естественно, обсуждают, кого приглашать на крещение. (ААААААААА!!!!! Только не это!!!!!)

А папа с дедулей толкуют о перегное. Видимо, важная тема для фермеров из Индианы и владельцев оливковых полей в Дженовии. Если забыть о том, что дедуля держит магазин, а папа — принц. Ну и ладно. Разговаривают, и прекрасно. А могли бы и... ладно, не буду.

И Хэнк здесь. Тоже пришел попрощаться с дедулей и бабулей. Он всеми силами старается убедить их в том, что они не допускают ужасной ошибки, оставляя его одного в Нью-Йорке. Но у него это плохо получается. Хэнка постоянно отрывают звонки по мобильному, он все время с кем-то говорит. Судя по интонациям, это вчерашние подружки невесты.

И вот что мне теперь думается. Все на самом деле не так плохо в этой жизни. У меня будет братик или сестренка, и отчим у меня соображает не только в математике, но и в пинболе.

И папа показал мне, что на этой планете есть по крайней мере один человек, который не боится моей бабушки... Да и бабушка сама стала как-то добрее, хоть так и не собралась съездить в Баден-Баден. И с папой до сих пор не разговаривает, исключая крайнюю необходимость.

А, да, и сегодня, между прочим, мы встречаемся с Кенни в «Виллидж Синема», будем смотреть японский мульт-марафон. Раз уж обещала, надо...

Но перед этим заеду к Лилли, и мы сделаем заготовки для ее следующего шоу, которое будет посвящено вытесненным воспоминаниям. Мы попытаемся загипнотизировать друг друга, чтобы проверить, помним ли мы что-нибудь из своих прежних жизней.

Лилли убеждена, что в одной из своих прошлых жизней она была Елизаветой I.

А что? Я, кстати, верю.

Ну и переночую я тоже у Лилли, мы собираемся взять в прокате «Грязные танцы» и «Леденящий ужас». Усмотримся!

Да, и вот было бы здорово, если бы Майкл вышел к завтраку в одних пижамных штанах! Ну, или просто в джинсах. Но чтобы без футболки!

Вот и будет еще один впечатляющий момент.

Очень впечатляющий.

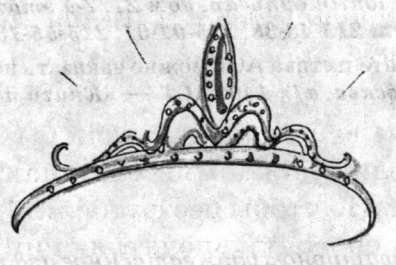

ТРИ ВЕЩИ, КОТОРЫЕ МЫ ОЧЕНЬ РЕКОМЕНДУЕМ СДЕЛАТЬ

1. Прочесть новые книги сериала «Дневники принцессы: «Влюбленная принцесса», «Принцесса ждет», «Принцесса в розовом», «Принцесса на стажировке».

2. Посмотреть фильм «Как стать принцессой» с Энн Хэтауэй в роли Миа, Хидер Матараццо в роли Лилли, Мэнди Мур в роли Ланы и Джулией Эндрюс в роли бабушки.

3. Заглянуть на веб-сайт Мэг Кэбот (www.megcabot.com), где вы сможете узнать о «Дневниках принцессы» еще больше.

Наслаждайтесь!

По вопросам оптовой покупки книг
издательства АСТ обращаться по адресу:
*Звездный бульвар, дом 21, 7-й этаж
Тел. 215-43-38, 215-01-01, 215-55-13*

Книги издательства АСТ можно заказать по адресу:
107140, Москва, а/я 140, АСТ — «Книги по почте»

Литературно-художественное издание

Кэбот Мэг

ДНЕВНИКИ ПРИНЦЕССЫ

Редактор *О. Ф. Трифонова*
Художественные редакторы
О.Н. Адаскина, И.А. Сынкова
Технический редактор *Н.К. Белова*
Компьютерная верстка *Н.А. Сидорской*

Общероссийский классификатор продукции
ОК-005-93, том 2; 953000 — книги, брошюры

Санитарно-эпидемиологическое заключение
№ 77.99.24.953.Д.002132.04.05 от 21.04.2005 г.

ООО «Издательство АСТ»
667000, Республика Тыва, г. Кызыл, ул. Кочетова, 93

ООО «Издательство Астрель»
129085, г. Москва, проезд Ольминского, 3а

Наши электронные адреса:
www.ast.ru
E-mail: astpub@.aha.ru

Отпечатано в полном соответствии с качеством
предоставленных диапозитивов
во ФГУП ИПК «Ульяновский Дом печати»
432980, г. Ульяновск, ул. Гончарова, 14